장영실은
하늘을
보았다

# 장영실은
# 하늘을
# 보았다

김종록 장편소설

RHK
알에이치코리아

"현명한 사람은 자신의 별을 다스리고
어리석은 사람은 자신의 별에 복종한다."

# 차례

1

황제의 천문대에서

낮부터 퍼붓던 눈은 돌개바람을 타고 휘몰아쳐 천지를 뒤섞어놓을 기세였다. 일진日辰이 사나워 다 틀려버린 거라고 일찌감치 단념했는데 한밤중에 눈이 뚝 그쳤다. 김 서린 거울을 명주 수건으로 닦아낸 것처럼 쨍그랑한 밤하늘이 벗어져 나왔다. 바람은 자고 요령 방울만 한 별들이 돋아났다. 절묘한 틈바구니였다. 누가 이런 날 한밤중에 일을 벌이리라고 여기겠는가. 모두가 혼곤히 잠든 시간, 청년은 잽싸게 채비해 관사를 나섰다. 헌칠한 키에 콧날이 바로 선 청년이었다.

　황제 직속 천문대인 관성대觀星臺는 자금성 동남방 성벽과 오 리쯤 떨어져 있었다. 낮게 엎드린 가옥들 사이로 우뚝 솟구친 벽돌 건물이었다. 검푸른 하늘과 맞닿은 이 별들의 성전은 웅장한 탑처럼 보였다. 철凸 자를 왼쪽으로 90도 돌려놓은 형태였다. 보는 각도에 따라 황제의 옥새玉璽 모양 같기도 했다.

창을 들고 서 있던 보조병이 은밀히 약속한 그 청년임을 알아보고 조용히 통과시켜주었다. 커다란 회화나무 밑을 지나자, 네 마리의 용이 떠받들고 있는 청동 혼천의가 나왔다. 청년은 잽싸게 천문대 쪽으로 다가갔다. 기다란 계단이 나왔다. 폭설이 두텁게 쌓인 그 계단은 하늘로 가는 사다리꼴로 보였다. 아득한 사다리 끝은, 별빛이 명멸하는 밤하늘에 걸쳐 있었다. 잠시 하늘을 우러르던 청년이 계단에 첫발을 디디고 올라섰다.

우지직.

나무 막대 부러지는 소리였다. 벽돌 계단에서 왜 이런 낯선 소릴까. 숨어들어온 처지라 오금이 저렸다. 그렇다고 머뭇거릴 여유는 없었다. 그에게 주어진 시간은 단 일각—刻(15분)뿐이었다. 간절히 바라던 일이 지금 눈앞에서 기적처럼 이뤄져가고 있는 마당이었다. 이 짧은 시간에다 청년은 전 생애를 걸었다.

두 번째 계단을 밟자, 비로소 뽀드득 소리가 났다. 그는 재빠르게 계단을 밟아 올라갔다. 가슴 깊은 곳에서 불꽃같은 환희가 터져 나왔다. 그 환희는 세상의 모든 경계를 삽시에 허물었다. 주변은 녹아내리고 중심만 남은 자리에 신성한 빛줄기가 비쳤다. 세상 모든 게 아득하기만 한데 오직 그만이 신성한 빛줄기 속에 우뚝 서 있는 느낌이었다. 사노라니 이처럼 가슴 벅찬 순간을 만나기도 한다. 청년은 날아가듯 계단을 탔다. 이 계단의 끝에 모든 걸 집어삼키고 망각처럼 지워버리는 악마가 입을 쩍 벌리며 기다리고 있을지라도 결코 멈출 수 없었다. 계단은 서른 자

높이쯤에서 오른쪽으로 꺾였다. 그 끝에 성가퀴처럼 난간을 두른 관측대가 있었다.

명나라 제3대 황제 영락제는 장장 십오 년간 연인원 백만 명을 동원하여 황성을 건설했다. 팔백여 채의 웅장한 건물을 서른 자 높이의 성벽이 감쌌다. 성벽 밖에는 깊고 넓은 도랑을 파 해자垓字를 둘렀다. 건물 지붕은 세상의 중심을 뜻하는 색, 황금색 기와로 이었다. 그리고 황성 완공에 맞춰 전조前朝의 천문대를 재정비한 것이 바로 이 관성대였다. 오직 황제만이 하늘에 제사할 수 있고 천문을 관측하여 인간사를 주관할 수 있다는 이법理法도 이 법이려니와 황성이 내려다보였으므로 출입을 엄격히 통제했다.

> 짐朕의 허락 없이는 누구도 이 관성대에 오를 수 없도다. 무
> 릇 하늘의 변화와 조짐을 관측하는 신성한 이 자리는 짐이
> 임명한 흠천감 관원만이 올라 밤하늘 별자리를 추보推步할
> 수 있나니. 만일 이를 어기는 자는 참수하리라.

올해(1421) 정초, 영락제는 남경으로부터 이곳 북경으로 천도를 단행하고 대제국의 황제로서 천하를 호령했다. 그해가 저물어가는 세밑, 이방의 청년 하나가 야음을 틈타 지금 이렇게 황제의 천문대에 올라 있었다.

쉰 자(약 14미터) 높이의 아찔한 관측대는 백오십 평은 넘어 보였다. 관측에 방해받지 않으려고 조족등으로 발밑만을 비추

고 있는 관원들 몇몇이 보였다. 감청색 밤하늘을 배경으로 군데 군데 대형 천문 의기의 몸체가 드러났다. 구리로 주조한 혼천의, 간의, 혼상의, 천구의가 물속처럼 거머무트름하게 보였다.

청년을 발견한 관원 하나가 기다렸다는 듯이 아무렇지도 않게 다가왔다.

"이쪽으로!"

어제 낮에 은밀히 만나본 이들 가운데 하나였다. 그가 이끄는 데로 묵묵히 따랐다. 그는 청년으로 하여금 커다란 혼천의로 겨울철 별자리의 길라잡이인 자수觜宿(오리온자리)와 삼수參宿의 각도를 직접 재보게 했다. 추錘로 수평을 잡고 남극과 북극을 맞춘 다음, 둥근 고리에 새겨진 눈금으로 별자리의 각도를 쟀다. 360도 중 각각 2와 9도를 차지했고 조선에서는 경기도와 강원도 지역에 해당했다. 이미 한양과 남경에서 재본 바 있는 관측 원리였다. 놀라운 건 황제의 천문대 관측기구들과 관측대가 너무 오래되어 많이 낡았다는 사실이었다.

서북쪽으로 점점이 불을 밝힌 황궁이 한눈에 내려다보였다. 여기서 보니 그 넓은 황궁도 납작 엎드린 형국이었다. 이래서 철저하게 출입을 통제하는 듯했다.

"지금 보고 있는 곳이 황제께서 주석하고 계시는 자금성이오. 이방인은 아무도 이 자리에 서본 자가 없소. 당신이 이곳에 올라선 최초의 조선 사람이라는 뜻이오."

관원이 영실이 바라보는 곳을 가리키며 말했다.

○

최초의 조선 사람!

거기에 꼭 덧붙여야 할 대목이 있다. 노비 신분의 청년이라는 사실이었다.

그랬다. 눈 내린 심야, 중국 황제의 천문대에 오른 이는 스물아홉 해의 굴곡진 역정을 건너온 조선의 노비 청년 장영실이었다. 자그마치 삼천 리 길을 걸어와 이렇게 황제의 천문대 위에 섰다. 천하 중심이라는 나라의 수도, 그것도 변방의 모든 속국이 조공을 바치는 황제의 천문대 위에서 장영실은 멀리 동쪽 하늘을 말없이 우러렀다.


"전하, 동쪽 하늘에 커다란 살별이 출현했사옵니다."

밤중에 서운관 관원이 부리나케 달려와 보고했다. 조선에 젊은 왕(세종)이 등극하자마자 창덕궁 안에 세운 첨성대에서 별을 관측하던 관원이었다. 살별은 긴 꼬리가 달린 혜성이었다.

"정말 살별이 출현했더란 말이냐? 변고로다!"

대궐 안이 황황했다. 막 잠자리에 든 왕은 소복을 입고 몸소 첨성대에 올랐다. 과연 동쪽 하늘에 살별이 나타나 싸리비같이 긴 꼬리를 끌고 있었다. 아직 천문 지식이 많지 않던 젊은 왕은 적잖이 당황했다.

"어느 분야에 해당하느냐?"

지상의 영역을 하늘의 이십팔 수宿 별자리에 배당하여 십이 방위로 나눈 것이 분야설이었다. 조선은 동방의 미성尾星과 기성

箕星에 배분되었다.

"기성箕星과 두성斗星 사이니 우리나라에 속합니다."

서운관원 윤사웅이 아뢰었다.

"큰일이로구나. 어찌해야 하느냐?"

"살별이 나타나면 병란이 일어나고 큰 홍수가 발생한다 했습니다. 그 모양이 저처럼 빗자루의 형상이어서 옛것을 쓸어내고 새것을 펴는 일을 하기도 합니다. 만일 자미원紫微垣(큰곰자리 일대)을 범하게 되면 왕실에 위험이……."

윤사웅은 다음 말을 차마 잇지 못했다. 천문 관계 문헌에는 지금처럼 꼬리가 황색이면 임금이 왕후에게 권력을 빼앗기는 것으로 나와 있었다. 하늘의 별자리를 걸어가듯이 재고 노래하는 『보천가步天歌』에는 혜성은 본래 빛이 없으나 햇빛을 받아 빛나기 때문에 태양의 반대편으로 꼬리가 향한다고 나와 있었다. 점성술적인 면을 빼면 물리적으로는 정확한 관찰이었다.

왕은 그날로 인정전을 피하고 대조전으로 옮겨 정사를 봤다. 풍채 좋은 대식가인 왕은 몸소 반찬 가짓수를 줄이고 음악을 철폐했으며 옥문을 활짝 열었다. 진심으로 하늘을 경외하고 조신하는 것이 왕이 할 수 있는 유일한 방책이었다.

혜성은 장장 칠 일 저녁 동안이나 나타나더니 팔 일째에야 비로소 사라졌다. 내관상감과 서운관, 소격서 관원들은 소복을 입고 밤을 지새우며 애간장을 말렸다.

왕은 이번에 나타난 혜성이 과거 어느 때에 출현한 적이 있는지를 물었다. 서운관에도 내관상감에도 아는 이가 아무도 없었다. 단군에 관한 기록이나 『삼국사기』 『고려사』 등을 뒤져 알아내라 했지만 파악할 수 없었다. 천문 기록이 명확하지 않고 빠진 부분이 많아서 주기를 알아낼 수 없었던 것이다.

"천문을 세세하게 빠짐없이 기록하고 그 사료를 대대로 물려준다면 훗날에는 큰 성과를 얻을 게 분명하다. 이번 혜성의 출현으로 새삼 천문관의 수고로움과 그들이 하는 일의 중요성을 깨달았다. 윤사웅을 가자(품계를 올림)하여 남양부사를, 최천구에게 부평부사를 제수하겠노라."

왕은 잡직에 종사하던 그들을 서울과 가까운 고을 수령에 임명했다. 천재지변이 일어나면 빨리 불러들이기 위함이었다.

당연히 승정원에서 거세게 반발했다.

"미관 잡직의 무리에게 급작스러운 특명으로 경기 네 고을 수령을 제수하시니, 듣는 사람 중에 놀라지 않는 이가 없습니다. 청컨대 빨리 명을 거둬주소서."

연일 몇 차례씩 상소가 올라왔다. 젊은 왕은 두툼한 용안을 붉히며 쩌렁쩌렁 옥음을 높였다.

"이번 하늘의 견책에 조야 군신 중 어느 누가 속 시원한 대책을 내놨느냐? 모두 늘 하던 대로 왕의 근신만을 요구했다. 그대들이 이느 날 하룻밤이라도 나와 함께 지새워본 적이 있었더냐? 오직 이들만이 여러 날 밤을 몸에서 허리띠를 풀지도, 눈을 붙이지도 못하고 하늘의 꾸지람에 응했다. 이들이 아니었다면 나는 분명 두려움에 떨며 이번 위기를 무사히 넘길 수 없었을 게다. 속편히 잘 먹고 잔 너희들과 다르니, 번거롭게 방해하지 말고 속히 이들을 부임케 하라."

상소한 여러 신하는 입이 광주리만 해도 더 할 말이 없었다. 혀나 붓끝으로만 나부댔지 몸이 축나면서 그 이레 밤을 함께 지새워준 신하는 단 하나도 없었기 때문이다.

왕의 파격적인 행보는 거기서 그치지 않았다. 수고로운 이들과 함께 자신의 것을 기꺼이 나누고자 했다.

"상의원에서는 밤을 지새우는 내관상감 관원들에게 겨울 갖옷 한 벌씩을 새로 만들어주고, 내의원에서는 날마다 술 다섯 병씩을 주어라."

왕은 이참에 탁상공론이 아니라 실사구시를 하는 이들을 확실히 예우하기로 뜻을 굳혔다. 그 첫 작업이 바로 천문 관원들에 대한 예우였다. 농사지어 먹고사는 나라에서는 밥이 하늘에 달려 있었다. 하늘이 밥이고 밥이 하늘이었다. 이런 하늘을 제대로 알고 대처해야 백성의 삶을 가멸게 할 수 있었다. 황제나 임금이 천명天命을 받아 다스린다는 말이 그래서 나왔다.

왕은 틈나는 대로 여러 대신과 만나 국정에 관한 의견을 들었다. 경연經筵(왕의 공부)을 하면서도 나라의 틀을 짜는 의논을 했고 집현전 학자들과 『성리대전』이나 역사서를 읽으며 정국을 구상했다. 그래서 내린 결론이 천문이었다. 역시 천문이 바로 서야 지리와 인사를 원활히 할 수 있었다.

"우리가 시작하면 된다. 없으면 새로 만들면 된다. 천문을 관측하는 의기가 없으면 연구해서 만들어내고 역법을 모르면 중국이 아니라 더 멀고 먼 땅끝까지라도 유학 가서 터득해 오면 된다. 중국에는 많은 천문 의기가 있다고 들었다. 이참에 너희들은 중국의 천문을 관장하는 흠천감欽天監에 유학 가거라. 가서 역법曆法을 공부하는 한편 각종 천문 의기 모형들을 눈에 익히고 도식을 정밀하게 본떠 와라."

올해 벽두부터 서운관 관리들과 천문에 밝은 원로학자들을 편전에 불러 모은 왕은 문신들과 사관까지 물리치고서 말했다. 은밀했으나 힘찬 어조였다.

"신이 알기로 흠천감은 외국 사신이 접근조차 할 수 없는 곳이옵니다."

고려조에 관상감정을 지낸 백발의 윤사웅이 여쭈었다.

"알고 있도다. 명나라 예부(외교부)에 자문咨文(외교문서)을 보내 각별한 배려를 요청할 생각이다. 은자와 귀한 보물을 내려줄 테니 관원들에게 뇌물을 써서라도 반드시 입수하라. 내달 말에 진하사(중국 황실의 경사에 보내는 임시 사절)가 북경에 간다. 영락제가 작년 말에 하늘에 제사하는 천단天壇을 완공하고 올 정월 초하루에 북경 황성의 낙성식을 거행한 건 너희도 잘 알고 있을 터. 우리는 그때 보낸 사절 말고도 황제께 올릴 예물을 더 준비하여 진하사를 추가로 보내기로 했다. 너희가 이 무리에 합류하되 돌아오는 것은 너희들 재량에 맡기노라. 필요하면 해를 넘겨도 좋다."

왕의 계획은 치밀했다. 필요하면 뇌물까지 쓰라는 말씀에서 절실함이 묻어났다. 그전부터 왕은 장영실과 독대할 때마다 누차 말했었다.

"너의 말대로 중국 하늘과 조선 하늘은 같으면서도 다르다. 위도는 같을 수 있지만 경도는 확연히 다르다. 따라서 해와 달, 목·화·토·금·수 오성 등 칠정이 뜨고 지는 시간이 다를 수밖에 없다. 한양의 일식·월식 시각도 북경과 다르다. 그런데도 황제가 내려준 달력과 역법을 같이 쓰고 있으니 이는 옳지가 못하다. 나는 어떤 일이 있어도 조선의 하늘을 한양에서 관측한 기록을 토대로 조선만의 역법을 만들어야겠다. 천문을 살펴 때를 맞추는 일, 곧 관상수시觀象授時는 국정의 기초다. 우리한테 맞는 역법을 써서 농사도 짓고 사업을 해야 옳다는 말이다. 백성의 편의를 생각하지 않는 왕이 어디 왕이더냐?"

젊은 왕의 강한 의지가 깃든 옥음이 입김을 타고 그대로 와서 꽂혔다. 예전의 역대 제왕들은 제대로 된 왕이 아니었다는 말로도 들렸다. 중국의 속국이 아니라 독립된 나라를 만들겠다는 뜻으로도 들렸다. 왕과 노비의 독대에서 그런 이야기가 나돌자, 궐내의 뭇시선들이 고슴도치 털처럼 쏟아져 꽂혔다. 그들도 왕과 독대하기를 바랐다. 그를 통해 자신의 크고 작은 욕망을 단번에 실현하고자 했다. 거슬리는 상대를 일거에 무너뜨릴 수도 있고 갖지 못할 재물과 권력도 취할 수 있었다. 하지만 독대할 기회는 여간해서 찾아오지 않았다. 반대 정파의 신료와 동석해야 하거나 왕의 일거수일투족을 일일이 기록하는 사관과 그림자처럼 시종하는 내관의 눈과 귀를 피할 수 없었다. 그들을 물리고 단둘이서만 속내를 터놓고 얘기할 수 있는 이는 왕비를 비롯해 불과 몇이 되지 않았다.

왕은 영실과의 잦은 독대를 통해 조선의 하늘을 찾기로 했다. 그리고 한 해가 저물어가는 세밑에 이렇게 조선 왕의 노비는 중국 황제의 천문대 위에 섰다.

청년은 아무런 말도 하지 않았고 별스러운 행동도 하지 않았다. 그저 교대 시간에 조금 늦게 합류한 평범한 관측 관원 노릇에 충실했다. 흠천감 감정도 공식적으로는 전혀 모르는 일이었고 당번을 기록하는 일지에도 중국 관원의 이름이 올라 있을 뿐이었다. 사전에 치밀하게 계획하고 틈입한 장영실은 분명 있되 없는 자, 없이 있는 자였다.

하늘의 북신北辰(북극성)이 일주운동을 하는 뭇별들의 중심축이듯, 중국 황제는 세상의 중심에서 천하를 호령하는 것으로 철석같이 믿어왔었다. 황제 자신이 북신과 동격이었으니까. 그런데 아까 계단을 오르던 순간과는 달리 지금 이 관측대 위에서는 신성의 빛 같은 건 느낄 수 없었다. 세상의 모든 정상은 성취감만큼이나 큰 허탈함을 남기는 길까. 그토록 오르고 싶었던 황제의 천문대건만 막상 오르고 보니 허망했다. 세상의 중심 같은 개념은 잡히지 않았다. 아니, 처음부터 그런 건 없었다. 작년까지 남경이 수도였었다. 그때는 남경 황궁이 천하 중심이었고, 천도한 올해부터는 이곳 북경이 천하 중심이란다. 그렇다면 천하 중심은 황제라는 사람이 머무는 곳에 따라 수시로 바뀌는 것이 되지 않는가.

하늘의 별자리 이름에는, 방금 재어봤던 삼수나 자수처럼 그 끝에 '별자리 수宿' 자가 붙는다. 천상을 돌던 별들이 잠자는 여인숙旅人宿 혹은 오두막이라는 뜻이다. 참 소박한 이름이다. 저 높은 하늘의 별자리도 오두막이라 칭하면서 그 별자리를 관측하는 지상의 천문대에는 황제의 고유 권한임을 내세워 금단의 영역으로 삼는 인간들! 지상 어디선들 저 별자리를 보지 못하랴. 맑은 날 밤, 머리 위만 시원하게 터진 곳이라면 어디서든 누구라도 공평하게 우러를 수 있다.

하늘이 어찌 중앙을 내놓고 변두리를 내놓았겠는가. 힘센 나라가 중앙이 되고 약한 나라가 변두리가 된 것뿐이다. 신분제도도 다르지 않다. 나는 입때껏 수시로 바뀌는 나의 주인들을 만나왔다. 관청에 속했다가 책방 도령의 몸종이 되었다. 그러다 궁궐 내노內奴로 발탁된 이후로는 왕의 소유다. 그렇게 여러 번 주인이 바뀌어 그들 맘대로 이 몸뚱어리를 부려왔지만 내 의식만큼은 끝내 부릴 수 없었다. 내 의식은 분명 나의 것이었다.

나는 안다. 신분은 하늘이 내는 게 아니라 사람이 제도로 묶어두는 것임을. 하늘이 어찌 천자와 노비를 나눠 내놓았겠는가. 저 유원한 하늘에서 보면 인간 족속은 개미나 먼지보다도 작고 하찮다. 천자도 노비도 없다. 신분이란 인간들이 자기들 편의를 위해 만들어놓은 것뿐이다. 지금 이 나라 황제 영락제부터가 그렇다. 명 태조 주원장의 손자인 제2대 황제 건문제建文帝의 삼촌에 지나지 않았던 자가 조카의 자리를 찬탈했다. 삼촌이 조카의 지위를 빼앗느라 무수한 피를 뿌려가며 황제가 되어도 하늘은 침묵했다. 하늘의 아들 천자가 미리 정해진 게 아니라는 증좌다. 무릇 땅 위에 발 딛고 선 자는 모두 사람의 아들들이 아니던가. 정녕 황제가 하늘의 아들이라면 노비 또한 하늘이 내놓은 존재이므로 역시 하늘의 아들이 되는 것이다. 생각이 여기까지 닿으면 인간들이 만들어놓고 운용하는 신분제도가 얼마나 무섭고 엉터리인지 몸서리가 쳐진다.

천하에 어디 중심이 있으랴. 우리가 발 딛고 선 땅이 네모진 게 아니라 격구 공이나 탄환처럼 둥근 것이라면 누가 어디에 서 있건 중심 자리가 된다. 문제는 그 사람의 마음이다. 항상 중심에 서서 살아가면서도 변두리 의식을 버리지 못하면 그는 영원한 주변인이다. 우리는 우리 마음 안에 자리한 중심 자리 별, 북극성을 놓치지 말아야 한다.

어이할거나, 나의 진정한 주인은 오직 내 자유로운 의식뿐임을 알았으니. 일찍이 머리 밝으신 스승과, 혹은 조선의 왕과 속을 터놓고 얘기할 때 순하게 절감했던마, 끝내 어느 누구의 소유물이 될 수 없는 나를 드디어 발견하고야 말았구나. 그렇다면 이제부터는 당당히 홀로 선 존재여야 하거늘 나는 여전히 노예다. 이 모순을 어이할거나. 미쳐버리거나 죽어버릴 수밖에 없는 것인가.

"교대 시간이오. 그만 내려가야 하오."

안내하던 관원이 영실의 소매를 잡아 이끌었다. 어느새 아래층 내실에서 대기하고 있던 중번 관원들이 올라와 임무 교대를 하고 있었다. 상번 관원들은 지금껏 추보한 밤하늘의 변화 추이를 중번 관원들에게 일러주었다. 마지막으로 천문 의기를 만져 본 장영실은 계단을 내려가는 관원들 뒤에 달라붙기 위해 발걸음을 재촉했다. 장영실이 계단 첫머리에 섰을 때, 관원들은 이미 맨 아래쪽까지 내려가 있었다.

영실은 서둘러 계단을 탔다. 유학 와서 그토록 오르고 싶었던 곳을 정복했건만 발걸음은 무겁기만 했다. 이제 조선으로 돌아가 정교한 천문 의기를 만들고 왕의 천문대를 세우면 된다. 거기서 조선의 하늘을 관측하게 해주면 소임은 끝난다. 그러고 나면 이 무거운 마음이 덜어질까. 발칙한 상상을 그만두게 될까. 확신할 수 없는 일이었다. 좀 전에 올라올 때의 그 환희와 달리 내려갈 때는 암울한 빛이 그를 감쌌다.

쩌억! 풀썩!

별안간 눈앞에서 자욱한 눈보라가 일었다. 깜짝 놀란 영실은 발이 꼬이면서 그대로 계단에서 굴러떨어졌다. 몰래 틈입한 이방인 처지라 비명 소리조차 낼 수 없었다. 온몸이 얼얼했다. 의식은 별처럼 또렷한데 몸은 옴짝달싹해지지가 않았다. 안내했던 관원이 달려와 부축했다.

"일어날 수 있겠소? 하필이면 이런 때 설해목雪害木이 부러진 담."

바로 옆에 부러진 나뭇가지가 보였다. 쌓인 눈의 무게를 이겨내지 못하고 부러진 청솔가지였다. 한참 뒤에야 가까스로 몸을 일으켰다. 뼈가 부러진 것 같지는 않고 발목이 접질린 정도였다. 이놈의 노비 발목은 그야말로 발목 잡힌 짐승의 것인가. 어릴 적 멧돼지 그물 덫에 꼴사납게 걸려들어 조롱당하더니 숫제 절름발이라도 돼야 끝날 모양이었다. 절뚝거리며 일어선 영실은 좌우를 두리번거렸다. 바로 앞에서 내려온 하번 관원들 말고 다른 누가 또 봤을까 꺼림칙했다. 다행히 아무도 보이지 않아 안심이었다.

"걸을 수 있겠소?"

영실은 부축하는 관원에게 머리를 연거푸 조아렸다. 그는 절룩거리면서 관성대를 벗어나 황성 남쪽 길로 모습을 감췄다. 조선 사신 일행이 묵고 있는 동평관東平館은 한 마장 반 거리에 있었다.

숙소에 돌아오니, 모두 태평하게 코를 골며 깊은 잠에 빠져 있었다. 영실은 그사이 팅팅 부어오른 발목을 주무르며 뜬눈으로 밤을 지새웠다. 들창 밖으로 이따금 바람이 불었다. 천상의 별빛이 유난히 푸르게 반짝거렸다.

하늘의 명이여

심원하여 그치지 않으시리니

이 밤, 뼈마디 쑤시고 시리어도

새 역사를 향한 묵시黙示의 강은 은하수처럼 흐른다


아침밥 수저를 드는 둥 마는 둥 하고 용하다는 의원을 찾아 침을 맞았다. 걸음이 불편해 말을 빌려 타고 돌아와 보니, 황제에게 신년 하례를 올리려고 며칠 전 도착한 정조사正朝使 일행이 분주했다. 하례식에 참석할 필요가 없는 영실은 천문 관련 서책들과 의기 모형도들을 기름종이로 싸서 깊숙이 넣어둔 상자를 확인하고는 팔베개를 하고 누웠다.

"조선 관상감 관원들을 색출하라!"

밖에서 요란한 발자국 소리가 들리더니 방문들을 열어젖히며 불호령이 떨어졌다.

"무례하오. 여기가 어디라고 무장한 군졸들이 들이닥쳐 난동하는 거요. 우린 황제를 배알한 외국 사신이오."

역관이 나서서 중국어로 준엄하게 따졌다.

"황제의 직속부대 금의위錦衣衛 교위다. 장영실이라는 자부터 앞으로 썩 나서라!"

영실은 튕기듯 몸을 일으켰다. 우려했던 일이 터졌음을 직감했다. 간밤 비밀리에 감행했던 관성대 등정이 금의위 비밀 요원들에 의해 들통 난 모양이었다. 애초 저들의 존재를 의식하고 나름대로 대비책을 세웠었는데 어디서 어그러진 걸까. 영실은 비상한 두뇌를 회전시키며 천문학 책들과 의기 모형도가 든 상자 감출 곳을 찾았다. 방 안에 숨길 곳이 있을 리 없었다. 이 잡듯이 뒤지면 곧 들통 날 일이었다. 상자들은 모조리 압수당하고 그 자신도 이내 나포되고 말았다.

"윤사웅, 최천구라는 자도 함께 압송하라!"

"우리가 무슨 죄가 있다고 이러시오?"

최천구는 칼 찬 군졸들과 장영실을 번갈아 보며 기가 막힌다는 표정을 지었다. 윤사웅도 마찬가지였다. 장영실과 함께 유학 온 그들은 조선의 천문 관원들이었다. 역시 장영실이니까 감쪽같이 해냈다고 격려해줬더니만 채 하루도 지나지 않아 이게 무슨 날벼락이란 말인가.

세 사람은 형부刑部의 법률 절차도 밟지 않고 곧바로 금의위 조옥詔獄에 갇혔다. 압수당한 상자들 속에서는 각종 천문 서책과 정밀하게 모사한 천문 의기 모형도들이 쏟아져 나왔다. 정식으로 허가를 받고 구하거나 본뜬 것들이었으나 이 순간은 불온한 증거로 남게 되었다.

공조판서 최윤덕을 위시한 정조사 일행은 당혹스러워했다. 정초가 며칠 앞으로 닥친 시점이었다. 지난 시월 초여드렛날 한양을 떠나와 북경 동평관에 도착해 며칠째 하례식 준비를 해온 그들은 불똥이 튈까 조마조마했다. 성사 최윤덕은 부리나케 예부상서(외교부 장관) 여진呂震을 찾아갔다.

"대인, 어찌 이런 불미스러운 일이 일어날 수 있단 말입니까?

대관절 저들이 무슨 잘못을 했다고 그 서슬 퍼런 금의위 조옥에 잡아 가두는 것입니까? 우리 조선의 왕께서 특별히 예부에 자문을 보내, 제공받은 서책들과 모형도들이 아닙니까? 대국을 부모처럼 섬겨온 조선국 사신들에게 이럴 수는 없습니다."

"병권兵權과 형권刑權을 모두 가진 황제 폐하의 수족이 금의위요. 간밤에 황제의 천문대를 범한 게 사실이라면 속수무책이오. 필시 사형을 면치 못할 것이오."

예부상서도 낙담한 얼굴이었다.

"본래 외국 사신 문제는 예부 관할일진데 왜 금의위에서 나선 것입니까?"

"그게 안타깝소. 황제 직속부대 금의위가 나선 일은 우리도 어쩔 수 없소."

"대인께서 나서서 선처를 청원해주십시오. 하늘 무서운 줄 모르는 그 젊은 애송이가 그저 호기심이 발동해 저지른 일일 겁니다. 예로부터 조선은 어느 나라보다 황제께 깍듯이 예법을 지켜온 속국이 아니겠습니까?"

최윤덕은 중국에 대한 조선의 돈독한 사대 관계를 거론하며 매달렸다.

"나 또한 저들, 특히 장영실이라는 청년에게 각별한 애정이 있소이다. 하지만 금단의 관성대에 잠입한 게 사실이라면 금의위의 법에 따라 재판도 없이 즉결로 사형당할 수밖에 없소."

예부상서 여진은 눈살을 찌푸리며 감았다.

○

그 시각, 황성 안의 금의위 조옥에 갇힌 장영실은 윤사웅, 최천구와 단단히 입을 맞춰두었다. 윤사웅과 최천구는 끝까지 모르는 일로 했다. 조선의 왕이 결부된 일은 더더욱 아니었다. 청년 장영실의 사사로운 호기심이 낳은 망동이었을 뿐이었다.

"두 분께서는 어떻게 해서든 풀려나셔야 합니다. 그래서 전하께 복명하고 조선의 역법을 새롭게 만드는 대업을 성취하셔야 해요. 처형은 저 하나로 족해요. 이미 마소보다 나을 게 없는 노비의 삶, 무슨 미련이 있겠습니까? 노비로 태어났지만 어진 임금을 만나 중국 유학을 다 하고 황제의 천문대까지 올라봤으면 됐습니다. 바라옵건대 조선에 돌아가시면 우리 노모 뒷바라지나 섭섭지 않게 해주십시오."

누구보다도 정밀한 기물을 만들 수 있다고 자부해왔건만 이렇게 허술했다니. 모든 걸 놓아버린 사람처럼 장영실은 그 영롱하던 눈빛을 잃고 있었다. 윤사웅과 최천구는 영실의 손을 부여잡고 어루만지면서 사행 무역상의 짐바리에 따로 숨겨둔 서책과 모형도의 안전을 빌었다.


금의위 도독이 직접 취조했다.

"아주 잠깐 올라갔다 관측만 하고 내려온 것뿐입니다."

영실은 순순히 나서서 자신의 죄를 시인했다.

"허허허허. 젊은 놈이 참 배짱 한번 두둑하다. 위엄 어린 황제의 천문대가 아무나 올라가는 주막집 평상이라도 되는 줄 알았더냐? 누구냐? 누가 뒷배를 봐줬더냐?"

"뒷배라뇨? 저 혼자서 저지른 일입니다."

영실은 의연하게 대답했다. 이런 때를 대비해 귀신도 모르는 일로 꾸민 그였다. 자신 때문에 흠천감 감정은 물론 관측관원 하나라도 위험에 빠지게 된다면 은혜를 원수로 갚는 짓이었다. 그것은 결코 영실이 바라는 바가 아니었다.

"너 혼자서 무슨 수로 관성대에 오를 수가 있단 말인가? 검문검색이 삼엄하여 쥐새끼 한 마리도 얼씬거릴 수 없는 곳이거늘 아무런 제재도 받지 않고 번의 무리에 섞여 들 수가 있었다고?"

도독은 기도 안 차다는 표정이었다. 그는 윤사웅과 최천구를 뜯어보며,

"애꿎은 저 조무래기 하나 잡자고 내가 나선 게 아니로다. 물론 흠천감 관원이나 관성대 문지기 한둘 잡자는 것도 아니고. 분명 흠천감 감정이나 예부상서의 뒷배가 있었을 것! 내통한 자들을 모두 토설해라!"

"우리는 전혀 모르는 일이오. 천문 서책들과 천문 의기 모형도는 조선 왕의 자문을 가지고 와 정식으로 요청해서 확보한 것이고, 간밤에 이 젊은이가 관성대에 올랐던 건 전적으로 개인적인 호기심이었을 뿐이오."

윤사웅은 장영실과 미리 입 맞춰둔 바대로 말했다.

"이놈들! 지금 당장 흠천감 소속 관원 오십명을 모두 불러들여 대면하라!"

도둑이 짙은 눈썹을 치켜세우자, 호랑이같은 눈에서 불꽃이 튀었다. 윤사웅과 최천구는 머리를 땅에 박으며 조아렸다. 장영실은 태연하게 꿇어앉아서 담담히 읊조렸다.

"저는 천문 의기를 제작하고자 대국에 유학 온 장인입니다. 관성대가 금단의 영역이라고는 하나 올라가서 두 눈으로 직접 관측을 해봐야만 의기들을 제대로 만들 것 같았습니다. 황제 폐하의 권위를 범한다거나 그 밖의 다른 뜻은 전혀 없었습니다. 그게 그렇게 죽을죄가 된다면 기꺼이 죽을 것이니, 아무것도 모르는 이 두 분은 방면해주십시오."

영실이 사뭇 당당하기만 해서 윤사웅과 최천구도 놀랄 정도였다. 영실에게 이런 대찬 면이 있을 줄 몰랐다.

"속국의 장인 놈이, 천하의 중심 황제의 천문대에 올라 별을 관측해놓고 큰소리구나. 천문 의기를 만든 후엔 황제 자리도 넘보겠구나."

도둑은 너무 비약하고 있었다.

"천부당만부당합니다."

장영실은 머리를 저었다. 속으로는 '천하가 얼마나 넓은데 거기가 중심 자리라는 거냐'고 묻고 싶은 심정이었다.

"네놈의 목이 당장 날아갈 텐데도 혼자서 달게 받겠다?"

도둑은 이 당돌한 이방의 청년을 뚫어져라 톺아보았다. 맑다 못해 비취색이 감도는 총명한 눈빛이었다. 때마침 사령 하나가 다가와 뭐라고 귓속말을 전했다.

"좋다. 너희 둘은 그만 동평관으로 돌아가라. 대신 장영실은 조옥에 갇혀서 저승길이나 더듬고 있거라."

윤사웅과 최천구는 풀려났다. 동평관 처소는 쑥대밭이 돼 있었다. 만일의 경우를 대비해 여벌의 천문 서책들과 천문 의기 모형도를 동평관이 아닌 시전 창고의 짐바리 속에 숨겨뒀기에 대대적인 검수에 걸리지 않은 것이 그나마 다행이었다.

"이렇게 장영실을 잃고 우리끼리만 귀국하게 되면 전하께 무슨 염치로 복명하오. 전하께서 애지중지하시던 장영실이 이 먼 타국에서 횡사했다면 얼마나 상심하시겠소."

최천구가 하루 사이에 산송장이 된 몰골로 주억거렸다.

"전하께 인정받고 싶어서 온갖 지랄을 떨더라니! 내 이럴 줄 알고 연전에 전하께서 느닷없이 노비 놈을 유학 보낸다고 했을 때부터 쌍수 들고 반대했던 거요. 하늘 무서운 줄도 모르고 거리낄 것도 없이 날뛰다가 이런 사달을 낼까 봐. 대가 없는 소득은 없소. 도마뱀 꼬리 잘라줘도 곧 돋아나는 거요. 죽게 내버려두고 우리 일정대로 진행합시다. 괜한 청승 그만 떠시오. 신년 하례가 끝나면 곧바로 귀국할 테니 그리 아시오. 그깟 쌔고 쌘 장인 노비 하나 없어졌다고 조선이 어찌 되겠소?"

정사 최윤덕은 대쪽 같은 성리학자답게 냉정했다.

"정사! 지금 그 말씀이 책임자 된 자로서 할 수 있는 말이오?"

최천구가 불난 강변에 엉덩이 덴 소처럼 길길이 뛰며 고함을 내질렀다.

"최 부사! 불난 집에서 서까래 건지려고 뛰어들 참이오? 긁어 부스럼이오. 이쯤으로 묻힐 일을 괜히 헤쳐서 큰 문제로 비화하는 걸 보고 싶소? 그건 주상 전하의 어심에 반하는 일이오."

사신 일행을 대표하는 정사가 이렇게 나오자, 아무도 더는 거론조차 하지 못했다.


황궁 깊은 조옥에 갇힌 영실은 입술이 바싹바싹 타들어 갔다. 애초 일을 꾸밀 때 치밀하고자 애썼었다. 그런데 금의위가 알아채버렸다. 처음부터 고스란히 지켜본 세력이 있었거나 흠천 감 안에 밀고자가 있었다는 얘긴가. 어쨌거나 만반의 대비를 하지 못한 건 뼈아픈 실수였다. 겨우 스물 아홉에 죽는 것 따위는 아무래도 좋았다. 다만 야심 찬 젊은 왕과 마음껏 일해보고 싶었던 열망을 이쯤에서 식혀야 하는 게 못내 아쉬울 뿐이었다. 그보다 다섯 살이나 아래인 젊은 왕은 때를 알고 사람을 볼 줄 아는 안목이 탁월했다. 왕은 귀신같은 데가 있었다. 숨은 인재를 기막히게 찾아내고 적재적소에 앉혀 마음껏 부릴 줄 아는 영도자였다. 밤하늘 잔별처럼 많은 노비 가운데 하나인 그가 중국 유학을 오고 황제의 천문대까지 정복할 수 있었던 건 오로지 영오穎悟한 왕을 만난 덕분이었다.

영실은 잠 한숨 자지 않고 그가 여기까지 오게 된 경위를 되짚었다. 세상에서 가장 천한 밑바닥에서 몸을 일으켜 왕과 만나고 중국 유학까지 온, 그야말로 파란만장한 인생 역정이었다.

2
/
달을 먹는 개

장성휘蔣成暉는 심한 조갈증을 느끼며 자리에서 일어났다. 간 밤 낭자한 술판을 벗어나 객사 골방에 몸을 누였던가. 옆에서 부축하던 여인의 진한 분 냄새가 기억난다. 그 분 냄새는 지금도 나고 있다.

"자리끼를 찾나이까, 나리."

그랬다. 바로 그 여인이었다.

"내가 과음했구나."

사발을 받아 들며 여인의 얼굴을 살폈다. 아직 먼동이 트기 직전, 호롱불 끈 방 안은 물속처럼 어둠침침하여 여인의 낯빛을 제대로 볼 수가 없었다. 다만 곱게 빗어 매만진 낭자머리가 단아해 보였다. 어제 잔칫상 앞에서 옆자리를 시켰던 기녀일 테니 어떤 행색인지는 짐작한다. 변방의 관기치곤 그런대로 깔끔했다. 현령이 세세하게 신경을 썼구나 싶었다.

○

대개 변방 나들이를 하자면 잠자리가 불쾌했다. 방귀깨나 뀌는 고을 향리들이 쓸 만한 것들은 죄다 빼내어 첩으로 삼아버리고 박색 계집종을 대신 박아두기에 남아 있는 것들은 그야말로 술지게미나 진배없기가 예사였다. 때로는 버럭 화를 내고 퇴짜를 놓은 뒤 혼자 잘 수밖에 없었다.

"감주 아니냐?"

"속풀이엔 냉수보다 낫지요."

"간밤에 내가 사내구실을 하였더냐?"

제 풀에 환갑 넘은 나이가 찔렸다. 변방 관기라고는 하지만 상대는 아직 이십 대였다. 혹시 고약한 몸 냄새라도 났다면 민망한 노릇이었다. 늙고 보니 항시 그것부터 마음에 걸렸다. 해가 더해 갈수록 고목마냥 검버섯이 피고 몸의 아홉 개 구멍에서 유쾌하지 못한 냄새가 스멀스멀 풀어져 나왔다.

"더 주무시지요. 봄에는 늦잠을 자야 양생한답니다."

"허허, 어디서 들었더냐?"

"『내경內經』을 어깨너머로 보았습니다."

"용하구나. 가야금 병창이다, 시 짓기다, 재주 많은 아이들이 많지만 너는 글 읽기를 좋아하는 게로구나. 눈 좋을 때 많이 읽어둬라. 사람 한평생이 벽 틈 사이로 백마가 지나가는 것과 같이 빠르더니라."

관에 묶여 구실 다니는 처지였다. 구린내 나는 나그네의 객고나 풀어주며 사는 고달픈 삶이었다. 글을 읽고 외워서 어디다 써먹을꼬. 먹물 든 양반들 말귀 알아듣고 심심찮게 대거리나 할 수 있는 정도면 그만이었다. 눈 좋을 때 많이 읽어두라는 말은 치레에 불과했다.

"자향茨香이라 했더냐? 찔레꽃 향기는 풋풋해서 더욱 슬프다. 어릴 적 죽은 내 누이에게서도 그 향기가 배어 나왔었지."

"왜 죽은 누이를……?"

"지천에 퍼진 찔레꽃 향 때문인지 이맘때쯤이면 죽은 누이 생각이 나는구나."

다시 재촉한 새벽잠은 풋잠에 지나지 않았다. 은색 꽃무늬가 아로새겨진 은화세銀花洗 대야에 세숫물이 올라왔다. 늦은 아침은 미나리와 콩나물을 얹은 농어탕국에 이밥이었다. 속풀이로는 그만이었다.

오늘은 해운대 나들이가, 내일은 온천 목욕이 예정돼 있었다. 동래현청에서 동쪽으로 십팔 리를 가니 절벽이 바닷 속으로 풍덩 빠져 있어 그 형상이 잠두, 곧 누에의 머리와 같았다. 그 위로 동백 숲과 해송, 두충나무 군락이 푸르게 펼쳐졌다. 아직 철이 이른 동백은 빨간 꽃망울을 먼저 틔우려고 서로 다투는 풍광이었다. 보름만 더 있으면 동백꽃은 흐드러지게 만발했다가 미련 없이 통꽃을 뚝뚝 떨어뜨리리라. 그것을 발로 밟자면 수북한 꽃잎에 발목이 묻힐 정도였다.

바람 자서 잔잔한 수평선 너머로 대마도가 보인다. 해변에는 차일이 쳐지고 가마솥이 걸렸다. 바둑을 두는 패, 쌍륙을 두는 패도 있고 대낮부터 술잔을 기울이는 패도 있었다. 뱃놀이를 준비하는 시종, 아직 차가운데 물질하여 전복을 따 올리는 노비, 회 접시를 받들고서 소주를 권하는 기생들로 해변은 왁자지껄했다. 그렇게 진종일 풍류를 즐겼다.

다음 날 아침나절에는 온천에 갔다. 골짜기 암반을 뚫고 올라오는 온천물은 뜨겁고 약효가 뛰어났다. 가슴께에 차는 욕탕에 들어앉아 있다 보면 묵은 때가 벗겨지고 맑은 땀이 맺혔다. 막 온천욕을 끝낸 장성휘 일행은 근처 범어사 방장실로 자리를 옮겼다. 치렁치렁한 백발 노장 하나와 정수리가 높게 불거진 방장실 주인 벽송 선사도 이들과 함께 찻잔을 기울이며 환담을 나누고 있었다. 처마 끝에서 떨어지는 풍경 소리는 싱그러운 수풀 속으로 스며드는데 방장실 섬돌 위에 놓인 몇 켤레의 갓신 위로 살구꽃잎이 날렸다.

"그나저나 현령 정추의 결심이 옹골차서 좋습니다. 이 변방 동래 고을로 좌천되고서도, 노략질 일삼는 왜선倭船과 맞붙어 궤멸시킬 수 있는 전함을 만들어보자며 우리 같은 원로들까지 초청했으니 말이오."

영성부원군 최무선崔茂宣이었다. 최해산은 그의 아들로 화약 기술을 그대로 전수받았다. 그는 지난 경신년(1380) 왜구가 대거 침입했을 때, 금강 하구 진포에서 직접 만든 화포와 화통 등을 처음으로 사용해 왜선 오백여 척을 섬멸시킨 바 있었다.

"얼마나 가상하오. 권력에 눈먼 중앙 벼슬아치들이 왜구에게 약탈당하는 변방의 민초들을 돌볼 맘이 없지 않겠소?"

상장군을 지낸 김신金信이었다. 수년 전 낙향하여 지금은 경상도 예안(안동)에서 여생을 보내고 있었다. 그는 훗날 세종의 총애를 받게 되는 천문학자 김담金淡의 조부였다.

"옳습니다. 나 같은 퇴물이야 벗들이 그리워 거추없이 다리품을 팔았소만 여기 갈처사야말로 우리 영성군 못지않은 재주꾼 아니오. 장차 이 나라 백성을 구하는 묘책이 이 두 분에게서 나올 게요. 그만 뜸 들이고 연구해 온 것들을 꺼내놓으시지요."

다섯 형제가 모두 정3품 전서 벼슬을 지낸 명문가 출신의 장성휘 역시 김신과 같은 무렵에 낙향하여 경상도 의성에서 여생을 보내고 있었다. 젊었을 적에는 동래현뿐만 아니라 전국의 군영을 돌며 군기를 잡던 무장이었다.

그가 말한 갈처사는 치렁치렁한 백발을 늘어뜨린 홍안의 노장이다. 백발만 아니라면 낯빛으로는 도무지 나이를 짐작할 수 없이 팽팽했다. 벽송 선사가 마련해준 온천 가까이 있는 암자에 머물고 있지만 틈만 나면 어디론가 바람처럼 사라졌다가 달포를 넘겨 돌아오기 예사였다. 유가도 수용하면서 석가와 노장老莊을 섬기는 도인으로 하늘 아래 어디나 거처 아닌 곳이 없었다. 골똘한 궁리를 즐겼고 기발한 생각과 기술로 사람들을 놀라게 했다.

"화포야 우리가 압도적으로 우세해서 원거리의 적들은 상대가 안 되지만 다 아시다시피 여진의 해적이나 왜구들은 백병전에 능하지요. 저들은 배를 바짝 붙여서 수십 명이 삽시에 우리 배에 기어 올라와 긴 칼을 휘두른단 말씀입니다. 우리 수군은 그 기세에 눌려 번번이 당하고 말지요. 그래서 고안한 것이 검선劍船과 과선戈船인데 배에 칼날이나 창날을 세워 적들의 접근을 막아보자는 것이었지요."

화약 제조와 화포 제작에 관한 한 최고를 자랑하는 명장 최무선이 근접전에서의 문제점을 지적했다.

"하여 제가 한 발 더 나아가 고안해낸 것이 이런 배랍니다."

갈처사는 괴나리봇짐에서 죽통을 꺼내 뚜껑을 열고 두루마리를 펼쳐놓았다. 기이한 형상의 동물이 그려져 있었다.

"이건 거북이 아닙니까? 그렇다면 거북선!"

좌중의 누군가가 큰소리로 말했다.

"옳습니다. 거북선이오. 여기 이 머리 부위가 망루이자 지휘소요. 물론 거북의 입을 통해 화포를 쏠 수 있고 빙 둘러 낸 구멍들을 통해 화공이 가능합니다. 돛은 여느 전함처럼 중앙에 세울 수 있겠고, 외부의 충격을 견뎌낼 수 있을 만큼 튼튼하게 만드는 건 용골과 들보를 잘 이용하면 얼마든지 가능합니다. 이 거북선의 특징은 둥근 덮개 판에 있습니다. 노 젓는 군사는 물론 전투원 모두 덮개 판 안에서 활동하기에 그만큼 안전하오."

다음 그림을 펼치자 여러 개의 내부 설계도가 나왔다. 부감도(조감도)와 측면도, 전면도, 그 밖의 여러 단면도가 세세하게 그려졌고 각 부위 명칭과 길이까지 기입해놓았다. 이렇게도 해보고 저렇게도 해보아 많이 연구한 공이 묻어났다.

"놀랍소이다. 과연 신기한 재주요."

호국사찰 범어사 방장 벽송 선사가 합장했다. 그는 금정산성 지킴이이기도 했다. 산성은 현령이 수성장을 겸한다. 성곽 안에 관아를 두었는데 파수 보는 상비군 말고도 범어사 승려들이 수비를 도왔다. 승려들은 평소 참선 수행을 하고 있다가도 유사시에 차출되어 방어하도록 돼 있었다.

"기왕에 있던 전함을 변형시켜 그려본 것뿐이지요."

"당장 수영으로 가 거북선을 만들도록 하십시다. 왜구나 여진 해적들 문제가 아니라 천하의 바다를 주름잡을 수 있을 게요. 이건 하늘이 내린 걸작이오."

김신이 열혈 청년으로 되돌아간 듯 소매를 걷고 나왔다.

"김공! 계란한테 새벽을 알리라고 다그치는 격일세그려. 새로운 배는 종이접기가 아니오. 누차에 걸쳐 실험해야 하고 다 만들었다가도 효용성이 없으면 다시 건조해야 하는 게요. 필시 십수 년의 시일이 소요될 거요."

최무선은 신중했다. 절묘한 착상이라도 자칫 공상에 그칠 수가 있었다. 설령 잘 건조하여 물 위에 띄우는 데 성공했다 쳐도 무기를 장착하고 노를 저어 모의 전투를 치러봐야 할 일이었다.

"……그래도 놀라운 발상이시오. 진인이 따로 없소이다."

최무선은 찬사를 빠뜨리지 않았다. 잘만 활용한다면 해전을 평정할 수 있을 것도 같았다. 한 가지 애석한 일은 나라의 기강이 무너져가고 있다는 사실이었다. 조정의 전폭적인 도움 없이 새로운 대물大物을 만들어낼 수는 없었다.

시절이 수상했다. 왕의 존재는 유명무실했고 정권을 장악한 신흥 세력들은 나라의 군사력을 증강시키기는커녕 무력화하려고 애썼다. 신예 병기를 이용한 적대 세력의 출현을 염려했기 때문이다. 집권 세력은 누구나 똑같았다. 오직 자신들만이 전횡하는 그런 힘을 원했다. 신기술은 독점할 때에만 가치가 있었다. 적대 세력이 지니게 되면 악의 씨앗이 되었다.

"모두가 한낱 달팽이 뿔 위에서의 전쟁이지요. 이 광대한 우주에서 네 편 내 편을 가르고, 싸움할 궁리나 하고 있으니 이 사람이 아직 도를 깨달으려면 멀고도 멀었나 봅니다."

찻잔을 들어 목을 축인 갈처사가 읊조렸다.

"태평세라면 몰라도 난세에는 도인도 진흙탕에 발을 담가야 하는 게요."

누군가 희롱조로 말했다.

"유사 이래 여태껏 난세 아닌 적이 있었소이까?"

"허허허허."

노장들은 산방 한담을 웃음꽃으로 피워냈다.

"갈처사! 지난번 송도에 다녀갈 때 부탁한 물건들이오. 항상 궁리하여 나를 깜짝 놀라게 하는 그대에게 내가 이런 심부름이나 해줘야지 뭘 해주겠소. 필요한 걸 말만 하면 힘닿는 데까지 구해드리리다."

최무선이 갈처사에게 건넨 건 주먹 만한 크기의 원석으로 된 자석과 수정, 그리고 유리병 따위였다. 갈처사는 귀가 입에 걸릴 지경으로 몹시 반가워했다. 하도 기이한 물건들을 모으고 별의 별 것들을 만들어내기 좋아하는 그인지라 이것들을 어디다 어떻게 쓸 것인지는 아무도 몰랐다.

"전법(형조)판서 이송李悚이 있었다면 더 좋았을 걸 그랬소이다."

"왜 또 그 사람 얘기는 꺼내는 거요? 마음만 아프게시리."

자리가 좋다 보니 옛 고향 친구가 떠올랐던 걸까. 하지만 김신은 최무선의 대거리에 머쓱해지고 만다. 유쾌할 게 없는 기억이었다. 삼 년 전인 무진년(1388) 정월에 장인 염흥방의 난亂으로 애석하게 희생된 인물이었다. 이송은 세종 때 과학기술 최고 책임자인 공조참판을 지낸 이천의 아버지였다.

"우리끼리야 무슨 얘긴들 못하오. 나도 이송이 그리우이."

장성휘가 김신의 손을 들어주며 나온다.

늙으면 느는 버릇이 추억이다. 무인으로 벼슬살이하는 동안 그들은 중앙과 변방, 전장을 오가며 생사고락을 함께했던 벗이었다. 오늘같이 좋은 날, 그리운 이를 기리는 건 허물이 될 수 없었다.

이야기는 저녁까지 길게 이어졌다. 갈처사의 거북선 그림을 펼쳐놓고 깊이 있는 토론이 벌어지기도 했지만, 결론은 거북선 그림을 모사하여 나눠 갖고 가서 나름대로 모형을 제작해 훗날에 다시 회동하자는 데로 모아졌다. 장성휘는 객사로 돌아왔다.

넷째 날은 나들이가 없었다. 객사나 내아에서 쉬며 소일했다. 아침나절에는 방 안에서 뒹굴었고 오후에는 쌍륙을 두었다.

장기판과 흡사한 말판에 기다란 자루의 흑말, 백말을 나눠서 겨루는 놀이다. 상아로 깎은 육면체 주사위 두 개를 던져서 나오는 숫자대로 행마한다. 어느 편이든 자기 편 집에 있는 상대편의 말을 다 잡아서 빼내고, 자기의 말을 다 넣으면 이기는 놀이다. 말은 대개 열여섯 개씩으로 식자층의 남녀 간에 벌이는 놀이였다.

다섯 판을 둬서 두 판을 이기고 세 판을 내줬던가. 쌍륙을 두면서도, 판을 나와 바람을 쐴 때도 자향은 종일 야릇한 생각을 달렸다. 간밤의 꿈이 너무 신기해서였다. 하늘의 어느 별자리에도 속하지 않은 커다란 별이 유난히 반짝거렸다. 옆에 있던 동무에게,

"어머, 저 별 좀 봐!"

손가락으로 가리키는데 홀연히 그 별이 점점 커지면서 떨어지더니 품속으로 파고드는 것이었다. 화들짝 놀라 깨보니 옆 자리에 흰 수염을 단 노인이 누워 있었다.

이런 상노인이…….

남자를 느낀 건 아니었다. 두 번인가 보듬었지만 아버지처럼 모셨다. 헌칠한 자태에는 아직 위엄이 있었고 손길은 온화했다. 현령의 말로는 다섯 형제가 모두 당상관을 지낸 오전서 명문가라 했다. 송도에서 벼슬살이하다가 낙향한 곳이 의성이라니 북으로 삼백 리 상거였다. 가을이나 내년 봄쯤에 다시 회합이 있을

거라는 귀띔도 있었다.

다시 만날 인연이런가.

오후 들어 객사와 교방 사이의 숲길을 함께 거닐다가 조용히 불러보았다.

"나으리……."

"오냐, 자향아."

"여쭐 말씀이 있어요. 오늘 밤에는 약주를 마시고 제 청 하나를 들어주시어요."

종일 생각이 달렸지만 이 마당에 꿈 얘기를 하나 말아야 하나 분간이 서지 않았다. 잠시 더 고민했다.

"해웃돈이 필요하더냐?"

"그게 아니옵고 지필묵을 준비할 테니 불망기不忘記를 남겨주셔오. 간밤에 생급스러운 꿈을 꾸었기에……."

자향이 품속으로 파고든 별 이야기를 해줬다. 그러자 노인은 깊은 눈을 동그랗게 떴다가 이내 감더니,

"허어 참! 임신姙娠이란 본래 여자女가 별辰의 씨를 맡았다任는 뜻이니 너의 별 꿈이 예사롭진 않구나. 허나 봄날의 꿈은 워낙이 허망한 것이어서 새삼 해몽이 필요치 않다. 우리 형제는 다섯이나 된다만 나한테는 후사가 없다. 하여, 봉제사를 위해 몇 년 전 조카를 양자로 들였느니."

흥미로운 글자풀이를 하면서도 노인은 별로 기대하지 않는 눈치였다.

"곧 퇴기退妓가 되어 물러날 몸입니다. 이참에 나리의 아드님이라도 갖게 된다면 남은 생의 낙이 될 듯도 싶습니다."

노인은 자향의 얼굴을 꼼꼼히 뜯어보았다. 오다가다 쉬이 맺고 푸는 그런 풋정이 아니라 깊은 인연인가를 따져보는 듯한 눈길이었다.

"네 말이 사실이라면 이는 분명코 하늘이 내게 특별히 점지한 귀한 생명일 게다. 뭣하고 있느냐? 어서 속치마를 펼쳐라."

노인은 아직 당당한 사내였다. 저질러진 일은 기꺼이 끌어안는 성정이었다. 무인다웠다.


쩔레꽃 향기 봄밤 달빛 어루만지니
그대 나 장성휘와 더불어 좋은 짝이로다
못과 산이여, 그윽한 흥취로다
꿈결에서 감로주에 취하네
茨香撫春月(자향무춘월)
與暉相好逑(여휘상호구)
澤山分鄰鄰(택산혜인린)
夢中醉甘酒(몽중취감주)
— 辛未 春四月 暉 識


하얀 명주 속치마 자락에 장성휘가 휘둘러 쓴 오언절구였다. 마지막 구절에 아이를 언급하지 않은 게 살짝 아쉬웠지만 자향

○

48

은 기뻤다. 자향과 장성휘 둘의 이름자가 들어 있었고 달과 햇무리를 대비시켰다. 휘는 햇무리이자 장성휘 자신이었다. 못과 산은 음양을 상징할 것이다.

자향이 그렇게 풀어내자 장성휘가 제법이라고 칭찬했다.

"겨우 어림만 했지요."

"십 년만, 아니 오 년만 젊었더라도 내 너를……."

첩실로라도 불러들이겠다는 뜻일까.

그날 밤 장성휘는 밤이 이슥토록 잠을 이루지 못했다. 사흘을 더 묵어 이별은 이레 만에 찾아왔다. 다반사로 이뤄지는 관기와 과객의 만남과 헤어짐이었다. 새삼 눈물을 뿌리고 자실 것도 없었다.

그가 떠나고 자향은 의원을 찾았다. 과객을 치르고 나면 혹시 몰라서 탕제를 지어다 달여 마셔왔다. 독한 조팝나무 뿌리가 들어간 낙태약이었다. 그런데 이번에는 약제가 달랐다. 튼실한 생명력을 북돋우는 탕제를 지어 왔다.

"자향이, 호장 나리가 찾는구나."

정청 남쪽에 있는 교방에서 머리 손질을 하고 있을 때, 행수 기생이 알려왔다. 호장은 관아 안에서 수십 명의 기생을 감독하는 아전이었다.

질청에 나가 호장을 만났다. 이두 문자로 공문서를 기록하던 호장이 자향을 물끄러미 건너다보면서 입을 열었다.

"며칠 욕보더니 호사를 하게 됐구나."

평정건에 녹삼 차림인 호장은 빈약한 팔자수염을 연방 쓸어 올리며 입가로 느끼한 웃음을 흘렸다. 휴가를 내거나 자잘한 부탁을 할 때마다 호장은 그 웃음을 짓기 일쑤였다.

"당분간 구실살이를 면제해주겠다. 짐을 챙겨 동헌에 나가 현령을 뵙고 가거라."

생각하지도 않은 일이었다. 교방으로 돌아오니 행수기생의 귀띔으로 벌써 소문이 파다했다.

"장 전서 나리가 첩으로 불러올릴 게 분명하구먼."

"호호호. 팔자 핀다, 자향 언니! 태몽 꾸었다더니 여생을 비단 길 걷게 생겼구랴."

형님 동생 하며 지내는 기녀들이 요란을 떨어쌓는다. 그이 정도의 권세가라면 기생첩에서 빼내 양민으로 삼을 만한 능력과 수완이 있었다. 그럼 아이는 서자라도 반가의 자손이 된다. 정실의 소생이 없고 조카를 양자로 들였다니 아예 적자로 세울 수도 있는 일이었다. 그래만 준다면 아이를 위해서도 얼마나 좋은 일인가.

수태 기미가 있는 기녀들이 낙태약을 먹거나 언덕배기에서 데굴데굴 굴러 애를 떨어뜨리려 하는 건 까닭이 있었다. 생모가 관기라면 생부가 제 아무리 당상관이라도 그 자식은 무조건 관노가 될 신세였다. 국법이 그랬다. 본시 가부장제 사회는 아비의 혈통을 따르게 돼 있었다. 그런데도 유독 노비만은 모계를 따랐다. 속모법從母法이라던가. 아비의 신분은 묻지 않고 어미의 신분만 따졌다. 그렇게 씨를 중시하는 양반이 이 경우엔 씨의 혈통을 따지지 않고 밭을 문제 삼아 사람의 일생을 속박했다. 노비를 양산하기 위한 변칙이었다. 명백한 모순이었다.

그보다 더 혹독한 법은 일천즉천一賤則賤이었다. 아비건 어미건 어느 한쪽이 천인이라면 그 자식은 무조건 천인이 된다 했다. 한 번 노비는 영원한 노비가 되는 것이다. 성인처럼 인품이 훌륭하고 머리가 좋아도 관옥같이 잘 생겨도 노비였다. 그렇기가 쉽지 않지만 돈이 많아도 노비였다. 노비는 세습되었고 토지나 가축처럼 상속되었다. 이른바 노비세전법奴婢世傳法이었다. 냉정하게 말하면 노비는 사람이 아니라 물건이었다. 말로만 사람이라고 하고 가축 대우를 했다. 양반들이 그런 법을 만들었다.

세상은 대를 물려 노비를 상속받은 양반들의 것이었다. 그들은 책을 읽고 사람다운 삶을 위해 사색하고 즐기는 족속이었다. 하늘의 이치를 궁리하고 수양하며 무지렁이 백성을 다스렸다. 그러자면 입고 먹고 잠자는 일을 누군가가 곁에서 한 몸처럼 돌봐줘야 했다. 고귀한 신분인 그들은 험한 노동을 할 수 없었다. 아니, 해서는 안 되었다. 그래서 수많은 노비가 필요했다.

토지가 많으면 부자이듯이 노비가 많아도 부자였다. 건장한 노비 하나면 말 한 필과 바꿀 수 있었다. 세력 있는 양반 주위에, 그것도 힘겹고 구질구질한 일이 있는 곳에 노비는 반드시 있었다. 잘난 양반네는 요람에서 무덤까지 노비의 힘을 빌렸다. 갓난아이 때부터 업저지라는 노비의 등에 업혀서 컸고 죽어서는 곡비가 빈소나 무덤에까지 따라가 대신 울어주었다. 노비가 없으면 일상생활을 유지할 수 없었다. 아침 세숫물을 떠다 대령하는 데서부터 저녁 잠자리를 돌봐주는 데까지 반드시 노비가 있었다. 개인에게는 몸종이, 집에는 사노비가, 관에는 수백 명의 관노비가, 궁궐에는 수백 명의 내노비가 필요했다. 왕과 왕비의 대변을 닦아주는 소임도 내노비의 몫이었다.

여하튼 일천즉천은 기막히게 좋은 노비 양산책이었다. 백성 가운데 사 할이 노비라는 얘기가 있었는데 모두 그렇고 그런 법의 그물에 얽힌 중생이었다.

'이 아이를 노비로 만들 수는 없어. 천상의 별을 품으로 받아서 얻은 아이가 아닌가.'

자향은 속으로 되뇌며 동헌으로 건너갔다. 현령을 뵈니 쌀 닷 말과 말린 홍합 한 되를 내주었다. 몸을 잘 건사하라는 말을 해주고서 그만 물러가라 한다. 장 전서가 떠나면서 이러저러한 당부가 있었던 듯했다. 눈물 나게 고맙고 반가웠다.

삶바느질을 하는 틈틈이 책을 읽었다. 달포가 지나 몸 가진 게 분명해졌다. 그가 잊지 않고 다시 와주기를 손꼽아 기다리며 여름을 났다. 문밖에 어스름 달그림자만 스쳐가도 그가 아닌가 내다보는 버릇이 생겼다. 그는 좀처럼 오지 않았다.

앵두가 떨어지고 토담 안쪽 가죽나무 등치를 안고 돌아 올라간 능소화가 샛노란 그리움을 호롱불처럼 피워냈다. 초가을은 그 능소화 덩굴을 타고 탱글탱글한 햇살을 뿌리며 다가왔다. 그 무렵 행수기생의 전갈이 있었다. 지난 봄날과 같은 회동이 조만간 다시 있다는 내용이었다. 점점 불러오는 배를 쓰다듬으며 기다렸다. 하지만 두 번째 회동에 무슨 일인지 그만은 오지 않았다. 불안해지기 시작했다. 자향은 고리짝 깊숙이 싸서 넣어뒀던 속치마를 꺼내 그이가 남긴 불망기를 보고 또 보았다. 그러다가 기생 자향이 아니라 몸 가진 어미로서 편지를 내야 한다고 맘먹었다. 어렵게 편지를 썼다. 그런데 그 편지를 부치기도 전에 답장이 먼저 왔다. 그가 죽었다는 부고였다. 몸져누웠던 그이가 운명했다는 거였다. 세상 모든 첩은 예정된 과부 팔자라지만 이건 너무 심했다. 자향은 그만 무너져 내렸다. 날벼락 맞고 지옥불에 떨어지는 충격이었다. 혼절했다 깨어나서도 기운을 차리지 못했다. 자신과 아이 앞에 닥쳐올 가혹한 운명에 치를 떨었다. 벽송선사와 갈처사를 따라 문상할 생각도 못 했다. 거기가 어디라고 근본 없는 기생이 배가 불러서 양반 댁을 찾아간단 말인가. 핏기 잃은 얼굴로 자리에 맥없이 누워 눈물만 흘려야 했다.

꿈이었다. 한갓 꿈이었다. 꿈이라도 어디 오래나 꿀 수 있게 놔뒀던가. 고작 봄부터 추석 명절 무렵 때까지가 전부였다. 얼추 넉 달가량이었고 길게 늘여 잡아봐야 다섯 달이 채 안 됐다. 부음을 듣는 순간 돌 위에 떨어뜨린 사기그릇마냥 바싹 깨져버렸으니까. 천한 것들은 꿈조차 오래 꿀 수 없는가 보았다. 늙은 퇴기들이 주막 뒷방에서 낮술에 취해 흥얼거리곤 하는 타령조 대목처럼, 꿈에 나서 꿈에 살고 꿈에 죽어가는 인생이 맞는가 보았다.

"와! 달 먹는다! 오랑캐가 달을 먹는다!"

성곽을 낀 솔숲 가장자리 초가집 동네에 굵은 목소리가 터져 나오자, 곧 아이들과 아낙네들도 함성을 질렀다. 이른 봄날 초저녁, 북두칠성의 자루인 두표斗杓가 정동을 지나 남쪽으로 기울어 갈 즈음이었다. 또드락 또드락 낭랑한 다듬이질 소리가 끊기고 여기저기서 컹컹 개 짖는 소리가 고샅을 뒤흔들었다. 출렁거리던 열엿새 달빛이 어둠침침해졌다. 하얀 달의 오른쪽 부위에서 둥그스름한 검은 그림자가 나타나더니 성큼성큼 달을 먹어치우고 있었다. 거의 다 먹어치울 무렵 하늘이 검어지면서 별빛이 한층 빛났다. 스물두 개의 별로 이루어진 날개 모양의 익수翼宿였다. 남방을 관장하는 주작의 날개다. 황도 십이궁 가운데 처녀자리에 해당하는 익수는 환한 달빛에 가려 빛을 잃고 있다가 틈을 타서 잠깐 제 모습을 드러낸 것이다. 이윽고 달이 다 먹히자 희미해진 빛이 살구처럼 붉어졌다가 다시 오른쪽부터 제 모습을 찾아갔다.

"에구, 자향아! 그래도 고추로구나!"

천상에서 월식이 진행되는 동안에도 지상에서는 새 생명이 태어났다. 개 짖는 소리에 그만 아기 울음소리가 묻혔지만 산파의 탄성은 분명 사내아이의 탄생을 알리고 있었다. 늘어진 소나무 아래 초가집 안은 여느 집들과 달리 월식이 일어난 것도 까맣게 모르고 오로지 산모와 갓난아기 수발에 여념이 없다. 더운 물을 끓여 내오고 미역국을 대령하는 등 뒤치다꺼리하는 이들은 모두 단장을 곱게 한 여인네들뿐 사내라곤 어디에도 없다. 모두 동래 관청 소속 관기들이었다.

사립문에 금줄이 쳐지고 검은 하늘 오랑캐의 손아귀에서 놓여난 달은 놋쇠 쟁반 같은 얼굴로 아무 일도 없었다는 듯 시치미를 떼고 남북으로 흐드러지게 드리워진 은하수 강가를 건너가고 있었다.

정묘년(1392) 봄날은 뒤숭숭했다. 신진사대부의 대표 격이었던 의리파 정몽주가 피살되었고, 고려 왕조는 송악에 장려한 노을빛으로 이울고 있었다. 명분보다 실리를 중시한 정도전, 조준, 권근 등의 사공파 손에 들어간 권력은 착착 새 주인을 맞아들이기 위한 수순을 밟아갔다. 그들이 만들고자 하는 나라는 불교를 숭상하던 고려와 전연 달랐다. 그들은 초월과 세속의 세계가 하나이며, 수양과 실천으로 이상적인 인간 사회를 이룩할 수 있다는 성리학적 정치 이념으로 무장했다. 마침내 7월 17일 개경의 수창궁에서 이성계가 왕위에 오르니, 1388년(우왕 14년) 오월 요동 정벌군을 이끌고 압록강 하류 위화도에까지 이르렀다가 회군한 지 만 사 년 만의 일이었다. 당시 중국은 빈농의 아들이 떠돌이 중을 거쳐 농민운동으로 일약 황제에 등극한 주원장 천하였으며, 일본은 남조의 마지막 천황 고카메야마가 북조의 고코마쓰에게 양위했고, 몽골은 티무르가 바그다드를 짓쳐 들어갔다가 이듬해 철저히 파괴시켜버렸다.

"이 녀석, 눈빛 한번 초롱초롱하구나. 별난 것은 항시 묵은 것과 새것의 틈, 그 사이에서 나오는 법이라. 구 왕조가 곪아빠지고 새 왕조가 들어서기 직전, 정묘년(1392) 윤이월 열엿새 월식 때 태어난 이 녀석은 천상의 새, 주작의 날개를 한껏 펼치고 온 누리를 날아다닐 거라. 천하의 영재는 마땅히 소담스러운 열매를 맺어야 한다.”

미역 다발을 들고 찾아온 갈처사가 왼손으로 갑자를 짚으며 덕담했다. 그는 즉석에서 영실英實이라는 이름을 지어줬다. 장성휘와는 신분이 두터웠던 그였다. ‘성成’ 자 다음 항렬로 ‘영英’이나 ‘계繼’가 된다는 것까지 생각해서 지은 이름이라 했다. 물론 장씨 성을 쓰지는 못했다. 천출이 무슨 성이 있을까. 천출들은 부르기 쉽고 짓기 편하면 그만인 이름들이 붙었다. 흰둥이, 검둥이, 점박이 따위의 짐승 이름과 크게 다르지 않았다. 아프지 말고 단단하게 막일이나 잘하라고 돌쇠, 마당이나 쓸다가 잽싸게 잔심부름이나 다니라고 마당쇠, 쉬지 말고 부지런히 일만 하라고 조막손이, 부엌일이나 하는 복녀, 두엄간에서 낳았다 해서 분례, 갓 나서부터 죽을 때까지 간난이, 삼월에 태어났으니 삼월이…….

영실은 갈처사와 벽송 선사의 영향으로 다섯 살 때부터 글을 배웠다. 일곱 살 때 글을 지었는데 보는 이마다 놀라워했다. 글 짓는 솜씨도 솜씨지만 더 놀라운 것이 관찰력이었다.

소나무는 마음속으로 동그란 나이를 먹고

대나무는 속을 비운 채 밖으로 나이를 먹네

**松裏圓輪經歲迹**(송리원륜경세적)

**竹年以節內心虛**(죽년이절내심허)


살고 있는 오두막이 솔숲에 있다고는 하지만 잘린 소나무 그루터기의 나이테를 보고서 마음속으로 동그랗게 먹는 나이로 본 것이며, 한 발 더 나아가 속 빈 대나무의 마디를 나이테로 본 것이 비범했다. 붓자루깨나 분질러본 선비들이 알량한 관념 덩어리를 늘어놓고 뽐내는 시회詩會에서는 찾아볼 수 없는 실팍한 글이었다. 사람들은 우선은 놀랐다가 나중에는 약속이나 한 것처럼 이내 혀를 끌끌 찼다. 써먹지도 못할 재주가 아까워서였다.

"머리 좀 돌아가는 놈이로다. 더 자라면 관아에 속전을 바치고라도 빼내서 큰 장사꾼을 만들고 싶구나. 화식장부貨殖帳簿 기록 관리를 맡기면 딱이다 싶어."

부산포 왜관에서 일본과 무역을 하는 상인 조씨가 마름모꼴 눈을 이리저리 굴리며 군침을 흘렸다. 그는 관의 허가를 받고 일본이나 대마도에 쌀, 인삼, 약재, 불경, 범종 등을 수출하고 은과 향료, 물소 뿔 등을 수입하여 큰돈을 벌고 있었다.

왜관에서는 오일장이 열렸는데 거류하는 왜인들이 많았다. 관에서는 그들에게 쌀과 음식을 제공했다. 노략질을 방지하기 위한 방편이었다. 왜관에는 공청, 시장, 상점, 창고 등이 있었고 왜인들은 이곳에 머물며 외교적 업무나 무역을 했다. 무역은 통

역관과 사령, 금란관, 장무관, 녹사 등이 입회한 가운데 물물교환 형식으로 진행했다. 만일 국가 기밀을 누설하거나 밀무역을 하다가 발각되면 왜관 앞에서 목을 베거나 곤장을 쳤다. 조선의 주요 무역 대상국은 중국이었고 큰돈을 버는 상인들은 조정의 공식적 행사인 사은사나 주청사, 진하사 등을 따라가서 하는 사행 무역꾼들이었다. 의주의 만상, 개성의 송상, 한양의 경강상인들이 사행 무역으로 자본을 축적했다. 그에 비해 왜관 무역은 제약이 많았고 관계가 악화되기 십상이어서 변수가 많았다.

"일본에 자유롭게 건너다니는 때만 온다면 너를 데려다가 크게 쓸 것이다."

상인 조씨는 영실 어미 자향에게 쌀과 말린 어포를 보내고 영실을 데려가서는 옷을 사 입혔다. 영실은 조 상인의 딸 미진과 같은 또래였다. 찰흙으로 떡과 밥을 짓고 풀잎으로 반찬을 만들어 사금파리에 담아 소꿉을 살았다. 그러다 시들해지면 오얏나무 그늘 아래 개미의 행렬을 따라가서 막대기로 집을 파헤쳐보기도 했다.

"오매, 징그럽다."

하얀 밥풀떼기 같은 유충이 드러나면서 창망한 개미들이 깨알같이 흩어지자, 미진은 화들짝 물러나며 영실의 어깨에 얼굴을 묻었다. 콧등에 송알송알 땀방울이 맺혀 있었다.

"개미 얘들이 너를 보면 더 징그러워할 거야. 거대한 요괴로 보일 테니까."

"뭐라구 이 머스마야!"

"저 눈 흘기는 것 좀 봐. 너야말로 영락없는 괴물이야. 너처럼 커다란 괴물이 왜 이 작은 개미들을 보고 도망치는 거지? 얘들은 어지럽게 맴돌 뿐 도망가진 않잖아."

"무서워서 피하니? 징그러워서 피하지."

"이 꼬물거리는 것들이 뭐가 무섭냐? 사람처럼 구린 똥을 싸더냐? 입 냄새가 나더냐?"

"말을 말자, 이 머스마야."

앵돌아진 미진이 쌜쭉해져서 투덜댔다.

"무서울 거 하나도 없다구. 잘 들여다봐. 개미도 우리와 다를 게 없어. 항시 일만 하는 거 같지만 자세히 보면 그렇지도 않아. 마치 우리가 장난치듯 서로 깨물고 올라타며 재밌게 놀기도 하는걸. 놀이를 하면서 즐거움도 느끼지. 반대로 고통도 느낄 거야. 그런데 우린 그것도 모르고서 아무 감정도 없는 미물이라고 여기며 쉽게 짓밟아버리고 장난삼아 허리를 두 동강 내버리지."

"개미들이 서로 깨물고 올라타며 재밌게 논다고?"

미진은 믿을 수 없다는 표정으로 영실을 빤히 쳐다보았다. 똑똑한 건 알지만 눈썰미도 보통이 아니었다.

"그런데 넌 왜 그처럼 정겨운 개미들을 못살게 구는 건데?"

"못살게 구는 게 아냐. 도대체 이 작은 녀석들이 어떻게 제 몸뚱이보다 수십 수백 배나 무거운 곤충들을 끌고 갈 수 있는지 그게 궁금해서야. 이 가느다란 허리와 발 어디에 그런 힘이 들어있을까?"

"별게 다 궁금하다. 울 아버지는 네가 큰일 낼 놈이래."

"큰일을 내야 큰 세상이 열리지. 야, 벌써 개밥바라기별이 떴네."

어느새 날이 저물어 서녘 하늘에 큼지막한 별 하나가 보였다.

"혼나겠다. 어서 집에 돌아가자. 그런데 왜 개밥바라기별이라고 하지?"

미진이 묻자, 영실이 흙 묻은 손을 털고 일어서며 도란도란 이야기해주었다.

"옛날에 늙어서 고향에 내려와 살던 청백리가 있었어. 욕심이 적어서 매우 가난하게 살았지. 그러던 어느 날 먹을 게 없어서 나물만 먹던 늙은 할멈이 탈이 나 몸져눕고 말았어. 청백리는 할멈을 구하기 위해 남의 집 벼이삭이라도 구해 오려고 달도 없는 밤에 낫을 들고 나갔어. 그런데 막 떠오른 반짝이는 샛별이 나쁜 짓을 하지 말라고 속삭이는 것 같은 거야. 결국 청백리는 벼에 손도 대지 못하고 집으로 돌아와 주린 배를 움켜쥐고 잠이 들었어. 잠시 뒤, 꿈인지 생신지 누가 부르는 소리가 들리는 거야. '뉘시오?' 하고 묻자, '난 아까 당신이 보았던 샛별이랍니다. 내가 큰 개 한 마리를 줄 테니 잘 키우시오.' 하고 대답하는 거야. 나가보니 과연 커다란 개 한 마리가 뜰에서 꼬리를 흔들고 서 있지 뭐니. 개는 그날부터 먹을 것을 물어 와서 노부부를 먹여 살렸단다. 그러다가 어느 해 마을에 큰 가뭄이 들었어. 논바닥이 거북등처럼 쩍쩍 갈라지고 곡식들이 타들어갔지. 마침내 우물까지 마르자 마을 사람들은 우물가에서 고사를 지냈어.

누르세 누르세 용왕님을 누르세
아랫말 우물 윗말 우물 동구 밖 우물
이지러진 머리 비단결로 감는 우물
뚫으세 뚫으세 펑펑 뚫으세
수정같이 맑은 우물 펑펑 뚫으세
목을 축여 생명 주고 물이 넘쳐 식량 주고…….

이렇게 축원하며 기우제를 지내봤지만 말짱 허사였어. 마을 사람들은 망연자실 한숨을 쉬었지. 이때 그 개가 청백리의 바지를 물고는 어디론가 끌고 갔어. 개가 앞발로 후벼 파는 곳을 더 깊이 파보니 맑은 물이 펑펑 샘솟아나지 뭐야. 청백리는 하도 신통하여 개의 머리를 쓰다듬으며 물었어. '너는 누구이기에 우리를 보살펴 주는 거니?' 그랬더니 개가 사람처럼 말을 해. '정 궁금하시면 내일 새벽녘에 우물가에 나와서 동쪽 하늘을 쳐다보세요.' 그리고는 서쪽 담을 넘어 사라져버리는 거였어. 새벽에 동쪽 하늘을 보았더니 샛별이 빛나고 있었지. 그 개가 샛별이었던 거란다. 샛별은 낮에는 보이지 않지만 그동안에도 하늘을 천천히 걸어서 초저녁에 서쪽 하늘 가장자리에서 다시 빛나곤 했지. 그때마다 청백리 노부부는 감사하며 마음속으로 밥을 주었단다.

○

그래서 그 별이 저녁 서쪽 하늘에서 빛날 때는 개밥바라기별이라고 부르게 된 거지. 같은 별이라도 뜨는 시간과 장소에 따라 이름을 달리 부르게 된 이유란다."

"어쩜 너는 별 이야기도 그렇게 잘하니? 참 똑똑도 해요."

미진은 꼭 쥔 영실의 손을 가져다 자기 볼에 대어보고는 쏜살같이 자기 집으로 들어갔다.

아홉 살이 되면서 영실은 관아로 노비 구실을 다녀야 했다. 태어나면서부터 관노안官奴案에 올랐기 때문이다. 퇴기라지만 어머니 자향 또한 관아에 나와 허드렛일을 했다. 집에서는 세상에 하나밖에 없는 귀한 아들과 어머니였지만 관아에서는 쌔고 쌘 노비들 가운데 모자 노비에 지나지 않았다. 향청에도 사창에도 군기고에도, 하다못해 높다랗고 둥근 담이 둘러쳐진 감옥에도 노비는 흔해 빠졌다. 그들 속에서 영실의 잘 돌아가는 머리는 되레 굴레가 되어버렸다. 애새끼가 벌써부터 잔꾀를 부린다고 핀잔듣기 일쑤였다. 어쩌다 칭찬을 듣더라도 그것이 오히려 더 많은 일거리를 불러들였다. 그게 노역의 본질이었다. 남이 하지 않으면 고스란히 제가 해야 하는 일거리였다. 안 해도 좋은 일은 노역에 들지 않았다. 누군가는 반드시 해야만 하는 일이 노역이었다. 피멍이 들고 뼈마디가 으스러져도 반드시 해야만 하는 일이었다.

멧돼지 떼가 산기슭 밭에 출몰해 곡식들을 결딴내놓곤 한다는 민원이 들어왔다. 군졸들과 관노들이 멧돼지 사냥에 동원되었다. 군졸들은 활과 칼을 찼지만 관노들은 몽둥이가 고작이었다. 며칠간 마을 뒷산을 쏘댔다. 그래봤댔자 멧돼지 코빼기가 보일 리 없었다. 얼치기 사냥꾼들을 비웃기라도 하듯 놈들은 한낮에는 더 높은 산골짜기에서 뒹굴뒹굴 지내다가 해가 지고서야 비로소 마을 뒷산으로 내려오곤 했다. 하여 매일 허탕만 쳤다. 아무려나 관노들 입장에서는 하루가 속편하게 흘러가면 그만이었다. 주먹밥 싼 보자기 둘러매고 휘이 휘이 소리치며 산을 쏘대는 건 일도 아니었다. 관노들은 소풍 가는 거라며 다들 즐거워했다.

"깊은 산골짜기까지 들어가는 사냥꾼도 아니고 우리가 무슨 수로 멧돼지 떼를 잡는대요. 차라리 이럴 시간에 그물을 짜고 덫을 만들어요. 멧돼지들이 자주 출몰하는 데에다 그물을 깔고 덫을 놓아 잡는 편이 빠르것네요."

어린 노비 영실이 군졸에게 한 제안이었다. 듣고 보니 그 말이 옳았다. 다음 날부터 관노들의 소풍 놀이는 끝났다. 당장 새끼를 꼬아 그물을 만들라는 명령이 떨어졌기 때문이다. 한두 개도 아니고 수십 개의 그물을 짜야 했다.

"저 되바라진 꼬맹이 놈 하나 땜에 그 즐겁던 소풍도 더 못 나가게 생겼네 씨브럴!"

관아의 심부름이나 죄인 매질을 하는 사령, 말코가 탁탁 침을 뱉으며 새끼를 꼬다가 눈을 부라렸다.

"쬐끄만 게 잔머리 좀 굴린다고 칭찬 몇 번 받다 보니 이젠 없던 일까지 만들어 받치네요. 야, 이 엉덩이에 뿔난 놈아. 그런다고 누가 상주더냐?"

몇 살 위 소년 노비가 영실의 귀때기를 붙들고 한껏 끌어올렸다 내팽개쳤다. 귀가 찢어질 것만 같았다.

"누가 상 주는 이 없으면 우리라도 줘야지, 아암!"

말코 사령이 눈을 찡긋하자, 같은 패들이 서로 마주 보며 배시시 웃었다.

며칠 뒤, 멧돼지가 자주 출몰하는 산비탈 밭 가장자리에 발목 덫과 그물 덫을 설치했다. 발목 덫은 한 마리를 겨냥하지만 그물 덫은 한꺼번에 여러 마리도 포획할 수 있는 덫이었다. 바닥에 그물을 깔아놓고 주변에 탄력 좋은 물푸레나무나 단풍나무, 노간주나무가 있으면 그 가지를 휘어 그물 끝자락을 매달았다. 나뭇잎으로 덮어놓은 그물을 밟고 움직이면 설치해놓은 장치가 작동하면서 포획물을 동여매거나 공중에 매달게 돼 있었다.

덫을 놓을 때, 영실이같이 어린 노비가 할 일은 없었다. 곁에 있으면 오히려 방해가 되었다.

"너희들 꼬맹이들은 저쪽에서 놀다가 이따 점심 먹을 때 부르면 와."

말코 사령이 새삼스레 어른다운 배려를 해줬다. 영실은 같은 또래 노비 개똥이와 반 마장 떨어진 굴밤나무 아래서 굴밤을 주었다. 점심때가 되어 되돌아왔을 때, 영실과 개똥이의 호주머니마다 굴밤으로 그득그득 차 있었다.

"너희들 주먹밥은 저쪽 밭두렁 보자기에 있다. 영실이가 후딱 가져오렴."

말코의 곰살가운 말에 영실은 호주머니의 굴밤을 꺼내놓지도 않고 달려갔다. 단짝 개똥이가 따라가려 하자, 말코는 옷소매를 잡아 끄집어 앉혔다.

영실이 검불 위에 놓인 주먹밥 보자기를 집어 들고 돌아서는데 짚신 신은 발부리에 무언가에 걸렸다. 검불이려니 하고 발을 당겨 빼려는 찰라, 풀썩하는 소리와 함께 바닥에 검불로 위장해 깔아놨던 그물 덫이 일어났다. 아차 싶었지만 이미 늦은 뒤였다. 그물에 말린 영실의 몸이 높다란 참나무 둥치 위로 솟구쳐 올랐다. 영실이 꼴사납게 그물 덫에 걸려든 것이었다.

"키득키득. 좋아, 좋아. 아주 잘된 그물 덫이야!"

모두들 깔깔대며 배꼽을 잡았다. 공중에 매달린 영실은 아찔했다. 혼이 달아나는 것만 같았다.

"저누마가 제안한 거니께 먼저 걸려보는 건 당연해."

"거추없이 까불다 멧돼지 새끼 신세가 돼버렸구만그랴."

"우리 내기 걸자. 저누마 시방 바지에 생똥 쌌을까 안 쌌을까? 난 쌌다에 회 한 접시와 막걸리 한 주전자!"

저마다 초를 치자, 말코가 내기를 걸고 나왔다.

"모두들 나빠요. 우리 영실인 그런 겁쟁이가 아니란 말예요!"

개똥이가 눈물을 쏟으면서 달려왔다. 하지만 어른 키 높이보다 더 높이 매달린 영실을 끌어내릴 수는 없었다. 발을 동동 구르며 울부짖는 개똥이와 달리 영실은 눈물 한 방울도 흘리지 않았다. 공중에 매달려 입술을 깨물었다. 덫을 놓고 그물을 치는 인간이 어디 짐승들만을 잡던가. 이렇게 사람도 잡는다. 노비라는 신분 또한 인간이 쳐놓은 그물과 덫이었다.

"니가 제안한 그물 덫, 잘 작동하는지 시험해본 거니까 너무 바득바득 이 갈진 마라."

그물에서 영실을 풀어놓으며 말코가 이죽거렸다. 그러면서도 볼기짝 까보는 건 잊지 않았다. 개똥이 말대로 생똥 같은 건 싸지 않았다.

"이런 독한 놈! 오늘 술값 나가게 생겼네, 씨앙!"

말코는 가래침을 탁 소리 나게 뱉으며 눈을 흘겼다. 그물에 걸려 튕기듯 솟구쳐 올라가면서 영실의 한쪽 발목이 삐끗해서 부어오른 것은 눈에 들어오지도 않았다.

영실은 굳게 입을 닫았다. 아픈 내색도 하지 않았다. 개똥이의 부축을 받아 절뚝절뚝 집에 돌아온 소년 영실은 이불 속으로 파고들어 죽은 듯이 누워 있었다. 저물녘에 엄마가 돌아와 저녁밥을 지어놓고 불렀지만 영실은 꼼짝도 하지 않았다. 낮에 있던 일을 영실은 엄마에게 입도 뻥긋하지 않았다. 말해봐야 엄마 가슴만 미어터진다는 걸 너무도 일찍 알아버린 어린애였다.

"이따가 일어나 한술 뜨고 자거라. 뭔 일이 있었는지 몰라도 속상해도 참아야지 어쩌누. 에미가 미안하다. 에미는 너에게 고통만 물려주었구나. 개똥밭에 굴러도 이승이 낫다고 사노라면 웃는 날도 생기고 좋은 날도 올 게야."

윗목에 밥보자기 덮은 저녁상을 봐놓고서 엄마가 넋두리를 했다. 그걸 듣고 누워 있자니 설움이 북받쳤지만 훌쩍거리는 소리는 내지 않았다. 그저 소리 없이 흐느꼈다.

'개똥밭에서 굴렀다면 차라리 나아요. 뼈마디 시린 노역도 참을 수 있어요. 관노들에게조차 사람 취급 받지 못하는 모욕이 문제죠. 저는 짐승 새끼처럼 그물 덫에 걸렸었다고요.'

그물 덫에 걸려 대롱대롱 매달린 작은 산짐승이 어른거렸다. 그 아래서 낄낄거리는 사람들. 그랬다. 그는 사람이 아니었다. 산짐승이었다. 아니, 짐승만도 못한 미물이었다. 그를 놀린 노비들은 짐승보다 낫다고 할 수 있을까. 모두가 발목 잡혀 버둥거리며 살아가는 처지들이었다. 아무리 발버둥 쳐도 벗어날 수 없으니 그렇게 뒤틀린 웃음거리를 만들며 순간순간을 버텨내는 중생들이었다. 늘 얼굴 맞대는 노비 얼굴들이 차례차례 지나갔다. 하나같이 짐승의 탈을 쓴 모습들이었다. 망아지, 소, 멧돼지, 족제비…… 탈을 쓰지 않은 노비도 더러 보였다. 그런데 그들 몇몇의 이마에는 거무튀튀한 얼룩이 박혀 있었다. 자세히 보니 글자들이었다. 지난 번, 추노(도망간 종을 잡아 오는 직업)에게 붙잡혀 온 안락서원골 정 부자네 집 노비 부부였다. 다시는 도망가지 못하도록 이마에 경黥을 쳤던 기구한 이들이다. 남편은 정노鄭奴, 아낙네는 정비鄭婢라고 먹물로 글씨 문신을 새겼다. 이마 가죽을 벗겨내지 않는 이상 절대로 지워지지 않는 낙인이나 다름없었다.

노비는 달아나봐야 숨을 곳이 없다. 좁은 땅덩이 파고들어 숨어봐야 밀고자 천지인 세상에 표 나지 않게 살 방도가 없었다. 얼마 버텨보지도 못하고 붙잡혀서 그야말로 경이나 치고 말았다.

뒷동산에서 접동새 울음소리가 들려왔다. 그 옛날 신하에게 쫓겨난 왕이 산속으로 들어가 새가 되었다던가. 그런 정한 때문에 한번 울기 시작하면 목구멍에 피가 맺히도록 훌쩍훌쩍 운다는 새였다. 이불 속에서 베갯잇을 흥건히 적신 영실은 속으로 읊조렸다.

새야 새야, 접동새야. 그만 좀 울어다오. 너 아니 울어도 이 세상은 충분히 서럽고 쓰린 것을……

3

스승 갈처사

"그래도 애비 묘소인데 한 번쯤은 가 뵈어야 하리."

옛 친구의 기일을 맞았으니 묘소에 술이나 한잔 부어놓겠다는 벽송 선사와 갈처사가 영실 모자의 동행을 권해왔다. 영실이 열다섯 살 나던 때였다. 동래현에서 의성 점곡 고을 송내리에 다녀오자면 엿새나 걸렸다. 모자가 모두 관아에 얽매인 처지라 휴가를 내야 했다. 여비도 그렇고 벽송 선사와 갈처사의 주선이 없었다면 엄두도 낼 수가 없는 일이었다. 모자에게 나귀 한 마리가 배정되어 번갈아가며 타고 갈 수가 있었다. 퇴기 아낙네와 관노 소년으로서는 분에 넘치는 호사였다.

"모두가 네 아버지, 아니 그분의 음덕이시다."

어머니 자향은 입에 올렸던 아버지라는 말을 이내 그분으로 고쳤다.

아, 버, 지.

○

참으로 낯선 이름이었다. 얼굴 한 번 본 적이 없어서 대놓고 불러볼 수 없었던 이름이었다. 아버지라니, 그분은 소년의 아버지가 될 수 없었다. 그저 며칠간 어머니를 보듬어준 지체 높으신 분일 따름이었다. 그분의 피가 이렇게 쉬지 않고 몸속을 돌며 맥박을 뛰게 하고 있지만 절대 아버지가 될 수 없었다. 지체 높았던 양반과 노비가 어찌 부자 관계가 될 수 있단 말인가. 그 집안 족보 한 귀퉁이 어디에도 영실 따위의 이름은 붙어 있지 않았다.

오곡이 익어가는 가을 길을 하루에 팔십 리가량 좁혀 간 그들은 사흘째 되는 날 저녁 무렵에야 송내리에 당도했다. 마을 앞으로 제법 넓은 들이 펼쳐지고 그 들녘을 흠뻑 적시며 큰 냇물이 흘렀다. 기름진 들판은 황금물결로 출렁였다.

묘소는 송내리 뒷골 꽃밭등말랭이에 있었다. 영실은 엄마와 함께 술잔을 올린 다음 두 번 절했다. 소년은 담담했다. 얼굴도 모르고 음성도 모르는 그저 봉긋한 흙더미에다 대고 이마를 조아리는 일이었다. 영실과 달리 엄마는 소리 내서 곡했다. 처음에는 가볍게 흐느끼던 호곡 소리가 점점 커졌다.

"흐흐흑, 어르신! 어르신!"

어머니가 손으로 무덤 잔디를 쥐어뜯어댔다. 이내 손가락에서 피가 맺혔다. 그 광경을 내려다보고 있자니 소년의 눈도 눈물이 맺혔다.

'어머니, 나는 절대로 자식 낳지 않을 테야. 벽송 선사처럼 뛰어난 분도 혼자 사시는데 관노가 뭐가 잘났다고 자손을 둬.'

72

소년은 어금니를 깨물어 힘을 주었다.

"애야, 영실아. 너는 이별 없는 것들을 벗 삼아라. 이별 있는 것들에 마음을 주면 훗날에 반드시 가슴 아플 일이 생기느니."

소년의 마음을 읽었던 걸까. 벽송 선사가 염주를 굴리며 조용히 일렀다. 중이 되면 딱 좋으련만 아무리 『반야심경』을 외우고 『금강경』을 수지 독송해도 중이 될 수 없는 처지였다. 모든 갈래 길은 철벽처럼 굳게 닫혀 있었고 오직 뼈마디 으스러지는 노역의 길만이 한껏 열려 있는 몸이었다.

"난 말이다. 무언가를 깊이 궁구하고 땀 흘려 일할 때, 자유가 느껴지더니라. 벽송 선사야 참선을 통해 해탈한다지만 나는 일해야 해탈이더니라."

갈처사는 농사꾼처럼 거친 손을 펴 보였다. 힘든 일이 해탈이라니. 노비 소년으로서는 도저히 이해할 수 없는 말씀이었다. 힘든 일을 하면 몸이 고달팠다. 뼈마디가 쑤시고 몸이 천근만근 잦아들었다. 덕분에 잡생각을 하거나 불평할 기력조차 없었다. 그래서 노동하며 해탈한다는 것은 노비에게 가당치 않은 말이었다.

날이 저물어 송내리 장씨 집을 찾아 묵었다. 그분이 살던 집에는 양자로 들인 아들네 식구들이 살고 있었다. 서로 풋인사나 나누었을 뿐, 고인과 십 년 전에 맺은 각별한 인연 따위는 거론조차 하지 않았다. 차라리 그게 서로 편했다.

밤중에 소피를 누러 나온 소년은 자신도 모르게 뒷골 꽃밭등 말랭이로 올라갔다. 그분의 묘소에 다다라 묘동에 등을 기대고 앉았다. 부정父情이라는 것이 뭔지도 모르고 자랐다. 아버지라는 이의 무릎에 앉아보거나 등에 업혀본 적도 한 번 없이 컸다. 그래도 죽어 누운 그분의 묘동에 기대앉으니 편안했다. 다리를 뻗고 누웠다. 금싸라기를 뿌려놓은 듯 영롱한 별들이 눈에 들어왔다.

당신은 저 자욱한 별바다 어느 쪽에 머물고 계신가요. 살아 생전에 나처럼 별을 친구로 삼아본 적이 있나요. 지상에 벗 하나 사귈 수 없을 만큼 고독한 나는, 지금껏 천상의 별들만 마음껏 사귀고 벗으로 삼아왔답니다. 아세요? 눈물 젖은 눈망울로 밤하늘을 우러르면 그때 저 머나먼 별들은 낮게 내려와 친구가 되어주곤 하는 비밀을. 지체 높은 양반들의 그 위엄 서린 눈빛으로는 별을 친구로 삼을 수 없죠. 그저 반짝이는 것만 기억하고자 몸에 보석을 주렁주렁 걸치고 다닐 뿐이죠. 당신도 지체 높았다니 보석들을 즐겨 달고 다니셨던가요. 천상에 돌아가서는 그런 보석 따윈 아무 필요도 없을테죠. 불타듯이 빛나는 저 별들의 세계에서 지상의 보석들이란 무색해져버리고 말 테니까요. 그래서 저는 저 별들을 가슴에 품었답니다. 눈을 감고도 사시사철 별자리를 다 그려낼 수 있고 별마다 얽힌 전설과 설화를 다 꿸 수 있죠. 별은 저같이 낮고 천한 이들의 친구, 고래 등 같은 기와집보다 하늘이 숭숭 뚫린 오두막에 더 즐겨 찾아오죠. 그래서 온갖 꿈을 다 꾸게 하죠. 지상에서 못 이룰 꿈일지라도 상관없답니다. 천상에 돌아가서 내 것으로 만들면 되니까요. 당신은 여기서 못다 이룬 꿈을 그곳에서는 이루고 계신가요.

영실은 언제까지고 속 깊은 물음을 던지고 있었다. 대답이 있을 수 없는 쓸쓸한 독백이었다.

"네 아비 장성휘 전서는 네 어미 뱃속에 든 너를 아들로 직감하고 거두고 싶어 했었다. 전답 마지기를 팔아 동래현에 바치고 너희 모자를 집으로 들일 요량이었지. 이렇게 급작스레 세상을 뜨지만 않았더라도……."

돌아오는 길에 벽송 선사는 운명의 장난 같은 비화를 들려주었다. 엄마는 입도 뻥긋하지 않은 얘기였다. 영실은 어머니 자향과 눈길을 주고받아 사실임을 확인했다. 사람 운명이 이렇게 순식간에 엇갈리는 수도 있었다. 반쪽짜리겠지만, 양반이 거의 다 됐다가 노비로 추락했던 것이다. 헛웃음이 나왔다.

그해 겨울 영실은 방패연 하나를 만들었다. 산죽을 잘라 말려 쪼개서 가슴을 뻥 뚫은 창호지에 살을 붙였다. 미련처럼 긴 꼬리도 달아매었다. 실이 필요했다. 그것도 아주 많은 실이 필요했다. 명주실은 질기고 좋았지만 무명실에 비해 비쌌다. 무명실이라 해도 많은 양이라면 구하기가 쉽지 않았고 혼자 얼레에 감을 수도 없었다. 어머니에게 사실을 말했다.

"그 많은 실을 어디에 쓰려고 그러느냐?"

"저 연을 구름 속으로 넣어보렵니다."

어머니는 더는 묻지 않았다. 다음 날 장에서 한 보따리의 실을 장만해 왔다. 영실은 그 실을 커다란 육각 얼레에 감았다. 해 질녘에 마안산 등성이에 올라 연을 날렸다. 연은 북서풍을 타고 잘도 날았다. 발아래 성곽과 들판과 그 너머 게딱지 같은 집들이 옆구리를 비비고 있는 어촌 마을 창공을 더듬었다. 처음 방패만 하던 연은 벌써 호패만 하게 작아져 보였다.

"와, 가물가물하다!"

"한 점으로밖에 안 보인다!"

어느 틈엔가 동네 꼬맹이들이 몰려와 있었다. 바둑이도 따라와 허공에 대고 컹컹 짖어대며 꼬리를 흔들었다. 영실은 묵묵히 연실을 더 풀어주었다. 이제 실은 얼마 남아 있지 않았다. 하지만 연은 좀 더 좀 더 하고 실을 더 풀어내놓으라고 당겨댔다. 영실은 마저 실을 넘겨주었다. 이제 더 넘겨줄 실은 없었다.

"와와, 연이 사라졌다!"

"구름 속으로 들어가버렸다!"

"저렇게 높이 나는 연은 첨 본다."

저마다 함성을 지르던 아이들이 영실의 얼굴을 주시했다.

"되감으려면 팔깨나 아프겠네. 도와줄까?"

어디선가 개똥이가 나타나 씩 웃고 서 있었다. 영실은 왼손으로 개똥이의 등을 토닥거려주었다. 팽팽해진 연줄은 하늬바람에 의해 동쪽으로 유연하게 휘었다. 영실은 그 줄을 당겨보았다. 줄이 손가락을 깊숙이 짓눌렀다. 순간 질긴 인연의 끈들이 상기되었다. 세상 가득 바람은 불고 꿈은 연처럼 공중을 나는데 연줄은 연을 붙들고 징징거린다.

해가 지면서 땅거미가 밀려들더니 이내 사방에 짙어진 어둠이 고여 들었다. 아랫마을에는 별님 같은 불빛이 하나둘 켜지고 있었다. 영실은 얼레로 연줄을 되감아보려 했으나 한번 풀렸다 팽팽하게 늘어진 연줄은 되감기지 않으려고 앙버티었다. 두 손을 써서 몇 바퀴 더 감아보던 소년이 갑자기 얼레에서 왼손을 뗐다.

스르륵.

연줄은 삽시에 풀려 나갔다. 연줄을 거둬야 할 판에 되레 실을 풀어주고 있는 광경을 본 개똥이가 영실의 눈을 의아하게 쳐다봤다.

그때 바람이 쌩하니 불었다.

뚝!

연줄이 잘렸다.

분명 영실이 연줄을 끊어버렸다. 빈 얼레가 땅 쪽으로 처졌고 끊어진 연줄은 몇 발자국 허공을 끌더니 이내 어스름 속으로 자취를 감춰버렸다.

얼레를 붙잡고 있던 영실의 두 손은 그러모아져 있었다. 간절한 바람이 어린 손짓이었다. 팽팽하던 연줄에서 놓여난 연은 지워지듯 허공 속으로 아스라이 사라져버렸다.


금정산성 동문 근처의 산록에 개울을 끼고 작은 암자가 숨어 있었다. 사람들의 출입이 잦은 온천과 황룡사가 멀지 않은 거리에 있지만 그쪽에서 올라오며 찾자면 잘 눈에 띄지 않았다. 계곡에서 숲 속으로 감춰진 입구를 찾아 한참을 걷다가 구릉을 넘으면 비로소 숨어 있던 암자가 자취를 드러냈다.

얼핏 보면 절집 같지가 않고 산막처럼 보일 뿐이었다. 작은 맞배지붕 기와 한 채와 유난히 높다란 떳집 한 채, 그리고 정자 하나가 전부였다.

시봉하는 상좌 하나가 있긴 하지만 암자의 주인은 스님 행색이 아니었다. 장발을 늘어뜨린 갈처사였기 때문이다. 그는 스님도 속인도 아닌 그야말로 비승비속이었다.

갈처사가 낮에 주로 소일하는 곳은 떳집이었다. 겉은 허름한 창고처럼 보이지만 안으로 들어서면 갖가지 기구가 즐비했다. 숯불이 이글거리는 화덕과 튼튼한 작업대도 보였다. 작업대에는 특이한 공구들과 온갖 잡동사니가 널려 있었다. 수북이 쌓인 검탄도 보였다. 검탄은 살짝만 태운 목탄으로 숯보다 화력이 더 셌다. 작업대를 지나 들창이 난 쪽에는 커다란 장지문이 있었다. 그 문을 열어젖히면 너럭바위가 펼쳐지고 그 아래는 맑은 계류가 흘러내렸다. 너럭바위 위 한쪽에도 항아리와 돌절구, 솥 등이 있었다.

의젓해진 소년 영실이 화덕 앞에서 풍구질로 달군 쇠를 망치로 내려치기를 계속했다. 땋아 내린 머리를 수건으로 질끈 묶었는데 이마에는 땀이 흥건했다. 대장장이나 진배없는 행색이었다. 한 자가량으로 늘인 벌건 쇠토막을 물통에 담그자 쏴아 하는 비명 소리를 내며 수증기를 뿜어냈다.

영실은 식은 쇠를 다시 화덕 안의 불덩이 속에 넣었다. 붉고 노랗고 흰빛이 도는 숯불은 이글거리며 먹이를 받아들였다. 쇠는 까만 자신의 몸을 이내 숯불과 같은 색으로 바꾸었다. 영실은 그런 쇳덩이를 보며 불의 뼈 같다는 생각을 하곤 했다. 무릇 동물과 사람 뼈에는 혼이 깃든다 했던가. 쇠가 불의 뼈라면 혼이 서려 있으리라. 혼은 곧 꿈이기도 하다. 그 꿈을 성형하고 물건으로 구체화하는 이가 바로 대장장이였다. 불과 쇠를 다루는 장인은 꿈의 대행자다. 엽전이 되기도 하고 자물쇠가 되기도 하고 수레바퀴가 되기도 한다. 늘여 빼면 철사가 됐다가도 납작하게 두드리고 숫돌에 벼리면 칼이 되기도 한다. 합금의 비율에 따라서 은은한 소리를 내기도 하고 찬란한 광택을 뿜어내기도 한다. 애초 쇠의 의지와는 상관없이 오직 장인의 손길에 의해 그렇게 거듭난다.

영실은 쇠를 접었다. 불에 잘 익은 쇠는 엿가락처럼 휘어졌다. 반으로 접은 쇠를 모루 위에 올려놓고 다시 내려치기를 반복했다. 접쇠가 되면서 검은 비듬 같은 이물질이 빠져나왔다. 처음에는 많았지만 이제는 거의 나오지 않았다. 순도가 높아진 것이다. 그것을 다시 물이나 기름에 담갔다가 불 속에 넣기를 반복한다. 담금질을 오래한 접쇠는 강도와 예기에서 놀라운 성질을 띠게 된다. 명검名劍은 장인의 땀을 먹고 불과 물의 도움을 받아야만 세상에 나올 수 있었다.

"오늘은 그쯤 해두고 이거나 좀 굽거라."

마을에 내려갔다 올라온 스승이 돼지고기 한 덩이를 던져주고 화덕 옆 온돌 위에 앉았다. 영실은 부삽 위에 고기를 펼쳐 화덕 안에 들이밀었다가 숨 한 번 쉴 동안에 꺼내놓았다. 고기는 삽시에 노릇노릇하게 익어버렸다. 익숙한 동작으로 항아리 뚜껑에 고기를 담고 왕소금 종지와 호리병을 대령했다.

"한잔해볼거나? 너도 어서 와서 먹으렴."

상좌인 관문 사형이 때맞춰 독에 묻어둔 백김치를 꺼내 왔다.

"너도 알다시피 물과 불은 상극이라 가까이하면 낭패를 본다. 불은 꺼지고 물은 말라버리지. 하지만 그 사이에 쇠가 개입하면 사정이 달라진다. 솥을 걸면 물을 끓일 수 있고 밥도 지을 수 있다. 서로 맞서는 성질을 이용하여 칼을 만들 수도 있지. 정교한 솜씨를 발휘하면 멋진 꽃과 새, 글자 문양을 향로나 분갑에 입사入絲할 수도 있다. 아녀자들이 바늘로 수를 놓듯 금이나 은실로 향로나 분갑에 십장생이나 여러 길상무늬를 새겨 넣을 수도 있단 말이다. 이다음에 차차 배워보거라. 책 읽는 재미보다 나을 게다. 혼을 담아 무언가를 만들어내는 일은 가슴 뛰는 일이거든."

"지난번에 선생님께서 빌려주신 왕충王充(27~97)의 『논형』은 깜짝 놀랄 만한 내용으로 가득했습니다. 노자老子나 순자荀子의 생각보다 몇 발 더 나아간 현란한 내용이었거든요. 논조도 치밀하고 비근한 예가 많아 통쾌하기까지 했습니다."

영실은 특유의 깊은 눈빛을 빛냈다.

"어느 대목이 그러하더냐?"

"노자는 천지가 어질지 않다고 하고 순자는 사람이 하늘에 비를 내리게 해달라고 비는 행위나, 일식과 월식을 막아달라고 비는 행위는 천도와 전혀 무관한 관습이므로 바로 알면 길하지만 귀신의 조화로 잘못 알면 흉하다고 하지요. 왕충은 천도는 자연이고 길흉은 우연이라고 말하고 있습니다. 사람이 하늘을 감동하게 할 수 없고 하늘 또한 사람의 행실에 따라 보답해줄 수 없다는 말씀이었지요. 땅강아지나 개미가 발에 밟혀 죽거나 안 밟혀서 살아남은 것, 풀이 들불에 타거나 용케 불길을 받지 않는 것은 그것들의 탁월성이나 의지와는 무관하다는 것이죠. 또 사람들이 제사를 올려 행운을 가져오고 푸닥거리로 악을 제거한다고 하지만 그것은 사람의 덕성에 달려 있지 귀신에게 달려 있지 않다는 것입니다."

"옳거니. 그런데 세상 사람 대부분은 그렇게 생각하지 않지?"

"어리석어서지요."

"성리학자들이 너의 말을 들으면 사문난적斯文亂賊이라 하겠구나."

스승이 말하는 성리학性理學은 남송 때 주자가 이론화한 신유학으로, 주자학이라고도 불렸다. 이理와 기氣의 개념으로 우주의 생성과 구조를 설명하고 인간 심성을 논했다. 실용도 중시했던 공자의 유학과 달리, 관념에 빠진 이들 성리학자는 불교나 도교는 물론 그 밖의 다른 세계관을 배척했다. 조선은 고려 말에 들어온 이 성리학을 바탕으로 창업한 나라였다.

"뿐이겠습니까? 불공을 드리는 절집에서도 지탄받겠지요."

"그럼 왕충은 사특한 자더냐?"

"그는 세상사를 막연하게 보지 않고, 쪼개고 파헤쳐 봅니다. 조사하고 사실과 대조하고 증거를 들이댑니다. 한마디로 거짓을 미워하고 침묵하지 않는 용기를 가진 분이지요."

"조사하고 사실과 대조하고 증거를 들이댄다? 그리고 거짓을 미워했다? 허허허, 재미있구나."

"천 년도 훨씬 넘은 그 옛날에 이처럼 실질적인 학문을 했다는 게 위대하기만 합니다. 이런 실학實學은 외면하고 관념 덩어리만 붙들고 공리공담이나 일삼는 허학虛學의 무리에게는 눈엣가시같이 거슬리겠지만요."

"허허허허. 점입가경이로구나. 후한後漢 때의 왕충과 동시대 인물로 반고班固라는 역사가가 있다. 그가 쓴 『한서』에 '수학호고 실사구시修學好古 實事求是'라는 말이 실려 있다. 학문을 닦아 옛것을 좋아하고, 일을 참답게 하여 옳음을 구한다는 의미다. 실사구시라는 말이 얼마나 새롭고 가슴에 와 닿느냐? 네가 말한 실학과 같은 의미다. 뿐만이 아니다. 그분네보다 이백 년쯤 뒤에 포경언鮑敬言이라는 이가 있었느니라. 물론 도가道家의 인물이다. 그가 본질을 확연히 드러내는 말을 했다. '유가儒家는 하늘이 백성을 낳고 왕을 세웠다고 한다. 어찌 하늘이 개입해서겠는가. 강자가 약자를 정복하니 약자는 복종한다. 영리한 자는 어리석은 이를 속여 봉사하도록 했다. 이것이 임금과 신하의 기원이다. 저 푸른 하늘은 그것과 무관하다.' 어떠냐? 한술 더 뜨지 않느냐?"

"여름날 머리에 얼음물을 쏟아붓는 것처럼 시원하고 통쾌합니다."

영실은 쾌재를 불렀다. 세상에는 일찍부터 그런 혁명가가 있었다. 그런데도 사람들은 그걸 알지 못하고 길들여져 무기력하게 살아가고 있었다.

"아까 너는 노자의 말을 들어 천지가 불인不仁하다고 했는데 그 말이 무슨 뜻인고?"

"천지가 어질지 않다는 게 아니라, 완전치 못하다는 의미입니다."

"그래서?"

"당연히 인간이 참여해서 완전하도록 보완해야겠지요. 그런데 인간이 만들어놓은 신분제도 같은 건 더 부당합니다!"

"입조심해라. 현실과 사실은 다르다. 자칫 화를 입을 수도 있은즉!"

갈처사의 입매에 힘이 실렸다. 부당한 신분제도를 바로잡겠다며 민란을 일으킬 영실이 아니라는 걸 알면서도 각별히 주의를 시켰다. 전국에서 노비 민란이 곧잘 일어났지만 필패였다. 체제를 바꿀 만한 조직력 없이 준동했다 몰살당하기 예사였다. 갈처사는 영실이 다른 방법으로 굴레를 벗길 바랐다. 그래서 다방면에 걸쳐 가르쳐왔다. 책을 읽힌 다음엔 문답을 통해 반드시 그 허와 실을 가려내도록 했다. 그런 다음에 궁리해야 스스로 얻는 것이 있다고 했다.

"그런데 왕충은 양수陽燧로 하늘의 불을 얻을 수 있다고 했는데 차돌로 만든 부싯돌이면 부싯돌이지 양수, 곧 태양 부싯돌은 무엇인가요?"

"궁금한 게 너무도 많구나. 점화경點火鏡이라는 거다. 이따 보여주마."

"옛?"

영실의 깊은 눈이 휘둥그레졌다. 아무리 별의별 게 다 있는 스승이지만 그런 기이한 물건까지 가지고 계실 줄은 몰랐다.

"중국 상인에게서 구한 것인데 우리도 만들자면 어려운 게 아니다."

"모든 게 중국 것 아니면 천축(인도) 것 천지로군요."

영실은 볼멘소리를 발했다.

"그게 그렇지도 않느니라. 좀 걷자꾸나."

스승은 가벼운 차림으로 포행을 나섰다. 계곡을 따라 난 길로 들어서서 한참을 걸어 올라갔다. 무성한 잡목 숲 앞에서 문득 길이 끊겨버렸다. 스승은 휘적휘적 수풀을 헤치며 길을 만들어가기 시작했다. 잔가지들이 얼굴을 때리고 거미줄이 엉겨붙었다. 한 식경쯤을 그렇게 어렵사리 헤쳐 나가니 깨끗한 너럭바위가 나왔다. 그늘이 사려져서 햇살이 그대로 쏟아져 내리는 바위는 눈부셨다. 둘은 그 바위 위에 다리를 뻗고 앉았다.

"잘 보거라. 저 태양에서 작은 불덩어리 하나를 훔쳐 오겠으니."

스승은 허리춤에 차고 있던 주머니에서 부싯깃을 꺼냈다. 마른 쑥을 비벼서 만든 그 부싯깃 한 보시기를 떼어 바위 홈에 올려놓았다. 그런 다음 꺼낸 것이 투명한 수정 덩어리였다. 아이의 주먹만 한데 가운데가 볼록했다.

"이것이 양수라는 거다. 점화경이라고도 한다."

스승은 오른손 엄지와 검지를 말아 잡은 양수를 부싯깃 위에 들이대며 거리를 맞췄다. 둥글고 노란 작은 빛이 부싯깃 위에 떠올랐다. 소년은 숨을 죽이고 지켜봤다. 대여섯 번가량 호흡을 했을까. 부싯깃에서 향을 피워 올릴 때처럼 실낱같은 연기가 피어올라 오기 시작했다. 불은 그 직후에 붙었다.

"와! 불덩어리다."

소년은 깜짝 놀라 외쳤다. 믿어지지 않았다. 숨이 막힐 지경이었다.

빛이다. 태양 빛이다. 스승은 조금 전에 분명 저 태양에서 작은 불덩어리 하나를 훔쳐 오겠노라고 했다. 태양은 따뜻하다. 특히 여름 한낮의 태양은 뜨겁다. 그 빛이 저 볼록한 점화경을 통해 작게 모아졌다. 그리고 더 뜨거워져서 급기야 부싯깃에 불을 붙였다. 뇌리에 번갯불이 일었다.

"집광입니다! 빛을 모은 것입니다!"

소년은 쾌재를 불렀다.

"옳거니. 원리를 알면 그 활용이 무궁무진하다. 격물치지格物致知라 했다. 사물의 이치를 연구하면 마침내 훌륭한 다스림에

도달할 수 있다. 옛날 어느 도인은 인간의 힘은 자연의 변화를 제압할 수 있고, 겨울에 천둥을 치게 하고 여름에 얼음을 얼게 할 수 있으며, 죽은 사람을 걷게 하고 마른 나무에 꽃을 피우고 콩 속에 귀신을 가둘 수 있다고 했다. 다 믿을 수는 없지만 불가능한 것도 아니다. 그리고 오늘 불가능하다고 해서 앞으로 영원히 불가능한 일도 아니다."

점점 현란하고 오묘한 말씀이었다. 여름에 얼음을 얼리고 콩 속에 귀신을 가두다니. 그러나 왠지 황당하게만 받아들여지지는 않았다. 부싯돌이 아닌 점화경으로 태양의 불을 옮겨 오는 것을 똑똑히 보았지 않은가.

영실은 자기도 한번 불을 붙여보았다. 초점만 잘 모으면 삼척동자라도 어렵지 않게 불을 댕길 수 있었다.

"너는 물이 차갑기도 하고 뜨겁기도 하다는 걸 안다. 그렇다면 불은 왜 뜨겁기만 하고 차갑지 않은 것이더냐?"

스승은 묘한 질문을 했다.

"차가운 불이라고요?"

영실이 놀라서 되물었다.

"그렇다. 차가운 불!"

"아, 그런 발상도 가능하군요."

"뒤집는 발상이 세상을 바꾼다. 일생을 궁구해도 안 풀리거든 대를 물려 풀어낼 일이다."

영실은 한동안 미동도 하지 않고 생각에 빠졌다. 긍정적이어야 한다. 무엇이든 할 수 있다는 생각으로 접근해야 한다. 열정적이어야 한다. 뜨겁되 차가운 이성으로 무장해야 한다. 조급하면 끝장이다. 민첩하되 침착하고 느긋해야 한다. 빠를 때는 번개같아야 하고 느릴 때는 꽃이 피어나는 속도 같아야 한다. 창조적이되 옛 법도에 어김없이 들어맞아야 한다.

다시 암자로 돌아오는 두어 식경 동안 스승은 아무 말도 하지 않았다. 그 길은 행인들이 다니는 길이 아니었다. 두 사람이 가니까 길이었지 가지 않았다면 길이 될 수 없었다. 끊어진 곳이 많아 곧잘 손으로 나뭇가지들을 헤치며 걸어야 했다. 노스승이 앞장섰으므로 영실은 많은 생각을 하며 묵묵히 뒤를 따랐다. 우거진 숲 속에서 처음 길을 내며 가는 사람은 먼저 마음속으로 길을 구상한다. 꿈을 꾸는 것이다. 우리네 삶은 유년시절 꾸어본 그 꿈을 현실로 드러내는 것 외에 아무 것도 아니다.


땀을 식히며 정자에 앉은 세 사람.

갈처사와 그의 상좌 관문 스님, 그리고 영실이 차를 끓여 마시며 담소한다. 숯불이 담긴 화로 위에 주전자가 놓여 있고 간단한 다구가 펼쳐져 있다.

이정정二井亭.

정자의 이름이 이색적이었다. 두 개의 샘(井)이 있는 정자라는 뜻일까. 정자 바로 옆, 산자락 석간에서 솟아나는 샘물의 이름은 더 특이했다.

이무정二无井.

석벽에 작은 글씨로 새겨놓았다. 두 가지가 없는 샘이라면 무엇과 무엇이 없다는 것일까.

두 번째 이 암자를 찾았을 때, 소년은 이 특이한 이름들이 하도 궁금해서 물었다. 스승은 의미심장한 웃음을 지어 보이며 소년의 얼굴을 요모조모 뜯어보기만 할 뿐이었다.

"스님, 여기는 이정정, 저기는 이무정, 도대체 무슨 뜻이죠?"

관문 사형에게 물었지만 고개를 저었다.

"때가 되면 자연히 알게 될 것인즉!"

다른 건 잘도 알려주시면서 고작 이런 게 뭐라고 감추는 것일까.

"아까 네가 모든 게 중국 것 아니면 천축 것 천지라고 했더냐?"

스승이 또 문답식 교육을 하려나 보았다.

"예."

"이곳 동래 해운대에서 노닐었던 고운 최치원 선인은 열두 살에 당나라에 유학 가서 열여덟 살에 과거에 급제했다. 그분은 유교와 불교와 도교의 원형인 현묘지도玄妙之道가 우리나라에 있으니 그걸 풍류風流라고 한다 했다. 최치원 선인은 중국인이 아닌 동쪽 나라 사람, 곧 동인東人으로서의 자부심이 대단했다. 지금이 내리막길이라고, 혹은 길이 끊어졌다고 비하하거나 투덜댈 이유가 없다. 다시 시작하면 된다. 달이 차면 기울고 기운 달은

다시 차듯이 쇠하면 성하는 때가 있다. 길은 밟아가는 사람의 것
이다."

스승의 가르침에 영실은 밥을 먹지 않아도 그득한 포만감을
느꼈다. 그는 내일 아침 관아에 나가봐야 했으므로 서둘러 암자
를 내려왔다. 여기서 집까지는 십 리 길이었다. 다음번 휴일은
열흘 뒤니 그날 새벽밥을 먹고 올 셈이었다. 묻고 배울 게 너무
많아 마음이 조급했다.


영실은 열일곱에 헌칠한 어른 키로 자라났다. 그사이 마흔다
섯 살이 된 어머니는 관아의 구실살이가 끝나 집에 물러나 앉아
삯바느질을 하고 있었다. 기생 나이 마흔다섯이면 환갑, 진갑 다
지난 할멈 취급을 받았다. 그에 비해 장영실은 한창 힘과 기술이
붙은 숙련된 장인으로 성장하고 있었다.

대개 장인들은 서울이나 시골을 불문하고 한 가지에 기술이
있게 마련이었다. 하지만 영실은 만능이었다. 눈썰미가 빼어나
고 손재주가 남달라 금방 배웠고 곧잘 두각을 나타냈다. 동래 관
아에서 필요한 기물은 죄다 대줄 수 있었다. 베틀이나 수레는 물
론 창이나 칼, 화포 따위의 병장기 만들기며 버들이나, 왕골, 싸
리를 이용한 초물공예, 심지어 금은 세공이나 노리개 같은 매듭
까지도 그의 손을 거치면 빛나고 섬세한 명품이 되었다.

"너의 손재주는 근동에서 견줄 사람이 없구나."

이방이 낭청을 데리고 노비들이 병장기를 만드는 현장에 나

타나 칭찬했다.

"손재주야 이 사람보다 뛰어난 장인이 얼마든지 있습지요."

머리가 센 관노가 딴전을 부렸다.

"그게 무슨 소리인고?"

옆에 섰던 낭청이 이방을 대신하여 따져 물었다.

"영실은 손재주로 일하는 장인이 아니라는 말씀입죠."

"아니면?"

"이 사람은 머리로 일하는 장인입니다. 단순한 손재주 가진
이야 쌔고 쌨지요."

"무슨 소린지 알겠다."

하루 이틀 봐온 것도 아니라서 알 만하다는 눈치들이었다.
하지만 무엇을 알겠는가. 그저 굿이나 보고 떡이나 먹는 구경꾼
들일 뿐이었다. 그를 부리던 기간 노비들은 필요 이상으로 그를
못살게 굴었다. 한 번 하면 될 일을 자꾸 반복시켰다. 훈련시킬
목적도 아니었다. 심통이었고 어깃장이었다. 영실은 시키는 대
로 그냥 따랐다. 같은 일을 열 번 반복시키면 열 번을 똑같이 해
냈고, 처음처럼 내내 끝을 보았다. 그러다 보니 일이 손에 익었
고 새로운 생각들이 덧보태졌다. 새로운 착상이 떠오르면 휴대
하고 다니는『잡동산이雜同散異』잡기장에 그림을 그리고 간단히
적어두었다. 나쁜 의도가 좋은 결과를 불러들인 셈이었다.

그에 비해 또래의 다른 노비들은 눈을 모들뜨기하면서 도중
에 내팽개쳐버렸다. 뇌꼴스러운 일을 직수굿하게 해낼 이유가

없었다. 이러나저러나 노비의 일생, 세월만 가면 그뿐이었다. 기술을 연마하고 부지런을 떨어봤자 일복만 터졌다. 관노비고 사노비고 대개의 노비가 감시하는 사람이 없으면 거덜충이로 행세하는 까닭이 여기에 있었다. 그런데 영실은 달랐다. 저 스스로 나서서 일감을 벌었다.

"영실아, 넌 꼬맹이 때부터 그렇게 당하고도 아직 그 버릇 못 고치겠냐?"

개똥이가 그물 덫에 걸려 놀림당했던 일을 상기시켰다.

"개똥아, 나는 내 일을 한다. 누가 시켜서 한 일도 이내 내 일로 만들어버려야 제대로 할 수가 있어. 안 그러면 내가 참을 수 없거든."

영실은 태연하게 대꾸했다. 어찌 참을 수만 없겠는가. 아니, 살아갈 수가 없었다. 누군들 배알이 없으랴. 하지만 노비 배알이 꼬여봐야 제 속만 불편하지 세상은 끄떡도 하지 않았다. 웃으며 일하다 보면 딴 세상이 열렸다. 스승 갈처사에게 장인 일을 배우면서 터득한 비법이었다.

관노라고 매일 일만 하는 건 아니었다. 한 달에 삼사 일은 방아放衙라 해서 관아 일을 쉬었다. 그 방아 때나 비번 날에는 시장에 내다 팔 장신구들을 만들었다. 조 상인의 주문을 받고 옥 공예품을 만들기도 했다. 드물게 옥비녀에 금과 은, 칠보를 이용해 나비나 꽃술을 만들어 떨잠을 붙였다. 머리가 흔들리면 자연스럽게 꽃잎이 떨렸고 나비가 춤을 추었다. 대갓집 귀부인들의 은밀한 주문을 받고 제작되어 조 상인을 통해 비밀스레 전해지는 귀중품들이었다. 조선은 금과 은이 귀했다. 광산을 발견해도 채광 비용이 막대해 엄두를 못 냈다. 게다가 중국에 공물로 바치는 양마저 턱없이 부족했다. 옥비녀 떨잠은 왕실이 아니면 구경조차 하기 힘들었지만 대갓집 귀부인들은 누구나 치렁치렁한 가체 위에 떨잠 꽂는 걸 소원했다.

최고의 장인에게 잔돈 벌이는 어렵지 않았다. 큰돈은 아니었으나 남다른 손재주로 입성이나 먹을거리는 너끈했다. 굳이 어머니가 삯바느질을 하지 않아도 되었다. 하지만 어머니는 여간해서 일손을 놓지 않았다. 사람 몸은 게으르게 놔두면 잡생각만 한다는 거였다. 아들 하나 키우면서 혼자 사는 퇴기였으니 술을 즐기면서 가야금이나 뜯자고 한다면 못 할 것도 없었다. 영실로서도 말릴 생각은 없었다. 홀어머니가 무슨 낙이 있겠는가. 그런데 아들의 눈을 의식한 것일까. 어머니는 절대 술을 입에 대지 않았다. 기방에도 얼씬거리지 않았고 주막집 일도 거들지 않았다. 오히려 어머니는 주막집 고샅에서 벗어나고자 했다. 대낮부터 고주망태가 되어 고래고래 고함이나 지르고 트레바리들이 툭하면 드잡이하면서 욕설이나 퍼붓는 풍경이 노상 벌어졌다. 어머니는 넌더리를 냈다. 기녀로 살았던 지난날들을 지워버리고 싶어 하는 눈치였다. 형편만 된다면 향교골 쪽으로 이사하자고 했다.

상인 조씨는 속전을 바치고 영실을 관노에서 빼내려고 했었다. 하지만 판현사가 허락하지 않았다. 영실이 없으면 관아의 일이 잘 돌아가지 않는다는 게 이유였다. 얄팍한 조 상인의 그늘에 들어가 마음에 내키지 않는 장사치가 되더라도 관노에서 벗어나고 싶었다. 하다못해 가게 물건 사라고 호객하는 여리꾼이면 어떤가. 장사하면서 틈나는 대로 물건을 만들어볼 수도 있었다. 잘하면 장인들을 거느리는 것도 가능하리라. 문제는 조 상인이 영실을 데릴사위로 들이려 하는 데 있었다. 영실은 그것만은 받아들일 수 없었다. 자기만 바라보고 사는 홀어머니를 몰라라 할 수 없었다. 게다가 이미 짝짓지 않고 혼자 살기로 맹세한 그였다.

# 4

꽃을 버려야 열매를 맺고

새 판현사가 식솔들을 거느리고 부임해 왔다. 수령들의 임기는 대개 오 년이었다. 가족을 데려오지 않는 경우는 이 년 반이었다. 판현사한테는 영실보다 세 살 위인 도령이 있었다. 오랜만에 책방에 주인이 들게 되었다. 책방을 관리하는 낭청은 판현사에게 영실의 재주를 상세히 전하고 책방 도령의 방자로 천거했다.

　　"종놈이 뭐가 그리 대단하랴. 아무튼, 방자 하나는 들여야 하니 만나는 보겠다."

　　판현사는 이방을 불러 영실의 위인 됨을 꼬치꼬치 물은 다음 내아에서 도령과 함께 면접했다.

　　"네가 정말 문자를 읽고 쓸 줄 안단 말이냐?"

　　판현사는 대뜸 그것부터 물었다.

　　"겨우 이름자나 쓰고 읽는 정도지요."

　　"그렇겠지."

영실의 대꾸에 판현사는 고개를 끄덕였다. 그러면서도 붓을 들게 하더니 아무거나 써보라고 일렀다. 영실은 『논어』의 한 구절을 일필휘지로 내갈겼다.

판현사와 책방 도령이 마주 보며 눈을 휘둥그레 떴다.

百工居肆以成其事 君子學以致其道(백공거사이성기사 군자학이치기도)

"읽고 새겨보아라."

"여러 장인들은 공장에서 물건을 만들어내고, 군자는 배워서 도를 지극히 한다는 뜻입니다."

영실은 막힘없이 읽고 풀어냈다.

"이 맹랑한 놈을 봤나? 종놈이 문자를 다 아는구나!"

판현사는 어쩔 줄 몰라 했다. 문자는 권력이었다. 권력자들은 문자를 독점하고 도구 삼아 그걸로 백성을 지배해왔다. 그런데 상민도 아니고 천민 종놈이 문자에 능통해 있다니. 계급에 맞지 않는 재주였다.

"그전 대목이 뭔 줄도 아느냐?"

"공자의 제자 자하子夏가 한 말로서 널리 배우고 뜻을 독실히 하며, 절실히 묻고 현실에 필요한 것을 생각하면 인仁이 그 가운데 있다는 말씀이지요."

"허허 별일이로다. 공자님의 문하에 들어선 관노를 오늘 다 보는구나. 넌 불원천불우인不怨天不尤人의 뜻도 알겠구나."

"하늘을 원망하지 않고 사람들 탓을 하지 않는다는 말씀입니다."

"너의 처지라면 다르지. 하늘도 원망하고 사람들 탓도 할 거 같은데?"

"……."

"아무튼 그만하면 됐다. 오늘부터 책방 도령을 모시면서 틈틈이 공방 일도 도와라."

영실이 머뭇거리자, 알 만하다고 판단한 판현사가 자리를 정리했다.

"공방에는 내가 다 일러두었다. 여간해서는 너를 부르지 않을 게다. 넌 내 방자 노릇만 잘하면 세상없이 편할 게야."

책방 도령은 제 식구라고 감싸고 들었다. 그는 과거 공부에 뜻을 두고 있었다. 이따금 머리를 식히고자 근동에 나들이하는 것 외에는 주로 책방이나 향교 출입으로 시간을 보냈다.

"조상 잘 둔 명문세족의 자손이라면 굳이 어려운 과거시험을 보지 않아도 공신이나 고관의 자제를 관리로 채용하는 문음門蔭 제도로 관직에 나갈 수 있단다. 우리같이 한미한 가문이야 이런 지방 수령 자리도 오감한 형편인데 음직을 바랄 수는 없는 일이지. 생원은 입학의 문이요, 과거 급제는 관직에 들어서는 입사入仕의 길이다. 소과인 생원시에 뽑혀야 성균관에 입학할 수 있고 거기서 다시 대과에 급제해야만 입사할 수 있지. 예문관이나 승문원, 홍문관과 같이 명예와 출세가 보장된 청요직에 배속되려면 반드시 문과에 급제해야 해. 아니지, 중앙 관직에 나갈 수만 있어도 입신양명이지."

그래서 눈에 잘 들어오지도 않는 책을 붙들고 살 수밖에 없다고 했다. 책방 도령은 내심 그을음이 끼어 있는 청년이었다. 지방 한직을 전전하는 아버지를 따라다니면서 벼슬살이의 고충을 눈치챈 듯했다.

종놈들만 아픔이 있는 줄 알았는데 알고 보니 양반도 저마다 가슴속에 얹힌 것이 있는 모양이었다. 정승은 그런 게 없을까. 아니, 제왕이나 천자라도 저마다 그 권능만큼이나 큰 한계가 있다는 게 벽송 선사의 말씀이었다. 그래서 석가가 제 발로 왕궁을 걸어 나와 설산에서 고행했다고 했다. 갈처사 스승이 노자나 장자를 좋아하는 까닭이 여기에 있었다. 어떤 것으로든 한계를 지으면 갇힌다. 바람을 타고 한 달의 절반을 공중에서 노니는 송양자라도 바람이라는 한계를 가졌다. 바람이 안 불어주면 공중에서 추락하고 마는 것이다. 오직 거칠 것 없는 대우주에서 노닐어야 한다. 그러나 그게 현실에서 가능한 일인가. 물고기는 최소한 물이 있어야 살고 새는 공기가 있어야 난다. 그것마저 벗어날 수는 없었다.

대책도 없이 경계를 넘나드는 자유를 말하는 도가. 한계를 인정하고 낮은 데서 출발하여 높은 성인의 경지에 나아가도록 수양하라는 유가. 영실은 둘 모두가 밥벌이를 떠난 이상이라고 생각했다. 그런 자유는 이 세상을 떠나야만 있는 것 같았다. 떠나면 있다는 것도 짐작일 뿐이다. 하늘 천天부터 배워 성인의 경

o
100

지에 이른다는 말씀도 이상이기는 마찬가지였다. 양반은 대개 독서인이었다. 저마다 책 읽고 수양하는데 공자 이래로 성인이 다시 나왔다는 말은 못 들어봤다. 아무나 애쓴다고 성인이 되는 게 아니었다. 하늘이 내야 하는 것이었다. 군자네 성인이네 갈구하지만 성인은 고사하고 허물없는 군자로 살다 가기도 바쁜 세상이었다. 이게 인생살이였다.

"그런데 영실이 네놈은 항상 표정이 밝고 매사에 자신감이 넘치는구나."

책방 도령은 지금의 모습만 보고서 하는 말이었다. 그렇게 되기까지 우여곡절이 아주 많았다. 불과 물을 번갈아 넘나들며 쇠가 야물어지듯 시련이 사람을 의젓하게 했다. 게다가 영실에게는 갈처사 같은 훌륭한 스승이 있었다.

"물고기는 연못에서 뛰고 솔개는 하늘을 납니다."

"넌 관노로 사는 게 좋으냐?"

"땅바닥을 기는 벌레도 한 자 두 자 세상을 재고, 구린 것을 빠는 똥파리도 날개를 펴서 윙윙거리며 날지요. 뿐입니까? 개똥벌레는 꼬리에 불을 밝히고 나는걸요. 좌우지간 사는 건 죽는 거보다 낫습니다."

"참 특이한 놈이다."

책방 도령은 코웃음을 쳤다. 도령이 글을 읽을 때는 문밖에서 대기하는 게 영실의 일이었다. 도령이 방 안에 있으면 우물마루에서 혹시 있을 분부를 기다렸고 도령이 마루에 나와 있으면 시선을 비켜 쪽마루에 걸터앉아 기다렸다. 분부는 거의 없었지만 대기는 계속해야 했다. 글 읽는 도령 밑에 있는 방자는 별로 할 일이 없었다. 아침부터 저녁까지 줄곧 대기하는 게 일과였다. 이것도 일이라고 때가 되면 밥도 주고 날이 저물어 수령의 방아 시간이 되면 도령의 허락을 받고 집으로 돌아간다. 몸은 편한데 마음은 불편했다. 노역에 익숙해진 몸이 갑작스레 너무 편해지니까 좀이 쑤셨다. 시간이 아깝고 불안해지기까지 했다.

젊은 날이 지나간다. 저간 땀으로 범벅됐던 나날들이 이젠 하릴없이 쉬엄쉬엄 지나간다. 다른 관노들이 늘 두런댔었다. 제 몸 하나 편하면 그만이라고. 그런데 이렇게 마냥 편하게 지내고 보니 그게 아니었다. 갈처사 말씀대로 사람 몸뚱이는 간사하여 편하면 늘어지고 곤하면 몸살이 난다. 한 끼라도 건너뛸라치면 속에서 거시기가 뜨개질을 하고 배에 곡기가 들어가면 졸음이 온다. 앉으면 눕고 싶고 누우면 자고 싶다. 구린 것을 대하면 찡 그리고 미색을 보면 욕정이 동한다.

영실에게도 정말 졸음이 밀려왔다. 뙤약볕 이글거리는 한여름 낮에도 좀처럼 낮잠을 자본 적이 없는 그였다. 그런데 마루에 앉아 있자니 아침나절부터 졸음이 쏟아지는 것이었다.

"영실아, 밤에 잠 안 자고 무슨 짓을 했기에 서리 맞은 병아리 꼴이냐? 방으로 들어오란 말 못 들었느냐?"

방문이 열리며 책방 도령의 핀잔이 쏟아졌다. 민망해진 영실은 정신을 수습하고 진동한동 안으로 들어갔다.

"예, 도련님."

"요즘 내 너를 관찰했다. 아무래도 따분한 모양이로구나."

"그렇습니다."

"이러면 어떻겠느냐? 오늘부터는 너도 내 옆자리에서 글을 읽거라. 어려운 경서가 아니라도 좋다. 잡서라도 읽어라."

"소인이 어찌 그런 호사를요. 천부당만부당입니다."

영실은 도령이 떠보는 것으로 알았다. 주인과 노예의 관계에서 감히 도모할 수 없는 일이었다.

"그렇지가 않다. 나도 방 안에 혼자 있으니 허튼 생각도 나고 졸리기도 한다. 네가 곁에 있으면 도움이 될 듯싶다. 게다가 네가 누구냐? 필시 이 나라 노비 가운데 너만큼 박학한 놈도 없을 게다."

실없이 놀리기 위한 말로 들리지는 않았다. 도령은 지금 당장 벽장에서 여벌로 놔둔 서안을 꺼내라고 했다. 영실은 몇 번 더 사양했지만 도령의 뜻은 확고했다. 졸지에 관노가 책방의 독서인이 되는 순간이었다. 책방이었으니 책은 시렁에 가득했다. 주로 경서였지만 사서나 천문, 지리, 문집 등도 꽤 갖춰져 있었다. 영실은 『보천가步天歌』를 꺼내 펼쳤다. 별자리와 별의 수효를 칠언시로 만들어 암기하기 쉽게 만든 천문학 책이었다. 별자리 그림도 상세하게 그려져 있었다. 잡과雜科의 필수 시험 과목이기도 했다.

"양홍남북정직착兩紅南北正直着 중유평도상천전中有平道上天

田……."

영실은 밤하늘을 떠올리며 눈을 뜨고 감아가며 줄줄 외워나 갔다. 스승 갈처사가 암자에서 밤하늘을 보며 천문을 가르쳐주 었기에 외우면서 머릿속으로 별자리를 그려볼 수 있었다.

한번은 같이 책을 읽다가 책방 도령이 말을 걸어왔다.

"방금 『논어』를 보고 있었다. 공자의 제자 가운데 안회는 호 학好學하는 군자였다. 그런데 안회의 호학은 단지 손에서 책을 놓지 않는 수불석권手不釋卷이 아니었다. 밤낮 글을 외우고 문장 을 짓는 호학이 아니었다는 말이다."

"불천노不遷怒하며 불이과不二過했다고 배웠습니다."

"옳다. 무슨 뜻이더냐?"

"노여움을 남에게 옮기지 않으며 같은 잘못을 두 번 다시 저 지르지 않았다는 말씀입니다."

영실이 또박또박 대답했다.

"네가 이런 정도인데 어찌 내가 몸종으로만 부리겠느냐? 앞 으로는 이렇게 한방에서 글을 읽고 토론도 하자꾸나. 그렇다고 심부름을 하지 않아도 된다는 건 아니다."

젊은 도령의 뜬금없는 선언이었다.

"면구스럽습니다. 옆에서 보필하며 배우겠습니다."

"나는 늘 이 대목에 이르면 의문이 인다. 안회는 겨우 서른셋 에 죽었다. 안회의 단명에 공자도 하늘을 향해 탄식했다. 묻겠다. 그렇게 아까운 안회가 명이 짧았던 건 천명인가? 천명이라면 하늘은 왜 그런 인재를 내놓고서 그토록 빨리 거두었는가? 나는 이게 늘 궁금했다."

어려운 질문이었다. 흔히 인명은 재천이라고 한다. 죽고 사는 건 하늘 소관이라는 것이다. 영실은 지체하지 않고 곧장 입을 열었다. 이미 스승 갈처사와 이것을 두고 깊이 논의한 적이 있었다.

"안회 스스로 감수減壽를 자처한 것입니다."

도령으로서는 뜻밖이었다.

"무엇이? 별 해괴한 말을 뇌까리는구나. 좋다, 이유나 알고 보자. 왜더냐?"

도령은 다그쳤다. 영실은 짐짓 담담하게 받아들이며 제 생각을 풀어놓았다.

"천지 만물 가운데 사람은 최령한 존재라 하늘로부터 재주와 명을 품수한다고 합니다. 하늘은 해와 달과 별들의 운행을 주관하지만 사람의 일생에 관해서는 간섭하지 않습니다. 안회는 자강불식自强不息하는 군자였지만 마음 한편으로 전전긍긍함이 있었다고 봅니다. 화를 참고 잘못을 되풀이하지 않으려고 마음을 태웠지요. 그가 그렇게 해서 군자의 모범이 되었을지는 몰라도 자연의 이치는 거슬렀습니다. 해가 쨍쨍 맑다가도 비 오며 천둥도 치고 바람도 붑니다. 마찬가지로 웃을 수도 있고 화낼 수도 있고 울 수도 있습니다. 희로애락의 감정을 적절히 드러내는 것이 양생養生에 좋습니다. 속에 넣어두고 참기만 하면 울체가 되고 만병의 화근이 됩니다. 마음을 졸이는 것도 마찬가지입니다.

하늘이 어디 애면글면합니까?"

"일경 타당하지만 불경스럽다. 부단히 정진할 뿐 방일할 줄 몰랐던 안회가 꽉 막힌 성격이었다는 말이 아니냐? 그 뻣뻣한 성품이 병통이라면 사문斯文은 설 자리가 없는 게 되거늘!"

사문이란 유교의 도의와 문화를 말한다. 도령은 얼굴이 붉어지면서 트집을 잡았다. 이자가 잡서를 좀 읽었다더니 과연 세 치 혀로 사람을 현혹하고 있다고 봤다.

"어질고 호학했지만 그때그때 융통성을 발휘하는 권도權道가 없었다고도 할 수 있다는 말씀입니다. 군자가 죽고 사는 것에 너무 얽매여서도 안 되지만 그래도 포부를 펼칠 수 있을 만큼은 살아야지요."

내친김이라 영실은 한 발을 더 나갔다.

"뭣이? 참으로 발칙하다! 보자 보자 하니 천한 놈이 못 지껄이는 말이 없구나. 안회의 위인 됨은, 항상 중용을 택하되 하나의 선한 일이라도 깨닫게 되면 그것을 진심으로 고뇌하면서 가슴에 품어 잃는 법이 없었다. 그 권권복응拳拳服膺이 요절의 원인이었다는 말이 아니더냐."

결과적으로는 그런 얘기가 돼버리고 말았다.

"그게 그렇게 해석되기도 합니다만……."

영실은 아차 싶었다.

"닥쳐라! 사문난적이 따로 없다. 네놈 말대로라면 유학이 고작 명 재촉하는 학문이로구나? 지난번 네놈이 『논어』 장구를 휘

갈겨 쓰고 이죽거릴 때부터 이미 불량하게 봐왔다. 종놈이 문자를 아니 얼마나 세상을 조롱하겠는가. 뒤틀릴 대로 뒤틀린 성정이렷다. 위험천만한 네놈과 더 대거리하고 있다가는 나까지 물들어버리고 말겠다. 이참에 발본색원하리라!"

책방 도령은 벼락같이 화를 냈다. 돌발 상황이 벌어지고 말았다.

"낭청 있느냐!"

밖에 대고 큰 소리로 불렀다.

"예이, 도령님. 불러 계시오니까?"

"이놈을 당장 끌어내 하옥시켜라. 내가 나중에 형방을 만나서 말하겠다."

"예이."

장영실은 머리에 퍼런 불이 일었다. 눈앞이 캄캄해지면서 홀어머니의 모습이 떠올랐다. 장인이 손재주를 자랑해야 할 일이거늘 세 치 혀로 논변을 뽐내다가 화를 자초한 판국이었다. 하지만 애초 논변에 끌어들인 건 도령이었다. 뿐만 아니라 이런 일로 옥에 가두는 건 심한 처사였다.

"도령님, 소인이 그만 분수를 넘었나이다. 어떤 죄라도 달게 받겠사오니 옥방에만은 가두지 마소서. 저 하나만 바라보고 사시는 홀어머니를 봐서라도 은전을 베풀어주소서."

영실은 두 손 모아 빌었다.

"시끄럽다. 네놈은 내가 아니라도 언젠가는 반드시 크게 벌을 받아 마땅한 놈이다. 나를 원망하지 말고 네깟 놈의 그 잘난 잔재주와 위험천만한 잡설을 탓해라. 낭청은 듣거라. 그래도 나는 혹시나 했다. 관노가 똑똑하면 얼마나 똑똑하겠느냐? 나무는 보면서 숲은 보지 못하는 주책망나니를 가지고 그리 허풍을 쳐서 추천했던 것이냐? 네놈도 치도곤으로 다스려야 할 테지만 네 소견이 모자라서 그리한 것이니 봐준다."

낭청은 누차 허리를 굽혀 읍하고 영실의 팔을 끌고 나갔다.

도령은 곧 화를 가라앉히고 영실이 한 말을 곱씹었다. 곰곰이 따져보면 이치에 맞는 말이었다. 무서운 놈이다. 일개 관노 따위의 견해라고 하기에는 논리가 너무 정연했다. 그러나 세상은 성리학 천하였다. 고려 적에 그토록 추앙받던 스님들도 조선에 들어와서는 숫제 중놈 취급받는 시절이었다. 성리학의 논리가 아니면 철저하게 배척받고 있는 것이다. 말을 조심해서 손해볼 건 하나도 없었다. 이번에 단단히 혼쭐을 내 버릇을 고쳐놓을 생각이었다.

"어쩌다가 보름도 채 못 모시고 이런 변을 당한 것이냐?"

낭청은 도령이 시키는 대로 영실을 옥방으로 데리고 가면서 물었다.

"소인이 그만 도를 넘어서고 말았습니다."

"대체 뭐라 했기에?"

"안회가 호학했지만 권도를 몰라 요절했다고 했습니다."

"뭣이? 안회는 공자 못지않게 숭앙하는 분이다. 인명은 재천인데 너는 어째서 그런 망발을 하였더냐?"

낭청은 고개를 모로 내저었다.

"어머니께는 모르게 하셨으면 좋겠습니다. 아시면 억장이 무너지시겠지요."

영실은 오로지 홀어머니 걱정이었다.

"알았다. 오래 가둬두기야 하겠느냐."

질청에 들러 형방에게 고하니 형리 둘에 의해 이끌려 둥근 담이 쳐진 원옥에 갇혔다. 옥졸은 고개를 갸우뚱하며 영실을 안으로 밀쳐 넣었다.

"책방 도령의 코털을 잘못 건드렸다네."

형리가 옥졸에게 귀띔했다.

"재주 좋기로 소문난 놈이 옥살이는 못 피해 가는구나."

옥졸의 말이 옳았다. 물건을 훔친 것도 아니고 일을 게을리한 것도 아니었다. 혀끝으로 재주 부리다가 제 풀에 당한 일이었다.

감옥은 지상의 생지옥이었다. 햇빛이 잘 들지 않아 대낮에도 어두컴컴했다. 맨땅바닥에 지푸라기가 깔렸는데 저습하고 고약한 악취가 코를 찔렀다. 먼저 들어와 있던 수감자들의 몰골이 산송장이나 다름없었다. 봉두난발에 땟국 전 옷, 고문으로 살이 찢긴 한 수인은 머리에 칼을 썼고 두 수인은 발에 차꼬를 찼다. 죄질이 무거운 듯했다.

"문턱 넘이 턱을 내고 들어 오거라, 이놈아!"

돼지우리 같은 옥방에서 그중 상석에 앉은 털북숭이 고참이

소리를 버럭 질렀다. 입을 여닫을 때마다 송충이 같은 눈썹이 꿈틀거렸다.

"무슨 말인지……?"

영실은 영문을 몰라 우두커니 서 있었다.

"남의 집 문턱을 넘어오려면 적당한 신고가 있어야 할 것 아니냔 말이다. 아무리 험악한 옥방이지만 그렇게 깨끗이 입 씻고 지나가서야 동방예의지국의 미풍양속이 아니지. 떡이나 엿이라도 하나씩 돌려야 예의란 말이다."

털북숭이 옆자리에 앉은 사내가 자상하게 일러주었다.

"이놈들, 조용히 못 하느냐! 이 사람은 책방 도령 방자다. 네깟 것들에게 신고할 처지가 아니지. 같잖은 것들이 지랄용천을 떨고 있구나."

그래도 관아 밥을 함께 먹었다고 옥졸이 나서서 편들어주었다. 눈물겹게 고마웠다.

밤이 되자 빈대와 이가 몸속에 파고들어 피를 빨아댔다. 머리도 복잡한데 벌레들까지 기승을 부리니 잠이 올 턱이 없었다. 봄이지만 저녁 추위도 만만치 않았다. 그래도 다른 수인들은 거적때기와 지푸라기를 뒤집어쓰고 코를 드르렁드르렁 골아가며 잘도 잤다. 하룻밤쯤은 못 버티랴. 어머니도 무슨 사정이 있겠거니 여길 것이었다.

밤을 꼬박 새웠다. 도령 편에서는 아무런 기별이 없었다. 다시 하루가 지나도 종무소식이었다. 사흘째 되는 날, 우려했던 일

○

110

이 터졌다. 어머니가 알고 면회를 온 것이다. 속이 미어지게 아팠다. 마음이 아픈 것인지 못 먹고 못 자서 아픈 것인지 잘 분간이 안 갔다.

"낭청에게서 다 들었다. 도령뿐 아니라 판현사도 노했다더라. 당분간 못 나올 것이니 맘 단단히 먹어라. 에미가 집에 가서 바로 옷가지와 밥을 챙겨 오마."

"불효자를 용서하소서."

영실은 어머니를 향해 무릎을 꿇고 잘못을 빌었다.

"아니다. 이게 다 에미 잘못 만난 죄다."

옥문 창살 너머 어머니는 애써 눈물을 감추고 서 계셨다.

"어머니."

서로를 너무도 잘 아는 모자간에는 더 이상의 말이 필요치 않았다. 그저 안타까울 뿐이었다.

며칠 있다가 스승 갈처사와 관문 사형도 면회 왔다.

"영실아, 네가 진종일 무슨 생각을 하고 있는지 다 안다. 당신은 왜 마음대로 드러내지도 못할 생각, 펼쳐낼 수도 없는 재주를 가르쳐주었느냐고 날 원망할 테지. 하지만 이게 우리가 처한 세상이다. 지금은 그냥 받아들이고 때를 기다리자꾸나."

"……."

영실은 입을 열지 않았다. 스승을 원망하고 싶은 마음은 없었다. 스승은 말했었다. 포경언이라는 사람은 인간의 신분제도가 힘의 논리일 뿐 하늘의 뜻과는 무관하다고 여겼노라고. 만일 그 말을 책방 도령에게 해줬다면 그는 필시 관노가 모반을 꾀했다고 고변을 했으리라.

조 상인이 미진이를 데리고 면회를 온 것은 그 직후였다. 미진은 어여쁜 낭자가 돼 있었다.

"어이가 없구나. 죄를 물을 걸 가지고 물어야지."

조 상인은 기가 막혀 했다. 어머니와 스승 갈처사와는 전혀 다른 반응이었다.

"…… 어떠냐? 새 판현사에게 다시 간청해보랴? 이번 사건이 너에겐 차라리 좋은 기회가 되지 싶다. 판현사도 책방 도령도 위험천만한 널 내치고 싶어 할 테니까 말이다. 돈은 얼마가 들더라도 널 빼내보마. 나랑 장사나 한번 크게 해보자. 일본이 여의치 않으면 까짓것 중국으로 진출해보자."

조 상인은 대차게 나왔다.

"영실아, 그렇게 하자. 우리가 함께하는데 무엇인들 못해내겠니?"

미진도 애원조로 말했다. 영실의 마음은 전과 많이 달라져 있었다. 어디 가서 무엇을 한다 해도 지금보다 나쁘지는 않을 거였다. 면천免賤만 된다면야 등짐 져 나르며 장사하는 도부꾼인들 마다할 이유가 있을까. 조 상인이 약삭빠른 사람이라지만 악한 사람은 아니었다. 게다가 소꿉동무 미진은 순진한 데가 많은 처자였다. 아버지의 말씀이라면 죽는시늉까지 하는 착한 딸이기도 했다.

"알겠습니다. 이 생지옥에서 하루라도 속히 절 빼내주십시오."

영실은 조 상인에게 먼저 손을 내밀었다. 조 상인은 소리가 나게 그 손을 잡아채고는 흔들어댔다.

"옳거니! 때가 왔구나. 조금만 기다리고 있거라."

조 상인은 마름모꼴 눈을 굴리면서 잰걸음으로 사라졌다. 당장 돈을 싸 짊어지고 판현사 앞에 가서 협상할 기세였다. 미진은 준비해 온 먹을거리를 넣어주며 한참을 더 있다가 돌아갔다.

조 상인의 장담과 달리 때는 아직도 오지 않았다. 소금 팔러 나서자 비 내린다고 공교롭게도 중앙에서 지방 관노청의 문란을 파악하려고 감찰이 나와 있었다. 조 상인이 무리한 돈을 마련하여 흥정을 해봤지만 씨도 안 먹혔다. 감찰도 감찰이거니와 새 판현사는 영실을 책방 도령의 더없이 좋은 상대로 여기고 있었다.

영실은 낙담했고 영실보다 더 절망한 미진은 숫제 몸져누워버렸다.

옥살이는 장장 열사흘간이나 지속되었다. 날짜를 헤아려보니 책방 도령 방자 노릇을 한 날수와 똑같았다. 낭청이 옥졸과 함께 왔고 옥문이 열렸다.

"그간 고생이 많았다. 매는 아프라고 때리지 살찌라고 때리는 것이 아니다만 생각하기 따라선 미리 이쯤으로 맞은 매가 오히려 약일 수도 있다. 책방 도령이 찾으니 가서 무조건 잘못했다고 빌거라."

낭청은 판현사가 이번 일을 전적으로 도령에게 맡겼다고 일러주었다. 도령은 방자를 다른 관노로 바꿔 삼을 생각이 없는 것 같다고 했다.

관노청에서 간단히 씻고 책방에 나갔더니 도령은 아무렇지도 않다는 듯이 영실을 맞았다.

"향교에 나가볼까 한다. 말을 대령해라."

고생했다는 말 한마디, 앞으로 어떻게 하라는 주의 한마디 주지 않았다. 그저 오전에 보았다가 점심 후 오후에 다시 보는 사람처럼 대했다. 말을 대령했더니 전과 생판 다른 요구를 하고 나왔다.

"오늘따라 말안장이 높아 보이는구나. 방자야, 엎디어라."

그전에는 혼자서도 등자 밟고 훌쩍 잘만 오르더니 오늘은 엄살이 심했다. 도리가 없었다. 말안장 아래 맨땅에 넙죽 엎드렸다. 도령은 성큼성큼 다가오더니 영실의 등을 밟고 말에 올랐다. 그 순간 영실은 인간 말 디딤대였다. 수모랄 것도 없었다. 노비가 이런 정도를 가지고 수모를 느낀다면 새털같이 많은 나날의 인생살이를 감당할 수 없었다. 더러운 옥방 맨바닥에서도 마소처럼 열사흘이나 뒹굴었던 몸이 아니었던가.

"방자야, 신발에 진흙이 많이 묻었구나. 손으로 털어내거라."

싸늘하고 간략한 명령이 이어졌다. 네놈과 더는 긴 말품을 팔지 않겠다는 뜻이었다. 호칭도 영실이라는 이름 대신에 방자로 바뀌었다. 직분을 잊지 말라는 경고였다. 주인과 노예의 대화는 꼭 필요한 말만 하면 된다는 투였다.

그날 집으로 돌아온 영실은 가는 붓으로 그림을 그리기 시작
했다. 설계도를 많이 그려본 솜씨라 붓놀림이 정교했다. 다 그려
놓고 보니 두건을 질끈 동여맨 관노의 얼굴이 나왔다. 분명 자기
얼굴을 그린다고 그렸는데 탈을 쓴 사람처럼 낯설기만 했다. 반
듯한 콧날도, 서글서글한 눈과 갸름한 턱도 분명 자기 것과 같은
데 분위기가 영 딴판이었다. 게다가 축 처진 어깨는 붙잡혀온 산
짐승 꼴이었다.

"누구를 그린 것이냐? 먼 산 보는 고라니 눈보다 더 슬퍼 보
이는구나. 아주 그냥 눈물이 뚝뚝 떨어진다."

어느 틈엔가 어머니 자향이 들어와 뒤에서 보고 있었다. 눈
물 같은 건 그려 넣지도 않았다. 무심코 그리다 보니 슬픈 자화
상이 되고 말았을 뿐이었다. 자세히 보면 슬픔 뒤에 분노 같은
기운도 서렸다. 영실은 갈피를 잡을 수 없이 복잡한 표정의 그림
을 접고 서둘러 자리를 정리했다. 자화상은 『잡동산이』 책갈피
에 접어 넣었다.

책방 도령의 핍박은 다음 날도 계속되었다. 연일 그런 나날
이 이어졌다. 시키는 일도 많아 이젠 더 이상 마루 끝에서 졸고
앉아 있을 겨를이 없었다. 한가하다 싶어 보이면 공방에 가서 일
을 거들라고 내쫓았다. 그러다가 어느 날 하루, 쉬운 글자 한 자
를 써서 내보이는 것이었다.

"방자야! '寧' 이게 무슨 글자냐? 아는 게 많으니 넌 분명 잘

맞힐 게다."

"……."

"말조심하라 했지 꿀 먹은 벙어리 노릇 하라고는 안 했다."

"……."

"빙판에 나자빠진 송아지마냥 멀뚱멀뚱 눈알만 굴리지 말고 어서 말해보거라."

"'편안할 녕' 자입니다."

영실이 모깃소리만큼 작게 말했다.

"그래, 그렇게 말하란 말이다. 묻는 것만 간단하게! 되지 않은 논리로 설교만 안 하면 된다. 사람 헷갈린다."

"알겠습니다."

"왜 편안하다는 뜻이 되었는지 아느냐?"

"……?"

영실은 대꾸하지 못했다. 글자를 배울 때 '편안할 녕'으로 암기했던 것뿐이었다.

"본래 그렇다고 말하지는 않겠지? 그러면 너답지 않으니까 말이다."

"본래 그렇게 배웠습니다."

"이런 무식한 놈! 그래, 네놈이 만드는 물건들은 모두 원리가 있다면서 그 원리를 활용해 만들고, 네놈이 들먹이는 흰소리는 경전과 비교해 잘도 나부대더니만 왜 이 글자는 본래 그러한 것 이더냐? 이제 보니 엉터리에 윤똑똑이였구나. 고작 그 알량한 말

재주로, 되지 않은 궤변을 이죽거려서 과거 준비하는 서생의 머리를 어지럽혔던 말이냐. 학문의 길이 그렇게 간단한 줄로 알았다면 큰 오산이다. 안회의 요절을 그런 식으로 보는 네놈 논리대로라면 천도를 실천하느라 애쓸 것도 없이 거북이나 학처럼 그저 오래만 살면 된다는 것인데 가당키나 한 얘기냐? 정신이 망가지고 오래 살아서 무엇을 경륜하겠느냐? 군자는 벼슬길에 나가건 산림에 묻히건 세상 사람들과 함께 호흡해야 하는 것이다."

도령은 영실의 무지함을 지적하고 그날 사문난적이라고 야단쳤던 이유를 설명하고 있었다. 틀린 꾸지람이 아니었다.

"소인의 생각이 짧았습니다."

"글자 하나도 부수대로 모두 쪼개서 세세한 의미를 가린 다음 그 전체를 통괄하여 볼 수 있어야 한다. 그뿐인 줄 아느냐? 시를 짓기 위해서는 고저장단과 운을 알아야 한다. 같은 뜻의 글자라도 제각기 쓰이는 적합한 때가 있다. 네놈이 그런 것을 아느냐? 나 또한 아직 문리가 터지지 않아 잘은 모르거늘 네깟 것이 사서와 잡서 좀 보았다고 함부로 뇌까리니 우물 안 개구리와 다를 게 뭐가 있느냐. 향교에 출입하는 서생 어느 누구라도 너보다는 깊은 공부가 있다는 걸 알아라."

도령의 말은 사실일 거였다. 경전 공부에 관해서는 영실이 그들을 능가할 수 없었다. 다만 자신의 견해로 그것들을 재해석하는 눈은 분명 영실만 가지고 있는 소양이었다. 그 소양이 사문과 위배된다 하니 문제였지만 유가 세상이라고 모두가 유가만

해야 할 까닭은 없었다.

"'편안할 녕' 자를 상세히 풀이해주마. 사람이 편안하려면 우선 먹을 것이 풍성해야 한다. 그래서 음식이 접시 위에 소복이 담긴 형상인 '그릇 명皿'을 썼다. 잘 먹었으면 편히 쉴 집이 필요하다. 그래서 그 위에 '집 면宀'을 썼다. 또 건강한 몸이 필요하다 하여 '정정할 정丁'이 밑받침에 왔다. 다 갖추었어도 마음이 불편하면 편안하다고 할 수 없다. 마지막으로 집과 음식 사이에 '마음 심心'을 넣어서 비로소 '녕寧' 자가 완성된 것이다. 글자 한 자에도 이런 오묘한 사상이 들어 있음이야. 무식하면 용감하다지만 너는 그간 너무했다. 오늘날 나를 만났음은 고깝게 여길 일이 아니지. 네놈이 소견이 있다면 언젠가 감사할 날이 있을 게야."

영실은 진심으로 머리를 숙였다. 도령의 말처럼 글 읽는 일이 쉬운 것이 아니었다. '평안할 녕'이라는 글자 한 자에 그런 깊은 의미가 담겨 있는지는 처음 알게 된 사실이었다. 천자문의 다른 글자들도 다 숨은 뜻이 있으리라. 그것들을 죄다 달통하려면 아무리 머리 밝은 사람이라도 글만 붙들고 있는 일정 기간이 필요했다. 지금 영실의 처지로는 도저히 그럴 짬이 나지 않았다.

"송충이는 솔잎을 먹어야 함을 절실히 깨달았습니다."

"역시 넌 머리가 좀 돌아가긴 하는 놈이 맞다. 옛말에 '날마다 천 개의 엽전이 들어오는 것보다 한 가지 기술을 익혀 일신을 돌보는 게 낫다日進千文 不如一藝防身'고 했다. 기술을 익혀두면 평생 그걸로 먹고살 수 있는 거지."

○

이제 보니 책방 도령은 아는 게 꽤 많았다. 그 말은 원나라 때 공제孔齊라는 이가 지은 『지정직기至正直記』에 나와 있는 말씀이었다. 스승 갈처사가 개성에 가서 구해 온 새 책이었다. 그런 새 책을 언제 또 보아서 아는 소리를 하는 것일까.

"…… 그러나 그 기술은 농사를 지어 사람들을 배불리 먹이는 것보다 못하다고 했다. 하물며 세상 이치를 궁구하고 나라와 백성을 다스리는 공부만 하겠느냐.『중용』에 이런 말씀이 있다.

'군자의 도는 자신의 몸에서 근본을 삼고 여러 백성에게 징험하는 것이니, 삼왕三王(하나라의 우왕, 은나라의 탕왕, 주나라의 문왕)에게서 상고해보아도 그릇되지 아니하고, 천지에 세워보아도 어긋나지 않으며, 귀신에게 물어보아도 의심스러움이 없으며, 백세百世를 지나 성인을 기다려서 따져보아도 의혹스럽지 아니한 것이다.'

나는 이 구절을 보면 소름이 끼친다. 공부하고 몸을 닦아 세상에 나아가 경륜을 펼칠진대 모름지기 이런 정도가 돼야 떳떳하다 할 것이다. 백세면 자그마치 삼천 년이다. 그런 뒤 성인에게 물어 의혹스럽지 않아야 한다니! 무섭다. 속 편히 하는 공부일 수 없고 호락호락한 군자의 길이 아니다. 나는 자신이 없다. 그런 군자의 길을 걸어갈 자신이 없다. 학문은 그런 군자의 길을 가기 위해 하는 것인데, 솔직히 나는 벼슬길에 나아가기 위해 글을 읽는다. 출세하기 위해 글을 읽는다. 그 길 또한 절대로 쉽지가 않지. 이 변방의 궁벽한 어촌에서 글을 읽어서 어느 세월에 성균관에 들어가겠느냐? 경서의 대의를 구술하고 표表나 장章, 고부古賦를 해석하고 정치에 대한 대책을 묻는 책문策問에 논술을 해야 한다. 자신만의 독특한 견해이되 군자의 도와 이치에 합당해야 합격점을 받을 수 있다. 대의를 파악하고 해석하는 거야 그리 어렵지 않지만 책문은 높은 학식을 지닌 스승을 모셔야만 문채 나는 작성을 할 수가 있다."

도령은 고개를 떨어뜨렸다. 영실은 그가 밉지 않았다. 더러운 옥에 가두고 업신여겼지만 본래 완악한 사람이 아닌 듯했고 삿된 감정에서 비롯된 것이 아님을 알기에 그랬다. 오히려 대접해주는 것이 나쁜 일이었다.

영실이 보기에 도령은 글 읽기를 즐기는 모범 서생이었다. 옛 성현이 공부는 마치 불타는 집 안에 있는 것같이 하고, 마치 물이 새는 배에 탄 것처럼 하라 했다고 한다. 그런데 자신은 긴장감이 없다고 했다. 잡기나 유희를 즐기지 않았고 향교에 나가서도 무리를 제치는 실력이 있었지만 도령은 궁벽한 시골에서 빛나 봤자, 라고 했다. 금과 은과 옥이 즐비한 한양에 비하면 차돌밖에 안 된다고 비하했다.

도령은 다시 말수가 줄었다. 여전히 영실의 등을 말 디딤대로 삼았고 차가운 명령조로 잔심부름을 시켰으며 한가로워 보이면 관노청으로 가게 했다. 덕분에 잡념이 일 겨를이 없어서 좋았다. 다만 자신의 등을 말 디딤대로 쓰는 것만은 서러웠다. 일반 노비들에게는 흔히 있는 일이라지만 막상 그가 당하고 보니 정말 서러웠다.

무자년(1408) 4월 16일, 온 나라에 금혼령이 내려졌다. 명나라 사신 황엄黃儼이 경복궁에 이르러 짐짓 뻣뻣하게 으스대며 칙서를 선포했다. 왕(태종)이 황제의 명령문인 칙서에 절하고 나서 서쪽 계단으로 올라가 사신 앞에 꿇어앉았다. 환관 출신 황엄은 한껏 거드름을 피우며 황제의 명령문을 읽었다.

"조선의 왕은 잘생긴 여인 몇 명을 간택해 짐에게 보내라."

문무를 겸한 왕이 머리를 조아렸다. 명나라 사신 앞에 무릎 꿇은 왕에게서 평상시의 그 위풍당당하고 지엄한 모습은 전혀 찾아볼 수 없었다. 황제의 일개 신하에 지나지 않았다. 황제가 내린 칙서는 황제의 또 다른 몸이었다. 그 앞에서는 고개조차 똑바로 들어서는 아니 되었다. 잔뜩 거드름을 피우며 칙서를 들고 선 사신은 기고만장했다.

왕은 당일로 중국에 예물을 보내는 일을 주관하는 진헌색을 설치하고 공녀貢女를 뽑기 위해 나라에 금혼령을 내렸다. 각 도에 순찰사와 경차내관을 내려보내 나이 어린 여자들을 뒤졌다. 천한 것들과 서인, 노비가 없는 양반의 딸을 제외하고 열세 살 이상 스물다섯 살 이하의 양가 처녀 모두를 가려 뽑았다. 그야말로 젊은 처녀 채집이었다. 방방곡곡이 흉흉하여 몰래 혼인하는 이들이 속출했다. 발각되면 수령까지 처단을 면치 못했다.

동래에서도 처녀 넷이 뽑혀 올라가게 되었다. 그 가운데는 상인 조씨의 외동딸 미진도 끼어 있었다. 딸을 안 내놓으려고 발버둥 치는 여느 집과는 달리 조씨는 달랑 하나밖에 없는 그 착한 딸을 자원해서 내놓았다는 소문이 돌았다. 일본과의 장사가 원활치 못해 중국 시장으로 진출할 목적이 있었던 그는 이참에 딸을 이용할 속셈이었다. 해바라기처럼 관노 영실이만 바라보고 가슴앓이를 하는 딸이었다. 그 꼴 보고 앉아 있느니 차라리 황제의 후궁이 된다면 비빌 언덕 삼아 중국을 드나들며 큰돈을 벌 수 있다는 계산이었다. 역시 약삭빠른 계산이었고 무서운 상술이었다.

한양으로 올라가기 전 미진이 영실의 집에 찾아왔다. 둘은 영실이 겨울에 연 날리던 뒷동산에 올랐다.

"어쩌다 그런 결정을 한 거야?"

영실은 눈물을 그렁그렁 매달고 있는 미진을 추궁했다. 그런데 미진의 응대가 담담하기만 했다.

"너와 함께할 수 없는데 여기 뭉개고 있어서 뭘 하게. 아버지는 나와 널 위해 막대한 재물도 내놓을 셈이셨어. 우리 인연의 끈이 약해 일이 어그러져버렸지만 말야. 이젠 내가 아버지 뜻을 받들 때야."

그 아버지에 그 딸다웠다.

"이런 땐 내가 어떤 말을 해줘야 하니? 위로해줘야 하니, 아니면 효심 갸륵하다고 칭찬해줘야 하니?"

"응원해줘. 나는 다른 처자들처럼 중국에 끌려가는 게 아냐. 큰 장사꾼이 되려는 아버지를 돕기 위해 미리 파견되는 것이지.

중국 가서 기반을 잡으면 황제를 움직여 아버지를 거부로 만들고 너도 자유롭게 해줄게."

미진은 새끼손가락을 내밀었다. 영실은 차마 거기에 자신의 손가락을 걸 수가 없었다. 오누이처럼 가볍게 끌어안고 등을 도닥거려주었을 뿐이었다.

미진은 다른 두 처자와 함께 한양으로 떠났다. 중국 사신 황엄은 7월 2일 경복궁에서 의정부 관리들과 함께 처녀를 선발했다. 그 자리에서 미진은 보기 좋게 퇴짜를 맞을 뻔했다.

"경상도 하나가 나라의 반이나 된다는 걸 상국上國이 알고 있거늘 어찌 반반한 미색 하나가 없겠느냐? 네가 감히 삿된 뜻을 품고 이런 것들만 뽑아 올렸겠다!"

화가 난 황엄은 경상도 경차내관 박유를 결박하고 곤장을 치려고 했다. 왕이 정3품 지신사 황희黃喜를 보내 잔뜩 화가 난 사신을 달랬다. 황희는 중국어에 능하고 온화한 인상의 대신이었다.

"이 계집아이들이 멀리 부모 곁을 떠날 것을 근심하여 통 먹지를 않아 수척해진 때문이니 지금 꼴만 보고 괴이하게 여길 거 없소이다. 잘 먹여서 중국 화장을 시켜놓고 다시 보십시오."

존조리 설명하는 어조였다. 사실 미진은 박색이 아니었다. 아무리 공녀를 자청한 그지만 막상 중국으로 보내질 걸 생각하니 목구멍으로 음식이 넘어가지 않았고 한양까지의 노독이 겹쳐 야월 수밖에 없었다. 아무리 바탕이 좋아도 수척해진 뒤에 미인은 없었다. 황희의 그 말에 황엄은 비로소 노여움을 풀었다. 이날 뽑혀 온 계집들은 중풍 걸린 체하려고 일부러 입을 비뚤게 하는 아이, 머리를 흔드는 아이, 다리를 저는 아이 등 차마 가여워서 보고 있을 수가 없을 지경이었다. 거짓으로 병든 체한 여자아이들의 아비들은 지방으로 내쫓기거나 정직을 당했다.

모두 십여 차례의 간택을 거쳐 최종적으로 다섯 명의 처녀가 뽑혔다. 거기에 미진이 포함된 건 물론이었다. 8월 11일 황엄이 돌아가니 조선에서는 간택된 처녀들의 사주단자와 아비의 관직명을 적어 싸 들고 진헌사가 따라갔다.

이듬해에도 명나라는 처녀의 진헌, 곧 공녀를 추가로 요구해 왔고 거의 해마다 같은 일이 반복되었다. 조선이 명나라에 보내는 조공품 가운데 처녀는 반드시 빠져서는 안 될 중요한 품목이었다.

지방에 내려와 권세만 부리는 것 같지만 사실 수령의 일은 번다했다. 농업과 어업을 성하게 하고, 호구를 늘리고, 향교나 서당을 일으키고, 수군을 포함한 군정軍丁을 연마시켜야 했다. 부역을 공평하게 매기고, 송사를 줄이고, 환곡을 축낸 뒤 문서를 거짓으로 꾸미는 번작反作 따위를 일삼는 교활한 향리를 단속하는 것도 모두 수령의 일이었다. 동래현은 다른 현에 비해 수령의 일이 더 많았다. 수영과 왜관에서 벌어지는 일을 경상 관찰사에게 일일이 보고하는 일까지 도맡았다.

관아에 경사가 겹쳤다. 수령의 생일에 즈음하여 오랜만에 옥사가 비었다. 때마침 한양으로부터 종6품 병마절제도위 이천李蕆 일행이 경상좌도 수군 본영의 전함과 화포, 수군 현황을 감찰하고 수령에게 인사하러 왔다. 이천과 동행한 이들은 함선의 일을 맡아 보는 전함사 소속 하급 관리들이었다. 수령은 잔칫상을 걸게 차리게 했다. 동헌 내실에 다과상이 차려지고 수령과 책방 도령, 이방 등이 손님들을 맞았다. 수령은 형리와 사령을 위시한 관속들에게 술 네 말을 내리고 개 한 마리를 잡게 했다. 그러면서 관속들을 모아놓고 짓궂은 과제를 던졌다.

"여기 구십 전이 있다. 지금 소주가 한 말에 오십 전이고, 막걸리가 한 말에 십 전이라고 하는구나. 이 구십 전으로 술 여섯 말은 사야 이 많은 너희가 취하지는 못하더라도 골고루 마실 수 있을 게다. 소주는 몇 되를 사고 막걸리는 몇 말을 사야 딱 맞겠느냐? 만일 맞히면 이 돈으로 술값을 할 수 있겠으나 틀린다면 너희끼리 염출을 하거라. 산술을 잘 아는 아전들은 모두 함구하라."

하위 잡직과 관노들은 쩔쩔맸다. 비싼 소주로만 산다면 두 말을 채 못 산다. 막걸리로만 사면 아홉 말을 살 수 있다. 섞어서 여섯 말을 사라니 그 사이의 양을 찾기가 어렵다. 사다 먹으라는 술도 못 마실 참이었다.

"소주 일곱 되 반, 막걸리 다섯 말 두 되 반이면 딱 맞아떨어지겠습니다, 나리."

질문이 떨어지고 얼마 되지 않아서 답이 나왔다. 방자 장영실이었다. 책방 도령을 모시면서도 관아 공방의 까다로운 물품 만들기나 어려운 일은 감초처럼 끼어서 해결하는 그였다.

"어째서 그렇다는 거냐? 모두 알아듣게 설명해보거라."

수령이 동헌 의자에 앉아 마당을 내려다보며 말했다.

"더하고 빼고 곱하고 나누어 구십 전을 얻으면 그게 답입니다. 소주를 갑이라 하고 막걸리를 을이라 칩니다. 소주가 오십 전이니 오십 곱하기 갑과 막걸리가 십 전이니 십에다 여섯 말에서 갑을 뺀 것을 곱하여 더하면 답이 구십이지요. 그래서 얻은 갑, 곧 소주가 일곱 되 반입니다. 막걸리 을은 여섯 말 빼기 일곱 되 반이니 다섯 말 두 되 반이 되지요."

"너라면 놀랄 일도 아니다. 산술은 언제 배웠느냐?"

수령은 이미 짐작했다는 투였다.

"스승님께 구장산술을 익혔습니다만 아직 서툽니다."

"스승이라면?"

"범어사 갈처사입니다."

"그래 그 노익장은 익히 알고 있다. 지난봄에 네가 감옥에 있을 때 나를 찾아온 일이 있지. 옜다, 술값이다."

수령은 옆에 섰던 급창에게 엽전 꾸러미를 건넸다.

"글쎄 저놈이 이렇듯 사람을 놀라게 합니다. 동래 고을에 소문이 파다한 비범한 놈이지요. 지금은 내 아들 녀석의 방자로 쓰고 있는데 천출만 아니라면 큰일을 할 놈입니다."

수령은 수염을 쓸어내리며 이천에게 자기 관속 자랑을 늘어놓았다. 이천은 별반 놀라지 않고 다 알고 있다는 표정이다.

"전조에 전법판서를 지낸 장성휘 영감의 소생이라지요?"

"아니, 어찌 이 공께서 그걸 다 아시오?"

"저희 선친과는 절친한 교우였지요. 측근들을 통해 익히 듣고 있었습니다."

이천은 갈처사와도 내왕하는 사이였고 곧 짬을 내 찾아뵐 요량을 하고 있었다. 물론 장영실도 만날 생각이었는데 이렇게 대하고 보니 유년 시절 몇 차례 뵌 적이 있는 죽은 장 전서를 다시 만나 뵙는 느낌이었다. 제 선친을 닮아 키가 헌칠한데 유난히 눈이 반짝이는 게 유달랐다.

다음 날, 이천과 장영실은 갈처사를 만나 뵈려 암자로 가고 있었다.

"선친끼리 막역한 벗이었으니, 우리는 형, 아우를 하세. 나중에 영성 부원군 최무선 어른의 자제인 최해산을 만날 날이 있을 걸세. 경기우도 병선 군기감승으로 있지. 모두 호형호제하고 지내야 할 사이네."

어느 날 갑자기 한양서 온 벼슬아치가 형님 아우로 지내자니 생급스러웠다. 반듯한 외모에 목소리가 카랑카랑한 이천은 서른여섯 살이라고 했다. 그는 영실이 도무지 실감 나지 않는 말들만 쏟아냈다. 어머니나 벽송 선사, 스승 갈처사를 통해 최무선 장군과 김신 전서, 이송 전서 얘기는 여러 차례 들어왔다. 그렇지만 미천한 자신이 그분네들의 자제와 교분을 틀 수는 없는 일이었다. 의성 점곡 고을에 사는 친사촌들과도 완전히 남남으로 지내오고 있는 처지였다.

"전 얼떨떨해서 뭐가 뭔지 잘 모르겠습니다."

"영실 아우! 자네를 이렇게까지 키워낸 모친과 스승 갈처사의 은공을 잊어서는 절대 안 되네. 형님 말 명심하게."

이천은 꼬박꼬박 해라가 아니라 하세 어투를 썼다.

두 사람을 맞이한 갈처사는 아이처럼 좋아서 어쩔 줄 몰랐다. 감개무량한 나머지 이천과 영실의 손을 맞잡고 싱글벙글 웃음을 주체하지 못했다.

"내가 금년에 아흔이다. 천지 일월과 함께하며 불로장생을 소망해왔지만 더 살아본들 가죽 주머니가 터지고 고름이나 새어 나올 텐데 미련을 둬서 뭣하리. 서산에 기운 해가 반 뼘이나 남았을까 말까지. 내가 불도에 입문했다면 몇년 전 열반한 벽송 선사의 수명을 넘기지 못했고 유가에 몸을 담고 벼슬에 나아갔다면 영실이 선친의 수명을 능가하지 못했을 게다. 걸림 없는 자유로 유불선을 넘나들며 바람처럼 지내왔기에 이만큼 살았음이야. 그러나 사람은 이 세상에 나왔으면 젊은 날의 포부를 펼치고 가야 하느니. 유유자적하며 거북이나 학처럼 노닐며 오래 사는 것도 미덕이겠으나 세상에 나가 지혜를 써서 사람들의 삶에 편의를 제공한다면 또한 보람되지 않으랴. 내가 너희에게 붕당 짓기 좋아하며 제 뱃속이나 채우는 벼슬아치가 되라는 건 아니다. 세상 사람 모두에게 유익한 실다운 일을 해라. 영실이 네가 언젠가

이 샘과 정자의 뜻을 물었지?"

"네, 스승님."

"이무정과 이정정이라 이름 지은 까닭을 지금 말해주마. 『주역』에 우물을 뜻하는 수풍정水風井괘가 있느니라. 우물은 무상무득无喪无得이요 왕래정정往來井井이라 했다. 우물물은 길어도 다 없어지지 않고 내버려두어도 더 불어나지 않는다. 그래서 무상무득이라 한 것이다. 하여 오가는 이가 달게 마시니 이것이 왕래정정이다. 여기에서 이무정二无井과 이정정二井亭을 따왔느니라. '무无'도 둘이고 '정井' 자도 둘이니까 이무정 이정정이라고 지었지. 너희 둘이 중심이 되어 장차 세상에서 정도井道를 실현하라는 의미다. 샘은 빈부와 지위, 재덕, 선악을 따지거나 가리지 않고 누구든 목마른 사람에게 베풀어준다. 그러면서도 자신은 손해 보지 않고 이익도 남기지 않는다. 지극한 성인의 경지라야 가능한 덕목이다. 너희는 맑고 깨끗한 샘물이 돼야만 한다. 그리하여 당대는 물론 백 년 천 년이 지나도록 나그네들의 목을 달게 적셔줘야 한다. 너희가 그래만 준다면야 세상에 와서 이 변방 우거寓居에 이런 거창한 이름을 짓고 때를 기다린 이 늙은이의 한 평생이 과히 헛되지 않은 것이 되겠지."

샘과 정자 이름을 그런 뜻으로 지어놓고 바로 이때를 기다려 왔다니 스승의 예지가 놀라웠다. 갈처사는 지난날을 뒤돌아보는 듯 잠시 말을 멈췄다가 다시 이었다.

"또 있다."

"……?"

"머리 밝은 노비가 문자를 알고 세상 이치를 알면 미치거나 죽을 수밖에 없지. 아니면 아무개들처럼 세상을 뒤엎어버리겠다고 민란이나 일으키다 붙들려 죽던가. 혹시 영실이 네게서 그럴 기미를 보이면 오늘 같은 날이 꼭 와서 길이 열린다는 걸 일러주려고 했지. 이천이는 하루빨리 영실이를 한양으로 불러다가 나라에서 크게 쓰이도록 주선해라. 이 촌구석에 틀어박혀 관노로 살게 놔둘 수 없는 명장이다. 아무리 신분제도가 엄하다 하나 영재를 거름 자리에 썩혀두는 건 문명한 나라의 수치다!"

쩌렁쩌렁 기백 어린 언사였다. 갈처사는 앞일을 예견하고 준비해온 이인異人이었다.

영실은 노스승의 야윈 손을 꼭 잡아드렸다. 하늘을 덮을 만큼 큰 은혜를 베풀어주신 분이 스승님이었다.

"어르신, 염려 마십시오. 전하께서는 도천법道薦法을 실시하고 있습니다. 저처럼 지방에 관찰 나온 중앙 관리는 임금에게 인재를 천거하게 돼 있지요. 제가 곧 중앙 요직에 들어가게끔 돼 있는데 그때 반드시 우리 영실 아우를 천거해 올리겠습니다. 하옵고 어르신, 거북선 말씀입니다."

스승과 이천 사이에 오가는 믿기지 않는 이야기에 영실의 얼이 쏙 빠져 달아날 지경이었다. 둘의 대화는 거북선으로 옮겨갔다.

"그래, 그 일은 어디까지 진전되었더냐?"

"임진강 어귀의 조선소에서 완성을 보았습니다. 또한 영성부원군(최무선)의 자제 최해산이 화포를 장착하는 데 성공하였고 여러 별감이 보완을 거듭하고 있습니다. 작년에 금상今上(지금임금)께서도 친히 거둥하셔서 보고 기뻐하며 상을 내리셨습니다. 최해산에게는 특별히 말 한 필을 주셨지요. 스승님의 묘안이 곧 있으면 신출귀몰한 전함으로 태어나 바다를 휘젓고 다닐 것입니다. 왜구나 여진 해적들을 소탕하는 데 귀중하게 쓰일 것입니다."

"나야 그림 몇 장 그려낸 것밖에 더 있더냐? 거북선은 이 나라 여러 무인의 합작품이다. 그나저나 최해산이 최무선의 대를 이어 큰 몫을 해내고 있다니 반갑구나. 올해 그 아이 나이가 몇이더냐?"

"저보다 네 살 아래이니, 서른둘입니다."

"잘되었다. 급기야 너희 세상이 오는가 보구나."

갈처사는 눈을 감고 무언가를 염송했다. 알 수 없는 주문이었다.

이날 갈처사 앞에서 했던 이천의 말은 빈말이 아니었다. 그가 돌아가고 일 년이 못되어 한양에서 파발마가 떴다. 관노 장영실을 입궐시키라는 어명이었다. 태종 12년(1412)의 일이었다. 지방 장정 관노를 몇 개월 불러 쓸 요량으로 중앙에 뽑아 올리는 단순한 선상選上이 아니었다. 궁궐 상의원의 장인으로 쓸 것이니 솔가를 해서 속히 올라오라는 것이었다. 이천이 말한 대로 도천법에 의한 인재 발탁이었다. 상의원은 왕과 왕비의 의복을 만들어 바치고 왕실 내부의 보화, 금보 등을 맡아 보는 관아였다. 같은 노비여도 관노와 내노는 하늘과 땅 차이였다. 그만큼 대접이 달랐고 신분 상승의 기회도 많았다.

"장하네, 이 사람! 나는 자네에게 이런 날이 올 줄 알고 있었다네. 이건 시작에 불과해."

어머니는 더 좋은 일이 기다리고 있을 거라고 확신하고 있었다.

책방 도령도 축하해주었다.

"난 너를 진작 알아봤다. 왜 사냐니까 꼬리에 불을 밝히고 나는 개똥벌레 얘기를 했을 때, 속으로 비웃었다만 이제 훨훨 날아가거라. 내가 성균관에 들어가면 너와 다시 만날 수 있으려나? 하지만 별로 자신이 없구나."

영실은 속으로 말했다.

'하늘다람쥐를 아십니까. 앞다리와 뒷다리 사이에 날개를 닮은 익막翼膜이 있어서 바람을 타고 활공을 합니다. 높은 나뭇가지 끝에 올라가 허공을 향해 힘차게 몸을 날립니다. 날개가 없을지라도 수십 자를 날고 때로는 백 자도 거뜬히 활공합니다. 이 이야기를 전에 해드리려다가 또 어떤 치도곤을 당할지 몰라 입을 다물었답니다. 날개가 없다고 좌절하는 건 나약한 자들의 몫입니다. 하물며 도령처럼 수령의 아들이라는 어엿한 날개를 달고서도 날 자신이 없다고 하시다뇨.'

"도령님, 꼭 성균관 유생이 되어 만나요."

"널 괴롭히기만 했는데 다시 만나면 궁궐 임금님 배경 믿고 해코지라도 할 참이냐?"

책방 도령은 쑥스럽게 웃어 보였다.

"그럴 리가 있겠습니까? 소인은 도령님께 이 궁벽한 곳에서 좀처럼 배울 수 없는 걸 배웠습니다."

그것은 진심이었다. 영실은 책방 도령 덕분에 자신의 내면을 깊숙이 들여다볼 기회가 있었고 많이 신중해졌다. 엄연한 신분 사회에서 노비가 함부로 속내를 드러내면 화를 당한다는 교훈도 뼈저리게 얻었다. 따라서 감옥 생활은 되레 보약이었다. 이 세상에 쓸모없는 건 없다. 화를 복으로 돌리는 지혜만 있다면 고통도 힘이 된다. 만약 관노가 아니었다면 궁궐에 선상되어 가까이서 임금을 보는 행운이 있었겠는가.

책방 도령과 하직하고 곧장 스승 갈처사를 찾아뵈었다. 개똥이가 길동무를 자청하고 따라나섰다.

갈처사는 영실에게 오동나무 상자 하나를 건네주었다.

"내가 모아온 기물들이다. 중국, 일본, 멀리 유구국과 안남, 대식국(아랍)의 물건들이다. 궁중에 뭐가 없으련마는 지니고 있으면 새로운 것들을 만들어낼 때 유용하게 쓰일 게다. 인간의 힘은 자연의 변화를 제압할 수 있고, 백 리 밖의 노랫소리를 안방처럼 들을 수도 있고 천 리 밖의 사물을 손금처럼 훤히 들여다볼 수도 있다. 물론 그렇게 작동하는 기계가 있어야 하겠지. 특수한 기물을 만들고 그걸 매개체로 활용하면 불가능이 없다. 나는 그런 걸 못 만들어냈다만 너는 반드시 그것들을 만들어내서 세상을 유익하게 하거라. 신분이 비천하다고 원망하거나 낙담하지 마라. 운명이 가혹하다고 절망하지 마라. 현명한 사람은 자신의 별을 다스리고 어리석은 사람은 자신의 별에 복종한다. 어떤 일이 있더라도 너는 네 마음 안에 자리한 중심 자리 별 북신北辰(북극성)을 놓치지 말아야 한다."

영실은 큰절을 올렸다. 그것은 아버지를 향한 큰절이었다. 스승을 넘어 하늘을 향한 큰절이었다. 부쩍 쇠약해진 스승 곁을 이렇게 떠나면 언제 다시 뵈올지 기약도 없었다. 한양 길은 물경 천이백 리였다. 무슨 일이 있다 해서 쉽게 오갈 수 있는 거리가 아니었다.

관문 사형과 같이 정성껏 저녁을 지었다. 밥상을 물리고는 가마솥에 물을 끓였다.

"영실아, 웬 물을 끓이는 거냐?"

사형 관문이 아궁이에 청솔가지를 밀어 넣어주며 물었다.

"사형, 스승님께 입은 은혜가 금정산 같고 해운대 바다 같은데 해드릴 수 있는 게 이것밖에 없네요."

영실의 목은 잠겨 있었다.

"너 지금 훌쩍이는 거냐?"

"아뇨, 솔가지 타는 연기가 매캐하네요."

영실은 손부채질을 해대며 눈을 감아버렸다.

물이 데워지자 놋대야에 물을 퍼 담고 스승의 방으로 들어섰다. 갈처사는 편안히 앉아 명상하고 있다가 눈을 떴다.

"웬 대야냐?"

"스승님, 발을 씻겨드리고 싶어서요. 백 리가 열린 들녘이 없고 천 리를 흐르는 강이 없는 이 땅의 강역이 너무 좁아터졌다고 늘 아쉬워하시면서도 틈만 나면 온 산하를 돌며 다리품을 파셨던 스승님의 발을 씻겨드리고 싶어서요."

"허허, 내가 오늘 호사를 하는구나."

스승은 바지를 올려붙이며 놋대야에 바투 다가앉았다. 야위고 뒤틀린 발가락에 옹이가 붙었고 먹빛 발톱이 여러 개였다. 짚신 미투리나 딱딱한 갖신을 신고 험한 산길을 오르내리셨으니 온전할 리 만무했다. 그 발을 보듬어다가 대야에 담가주었다. 발뒤꿈치에는 차돌 같은 굳은살이 박여 있었다. 역시 발록구니의 이력이 붙은 자국이었다. 더운물 속에서 발가락과 발바닥을 주물렀다. 발등을 문지를 때는 명주같이 얇아진 살갗이 밀렸다. 당신의 이 발로 밟으신 땅은 삶의 비밀을 말해주던가요? 당신의 이 발로 딛고서 올려다본 하늘은 우주의 비밀을 일러주던가요? 자꾸자꾸 눈물이 삐져나왔다.

"스승님, 전 스승님께 이 세상의 진면목과 그 이면을 배웠습니다. 그 배움을 바탕으로 열심히 궁구하고 연마하여 억조창생이 유용하게 쓸 수 있는 그런 기물들을 만들겠습니다. 그리하여 온 세상 목마른 나그네의 목을 달게 적셔주는 맑고 시원한 샘물

○

이 되겠습니다."

"고맙구나. 그간 넌 내 기쁨이었느니."

스승의 목소리는 가늘게 떨렸다.

"스승님은 제게 아버지셨습니다."

영실은 깨끗이 씻긴 스승의 발을 명주 수건으로 닦아드렸다. 놋대야 물에 개구리밥처럼 동동 뜬 때마저 버리기 섭섭했다. 밖으로 나오니 방문 가까이 다가와 엿듣고 있던 별들이 삽시에 뒷걸음질 치며 초롱초롱 빛났다.

스승과 한방에서 그 밤을 보내고 이튿날 아침 개똥이와 함께 하산했다. 개똥이는 굳이 자기가 짐지게를 지겠다며 우겼다. 짐지게도 안 졌건만 발걸음이 무겁기만 했다. 관문 사형이 어련히 알아서 스승을 잘 돌봐주겠지만 이렇게 헤어지면 언제 다시 뵐지 알 수 없었다.

"이따 저녁에 다시 오마. 영영 다시 못 볼지도 모르는데 한 번이라도 더 봐야지."

개똥이가 영실의 집까지 짐을 져주며 힘없이 말했다. 영실은 방에 들어갔다가 나와 개똥이에게 책 한 권을 건네며 일렀다.

"개똥아, 그간 내가 께적거려온 잡기장이야. 이거 보고 부지런히 기술을 익혀. 틈나는 대로 관문 사형한테 올라가서 쇠 다루는 법도 배우고 기계 만드는 손재주도 길러둬. 양반네들이야 등 따시고 배부르니 천명입네 도의네 고담준론해도 먹고살 수 있지만 우리 같은 천것들은 기술이 밥줄이야. 번지르르한 말놀음 해

봐야 나오는 건 아무것도 없어. 하지만 기술 있으면 배도 안 곯
고 천대도 덜 받아."

"까막눈인 내가 봐야 무슨 소용이람."

개똥이는 잡기장을 넘겨볼 생각도 하지 않고서 신세타령을
했다.

"그림 위주로 된 잡동사니들이야. 어려운 글자도 얼마 없어.
배우면 금방 익힐 수 있는 것들이니까 관문 사형한테라도 묻고
배워둬. 꼭 쓰일 때가 있을 테니까."

"왜? 나도 궁궐로 불러올리려구?"

"기회가 닿는다면 그래야지."

"너 정말이다?"

그제야 개똥이는 누런 이빨을 드러내며 씨익 웃었다.


태종 18년(1418) 6월 3일.

왕은 왕세자 이제李堤(양녕대군)를 폐하여 경기도 광주에 추
방하고 충녕대군 이도李裪를 왕세자로 추대하는 중대 결단을 내
렸다. 원자를 세자로 책봉한 지 십사 년 만에 내린 충격적인 사
건이었다. 이미 중국 황제까지 알현하고 하례한 적이 있는 왕세
자였다. 그런 그의 폐위는 파란이었다.

이제는 걸출한 사내였다. 기골이 장대하고 성품이 호방했다.
남아답게 무예를 즐겼고 술과 여색에 탐닉했다. 할아버지 태조
이성계를 닮았다는 평을 자주 들었는데 아쉬운 건 공부를 등한

시한다는 사실이었다. 매양 병을 핑계 대고 왕세자의 경전 공부인 서연書筵을 빼먹는 경우가 허다했고 궁궐의 담을 넘어 곧잘 기생집을 드나들었다.

세자를 폐하기 전날 밤 큰비가 내렸다. 태종은 밤늦도록 홀로 술잔을 기울였다. 아무도 없는 빈방, 일월오악도日月五嶽圖가 그려진 병풍에는 등불 그림자뿐인데 그 속에서 얼핏 지난 광풍의 세월, 피의 제전에 드리운 어두운 그림자를 보는 듯했다.

태종 자신도 무예를 즐기고 호색했지만 그렇다고 공부에 게으름을 피우지는 않았다. 열여섯에 고려 진사시에 오르고, 이듬해에 병과 제7인 급제에 합격하였다. 분요한 시절을 만나 세상을 구제할 뜻을 세우고 스물다섯에 아버지를 도와 새 왕조 창업에 일등공신이 되었다. 다섯째 아들이었지만 너끈히 아버지 이성계의 신임을 받았다. 갑술년(1394, 태조 3년) 여름에 명나라 태조 주원장이 아들의 입조를 명했을 때 '황제께서 물음이 있으면, 네가 아니면 대답하지 못할 것이다'며 부왕은 세자도 아닌 이방원을 보냈고, 예상대로 주원장을 세 번이나 접견하는 총영을 받았다.

당시 조선에 그와 같은 기질을 가진 이는 아무도 없었다. 제왕의 자리에 오르기 전부터 그는 불세출의 영웅적 풍모를 과시했다. 큰 목적을 달성하기 위해서는 자질구레한 일들은 무시해버렸고 때로는 명분과 의리마저 저버렸다. 포은 정몽주 같은 거유도 대차게 도려냈고, 태조가 후실 강씨의 소생인 이방석을 세자로 삼자, 아버지 면전에서 이복형제들을 때려죽여버렸다. 창업에 아무런 공도 없는 말자末子(막내)상속은 몽골이나 여진 같은 오랑캐 풍속이라고 봤던 것이다. 삼봉 정도전 같은 개국 원훈도 주살해버렸다. 정도전이 누구인가. 한직에 머물며 유배나 살던 시절에 이성계를 찾아가 큰 포부를 심어준 인물이 아닌가.

외척의 발호는 천년을 이어가야 할 종묘사직의 걸림돌이었다. 그래서 처남인 민무구, 민무질 형제도 찍어내버렸다. 이방원에게 제일의 후원 세력이었던 처가가 없었다면 오늘날 왕의 자리도 없었다. 하지만 이제는 거추장스러웠다. 사전에 화근을 제거할 필요가 있었다. 멀리 제주도에 유배 가 있던 두 처남을 자결하도록 했다.

'역시 충녕이 왕재다.'

태종은 술잔에 어리는 셋째 아들 충녕의 당당하고 기품 있는 얼굴을 지그려보았다. 올해 스물두 살의 건장한 청년으로 학문을 좋아했고 행동거지가 반듯하여 흠잡을 데라고는 하나도 없었다. 지금껏 무수히 문무백관을 만나왔고 명나라까지 가서 대인이라는 사람들을 만나봤지만 충녕은 누구와 비할 바 없는 군자였다. 큰 키에 떡 벌어진 풍모도 가위 제왕의 면모를 갖추었다. 세자처럼 드세 빠진 장부가 아니라 봄바람처럼 온화하면서도 속으로 강직함을 머금은 그런 왕재였다. 매사에 박학했고 대소사의 일 처리에 능숙했으며 종친이나 대신들, 심지어는 명나라 사신들과도 교유가 돈독했다. 세자에게 제왕지학이라며 요약본까지 만들어 바쳐가며 읽게 했어도 내팽개쳤던 『대학연의』를 충녕은 어느새 달달 외워버렸다. 그 무렵은 성균관 생원 이수李隨가 시학(왕자의 스승)이 되어 충녕을 가르치던 때였다. 태종은 일렀다.

"너는 할 일이 없으니 너무 애써 공부하지 말고 편안히 즐기 기나 해라."

세자도 아닌 너는 대학연의 같은 제왕학은 배울 필요가 없다 는 뜻이었다.

"아바마마, 『대학』을 보았기에 연의를 더 보는 것일 뿐 다른 뜻은 없사옵니다."

살얼음 밟듯 조신하는 충녕의 사려 깊은 답변이었다.

태종은 이수를 불러 충녕의 공부 깊이를 물었다. '약관의 나 이에 보지 않은 책이 없을 정도이며 한 번 보신 내용은 반드시 암기하시고 벌써 문리가 트여서 더 가르칠 게 없다'는 답변이었 다. 이에 비해 세자의 교육을 담당하던 빈객 변계량은 사흘이 멀 다고 서연을 빼먹는다고 전했다.

태종은 세자를 불러다 놓고 대학의 도를 일러줬다.

"대학에 가로되 한 집안이 어질게 되면 한 나라가 어질게 되 고, 한 집안이 사양을 잘하면 한 나라가 모두 사양한다 했다. 한 사람이 욕심이 많거나 사나우면 한 나라가 난을 일으키니 그 기 틀이 이와 같다. 한마디의 말이 일을 그르치고 한 사람이 나라를 안정시킨다고 했다. 여기서 한 집안이나 한 사람은 왕가이며 왕 자신이다. 이 나라의 흥망이 너의 한 몸에 달렸다고 생각하면 한 시도 편할 수 없는 것이니라."

세자궁으로 돌아간 세자는 그날 밤 공부를 하기는커녕 담을 넘어 나가 간사한 소인배 무리와 더불어 탄자(탄알)를 가지고 등燈을 쏘며 어울려 놀았다. 거리에 구경꾼들이 난장을 쳤다.

다음 날 태종은 문무백관 앞에서 천명하였다.

"내가 부득이 제를 외방으로 내치고 충녕대군을 세워 왕세자로 삼는다. 아아! 옛 사람이 말하기를 '화禍와 복福은 자기가 구하지 않는 것이 없다' 하니, 내가 어찌 털끝만큼이라도 애증의 사심이 있었겠느냐? 궁중 안팎의 모든 대소 신료는 나의 지극한 생각을 본받아라."

왕의 옥음은 떨렸다. 통곡하고 흐느끼다가 목이 메었다.

이런 일은 시간을 끌어서는 안 되었다. 왕은 서둘러 진행하라고 지신사(도승지)에게 하교했다. 문무백관이 궁궐에 들어와 세자를 정한 것을 하례하였다. 임금이 즉시 장천군 이종무를 보내어 종묘에 고했다.

세자시강원 문학(세자에게 글을 가르치던 정5품 벼슬)에 스승 이수가 임명되었다. 세자시강원은 세자의 교육을 담당하는 기관이었다. 시강원의 수장은 영의정이었지만 상징적이었고 문학을 포함한 전임 관료 다섯 명이 주로 세자의 교육을 담당했다. 교재는 『사서삼경』, 『대학연의』 같은 유교 경전과 『좌전』, 『통감』, 『강목』 같은 역사서였다. 매일 세 차례에 걸쳐 집중적인 강의가 이어졌다. 세자는 관료들보다 먼저 배우는 자리에 나왔고 나중에 나갔다. 공부는 주로 토론이었다. 경전 구절이나 역사서의 내용을 암기하는 단계는 이미 지나 있었고 가치관이나 세계관을 부여하고 재해석하는 방식으로 진행되었다.

주상은 경복궁으로 환궁하고 세자와 대신들을 모아놓고 전위轉位를 선언했다. 모두가 불가하다고 말렸지만 소용이 없었다.

"십팔 년 동안이나 호랑이를 탔으니 이것으로 족하다. 내가 이미 새 국왕과 마주 앉았으니 경들은 다시 청하지 말라."

세자에게 명하여 대보大寶(왕의 도장, 옥새)를 받고 오늘부터 세자궁이 아닌 정궁에 머물게 했다. 그리고 8월 10일 오후 다섯 시(庚時) 무렵, 경복궁 근정전에서 즉위식을 거행했다. 조선의 4대 왕 세종의 등극이었다.

그날 밤 새로 등극한 왕이 상왕을 뵈었다.

"주상, 감축하네. 이제 와서 얘기네만 내가 송도 추동 잠저에 있을 때 주상의 어머니이신 대비가 꿈을 꾸었다네. 내가 주상을 안고 일륜日輪(해 바퀴) 가운데에 앉아 있더라네. 주상이 갓 돌을 지냈을 무렵이었지. 몇 년 있다가 내가 왕위에 올랐고 오늘 주상이 그 자리를 계승하시었네. 일전에도 이른 바와 같이 이 아비는 창업 군주를 자처했었네. 험하고 악한 것은 아비가 도맡을 테니 주상은 부디 나를 딛고 올라서서 성군이 되시게. 왕재는 타고나는 것만이 아니라 만들어지기도 하는 것이네. 왕손을 많이 두도록 힘쓰고 문치와 상무를 병행하시게. 그런데 주상이 아직 군사軍事를 모르시네. 군사는 만기의 초석이야. 장년이 되기 전까지 군사는 내가 친히 듣고 결정할 것이니 그리 알게. 저 드넓은 창

천에도 태양이 있고, 밤이 되어 유원한 현천에는 수많은 별자리
가 벌여지는데 그 가운데 명당明堂이라는 별자리가 있다네. 주상
은 태양과 같으며 주상이 앉은 보위는 명당 별자리와 같은 것이
야. 명당은 천명을 실현하는 거룩한 전당이네. 풍수가들이 별자
리를 빌려서 말하는 명당과는 격이 다르지. 오늘 그 명당에 앉은
우리 머리 밝은 주상이 이 나라의 태평성대를 여실 것으로 믿어
의심치 않겠네. 주상이 『시경』을 곧잘 암송하니 오늘 그 한 구절
을 읊어줌세."

   천명天命은 보전하기가 쉽지 아니하니
   네 대에서 끊어지게 하지 말지어다.


   새 왕은 즉위 교서를 반포하고 대신들의 벼슬을 고쳐주었다.
그다음에 한 국사가 전위한 사실을 중국에 보고하는 일이었다.
상왕 태종도 이 문제를 대신들과 함께 심사숙고했다. 아직 세자
책봉 인준도 받지 못했는데 전위까지 해버렸으니 사달이 생긴
것이다. 때마침 명의 사신 육선재가 이미 요동에 도착하였기에
왕은 이종무를 의주에 보내 선온宣醞(임금이 신하에게 궁중에서 빚
은 술을 내리는 일)으로 사신을 위로했다. 선온은 간단없이 이어져
안주, 평양, 황주, 개성, 벽제역까지 대신들에 의해 보내졌다.
   왕은 상왕을 뵙고 삼정승, 육조판서 등 여러 대신과 숙의했
다.

"부왕께서 병환이 있어 세자께서 임시로 국사를 맡아 보시게 되었다 하고, 세자께서 출영出迎하시고 부왕께서는 나가지 않으심이 좋을까 하나이다."

남재, 정탁, 유창 등이 우선 당장 명나라 사신 맞이 방법을 아뢰었다.

"세자 책봉을 인준하는 칙령은 부왕의 몫이니, 부왕께서 황제의 칙명을 받지 않으시면 이는 예의가 아니옵니다. 부왕께서 왕위를 물려주신 일을 숨기시고, 국왕으로서 칙사를 맞이하시고 주상께서는 익선관翼善冠(매미의 날개 모양이 부착된 왕의 모자, 왕이 평상복인 곤룡포를 입었을 때 씀)을 쓰시지 마시옵고 세자의 자격으로 칙명을 맞이하셨다가 사신이 돌아간 뒤에 전위를 주청하시는 것이 옳을 줄로 아옵니다."

부원군 성석린이 아뢰었다. 거짓말로 둘러대라는 주문이었다.

상왕은 답답했다. 아무리 황제의 나라에서 파견된 사신 앞이라지만 한 나라의 왕위를 가지고 거짓 행각을 부리는 건 비굴했다. 또 등창으로 고생하고 있지만 그 외에 달리 아프지도 않은데 사신 앞에서 병자 행색을 할 수도 없었다. 조선은 중국 영토에 속해 있지 않았다. 고조선 때나 고구려, 백제, 신라 때는 당당히 맞선 동방의 제국이었다. 아니, 고려 초 때까지도 중국 황제의 허락을 받고 전위하지는 않았다. 상황이 여의치 않으면 앞뒤를 바꿀 수도 있는 것이다. 태종에게는 이런 자주 의식이 있었다.

그것은 태조 이성계에게도 없던 것이었다. 어려울 때 항상 그랬듯이 그는 정공법을 선택하기로 했다.

"새 국왕이 즉위하고 이미 교서를 사방에 반포하였으니 사신이 의주에 도착만 하면 어찌 그 소문을 들어 알지 않겠느냐. 사실을 숨김은 옳지 않다. 마땅히 '부왕의 병환은 때 없이 발작하기 때문에 이제 세자로 하여금 임시 권도로 집무를 대행시키기는 하였으나 세자 책봉의 주청도 아직 인준받지 못하였으므로 전위를 주청하지 못하였사온데 지금은 부왕의 병환이 조금 차도가 있으셔서 병을 무릅쓰고 칙령을 맞이하려 합니다'라고 말하는 것이 옳겠다. 또 주상의 장인인 심온을 사은사로 삼는 게 좋겠다. 이런 일은 관행으로 가는 장수보다 아무래도 친척이 낫다."

상왕 태종은 속 시원히 매듭지었다.

사신이 당도하기 며칠 전, 예조에서 사신 맞이 의례를 아뢰었다. 신하가 왕에게 하듯 상왕과 주상은 몸을 엎드리고 절을 하며 황제의 칙서를 받는 내용이었다. 도리가 없었다. 상왕을 모시고 여러 신하와 함께 모화루에 나아가 사신 육선재를 맞았다. 경복궁에 이르러 국궁, 사배, 홍, 평신의 예를 갖춰 칙서를 받았다. 칙서의 내용은 '나 황제(영락제)는 그대(태종)의 세자 책봉을 허락한다'는 것이었다. 이제 그 세자가 왕이 되었음을 뒤늦게나마 다시 올려야 할 판이었다.

중국에서 온 사신들은 그들이 묵는 태평관太平館과 광연루 등에서 연일 상왕과 왕, 그리고 대신들이 주최한 연회를 즐겼다.

산해진미와 술, 그리고 모시와 인삼, 모피, 활과 화살, 석등잔石燈 盞(자수정으로 만든 등잔), 습의襲衣(장례 때 시체에 입히는 옷)에 심 지어 말까지 온갖 선물 공세를 받았다. 그야말로 칙사 대접이었 다. 사신들이 떠나야 주상은 제대로 정사를 돌볼 수 있었다. 눈 물겨운 사대의 일면이었다.

큰 나라인 중국을 섬기는 것, 조선은 태조의 창업 당시부터 중국의 그늘을 피할 수 없었다. 고려 우왕 때 최영 장군의 주장 이 관철돼 명 태조의 압박에 맞서서 요동 정벌이 결행된다. 출정 했던 이성계가 군사를 되돌려 고려 조정을 장악하는 데 그가 내 세운 '사불가론' 가운데 첫째가 바로 이 사대였다. 작은 나라로 큰 나라를 칠 수 없다는 것이었다. 집권한 이성계는 명 태조의 눈치를 보면서 고려라는 국호를 변경하고자 했다. '조선'과 '화령 和寧'이라는 두 개의 이름을 지어 예문관 학사를 보내 명 태조 주 원장으로 하여금 선택해주도록 요청했다. 주원장은 "동이의 국 호에 '조선'이 유래가 있고 아름답다"며 이름을 정해줬다. 화령 은 이성계가 출생한 함경도 영흥의 옛 이름이었다. 주원장의 선 택에 따라 조선이 화령이 될 수도 있었다.

주원장은 의심이 많은 황제였다. 그가 신임하던 고려 공민왕 이 암살된 뒤 고려가 원나라의 잔여 세력이나 여진과 통모할 가 능성을 경계했다. 그는 고려 왕위의 계승을 인정하려 하지 않았 다. 무리한 세공을 요구하여 성의를 시험했고 갑자기 길을 폐쇄 해 조공을 못 오게 했으며 대군을 동원하여 정벌하겠다는 위협을 하기도 했다. 이러한 위압 정책은 조선 태조 7년(1398) 주원장이 사망할 때까지 장장 삼십 년 동안이나 지속되었다. 조선 국왕의 고명과 인신印信(도장)도 받아내지 못했다. 고명과 인신은 명 혜제 때 연왕(훗날의 영락제)이 반란했던 이른바 '정란의 역' 기간에 외교력을 발휘하여 받을 수 있었다. 누님을 영락제의 후궁으로 바친 한확이 황제의 처남 자격으로 수완을 부려 가까스로 받아낸 것이었다.

조선의 사대교린은 맹자의 사상에서 연유한다. 제나라 선왕이 교린交隣의 도를 묻자 맹자는 '인자의 사소仁者事小'와 '지자의 사대智者事大'를 말한다. 오직 인자라야 대국을 가지고 소국을 섬길 수 있고, 오직 지자라야 소국을 가지고 대국을 섬길 수 있다는 것이었다. 그렇게 천리를 즐기는 자는 천하를 보전할 수 있고, 천리를 두려워하는 자는 그 나라를 보전할 수 있다고 했다.

조선은 중국에는 사대를, 그 밖에 일본, 유구, 여진 등과는 사소의 교린을 했다고 할 수 있다. 그리고 그런 외교 관계는 곧바로 무역으로 연결되었다. 중세 국가들의 교역 형식이었으되 대중국 관계에서의 사대는 정치적인 면이 컸다.

사은사로 뽑힌 왕의 장인 심온은 상왕 태종에 의해 영의정에 오른다. 불과 마흔 넷에 왕비의 아버지이자 만조백관의 최고위에 올랐다.

왕은 감사의 표시로 황제에게 사은표를 지었다.

"황은이 넓으시어 특별히 조서를 내리시되 광채가 휘황하게 사절을 바닷가 나라에 보내시니 감사함을 마음에 깊이 새겨 마지않사오며, 은혜는 몸을 부수어 가루가 되어도 갚기 어려울까 하나이다. …… 신은 마땅히 삼가 '강녕하소서. 수壽하소서.' 하고 항상 북신에 빌기를 아들에게 전하고 손자에게 전하여, 동쪽 밖에서 더욱 충성을 바치겠나이다."

표문의 내용은 몸을 부수어 가루가 되어도 갚지 못할 은혜를 대대로 북극성에 빌겠다는 충성 맹세에 지나지 않았다.

사신과 사은사가 떠나자 왕은 준공된 창덕궁 인정전으로 이어했다. 아직 경복궁은 대궐의 면모를 갖추지 못해 비좁고 불편했다. 정사를 창덕궁에서 보게 되니 상왕 태종과 함께하는 시간이 많았고 사무 일체를 상왕에게 여쭙기가 용이했다.

창덕궁 신량정新凉亭.

효령대군과 영돈녕 유정현, 좌의정 박은, 우의정 이원 및 육조판서와 육대언六大言이 모두 잔치에 참석했다. 상왕이 금상(세종)을 위해 베푸는 잔치였다. 상왕이 매우 즐거워하여 일어나 춤을 추니 여러 신하도 또한 모두 일어나 춤을 추었다.

"일이 다 잘되어서 기쁘구나. 우리 주상의 홍복이로세."

밤이 깊었건만 상왕은 잔치를 파할 줄 모르고 계속해서 춤을 추었다. 그러다가 곁에 내관과 나인들이 있는데도 그들에게 하명하지 않고 밖에 대고 우렁차게 외쳤다.

"영실이 게 있느냐?"

"예! 상왕 전하."

내노 장영실이 비단 보자기 하나를 들고 대령했다.

"허허허, 그놈! 구름 잡아타고 쌩쌩 내달아 오는 손오공이 따로 없구나. 주상을 위해 새로 지은 어의御衣일세. 주상은 꼭 성군이 되시게. 아니야, 옷만 줄 게 아니지. 이참에 영실이 너는 주상을 뫼셔라. 머리 좋고 민첩한 사람이 우리 주상을 모셔야지. 나는 이제 늙어서 내관만으로도 족하니라."

왕은 두 손을 높이 받들어 어의를 받으며 속으로 쾌재를 불렀다. 영실은 원칙과 명분만을 들먹이는 신하들, 언사와 행동이 느려터진 내관들에 비할 바가 아니었다. 왕은 신중한 성품이었지만 두뇌 회전이 전광석화와 같아서 빠릿빠릿한 시종을 좋아했다. 그것을 짐작한 태종이 벌써 오 년 전에 동백冬柏이를 내려준 적이 있었다.

동백은 태종이 아끼던 내비內婢(궁궐에서 일하는 여종)로 머리가 좋고 행동이 민첩하며 빈틈이 없었는데 다만 한 가지 결정적인 흠이 손버릇이 좋지 못한 것이었다. 그녀는 임금의 개인 재산을 관리하는 창고 내탕內帑의 물건을 자주 훔쳤다. 동백은 오랫동안 태종의 뒤를 닦아줘 온 내비였다. 왕은 측간을 출입하지 않았다. 대신 내비가 휴대용 좌변기인 매화틀을 대령하고 용변을 다 보고 나면 뒷물로 씻긴 후 비단으로 닦아주었다. 나무틀로 된 좌변기 안에는 재가 담긴 놋쇠 요강이 들어 있었다. 재는 분뇨 떨어지는 소리와 냄새를 방지했다. 동백은 왕의 분뇨 상태와 색깔을 관찰하여 평소와 다르면 요강을 내의원으로 보냈다. 건강을 점검받기 위함이었다. 동백은 이 일에 귀신같은 안목이 있었으니 태종은 자신의 은밀하고 궂은일을 기민하게 처리하고 건강을 돌보는 동백을 아끼지 않을 수 없었다.

태종은 그녀를 내치지 않고 용서했다. 그리고 생각이 골똘한 충녕대군에게 주어서 활용하도록 했다. 과연 그녀는 영리하고 세미한 일까지도 잘 보았다. 하지만 도벽을 어쩌지는 못했다. 그 뒤 궁금宮禁(궁 안의 출입제한 구역)에 출입하면서 중궁中宮의 의대依帶 20여벌을 훔치니 태종이 비밀히 내관으로 하여금 그가 사사로이 간직하고 있는 것들을 염탐케 하여 꼬리를 잡았다. 동백은 부끄럽고 두려워서 스스로 목을 매었다. 태종이 즉시 어의와 소수小竪(젊고 지위가 낮은 환관)를 보내어 그녀를 구하게 했으나 시간이 늦어서 끝내 목숨을 구할 수 없었다.

동백은 계집이었지만 장영실은 사내였다. 믿을 수 있는 최고 실력의 관료인 승지도 아니고 거세된 환관도 아닌 건장한 청년 내노 장영실을 가까이 두고 쓴다는 것은 아주 각별한 신임이 없이는 불가능한 일이었다. 왕의 주변에는 수많은 궁녀가 있었고 그녀들은 대개 왕 하나만 바라보고 사는 고독한 처지였다. 언제 누구와 눈이 맞아 정분이 날지 아무도 모르는 일이었다.

상의원에 소속된 장영실은 평소에는 장인으로서 잡사에 종사했다. 왕의 복식을 만들고 금과 은 제품을 만들었다. 그러다가 오늘같이 특별한 행사 날이나 궁 밖으로 행차할 때 불려 가곤 했다. 몇 년 전 충청도에서 강무(임금이 신하와 백성들을 모아 사냥하며 무예를 닦던 행사)했을 때 충녕에게 태종이 내린 선온과 사슴 고기 산적을 심부름한 것도 장영실이었다.

그렇게 아끼던 장영실을 상왕은 젊은 왕에게 내려주었다.

"이놈, 이 영특한 영실아! 나보다는 주상을 모시는 게 나을 게다. 주상은 인정이 많은 사람이니라. 게다가 무엇을 도모해도 크게 할 그릇이다. 탈 없이 모시다 보면 크게 웃을 날이 올 게야. 알았느냐?"

기분 좋게 취한 상왕은 덩실덩실 춤을 추며 평소보다 달뜬 옥음을 쉼 없이 굴렸다.

"황공하옵니다, 전하."

친히 등을 도닥거려주는 상왕에게 영실은 연방 몸을 낮췄다. 젊은 왕은 오랫동안 탐내온 장영실을 비로소 얻은 기쁨을 만끽하며 오 년 전의 일을 회상했다.

평주 온천에서 탕목하고 오다가 임진나루 근처에서 숙영할 때였다. 봄이 오는 길목이었지만 강바람이 불어오는 밤공기는 차가웠다.

"별이 참으로 성성하구나."

태종의 심부름을 왔다가 자기 장막으로 돌아가는 영실에게 충녕이 말을 붙였다.

"예, 대군 마마. 오늘은 좀생이별 묘성昴星(플레이아데스 성단- 황소자리)이 또렷하옵니다."

동래현 관노가 처음 궁궐에 들어왔을 때는 어렵기만 했으나 헌걸찬 태종 임금을 모시면서부터 영실은 누구 앞에서건 당당하게 의사를 밝히게 되었다. 특히 충녕과는 기회 있을 때마다 긴 대화도 거리낌 없이 하게 되었다.

　　"네가 지금 묘성이라고 했더냐? 이월 이맘때 농부들이 한 해의 농사를 점친다는 그 별을 말한 것이더냐?"

　　충녕은 바투 다가서며 물었다.

　　"그렇습니다, 대군 마마."

　　"묘성이 어디 있느냐?"

　　일기가 청명하고 달도 아직 조각달이어서 흑단에 보석 가루를 뿌려놓은 듯 흐드러진 별들은 크고 밝게 빛났다. 저 많은 별밭에서 어떤 별을 두고 말하는 것인가.

　　"대군 마마, 묘성은 정말 찾기가 쉽습니다. 저 북쪽 하늘에서 국자 모양을 한 북두칠성만큼이나 뚜렷하지요."

　　"누가 북두칠성을 모르는 사람이 있더냐?"

　　"저기 장구 모양의 별(오리온자리)이 보이시죠?"

　　영실이 손가락으로 가리켜 보였다.

　　"그렇구나."

　　"그 사이에 나란히 늘어선 것이 삼성參星이라는 별입니다. 오른편 큰 별 위쪽에 아주 밝은 별이 보이시죠? 거기서 다시 오른편으로 한 뼘 옆자리에 무리지어 떨기를 이룬 저 주홍색 별자리가 묘성입니다. 서방 칠 수 백호 가운데에 있고 황도십이 궁으로는 황소자리에 속합니다."

"오호, 그렇구나. 과연 별 떨기로구나. 모두 몇 개나 되기에 저리 생겼을꼬?"

충녕은 소년처럼 설렜다. 열일곱 나이의 의젓한 대군의 모습이 아니었다. 별 바라기를 하는 청년일 뿐이었다.

"일곱 개가 다닥다닥 붙은 것입니다. 농부들은 이맘때 저 좀생이가 밝게 빛나면서 달보다 한참 뒤에 떨어져 가면 풍년이 든다고 합니다. 지금은 달보다 앞서서 가고 있으니 가뭄이 있지 않겠나 싶습니다."

농부들의 속설이었다. 『보천가』에서는 달리 말한다. 별이 밝고 크면 천하가 안정돼 옥사와 송사가 공평하고, 별이 어둡고 작거나 흔들리면 간신이 생기고 형벌이 남용된다. 영실은 중국 수나라 왕희명王姬明이 지은 『보천가』보다 이 땅 사람들이 오랫동안 농사를 지어오면서 농사가 시작되기 직전의 별자리와 농사철 날씨의 변화를 연결 지은 속설이 더 믿음직하다고 생각했다. 둘 다 점성술이라는 한계는 있었다. 조사하고 사실과 대조하고 증거를 들이대는 실사구시 정신은 결여돼 있었다. 하지만 별자리를 가지고 한 나라의 전체 국운을 말하는 것보다 농사 한 가지를 연결하는 게 더 실다웠다.

"잉관천문仰觀天文(하늘을 우러러봄)하고 부찰지리俯察地理(땅을 내려다봄)라더니 네가 천문을 다 보는구나. 하늘도 참 무심하구나. 어쩌다 너 같은 영재가 천출이 되었더냐? 너는 국법이 원망스럽지 않더냐?"

충녕은 별빛에 반사되어 별빛보다 더 초롱초롱한 영실의 눈을 오랫동안 응시했다.

"어찌 인연 없는 중생을 하늘이 냈겠사옵니까? 저는 질경이나 땅강아지에게서도 넘치는 생명력을 봅니다. 밟히면서도 제 깜냥대로 푸르게 자라고, 흙덩이 속에서도 활발하게 살아갑니다."

이처럼 자신 있게 말하면서도 영실의 가슴속에는 하염없이 는개가 내렸다. 사방팔방으로 팔을 뻗쳐보아도 걸리는 일가 피붙이 하나가 없었다. 친가건 외가건 모두 허방과 같았고 속마음을 주고받는 진정한 친구 하나 없었다. 그야말로 고독이 뼈에 사무치는 유년 시절과 청년 시절을 보냈다. 지상에서는 단 한 사람의 친구조차 가질 수 없었기에 천상의 별들을 마음에 품을 수밖에 없었던 무정세월이었다.

"하긴 너는 노비가 아니다. 내 눈에는 네가 절대 노비로 보이지 않는다."

"대군 마마……."

영실은 감읍하여 목이 메었다.

"북두칠성은 오랫동안 이 땅 사람들과 친숙한 별자리다. 칠성님이 명을 태워줘서 이 세상에 나고, 죽어서 돌아가는 곳도 저 칠성이기에 관 바닥에 칠성판을 까는 것이라지?"

"예, 대군 마마."

154

"사시사철 볼 수 있는 친숙한 별자리라서 늘 우리 머리 위를 조림(비침)하고 있으니 우리네 생사를 주관한다는 믿음이 생겼던 걸 게야. 너는 어찌 생각하느냐?"

"영명하신 말씀입니다. 거기에 제 스승의 견해를 덧붙이자면 우리 먼 조상들이 저 북쪽에서 내려왔기 때문에 집단 기억의 유산이기도 하지요. 단군 시조의 무대는 만주 벌판을 넘어 사백력(시베리아)에까지 미쳤다 하셨습니다. 북해(바이칼)에서 갈라져 나와 사백력을 지나 만주에 살다가 지금의 이곳까지 오게 되었다더군요."

충녕은 귀가 멍했다. 영실이 하는 얘기는 단군 빼고는 전혀 생소한 지명들이었고 놀라운 내용들이었다. 『사기』와 『통감』을 읽어 중국의 역사에는 훤했어도 이 땅 사람들의 역사에는 등한시했음을 자각했다. 『삼국사기』와 『삼국유사』도 제대로 읽지 않았던 것이다. 기껏해야 이규보의 『동명왕편』을 읽은 정도였다. 그런데 지금 저 비천한 아랫것의 입에서 장구한 역사가 언급되고 몇 마디로 큰 줄기를 간략하게 꿰는 탁견을 경험하고 있다. 저 사람은 지금 스승을 말하고 있다. 그랬을 테지. 아무리 명석한 두뇌의 소유자라 하나 말이 그렇지 배우지 않고 저절로 알아지지는 않았겠지. 엄청난 독서량이 있었을 게다. 그렇더라도 너무 놀랍다. 아무개는 어디에 밝고 아무개는 무엇에 정통했다고 하지만 만나서 듣고 보면 충녕보다 조금 깊이 아는 정도였다. 명문가에서 태어나 명사를 사사하고 성균관 유생 시절까지 정통

수업 과정을 쌓은 사람들이다. 그에 비해 저 내노는 출신이 미천했다. 내노가 위로 천문을 보고 아래로 비상한 손재주와 골똘한 생각으로 왕실을 돕고 있다. 그래 놓고도 벼슬은커녕 노모와 생계를 이어갈 품삯이나 겨우 받아 가는 처지다. 한데도 저 내노의 얼굴에서는 그늘을 찾아볼 수가 없다. 의당 탁하고 잡박한 기운을 받고 태어났어야 할 노비가 도리어 청수하기만 하다. 이걸 어떻게 받아들여야 하는가. 저자는 걸어 다니는 모순 덩어리다. 국법도 경전도 천명도 저자 앞에 갖다 대면 뭔가가 맞지 않는다. 동그란 구멍에 네모 말뚝을 박아 넣는 것과 같다. 그런데도 모두가 건장하다. 저자도 건장하고 국법도 건장하다. 이건 또 어떻게 받아들여야 하는가.

"…… 저 북두칠성은 또한 천문 시계이기도 합니다."

"시계라니?"

"봄철에 해가 지면 저 거대한 국자 모양의 자루가 동쪽을 가리킵니다. 여름과 가을, 겨울에는 각각 남쪽과 서쪽, 그리고 북쪽을 가리키지요. 또한 새벽에는 초저녁과는 정반대를 가리키고 한밤중에는 그 중간 지점을 가리키지요."

"오호, 과연 어김없는 밤하늘의 천문 시계로구나."

"하여 우리 조상들은 저 북두칠성이 보이지 않는 협착한 곳에서는 사람이 살 만하지 않다고 여긴 것이옵니다. 시계도 없는 궁벽한 곳이니까요."

"허허허, 그거 말 된다. 너는 매일 여기저기 불려 다니기에 바

쓰고 물건 만들어 대느라 눈코 뜰 새가 없는데 책은 언제 보고 묘한 궁리는 또 언제 하는 것이더냐?"

충녕은 제 풀에 화가 나서 따지는 어투로 묻고 있었다.

"지혜는 하늘처럼 높이고 예의는 땅과 같이 낮추라는 말씀이 있지 않습니까? 나면서부터 제 신분이 땅과 같았기에 예는 굳이 겸손해지려고 애쓸 필요도 없이 자연스레 갖춰졌습니다. 했으니 제가 애써야 할 것은 하나밖에 없었지요. 아무런 제약 없는 지혜 터득의 길을 갈 수밖에요. 노비가 하늘 높이 지혜를 쌓으면 안 된다는 국법은 없으니 맘껏 너저분한 잡서들을 읽을 수 있었습니다. 과거를 준비하는 것도 아니고 장인이 개물성무開物成務(만물의 뜻을 열어놓고 천하의 모든 일을 이룩하여 놓음)하려면 실다운 지혜를 쌓음이 기본이지요."

"일류 장인답구나. 영실아, 너의 스승 말이다."

"예, 대군 마마."

"언제고 기회가 되면 꼭 만나보고 싶구나."

"그, 그게……."

영실이 말을 더듬었다. 그는 북두칠성을 우러르며 한참 서 있었다.

"…… 제가 궁궐에 들어오고 얼마 있다 돌아가셨다는 기별을 뒤늦게 받았습니다."

"그랬구나. 문상도 못 갔겠구나."

"물론입니다. 부고를 접한 것도 일 년이나 지나서였는걸요.

○

157

스승님께서는 죄다 예견하셨던 듯싶습니다. 제가 떠나올 때 쓰시던 귀한 물건이며 책들을 전해주셨습니다."

영실은 북두칠성의 네 번째 별인 문곡성文曲星을 향해 기도를 올렸다. 언젠가 별을 보며 당신의 별이라고 일러주셨던 그 별이었다. 당신은 장차 그 별로 돌아가겠다는 말씀도 하셨다. 살아 있는 동안 염원하면 죽어서 그 별로 간다는 말씀도 하셨다. 당신께서는 분명 염원하시던 그 별로 가셨을 것이다.

"영실아, 내가 뭘 도와주랴? 사실 널 어떻게 해줄 수 없는 것이 마음 아프구나."

충녕은 자신보다 다섯 살이나 위인, 영실의 처지가 너무 애처로워 당장 부왕에게 주청하여 벼슬자리를 주고 싶었다. 조정 대신들의 반대는 불 보듯 뻔한 일, 국법이 엄연한데 있을 수 없는 일이라고 상소할 거였다. 부왕인들 맘대로 할 수 있으랴. 창업한 지 얼마 되지 않은 나라에서 초장부터 편법을 구사할 수는 없을 터였다.

"대군 마마, 저는 지금 행복합니다. 비록 관직은 없사오나 일터에서는 제 의견이 곧잘 반영되고 주상 전하께옵서는 자주 부르셔서 친압해주십니다. 지난번 모친 생신 때는 비단옷까지 하사하셨습니다. 모친께서는 그 옷을 딱 한 번 입으시고 온 동네를 돌며 자랑하신 뒤 고이 접어 반닫이 안에 모셔두었지요."

"세상에 너희 모자 같은 사람들도 있구나."

"대군 마마, 재미있는 문제 하나를 내어도 되겠는지요?"

"우울한 얘기는 그만하자는 거로구나. 그래, 좋다. 뭐냐?"

구멍 뚫린 대통같이 시원스러운 기질이었다.

"저 북두칠성의 자루 두 번째 별 보이시옵니까?"

"물론이다."

"하오면 그 옆에 작은 별 하나가 더 있는데 보이시옵니까? 보성輔星이라는 별입니다. 옛날 중국에서 운명을 판단하는 데 이용하던 아홉 개의 별 가운데 여덟 번째 별이지요."

"보성이라면 좌보우필(임금의 좌우에서 정치를 돕는 것)의 좌보일 테니 지금은 왼편에 붙어 있어야 하겠구나?"

그 말씀을 듣고 영실은 충녕대군의 명망이 과연 허언이 아니라는 걸 절감했다.

"이상하다. 아무리 뚫어져라 봐도 내겐 아무것도 안 보이는구나. 바짝 붙어 있는 것이 아니고 멀리 떨어져 있는 것이더냐? 멀리 떨어져서는 보필할 수 없을 텐데 말이다."

"아닙니다. 바로 옆에 붙어 있습니다."

"역시 난 안 보인다."

충녕은 고개를 모로 흔들었다.

"대군 마마, 독서를 장시간 하지 마십시오. 한두 식경 하신 다음 잠시 쉬시면서 청솔가지나 대나무 숲을 보며 눈의 피로를 풀어주십시오. 녹색은 눈을 밝게 하는 효과가 있습니다. 지금 대군 마마의 시력은 과히 좋지 못하십니다. 저 좌보성은 시력이 좋은 사람만 볼 수 있는 아주 희미한 별이지요. 대군 마마께옵서는 책 한 권을 잡으시면 수십 번이고 수백 번이고 종이가 뚫어지게 보신다는 말씀을 들었사옵니다. 예상했었습니다만 막상 저 별이 안 보이신다고 하니 저의 마음이 편치 못합니다. 한번 나빠진 눈은 좀처럼 회복될 수 없습니다. 더 나빠지지 않게 꼭 독서법을 고쳐보십시오. 제가 주제넘은 말씀을 올렸사오나 내일이라도 당장 제 말씀대로 하오시면 한결 나아지실 것이옵니다."

이제껏 수많은 시종과 조정의 대소 신료들을 만나봤지만 자신에게 이렇게 적확한 말로 피부에 와 닿는 염려를 해준 이는 장영실 말고 없었다. 버릴 게 없고 잘라낼 게 없는 실다운 제안이었다.

"그대는 일반 글 읽는 독서인들과는 다른 안목을 지녔다. 내 일부터 기회가 닿으면 그리해보마."

다음 날 부왕의 행차는 임진도에서 거북선과 왜선倭船이 서로 싸우는 훈련 상황을 구경했다. 철갑 전함 거북선은 단연 돋보였다. 당시 병조판서 황희는 전조 고려 말부터 최무선을 비롯한 여러 무관이 합작하여 건조하기 시작한 거북선의 내력을 짚었다. 안성군 이숙번도 계속 보완하여 견고하고 교묘하게 만들어 해적에 대비하자고 계청했다. 부왕은 흡족했다. '다음번 병판은 안성군이 해야겠구나.' 하시며 의미 담은 눈길을 주었다. 실제로 두 달 뒤 이숙번은 병조판서가 되었다.

청솔가지 바라기 독서법은 정말 효험이 있었다. 책을 읽다가 눈이 아프거나 멍해질 때 시선을 멀리 있는 청솔가지에 주고 있으면 편안해지고 맑아졌다. 신기한 일이었다. 그 때문에 책 읽는 시간이 전보다 늘어났다. 결명자가 어떻고 전복 내장이 어떻고 주저리주저리 처방전을 읊어대는 이름 있는 의원도 아니고, 한갓 내노가, 때맞춰 약사발 들이켜는 번거로움도 없이 앉은 채로 시선 한번 던지면 되는 간단한 방법으로 병통을 진작시켰다.

그 뒤 충녕은 태종의 명을 받고 영실과 함께 물시계를 만들어보기도 했었다. 훗날에 선을 보이는 세계적인 수준의 자동 시보 장치인 자격루自擊漏의 전신이었다.

'그랬던 저 장영실이 이제 내 내노가 되었다.'

물러 나가는 장영실을 보면서 왕은 만감이 교차했다.

'이 사람, 나는 그대의 당당함 속에 감춰진 아픔을 짐작하고 있다네. 이제 얼마 남지 않았네. 때가 왔다는 말일세. 상왕에게 모든 정사를 품신하지만 하여튼 나는 이 나라의 왕일세. 그대가 공을 세울 기회를 만들어볼 것일세. 그리하여 그대의 오목가슴 한가운데 깊이깊이 박혔을 한의 대못을 내가 꼭 뽑아줄 것일세. 이 사람아, 이 사람 영실이, 오래도록 잘도 참아왔구려.'

젊은 왕은 대취한 상왕 태종을 부축하여 연회장을 나섰다.


한양 청계천변 장교다리 근처 장영실의 오두막.

장영실은 어머니 자향과 물건을 손질하고 있었다. 장에 내다 팔 것들이었다. 주로 아녀자들이 쓰는 옥비녀, 정교한 당초무늬가 돋을새김 된 구리 가락지, 노리개 등이었다.

"내일 이천 형님 댁에서 최해산 형님과 점심을 하기로 했습니다."

이천은 공조에서 판서 바로 아래 종2품 참판이 돼 있었고 최해산은 병조의 종3품 대호군이 돼 있었다. 영실은 여전히 노비의 신분이었지만 셋은 대를 물리며 쌓아온 교류가 있었고 같이 기물을 만드는 일이 많아 자주 모였다.

"이 참판이야 관운이 빨랫줄 같은 분이니 아무 염려가 없네만, 최 대호군은 인정이 너무 많고 셈이 분명치 못하여 여러 번 구설에 올랐지. 요즘 자네가 대호군 댁에 자주 드나들던데 행동을 바르게 하도록 해야 쓰네."

한양에 올라온 지 벌써 칠 년째인데 어머니의 자식 걱정은 한결같았다.

"어머니, 걱정하지 마십시오. 해산 형님도 누울 자리 보고 다리 뻗는 겁니다. 선친 최무선 부원군의 공이 워낙 크시고 지금 대호군이 하시는 일도 아무나 할 수 없는 일이어서 조정에서 누구도 감히 형님을 어쩌지 못합니다. 상왕도, 주상 전하도 보배로 아시는 걸요."

다음 날, 진장방(소격동과 삼청동 일대) 이천의 집에서 중화中火(점심)했다. 이천의 사랑방은 여느 고관들의 사랑방과 다를 바 없었다. 춘양목을 깎아 만든 기하학무늬의 격자문 안쪽 모서리에 서가가 서 있고 서책들이 가지런히 뉘어 있었다. 격자문 왼쪽에는 별자리를 두 폭에 담은 혼천도渾天圖 병풍이, 오른쪽에는 사방탁자가 놓였고 그 안에 휘영청 밝은 달이 떠 있었다. 창호지보다 희고 깨끗한 그 달덩어리는 방 안을 환히 밝히고 고졸한 맛을 자아냈다.

달 항아리다.

한 아름드리 백자 달 항아리는 조선의 얼이었다. 흰옷 입은 조선인의 혼이었다. 달 항아리를 보고 있자면 솔향기가 배어 나오고 구성진 민요 가락이 여울진다. 화려한 채색도 상감도 장식도 없는 그저 소박하고 밋밋한 순백의 자태는 고아하다. 기교를 부리지 않아 자연스럽고 당당하지만 교만하지 않으며 너그럽고 부드러운 곡선은 알차다. 완성된 인격이 저와 같은 표상일까. 세상의 모든 사람을 향해 환히 웃어줄 수 있는 달관의 경지마저 보인다. 조선의 하늘, 조선의 금수강산, 조선의 유박한 사람들의 심성이 아니면 저 달을 방 안으로 불러들일 수 있었을까. 신무기를 만들고 새로운 기물을 창안하는 이천 같은 무인도 달을 연구하기보다는 도자기로 빚은 순백의 달을 방 안으로 불러들여 감상한다.

천상의 달이 대낮에 방안으로 찾아왔을지라도 셋이 나누는 대화는 늘 새로운 기물을 만드는 일에 관한 것이었다. 밥을 먹으면서도 차를 마시면서도 마찬가지였다. 찻잔을 비운 영실이 주머니에서 쌈지를 꺼내더니 무엇인가를 입에 넣고 손가락으로 이빨을 문지른다.

"영실이 자넨 꼭 양치질을 하는군."

"습관이 돼놔서 안 하면 찜찜합니다."

"식후에 숭늉으로 서너 번 행구거나 차를 마시면 그만인 것을……."

이천이 거추장스럽다는 표정을 지었다. 최해산도 마찬가지였다.

"그렇지가 않습니다. 치아를 잘 관리해야 충치도 막고 입 냄새도 안 납니다."

"이 사람 보게? 우리한테서 고약한 입 냄새라도 난다는 뜻인가? 나는 자기 전에는 반드시 소금으로 양치하네."

최해산이 튼실한 이를 드러내며 웃었다.

"두 분을 말씀하는 게 아닙니다만 대개가 마주 대할 수 없을 만큼 입 냄새가 심합니다. 식자가 많고 고상한 분네가 악취를 풍기면 모양이 사납지요."

"그건 그렇지. 한데 그 치약은 뭐로 만들었나?"

"송진과 복령 가루요. 한지에 싸서 이렇게 휴대하고 다니다가 밤톨만큼 입안에 넣고 손가락으로 구석구석 문지른 다음 헹궈내면 개운합니다."

장영실이 치약 봉지가 담긴 쌈지를 꺼내 보이며 말했다.

"형님! 이 사람이 모르는 게 대체 뭔가요?"

최해산이 이천에게 물으며 웃었다.

"영실 아우는 우리의 보배야. 실다운 것을 돈독히 실천하는 사람이지."

이천은 장영실을 거늑한 표정으로 건너다보았다. 그들은 공조참판 이천의 집을 나섰다. 공조참판 이천의 직속상관인 판서 맹사성의 집을 지나 광화문 육조 거리로 나왔다. 두 사람은 가마를 타고 장영실은 걸었다. 이천은 공조에 들고 최해산은 장영실을 데리고 병조에 들었다.

"이것들은 모두 선친께서 만드신 것이네. 여기 이 화차에 저 화통을 싣고 수십 개의 철령전(철로 만든 날개를 화살의 중간 부분에 부착한 화살)을 장착해 불을 붙이면 연결된 불심지가 타 들어가서 한꺼번에 여러 명의 적을 맞힐 수가 있지. 쏜살처럼 달리는 불, 곧 주화走火라네."

칼 눈썹을 한 최해산이 병기들이 진열된 현장에서 설명을 시작했다. 자신감 넘치고 믿음 가는 언행이었다. 주화는 다연발 발사기였다.

"…… 그런데 아까도 말한 바와 같이 이 화통에 곧잘 불이 붙고 때때로 폭발하기도 하네. 해서 병사들이 두려워 떠네. 그걸 보완하려고 군기감 제조 여럿이 시도했네만 별로 신통하지가 못했네. 자네가 궁리해보게나."

"지난번에도 제조 한 분이 제게 방책을 물었습니다. 지금은 화통이 나무로 되어 있는데 그것을 철판으로 감싸거나 아예 주물을 이용해 쇠로 만들면 어떨까 했지요. 시일을 두고 같이 궁리해보시죠. 얇은 철판을 붙이는 방법이 수월할 듯싶기는 합니다."

"여부가 있겠나? 우리 집안에서 가동들과 함께 만들어본 병기가 여럿이네. 아직 실용화 단계까지 개발하진 못해서 그렇지.

남들은 모른다네. 내가 뇌물이나 받고 화약 기술을 독점하며 뻐기고 다닌다고 입방아를 찧어대지만 이 일이 얼마나 많은 재원을 필요로 하는 줄 아는가? 나라에서 대주는 돈으로는 어림도 없다네. 신무기 제조는 돈 덩어리를 쳐 넣어야 나올까 말까야. 내게 이런 고충이 있는 줄은 몰랐을 게야."

최해산의 말에 장영실은 적잖이 놀랐다. 생각해보니 그의 말이 옳았다. 이미 있는 것을 모사하거나 찍어내는 것이 아니었다. 세상에 없던 것을 맨 처음으로 이렇게도 만들어보고 저렇게도 만들어봐야 하는 일이었다. 그것도 최고의 성능을 발휘할 때까지 계속돼야 했다. 그러니 끝도 없는 연구와 제작 시도가 필요했다. 막대한 돈이 들어갈 게 뻔했다. 이래서 사람은 입장에 당해봐야 안다. 당해보지 않고 보이는 것만으로 콩팔칠팔하는 건 무지의 소치였다.

"국부가 있어야 하네. 나라가 잘살아야 신무기도 제조할 수 있단 말이지."

"그렇군요. 방법을 알면서도 밑받침할 돈이 없으면 속수무책이군요."

장영실은 이제까지 자신이 해온 일들이 너무 사소한 것이었음을 절감했다. 그야말로 항아리 속 보물 찾기에 지나지 않았다고 여겨졌다. 그에 비해 대호군이 하는 일은 넓은 대양에서 맨몸으로 헤엄치며 무언가를 만들어내는 것처럼 힘든 일이었다.

병조 내실에도 여러 병기가 있었다. 벽에는 제작 중인 병기들의 설계도면이 걸렸고 여러 진법을 담은 병풍이 둘러쳐져 있었다.

"아니, 저것은 하늘을 나는 수레 비거飛車가 아닙니까?"

차를 기다리다가 장영실이 도면들 한쪽에서 새 모양의 기계를 발견했다. 최해산은 아무것도 아니라는 듯이 지나치듯 대꾸했다.

"그건 선친이 그리셨던 그림이라네. 학을 보고 본뜬 것이네만 사람이 하늘을 날 수야 없지 않겠는가? 그 아래를 보게나. 물속으로 다니는 배도 있다네. 고래 모양이지."

"봤습니다."

"선친께서는 매우 현실적인 분이셨는데 유품을 정리하다가 보니 저런 허무맹랑한 그림들이 여러 장 있지 뭔가. 엉뚱한 그림이지만 당신의 생각을 훔쳐보는 듯하여 저렇게 걸어놓고 있다네."

최해산은 괜한 발뺌을 하느라 애썼다.

"거북선을 만드는 데 일조하신 분이시잖아요."

영실은 한양으로 불려 올라올 때 스승께서 오동나무 상자에 넣어주신 『기묘개물奇妙開物』이라는 책자 얘기를 들려주었다. 거북선부터 비거, 잠수선, 거리 재는 수레, 허리에 꿰차는 해시계, 바퀴 달린 신발 등등 우화에 등장하는 기계들이 정밀하게 그려져 있었다. 어쩌면 최무선이 그린 비거나 잠수선도 갈처사의 작품인지 모를 일이었다. 아니면 정반대일 수도 있었다. 교유가 깊었으므로 서로 영향을 주고받았을 것이다.

"자네 말이 맞네. 거북선을 합작으로 만들어내신 분들이 뭔들 안 만들 생각을 했겠나. 그나저나 이거 좀이 쑤셔서 못 쓰겠네. 당장 자네 집으로 가세. 『기묘개물』이라는 책을 보고 싶다네."

최해산은 불같은 성격이었다. 둘은 육조 거리를 빠져나와 종각을 지나 큰 시장 길로 접어들었다.

자향은 공손히 최해산을 맞아들였다.

"쓰러져가는 오두막이오나 안으로 드시지요."

최해산은 방으로 들어가자마자 숨도 돌리지 않고 그 책부터 펼쳐 보기에 여념이 없었다. 세필로 모형을 그리고 먹물의 농담과 주사를 이용하여 채색까지 돼 있었다. 비거의 경우 그림 옆에 쓰인 글귀가 아주 흥미로웠다.

'적들은 땅 위를 걸어가는데 아군은 하늘을 나는 비거를 타고 위에서 공격한다. 일당백이요, 일당천이 가능하다.'

기발한 발상이었다. 영실은 『삼국사기』 「김유신 전」을 기억하고 있었다.

신라 진덕 여왕이 즉위하던 해 대신 비담이 반역하여 명활성에 주둔하고 관군은 월성에 진을 쳤다. 때마침 공교롭게도 별똥별이 월성에 떨어졌다. 임금과 신하들은 물론 관군들이 동요했다. 별이 이쪽으로 떨어졌으니 관군이 반란군에게 패할 거라는 얘기가 나돌았다. 명장 김유신은 연鳶을 활용했다. 연에 불덩이를 매달아 하늘로 올라가게 한 다음, 떨어졌던 별이 도로 하늘로 올라갔다는 말을 퍼뜨렸다. 백마 한 필을 잡아 별이 떨어진 자리에 제사까지 드렸다. 드디어 비담을 쳐서 승리하였다.

"비행할 수만 있다면 육전, 수전에서 백전백승이겠지요."

"의당 그럴 것이네. 대형 연을 만들어 사람 하나를 태워서 성城을 탈출했다는 고사는 있었네만 이런 비거에 병사를 태워 적을 공격한다는 생각은 참으로 기발하네. 그런데 선친의 그림을 보면서도 줄곧 그랬네만 이런 큰 나무틀을 무엇으로 어떻게 공중에 띄운다는 것인가? 거기에 대한 설명은 하나도 없잖은가?"

"저도 같은 고민을 해오고 있습니다. 스승님께서는 이런 기발한 착상을 하신 것만으로도 훌륭히 당신의 몫을 해내셨습니다. 그 이상의 것은 다른 사람이 덧붙여야지요. 바람을 이용한달지 높은 지형을 이용한달지 해서 말이지요."

영실은 『장자』의 우화를 염두에 두었다.

"백 년 천 년 걸려도 어렵겠네."

"하지만 스승님께서는 중간 중간에 좋은 때와 명인을 만나게 되면 뜻밖에 쉽게 제작될 수 있는 것이 기계라고 하셨지요. 하늘을 나는 새가 있으니 그 자연을 모방하여 바람을 나는 연을 만들었고 그 연을 보고 비거를 구상한 겁니다. 날개를 장착해 작동시킬 수만 있다면 그렇게 불가능한 것만도 아니라고 봅니다."

"나는 자네의 그 자신만만함이 언제나 보기 좋네. 주상을 만난 건 자네의 행운일세. 천리마는 언제나 있지만 백락은 늘 있지 않다네."

그러나 아직 시절이 좋지가 못했다. 상왕은 악역을 미리 도
맡아 하며 주상이 자신을 발판으로 딛고서 성군이 되기를 바랐
다. 그러면서 군무, 곧 군사에 관한 일은 자신이 직접 챙기겠다
고 천명했다. 새 왕이 즉위한 지 보름 만에, 병조에서 군사 문제
를 상왕이 아니라 주상에게 먼저 고하는 일이 발생했다. 새 왕
은 부왕께 먼저 고하라고 물리쳤다. 병권을 넘길 생각이 전혀 없
었던 상왕은 병조참판과 병조판서를 차례로 의금부에 압송했다.
이 사건에 중전 심씨의 친정아버지인 영의정 심온 형제가 연루
된 것으로 밝혀졌다. 괜한 트집이었고 억지 형벌이었다. 병조참
판 강상인은 형장으로 가면서 '죄가 없음에도 고문에 못 이겨 죽
는다'고 울부짖었다. 강상인과 함께 박습, 이관, 심온의 아우 심
청은 사형을 당했다. 다른 심씨들은 줄줄이 귀양에 보내졌다. 심
온의 아내 안씨와 딸들은 하루아침에 노비로 전락해버렸다. 이
런 사실을 까맣게 모르고 북경의 황제에게 젊은 왕의 즉위를 보
고하고 돌아오던 심온은 영문도 모른 채 의주에서 체포되어 의
금부에 갇혔다. 매질과 압슬형이 가해졌고 심온은 이미 계획된
음모임을 알고서 실토 아닌 실토를 하고 말았다.

"심 정승, 참으로 딱하게 되시었소. 왕의 장인이요, 왕비의 부
친이면 어찌할 거요? 죄다 상왕의 뜻이오. 염라대왕이 친삼촌이
요, 석가가 처삼촌이라도 살아남을 길이 없을 것이오."

의금부 도사가 심온을 국문하면서 완강히 부인하는 심온의

귀에 대고 조용히 한 말이다. 더 부인하고 버텨 봤자 죄 없는 몸만 누더기처럼 해졌다.

새 왕 즉위년인 무술년(1418) 12월 25일 심온은 수원에서 사약을 받았다. 마흔넷의 젊은 나이였다. 왕의 장인으로 일약 영의정에 올라 북경에 다녀와서는 황망하게 생을 마감한 기구한 팔자였다.

나라의 기강을 잡는 데 군무는 첫째였다. 군무에서 한 치의 허점도 보이지 않겠다는 태종의 의지가 잘못 표출된 것이다. 외척의 발호를 사전에 막겠다는 본보기이기도 했다. 심온은 좌의정 박은 등과의 정치 세력 다툼의 희생자였다.

이 '무술년 옥사'에서 온순하고 검박하던 중전 심씨는 화병을 얻었다. 친정이 몰락하여 쑥대밭이 되었고 어머니와 자매들이 천인으로 추락했다.

"주상! 주상은 허수아비시오? 제 친정아버지, 어머니와 남매들이 아무 죄가 없다는 건 주상께서 잘 아시지 않소? 상왕께서는 저희 집안을 나무에 올려놓고 흔들어버렸습니다."

심씨는 주상에게 울며 애원했다. 제발 아버지만이라도 살려달라고 빌었다. 아직 핏덩어리인 안평을 안고서였다.

"부왕께서 하시는 일이오."

이것이 젊은 왕의 답변이었다. 심 씨가 아무리 애원조로 매달려도 눈을 감고 앉아서 끄떡도 하지 않았다. 경주 남산 돌부처가 따로 없었다. 인정 많은 왕이지만 부왕의 일이나 중국과의 외교 등 국가 기틀에 관련된 사항에서는 냉정하고 엄격했다.

"소첩은 이 나라의 국모입니다. 국모의 집안이 무고하게 짓밟히고 있는 걸 이대로 앉아서 보실 참이오?"

"……."

"좋소이다. 제가 상왕전에 가겠습니다."

심씨는 발 벗고 나서지 않을 수 없었다. 태종의 호랑이 같은 눈빛에 기가 질렸지만 아버지의 목숨이 달린 문제였다. 심씨가 상왕전으로 향하자 왕은 어린 왕자 안평을 안고 태연하게 어르고 앉아 있을 뿐이었다.

심씨는 상왕전 뜰에 거적을 깔고 머리를 풀어헤치며 간청했다. 안에서는 대꾸조차 하지 않았다. 그래도 소리를 높여 간청했다.

"국시國是가 그러하다. 너는 내명부나 단속하라."

상궁을 통해 전하는 말이었다.

대비전에서 소식을 듣고 기별이 왔다. 병석에 누운 대비 민씨의 부름이었다.

"중전, 상왕은 인면수심일세. 미리 던져놓은 덫이었음이야. 이미 걸려들었는데 무슨 소용이 있겠는가. 아무 소용 없으니 그만 진정하시게. 그냥 받아들여 가슴에 담아두고 염장 지른 젓갈처럼 홀로 삭여내야 중전이 살아. 그 몹쓸 위인이 우리 착한 중전의 가슴에도 대못을 질렀구나."

눈이 퀭하고 안색이 창백해진 대비 민씨가 입술을 깨물며 눈물을 흘렸다. 친정집이 파탄 나버렸기에 죽지 못해 살아온 대비였다. 중전의 손을 잡았는데 뼈만 남은 대비의 손은 종잇장이 날아와 앉은 것만 같았다.

조정에서는 중전 심씨를 폐출하자는 의론마저 나왔다. 좌의정 박은이 주축이 되었다. 상왕은 친정 일로 연좌됨이 옳지 않다며 폐출만은 막아주었다. 대신 주상에게 빈과 잉첩腰妾을 더 들이도록 조치했다. 이미 아들 셋이 있지만 왕손은 많을수록 좋다며 아홉 여자를 취하는 옛날의 예법을 거론했다.

심씨의 친정어머니 안씨는 자그마치 8년 후에야 천인 신분에서 벗어났다. 왕은 부왕 태종이 훙薨하고서도 장장 4년 동안이나 장모인 안씨의 복권을 미뤘다. 장인 심온은 신하들이 여러 차례 신원을 호소해도 끝까지 유죄를 인정하여 부왕의 결정을 존중했다. 일반 사건의 경우 왕은 관용을 베풀기 예사였다. 개인적으로야 억울함을 풀어주고 싶은 마음이 굴뚝같았을 테지만 부왕의 정통성을 부인하는 결과가 될 수 있기에 끝까지 부왕의 결정을 따랐다. 역사를 사사로이 재단해서는 안 된다는 교훈을 남긴 셈이다. 임기 말년 공경하는 아내 심씨를 위해 숭유 억불하는 성리학자 신하들의 극심한 반대를 무릅쓰고 궁궐 안에 내불당內佛堂을 둔 예에서 개인과 공인의 입장이 상반된 세종의 두 모습을 짐작할 수 있다.

5
—
달빛 원정대

서운관 관리인 역관歷官은 해마다 중국에 들어가 책력冊曆을 타 왔다. 해와 달의 운행과 절기 따위를 적어놓은 역서가 책력이었다. 황제가 내려주는 역서인 황력皇曆 열 부와 민간에서 편찬한 민력民曆 백 부였다. 중국의 수도가 남경이었을 때는 남경에서 만든 책력을 타 가지고 왔고, 북경으로 천도한 이후에는 북경에서 만든 책력을 타 가지고 왔다. 흔히 동지사冬至使라는 이름으로 파견된 역관은 세밑 혹은 정초에 당도하여 책력을 대량 인쇄, 중외에 반포하여 새해에는 차질 없이 새로운 책력을 쓸 수 있게 했다.

　그러나 역관이 제때에 도착하기가 쉽지 않았다. 대부분 정초를 넘겨 당도하기 일쑤였다. 너 큰 문제는 그렇게 가지고 온 황제의 역서가 조선의 하늘과 맞지 않다는 데 있었다. 북경과 한양의 위도는 비슷하지만 경도는 십오 도 차이가 있었다. 중국의 하늘과 조선의 하늘은 해돋이 시간부터 분명히 달랐다. 왕은 그 사실을 잘 알고 있었고, 새해 들어서자마자 그에 대한 논란을 벌이며 대책을 마련했다.

"하늘에 태미원·자미원·천시원 등 삼원三垣이 있고 태양의 길목에 이십팔 수가 있음은 알겠는데, 그 별들을 정밀하게 살피는 방법을 나는 모르겠다. 서운관에 물었더니 관측기구들이 낡고 오래돼서 육안으로 보는 것이 거의 전부라고 한다. 참으로 답답하고 딱한 노릇이다. 이러고도 나라라고 할 수 있겠느냐? 제왕은 두루 요건을 갖추어 백성을 돌봐야 하거늘 나라 형편이 이러하니 천명을 받아 나라를 다스린다는 말이 과분할 정도다."

젊고 패기 넘치는 왕은 어이없어했다. 왕이 말한 삼원이란 상원 태미원太微垣(처녀자리와 사자자리)과 중원 자미원(북두칠성), 그리고 하원 천시원天市垣(뱀주인자리)을 가리켰다. 하늘의 여러 별자리가, 마치 지상에서 대궐을 중심으로 수도가 들어서고 도성이 사방을 두른 것처럼 운집해 있는 모양을 원이라 했다. 도성 안, 왕의 천문 관측소인 서운관에서 이렇다 할 의기도 없이 육안으로 별을 관측해야 한다면 어디 왕의 권위가 제대로 서겠는가. 고려가 망하고 조선이 새로 들어선 지 얼마 되지 않은 어수선한 상황이라도 나라라면 마땅히 갖춰야 할 기물이 있어야 한다. 하지만 관리들은 아무런 대책도 세우지 않고 천연덕스레 나라의 녹을 먹고 앉아 있었다. 따져 물으면 둘러대는 이유만큼은 논리가 정연했다. 밥줄 지켜내는 재주만큼은 끊이지 않고 잘도 이어

온 셈이었다. 이대로 놔두고 볼 수는 없었다. 왕은 새해 벽두부터 팔을 걷어붙였다.

"천문을 살펴 때를 맞추는 일은 국정의 기초다. 우리나라는 지금 그 기초가 없다."

젊은 왕은 단호했다.

"전하, 개국한 지 얼마 되지 않았고 개경과 한양으로 수도를 거듭 옮겨 다니느라 경황이 없어서 그런 것이옵니다. 전조에 관상감정을 지낸 소신이 감히 여쭙기로 고려 때에도 지금 사정과 크게 다르지는 않았사옵니다."

남양부사로 나가 있다가 왕명을 받고 입궐한 윤사웅이 엎드려 아뢰었다.

그의 말은 사실이었다. 천문을 관찰한 역사는 단군 시절로 거슬러 올라가지만 정밀한 기구는 전해오지 않고 있었다. 설령 전해왔다고 해도 장구한 세월이 흐르면 그것에 맞게 새로 고치고 보완하여 다시 제작해야 하는 게 관측기구였다.

"옛 의범을 조사하여 다시 제작함이 옳을 듯하옵니다. 특히 오늘 자리를 함께한 장영실 같은 명장이 있으니 어찌 요원한 일이기만 하겠습니까?"

부평부사 최천구가 영실 쪽을 돌아보았다.

"그렇다. 내가 그럴 요량으로 너희를 불러들인 것이다. 태조께서 나라를 여시고 상왕께서 기틀을 잡느라 노심초사하셨지만 아직 이 나라의 창업은 제대로 된 것이 아니다. 짐은 기초부터 하

179

나하나 바로 세워가리라. 지금 우리는 음력 일월을 정월正月로 삼아 설을 쇠고 있다. 언제 이런 유습이 시작되었는지 아느냐?"

영오한 전하는 답을 알고 있으면서 하문하고 있었다.

"하나라는 천문 중심의 역을 썼습니다. 하여 일양이 내복하는 십일월(子月) 동짓달을 정월로 삼았고 은나라는 지리 중심의 역을 써서 십이월(丑月)을 정월로 삼았습니다. 주나라에 와서야 일월(寅月)을 정월로 삼았던 것입니다."

최천구가 일목요연하게 답변했다.

"잘 알았다. 누가 선기옥형에 대하여 아는 대로 설명해보아라."

"천체의 운행과 그 위치를 재는 혼천의渾天儀(지구본과 유사)와 같은 천문 관측기구입니다."

이번에는 윤사웅이 아뢰었다.

"혼천의는 또 뭐냐?"

"혼천의의 혼渾은 둥근 공을 말합니다. 의儀는 틀이나 본입니다. 혼천의는 '둥근 하늘 본'인 것이지요. 중국 한나라 때 하늘이 공처럼 둥글다는 혼천설에서 유래한 관측기구입니다."

윤사웅이 이름에 담긴 뜻을 알기 쉽게 풀었다.

"알았다. 영실이 너는 혼천의를 제작할 수 있겠느냐?"

"좀 복잡합니다. 크게 세 겹의 동심원으로 돼 있사온데 바깥쪽부터 각각 육합의六合儀, 삼진의三辰儀, 지구의地球儀라 합니다. 시계 장치와 여러 개의 톱니바퀴를 만들어야 하니, 아무래도 실물을 보고 관측도 해봐야 만들기가 수월할 것입니다."

장영실은 그 구조를 훤히 꿰뚫고 있었다.

"…… 하나의 별을 선명하게 보려면 굳이 복잡한 혼천의를 쓰지 않고 망통을 이용해서 뚜렷이 볼 수 있사옵니다."

"망통은 또 뭐냐?"

장영실이 척척 대답해 올리자 왕은 흡족해서 계속해 물었다.

"지지대를 세워 그 가운데에 작은 구멍을 뚫은 기다란 통을 중간에서 못으로 고정합니다. 그리하면 상하로 자유로이 움직이면서 필요한 별을 관찰할 수 있습니다."

"옳거니. 능히 짐작하겠다."

왕은 거늑하게 웃었다. 비록 지위는 비천하나 민첩한 저 재주를 감히 어느 누가 따를 수 있을꼬.

"전하! 옛 의범을 조사하고자 해도 기록이 아주 적습니다. 그나마 전해오는 기구들은 너무 낡고 조악하여 본래의 모형대로 제작하기는 장영실이라도 어려울 것이옵니다."

최천구였다.

"그러하옵니다. 전하. 실물을 구해 볼 수 있으면 좋겠사옵니다."

장영실이 뒤를 이었다.

"중국에는 많은 의기가 있다고 들었다. 내달에 북경 천도를 경하하는 진하사를 보내기로 했으니 이참에 너희도 따라가 유학하거라. 가서 각종 천문 의기 모형들을 눈에 익히고 또 모사해

○

와라. 모방해서 만들면 그뿐 아니냐?"

왕은 대범했다. 만일 이들 무리 가운데 성리학자인 대신들이 있었다면 쌍수를 들고 반대했을 터였다. 천자의 나라에 조공 바치는 왕이 직접 하늘을 관찰하고 역법을 만드는 것은 황제의 오해를 살 여지가 다분했다. 황제가 만든 역법을 왕에게 내려주는 반사頒賜는 책봉과도 같았다. 그 황력을 무시하는 건 독립을 의미했다. 역법의 독립은 곧 주권의 확립이니까. 젊은 왕의 이 혁명적인 도발을 중국 사신이 와 혹여 알게 되면 어떤 제재가 가해질지 알 수 없었다. 하지만 서운관 관리들 입장에서는 자신들의 역할이 그만큼 커지는 일이므로 마다할 이유가 없었다.

"신들은 감읍하나이다, 전하!"

"나는 틈틈이 중국말을 배우고 있다. 사역원에서 배출한 역관이 있는데 번거롭게 웬 고생이냐고 하지만 중국 사신이 왔을 때 역관이 통역하기 전에 미리 알아들으면 기민하게 답변을 준비할 수 있어서 좋다. 너희도 지금부터 중국어를 익혀둬라. 떠날 날이 얼마 남지 않았지만 다만 몇 마디라도 배워두면 요긴하게 쓰일 게다. 중국 사행길에 역관이 동행하니 가면서도 익힐 수 있을 것이야."

젊은 왕이 무모하기만 한 건 아니었다. 이처럼 치밀한 준비성도 있었다. 한 사람이 대범함과 치밀함을 동시에 지니기란 어렵다. 그런데 왕은 양 극단을 능수능란하게 넘나들었다. 그러면서도 중용을 견지하는 미덕을 지녔다. 왕의 두뇌 회전은 빨랐고 집중력은 놀라웠다. 의문이 일면 눈이 침침할 때까지 독서하고 궁리했다. 그래도 풀리지 않는 게 있으면 귀천을 가리지 않고 최고의 적임자를 불러 상세히 캐물어야 직성이 풀렸다. 놀라운 정력이었다. 그 정력을 유지하기 위해서 왕은 엄청난 양의 수라를 젓수었다. 주로 육식이었다. 그 정력은 침전에서도 유감없이 발휘되었다. 중전 심씨 말고도 후궁 다섯을 더 두어 열여덟 명의 왕자와 네 명의 공주를 생산하기에 이른다. 역대 조선왕들 가운데 으뜸이었다.

편전에서 물러 나온 영실은 곧 남산 밑 역관들이 사는 중인촌을 찾았다. 중국말 익히는 일이 급선무였기 때문이다. 사신의 폐물을 공급하는 세폐색과 조공 물품을 담당하는 전객사에서 만수받이를 해주기 때문에 청심환 같은 비상약이나 소지품 정도만 챙기면 되었다.

작년 사행길에 동행했었다는 역관의 집부터 찾았다. 대감의 저택에 뒤지지 않은 고대광실이었다. 역관들은 무역상을 겸했다. 중국에 가는 사신들을 따라다니며 장사꾼을 대동하고 들어가 수십 배의 차익을 남겼다.

"허어! 이젠 자네 같은 천것들도 중국 유학을 가나?"

지종관이라는 이름의 역관은 거만한 눈빛으로 영실의 행색을 훑었다. 다 그린 건 아니시만 역관들은 대개가 약삭빨랐다. 세도가에 빌붙어 아부를 잘해서 알랑쇠라는 별명이 붙기도 했고, 돼지처럼 꼬리를 흔들며 욕심을 채우기에 급급하다고 해서

도치기라 불리기도 했다.

"어쩌다 그렇게 됐네요. 저 같은 장인 한둘쯤 사행길에 꼽사리 낄 수도 있는 일이지요."

영실은 의미를 축소하며 받아넘겼다.

"자네 손재주가 기막히다지? 우리 안식구가 머리에 꽂는 떨잠을 원하네. 궁궐 내명부에서 쓰는 그거 있잖은가? 그거 하나 가져오면 속성으로 몇 마디 가르쳐주겠네."

대뜸 분에 넘치는 주문부터 들어왔다. 옥과 금으로 만드는 떨잠이 얼마인데 그걸 폐백으로 바칠까. 재료를 대준다 해도 만들려면 오랜 시간이 필요했다. 게다가 그런 귀한 패물은 사가에서는 못 쓰게 되어 있는 것들이었다. 역관의 간덩이가 부었다. 도리 없이 절하고 되돌아 나올 수밖에 없었다. 권세가 앞에서는 알랑쇠, 재물 앞에서는 도치기라는 시쳇말이 하나도 틀리지 않았다.

'가난하면 중국말도 배울 수 없구나.'

마땅한 역관 찾기가 쉽지 않았다. 소개받고 찾아가보면 지 역관처럼 턱없이 많은 집지執贄를 요구하거나 실력이 미덥지 못했다.

하는 수 없었다. 영실은 며칠 뒤 왕을 뵙는 자리에서 고충을 아뢰었다. 왕은 그 자리에서 이번 진하사를 수행하는 역관들을 불러들였다. 그중 엄영길이라는 젊은 역관 하나를 지목하여 하명했다.

"내가 아끼는 영실은 이번에 중임을 맡았다. 직급과 무관하게 내가 유학을 보내는 특사다. 엄 역관은 책임지고 영실에게 중국어를 속성 지도하라. 사행길을 가면서도 그림자처럼 붙어서 집중적으로 가르쳐라. 내가 알아서 챙겨줄 터이니 가난한 영실에게 뭐라도 받을 생각은 마라."

왕은 영실의 형편까지 헤아려 배려했다. 그리고 따로 통기할 때까지 입궐하지 말고 엄 역관의 집에서 묵으며 중국말을 배우라고 일렀다.

그렇게 해서 집중 학습이 시작되었다. 중국어는 어순이 우리와 다르고 사성 발음이 있어 배우기가 쉽지 않았다. 반복과 암기외에 다른 방법이 없었다. 중국어 공부하다가 물릴 때면, 식견높은 중국 장인들과 만나 신 나게 묻고 배우게 될 광경을 그려보았다. 황제의 천문대에 올라 그곳 관원들과 별자리를 관측하며 대화하는 상상도 했다. 황홀했다.

영실이 중국어를 속성으로 지도받는 사이, 조정에는 적잖은 분쟁이 일었다. 역관 지종관의 고자질로 장영실이 중국 유학을 간다는 사실이 대신들 사이에 퍼진 것이다. 대신들은 노비를 중국에 유학 보내는 건 전례 없는 일로, 당장 그만두게 해야 한다고 야단이었다.

"잔재주 좀 있다고 노비를 중국 유학 보냈다가 덜컥 재나 저지를까 두렵습니다. 본시 아랫것들은 가리는 게 없다 보니 사고뭉치가 되곤 함을 헤아려주소서."

○

185

공조판서 최윤덕의 걱정이 컸다.

"장영실은 짐이 구상하는 대업을 수행할 특사다. 노비를 유학 보내는 게 그렇게 잘못된 거라면 이참에 면천시키고 상의원 잡직이라도 주련다."

왕은 이참에 영실의 오목가슴 한가운데 박힌 대못을 뽑아주고 싶었다. 그랬더니 대신들은 펄쩍 뛰면서 천부당만부당하다고 나댔다.

"너희의 뜻이 정 그렇다면 영실 대신 너희가 가서 천문과 의기 제작법, 역법을 배워 오지 그러느냐?"

모두가 머리를 박고 쥐 죽은 듯 고요했다.

"그럼 이번에는 노비 신분으로 유학 보내련다. 이 일로 더 의론이 일면 역린逆鱗하는 걸로 간주하겠다."

왕의 역린을 건드리면 죽음을 면치 못한다. 신중한 젊은 왕이 이렇게까지 강경하게 나오는데 제아무리 원칙을 따지는 대신들이라도 더는 토 달 수가 없었다.

어떻게 한 달이 흘러갔는지도 모르게 출발하는 날이 임박했다.

정사正使 정탁을 위시하여 부사副使 이중지, 서장관, 종사관, 통사, 의원, 화원이 따랐다. 장영실과 내관상감 특사 일행을 합쳐서 정관만 사십 명이었다. 여기에 마부와 주자廚子(요리사), 인로引路(행차를 인도하는 사람), 수행 노자(종)를 합치면 칠십 명이나 되었다. 또 대중무역을 하는 경강상인, 송상, 만상 등의 상인들이 따랐고 호송군들이 호위했다. 의주에서 국경을 넘어 요동 도사까지 갈 때는 평안도에서 차출된 삼사백 명의 대규모 호송군이 따라붙기도 했다.

정기적인 조공이나 임시 사행은 무역이나 마찬가지였다. 금과 은그릇, 각종 면포, 족제비 꼬리털로 맨 붓 황모필, 백면지, 인삼, 종마 등을 조공 예물로 보냈다. 황제는 회사回賜라는 이름으로 답례했다. 각종 채색 비단, 자기, 약재, 예복, 서적, 악기, 보석, 물소 뿔, 문방구 등을 보내왔다. 조공한 것보다 회사 물품과 물량이 더 많은 게 상례였다. 생산이 어려운 금과 은을 빼면 어렵지 않은 조공이었고 남는 장사였다. 그래서 조선에서는 잦은 사행을 기꺼이 원했다.

명나라는 처음부터 삼 년 일 공으로 제한했다. 조공무역이라는 것이 실상, 대국이 소국에게 베푸는 호혜의 형태이다 보니 명나라의 재정에 부담을 작용했다. 그런 이유로 명나라는 처음부터 삼 년 일 공으로 조공을 제안했다. 하지만 조선은 집요하게 일 년 삼 공을 요청했고, 황제의 윤허를 받아냈다. 게다다 사은사나 주청사 등 임시 사행을 추가하여 일 년에 대여섯 번씩 조공했다. 조공과 회사는 명목이었고 사실은 주변국이 중국의 선진 문물을 받아들이는 특혜의 일환이었고 중세 국제무역 형태였다. 경제적 부담에도 불구하고 원칙보다 훨씬 잦은 조공을 허락한 점을 미루어 볼 때, 명나라 역시 주변국들 가운데서 조선과의 관계를 더 중히 여겼음을 짐작할 수 있다.

반대로 조선에 조공하는 나라도 있었다. 유구국(지금의 일본 오키나와)과 여진, 대마도였다. 반면 일본과는 성격이 조금 달랐다. 처음에는 일본이 조선에 토산물을 바쳐왔지만 차차 대등한 교역 관계를 유지했다.

장영실 일행이 왕에게 하직하니 왕은 의복과 갓신을 하사했다. 이미 호조에서 명주 두 필과 쌀 두 섬씩을 받았고 세폐색에서 주는 노자도 받았지만 은자와 인삼, 청심환 등을 따로 내려 특별한 일에 쓸 것을 당부했다.

"언제고 부족한 것이 있으면 돌아오는 사신 편에 기별하라. 뒤에 가는 사신에게 두루 갖춰서 보내겠다."

그야말로 특사에 대한 각별한 애정이었다.

장영실에게는 홀어머니를 염두에 두고 어필御筆을 들어 위로의 글을 남겨주었다.

> 머리 밝은 자식 두어 중국 유학에 빛나네
> 돌아와 공 세우리니 홀로 있어도 외롭지 않다네.
> **胤明朝天彩門戶**(윤명조천채문호)
> **勿恤歸朝必大成**(물휼귀조필대성)

홀어머니는 어필을 품에 싸 넣고서 홍제원까지 배웅 나왔다.

"여기서 북경이 수천 리인데 부디 몸 성히 잘 다녀오시게. 에미는 자네 중한 일이 잘되도록 새벽마다 칠성님께 정화수를 올릴 것이네."

배웅하는 사람들 틈에 섞여 어머니는 영실의 손을 꼭 그러쥐었다. 내려다보이는 어머니의 머리가 반백이었다. 햇살에 반짝이는 그 흰머리를 보고 있자니 마음 아팠다.

서울과 북경 사이는 삼천이백사십오 리다. 서울 성문에서 의주까지 천백사십 리요, 의주에서 요동까지는 오백오십 리다. 요동에서 산해관에 이르는 사이에는 안산, 행주위, 우가장, 사령 등 십육 파발이 있는데 도합 팔백팔십 리이며, 관내關內에서 북경까지는 십이 파발이 있는데, 도합 육백칠십 리였다. 이 가운데 가장 짧은 구간인 의주에서 요동이 제일 어려운 노정이라 했다.

고양을 지나 개성, 황주를 거쳐 평양에 들어갔다. 한양에서 출발한 지 여드레 만이었다. 평양감사가 나와 사행을 맞았다. 여독을 풀기 위해 다음 날 하루를 쉬었다. 대동강을 굽어보는 평양성 주변의 풍광은 수승했다. 연광정과 대동문을 보고, 부벽루를 지나 모란봉에 올라 평양성을 굽어보았다. 아지랑이가 피어나는 이른 봄의 정취가 성안 가득 풍겼다.

다음 날은 황사 바람이 불었다. 하늘이 누렇고 흐려 바깥출입을 삼가고 엄 역관에게 중국어를 배우다가 오후 늦게 가까운 곳으로 나들이했다. 고구려의 위용 어린 성벽에 뚫린 칠성문을 통과하여 감영의 서쪽 장대將臺 아래로 내려가니 사당이 있었는데 국조 단군과 고구려의 시조 동명왕의 위패를 기자箕子(중국 은나라 주왕의 친척)의 사당에 곁다리로 모셔두고 있었다. 무엇이 먼저고 나중인지를 모르는 처사였다.

평양에서 의주까지는 보름이 걸렸다. 의주에서는 의주 관에 여장을 풀고 며칠 머물며 중국으로의 입국 준비를 했다. 고구려의 명재상 을파소의 위패가 봉안된 양상서원을 찾아 배향했다.

압록강 강변에서 중국 관리들로부터 수험搜驗을 받았다. 입국 심사였다. 사람과 말, 짐들을 일일이 수색하고 검사했다. 하도 꼼꼼하여 불쾌하다 못해 질리게 만들었다. 옷을 벗기고 전립과 망건, 심지어 상투까지 풀어 보이라고 강박을 해서 창피를 주었고 분통을 터뜨렸다. 서장관 아래의 하위급 사신 일행은 숫제 죄인 취급하듯 했다. 말안장 밑과 수레 또한 샅샅이 뒤졌다.

"불알 밑 서캐나 이는 왜 안 잡아내나 몰라."

혹독한 수험을 받은 후 일행 중 하나가 이죽거렸다. 대국이 약소국 입국자를 업신여기는 걸 조롱하는 너스레였다. 모두가 동조한다는 듯 한탄 반 너털웃음 반을 지었다.

배를 타고 강을 건넜다. 여기서부터 요동 도사가 있는 요양까지는 험한 노정이었다. 객관이 적고 벌판과 큰 산이 있어 한둔을 하기가 예사였다. 장막을 치고 화톳불을 놓아 노숙하는 일은 여간 고역이 아니었다. 게다가 호랑이나 마적 떼가 곧잘 출몰한다는 정보가 있어 밤새 호위군들이 천아성이라는 나팔을 불었다. 그때마다 함성을 내지르니 도무지 깊은 잠에 빠져들 수가 없었다. 배로 둘러친 장막이어서 한기도 심했다. 정사나 부사, 서장관, 종사관의 장막에는 개가죽을 덧대어 그나마 나았다. 정관이 아닌 수행자들은 장막도 없이 화톳불 옆에서 홑이불로 둘둘 말아 새우잠을 잤다.

"외국 땅에서 별을 보니 감개가 무량하구나."

중늙은이 부평부사 최천구가 장막 옆 화톳불 앞에서 불을 쬐며 말했다. 윤사웅은 장막 안에서 잠들어 있었고 장영실과 역관 엄영길은 가볍게 술을 나누고 있었다. 둘은 술자리에서조차 중국말을 섞어서 쓰고 있었다. 그사이 영실은 웬만한 일상생활 용어는 익혀 띄엄띄엄 의사소통을 하게 되었다. 최천구와 윤사웅은 중국말 배우는 일에 그다지 공을 들이지 않았다. 늙은이가 이제 외국말을 배워서 뭐하겠냐는 거였다. 의사소통이야 필담으로도 가능한 것인데 굳이 머리 복잡한 짓 사서 할 필요 없다고 했다.

별은 검은 하늘 가득 금박 가루를 뿌려놓은 것처럼 많이도 떴고 유난히 반짝거렸다. 빽빽한 별들은 서로 부딪쳐 돌면서 잘그락잘그락 요령 소리를 내는 것만 같았다.

"여기서 요동벌 구간이 별이 많고 밝습니다."

사행을 자주 해본 엄 역관이 일러주었다.

"위도가 높아 북신이 훨씬 가까워 보이누나. 북두칠성 자루가 남동쪽을 가리키니 시간은 벌써 이경일진대 타국 땅에서 잠 못 이루고 흘러간 인생을 아쉬워하노매라."

최천구는 털옷으로 몸을 감싸고서 시를 읊조리듯 영탄했다.

"저기 봐! 저기 별똥별이 떨어진다!"

근처에서 숙영하던 호위군들이 소리쳤다. 벌써 하나가 검은 하늘에 노란 선을 그리며 사라졌다. 한참 후에 다시 하나가 더 떨어졌다. 삼태성 아래 헌원軒轅(사자자리)에서 비롯된 별똥별이었다.

"부사 어른, 별이 떨어지면 큰 인물이 죽는다던데 사실입니까?"

엄 역관이 물었다.

"어떻게 별이 떨어지겠는가? 운석이라는 별똥별 조각이 떨어지는 것이지. 어떤 때는 비 오듯이 쏟아지기도 하는 게 별똥이야. 나는 그것과 사람의 목숨은 무관하다고 본다네. 혹시 떨어지는 별똥에 직접 맞는다면 모를까."

"예? 별똥에 맞아 죽어요?"

엄 역관이 화들짝 놀랐다. 영실도 사람이 별똥에 맞아 죽을 수도 있다는 얘기는 처음 듣는 말이었다.

"별똥은 까맣게 탄 돌덩이나 쇳덩이일세. 운이 나쁘면 머리 위에 떨어질 수도 있겠지. 벼락 맞는 것보다 드문 일이긴 하지만 말일세. 땅에 떨어진 운석을 하늘 개, 곧 천구성天狗星이라고도 한다네. 하늘 개가 해를 물다가 까맣게 타서 죽었다고 보는 게지."

"옳습니다! 북경 유리창琉璃廠에서 별똥이라는 쇳덩이를 본 적이 있습니다. 하도 기이한 것이 많아 반신반의하고 넘겼었는데 그게 진짜 운석이었던 모양입니다."

엄 역관이 말한 유리창은 북경의 중심가에서 서책과 도자기,

그 밖의 오래된 물건들을 파는 골동품 상가였다. 영실은 얘기만 들었던 참이라 이번에 그곳을 샅샅이 뒤져볼 요량을 하고 있었다.

"유리창이라는 곳에는 정말 운석도 있나요?"

"운석뿐인 줄 아는가? 고추 달린 처녀도 있다네. 그건 농담이고 정말 별별 희한한 물건과 기인들이 넘쳐나네. 자넨 그만 얼이 빠져버릴 걸세."

엄 역관이 신이 나서 말했다. 영실은 더욱더 궁금해졌다. 운석 조각이야 동래현 시절 스승 갈처사가 물려준 것이 하나 있었다. 철 성분이 많은 까만 것으로 자석에 달라붙었다. 유리창에는 이런 운석 말고도 상상조차 할 수 없는 진기한 물건이 많이 있다는 것이니 가서 눈으로 확인해볼 일이었다.

"이곳은 고조선과 고구려의 강역이었다네. 자신들이 하늘의 자손이라고 믿었던 그때 사람들은 누구보다 열심히 하늘을 관측했었지. 큰 마을의 중앙에는 반드시 둥근 단을 쌓아 올려 하늘에 제사하는 풍습이 있었다네. 하늘을 관측하고 제사하며 축제를 벌였던 그들은 천하를 호령할 수 있었어. 차차 그런 풍습이 사라지면서 힘이 약해졌고 이제는 그런 유습조차 찾아볼 수 없게 되어버렸지. 하늘을 포기하면 나라의 강역도 줄어드는 법이야. 중국의 역대 황제들이 왜 천자라고 자부하면서 그렇게 하늘 관측과 천제 모시기를 지극 정성으로 하는지 그 이유를 알아야 한다네."

최천구의 그 말은 영실에게 돌아가신 스승 갈처사를 상기시켰다. 혼이 깃들고 줄가리가 있는 논조였다. 국경을 넘어 요동의 벌판에서 밤을 보내며 소중한 체험을 하고 있었다. 전하께서 영실 일행을 유학 보내신 까닭도 최 부사가 방금 한 말과 무관하지 않았다.

"그렇군요. 큰 가르침이 되었습니다. 하온데 별빛이 요란하게 흔들리는 걸 보니, 내일은 아침부터 바람이 제법 세게 불겠습니다."

영실의 예측이었다.

"그대는 아직 젊은 사람인데 언제 누구에게 그런 걸 다 배워 두었는가? 영실이 자네를 보고 있으면 내 젊은 날이 반성된다네. 매사에 열성적으로 매달려야 했던 것을 나는 숫제 무지개나 뜬 구름 잡는 일에 혼을 빼앗겼었지."

"동래현에 살던 유년 시절, 이인異人 같으셨던 스승님께 들었습니다."

"좋은 스승을 만나는 것이 오복에는 들지 않으나 막막한 하늘에서 길라잡이별을 만남과 같으니 어찌 축복이 아닐쏜가. 부럽구나. 또 한 가지 영실이 자네가 부러운 것이 있다네."

최천구는 영실 쪽을 보지 않고 여전히 하늘의 별을 보면서 읊조렸다.

"부사께서는 부러운 게 뭐가 그리도 많으시오?"

엄 역관이 끼어들었다. 세상에 부러워할 것이 없어서 장영실 같은 노비 처지를 부러워하느냐는 기롱이 담긴 물음이었다.

"나는 젊고 돈 많은 엄 역관 자네는 하나도 부럽지 않네. 어째 서인 줄 아는가?"

"왜입니까?"

"자네는 이미 재물과 여색에 길들어버렸기 때문이지."

"그 둘을 빼면 대장부 인생에서 무엇이 남는다고 그런 말씀을 하십니까? 권력을 잡으려고 애쓰는 것도 알고 보면 그 두 가지를 얻기 위함이 아니겠습니까?"

"물론이지. 부귀와 영화를 누리는 건 만인이 바라는 바지. 허나 내가 생각하는 참다운 인생은 그게 아니네. 나는 종종 저 머나먼 별 너머의 세상으로 건너가는 상상을 하곤 하지. 살아서 그게 안 되면 죽어서라도 그리 갈 것이네. 벌이 꿀통 속에 빠져 허우적대다 죽는 것처럼 재물과 색에 빠져 코 박고 살다가 어디로 가는 줄도 모르고 고꾸라져버리는 게 인생이라면 너무 추잡한 꼴 아닌가? 사람이 하늘을 관측하고 우주를 상상해보면서 통속적인 길 말고 다른 길을 가보려는 꿈도 꿀 줄 모른다면 그게 어디 인생이랄 수 있겠느냐 말일세."

영실은 최천구의 그 말을 듣고 화톳불에 비친 노인의 얼굴이 신선처럼 보였다.

"어르신, 재물과 여색을 빼고 뭐 더 중한 게 있다고 저 허허로운 하늘 타령이신가요?"

엄 역관의 그 말에 노인은 신경질적으로 톡 쏘며 나왔다.

"그러기에 자네는 눈앞에 보이는 것밖에는 볼 수도 없고, 보이지 않는 고귀한 것에는 가치도 두지 않는 속물이라는 말이야."

"아무리 정신이 고귀해도 몸이 사흘만 배곯으면 짐승처럼 돌변해서 남의 집 담을 넘는 게 사람입니다! 저는 멀고 먼 하늘은 비나 눈 내릴 때나 생각하고 평상시에는 이렇게 국경을 넘나들며 열심히 돈이나 벌고 보드라운 미인들 속살이나 더듬겠습니다."

엄 역관은 현실적인 사람다웠다.

"누가 말리겠나, 그렇게 잘 사시게나. 막막호천藐藐昊天이나 무불극공無不克鞏이시니라. 아득히 멀고 넓은 하늘은 모든 일을 공고히 하신다네. 난 들어가 눈 좀 붙이려네."

엄 역관의 말뚝같이 분명한 말에 노인은 그만 기가 질렸다. 그는 묘한 의미가 담긴 시구를 읊조리고 시부저기 자리를 빠져나가 장막 안으로 들어가버렸다. 사람 사는 게 다 같아 보여도 파고 들어가 보면 저마다 사뭇 다른 지향점이 있었다.

"저 깜박이는 별을 보고 무슨 딴 세상을 꿈꾼다는 건가. 내가 보는 별은 돈과 남녀 관계야. 그것들을 도외시하고 손에 잡히지도 않는 별에 정신을 빼면 빈털터리밖에 더 되겠나? 그건 그렇고 말일세. 아까 별빛이 흔들려 보이면 머잖아 바람이 분다 했는데, 그게 왜 그렇다는 겐가?"

"공중 높은 곳에 흔들리는 기류가 있다는 증표지요. 별이 운행을 할망정 전후좌우로 요동칠 수는 없는 겁니다. 별빛을 흔드는 바람이 있어 그렇고 그 바람은 곧 지상까지 내려와 불어닥치리라고 예상하는 것입니다. 햇무리나 달무리가 나타나면 그것을 보고 곧 비가 올 것을 예상하는 것과 비슷하지요."

"그럴듯하네."

엄 영관과 영실은 화톳불이 사위어가는 것을 보고 장막 안으로 들어갔다. 번을 서는 호위군들의 천아성은 밤새 계속되었다.

다음 날 아침 예상했던 대로 바람이 거세게 불었다. 모래 먼지가 날려 아침 해 먹는 일도 쉽지가 않았다. 남양부사 윤사웅은 간밤에 고뿔에 걸려 열이 뻗치고 두통을 호소했다. 의원이 진찰하고 삼소음參蘇飲 한 첩을 달여서 대령했다. 털옷을 덮고 땀을 흘리게 했는데 윤 부사는 좀처럼 열이 내리지 않았다.

이래저래 아침 한나절을 장막 안에서 보내고 바람이 잦아들기를 기다렸다가 오후에야 출발했으므로 얼마 못 가 다시 한둔을 했다. 윤 부사는 사흘간이나 열병에 시달렸다. 천문 관원으로서 중국 수도에 가보는 건 누구나의 소망이라지만 나이 들어 험로에 오르니 몸이 따라주지 않았다.

사신 일행은 요동 도사에 당도해서야 목욕하고 편안히 여장을 풀 수 있었다. 조선의 호위군은 돌아가고 여기서부터는 요동도지휘사의 명으로 사신으로 호송하는 중국 반송사伴送使가 북경까지 안내했다. 만리장성 동쪽 끝에 자리한 산해관山海關을 거쳐 북경까지 가는 길은 역참이 잘 갖춰져 있어 비교적 쉬운 노정이었다.

사월 중순에 북경에 입성했다. 한양을 떠난 지 거의 두 달이

○

걸린 장도였다. 북경은 드넓은 들에 터를 잡고 있어 산과 언덕이 많은 한양과는 분위기가 전혀 달랐다. 집들도 이층집이 많았고 수레와 말들이 거리를 메웠다. 조선 사신 일행을 구경하느라 연도에 모인 중국인들이 뭐라고 종알댔다. 얼핏 들으니 저놈들 복장 한번 희한하다는 내용이었다. 간편한 자기들 옷에 비해 길게 늘어진 도포 자락을 날리며 말에 탄 모습이 이상하게 보이는 것 같았다.

북경 황성 남쪽, 조선 사신들이 묵는 동평관東平館.

정당正堂 안에 황제와 예부에 올리는 자문을 모시고, 그 뒤에 자리 잡은 숙소를 배정받았다.

"내일 아침 일찍 예부로 나오라는군요. 자문을 바치러 가는 것이니 오늘은 일찍 주무시지요. 구경은 차차 하셔도 시간이 충분합니다."

엄 역관이 중국 관원과 얘기를 나눈 당상역관의 말을 전했다. 장영실 일행은 지도를 펴놓고 엄 역관에게 자금성과 흠천감, 관성대, 유리창, 천단 등에 관해 여러 가지를 물었다. 당장에라도 나가서 거대한 성벽 주변이라도 거닐고 싶었다. 아마도 윤사웅이 말리지 않았다면 그리했을 거였다.

다음 날 아침을 먹고 황성의 천안문을 통과하여 예부로 들어갔다. 황성은 성벽에서 기와까지 온통 황색이 아니면 붉은색이었다. 황색은 목화토금수 오행 가운데서 중앙 토土에 해당하는 색채인데 황제가 주석하는 천하의 중심을 상징했고, 성벽이나 궁전의 기둥, 창문 등에 쓴 붉은색은 남방 화火의 색으로 빛과 성대함을 나타냈다.

황궁 안의 예부에 격식을 갖춰 자문을 올리고 다시 동평관으로 돌아왔다. 곧 사신 일행이 먹을 음식들이 내려졌다. 쇠고기와 닭, 거위, 생선, 두부, 타락(우유), 딤채, 반장, 기름, 마늘 따위의 양념과 과일들이 들어왔다.

그날 저녁은 예부에서 환영 접대 연회를 열었다. 조선의 조정에서 중국 사신에게 베푸는 태평관 연회와는 비할 바 없이 조촐하고 의례적인 수준이었다.

며칠 뒤 정사와 부사, 서장관 등은 당상역관을 데리고 황궁에 들어가 황제를 알현했다. 장영실 일행은 예부에 다시 들어가 집무실에서 관원들과 만나 날씨 얘기를 시작으로 조선 왕이 보낸 자문에 관해 얘기를 나눴다.

"북경의 봄 일기는 황사 때문에 고르지 못합니다. 귀국 조선은 하늘이 참 푸르고 물이 맑다고 들었는데 원로에 감기나 얻지 않았는지 모르겠소."

"우리는 북경이 처음이라 모든 게 생소하고 대국의 위용에 눈이 부셔 일기를 살필 겨를이 없습니다."

상호 외교 수사적인 인사법이었다.

"허허허, 그대들 나라 왕이 세 가시를 요청해왔소. 첫째는 각종 천문 서책을 내달라는 것이고, 둘째는 흠천감과 관성대의 여러 천문 기구를 특별히 보여줘서 도식을 본뜨게 해달라는 것이며, 셋째는 그대들이 원하는 기간 동안 동평관의 편의를 봐달라는 것이오."

이마가 넓고 둥근 예부상서 여진이 자상하게 자문의 내용을 되짚었다.

"우리 조선에도 여러 천문서와 관측기구가 있습니다만 워낙 낡고 조악해 대국의 모범을 따르려는 것이오. 도와주신다면 진심으로 감사하겠소. 심심찮은 폐백도 마련했으니 여러모로 은혜를 베푸시길 바라오. 자고로 대인의 덕을 보는 것이 인간사 아니겠소이까?"

준비해온 인삼 상자와 장지 무더기를 가리켜 보인 뒤 물목 단자를 올리며 윤사웅이 깍듯이 예를 갖췄다. 말린 고려 인삼 최상품 삼백 근, 장지 이십 권, 이것이 물목 단자에 적힌 내용이었다. 웬만하면 놀라 자빠질 만큼의 양이었다. 실제로 예부상서도 놀라는 기색이 역력했다. 고려 인삼의 탁월한 효능은 중국의 삼에 비할 것이 아니었다. 그뿐 아니라 조선의 닥나무 한지는 색이 미려하고 결이 촘촘하며 질겨 천 년을 넘겨도 원형을 유지하는 종이였다. 일본의 화지나 중국의 선지는 잘 찢어지고 변색되기 쉬웠다. 그래서 조선 한지가 중국 시전에 풀리면 부르는 게 값이었다.

"고맙소이다. 하지만 관성대를 참관하는 일은 황제 폐하의 윤허가 있어야만 하오. 다만 이 사람 재량으로 해줄 수 있는 다른 것들은 힘써서 해주리다. 천문 서책은 흠천감 관원들을 소개할 테니 그들을 통해 구하거나 유리창 서점을 통해 구할 수 있을 것이오. 동평관은 조선 사신들이 대개 사십여 일 묵어가는 것이 관례이고 우리 예부도 그 기간의 편의를 봐주고 있지만 원한다면 더 머물 수 있도록 손을 써주겠소."

생각보다 일이 수월하게 풀리는 것 같았다.

"황명皇命은 언제쯤이나 떨어질는지요?"

이번에는 최천구가 나섰다.

"대개는 자문을 보시고 곧 결정하시지만 때로는 늦어지는 수가 있소. 천문에 관한 일이어서 곧바로 비답批答을 내리지 않으실 것이오. 늦어도 진하사들이 떠나기 전까지는 결판이 날 것이니 우선 다른 일들을 먼저 하시오. 불편한 일이 있으면 즉시 알리시오. 도울 수 있는 일이라면 돕겠소."

예부상서 여진은 네 명의 주사 가운데 하나를 불러 지목하고는,

"내가 없더라도 이 표치문 주사를 찾아 도움을 받으시오."

하고는 전담 직원까지 배정해주었다.

"고맙소이다. 우리는 여기를 나서는 길에 곧바로 흠천감에 들러보고 싶소이다. 상서께서 편의를 봐주시오."

최천구가 앉은 자리에서 부탁했다.

"어렵지 않소. 흠천감 감정에게 내가 시금 글을 써주겠소."

예부상서는 그 자리에서 몇 자 적어 표 주사에게 건네주고는 영실 일행을 안내하게 했다. 시원시원한 성격이었다. 섭섭지 않

게 올린 폐백이 작용했을 테지만 호인 기질이 다분했다.

흠천감은 병부, 공부를 지나쳐 바깥쪽에 붙어 있었다. 뜰에 청동으로 주조한 혼천의를 비롯한 여러 기이한 의기들이 진열돼 있었는데 관측용은 아니고 전시용이었다. 하지만 그것들도 조선의 것들과는 비할 바 없이 정밀하고 새로운 것들이었다. 표 주사의 안내에 따라 '관찰유근觀察惟勤'이라는 현판을 걸어놓은 건물 안으로 들어갔다.

흠천감 감정 패신貝新은 정5품으로 부감 두 명과 주사를 비롯하여 보루각 박사 여섯 명에 이르기까지 모두 사십 명의 관원 가운데 수장이었다. 그는 대대로 천문관을 지낸 가문 출신이라 했다. 중국의 천문관은 과거로 뽑히는 것보다 세습하는 예가 더 많다고 했다. 그만큼 가문에 축적된 기예를 더 중시한다고 볼 수 있었다. 대개 잡직이나 장인들은 어렸을 적부터 집안에서 매일 접하여 눈으로 보고 손으로 익혀온 사람들이 재능을 발휘하는 수가 많았다.

준비해 간 폐백을 건네며 도움을 요청했다.

"예부상서의 부탁이니 어찌 물리칠 수 있겠소. 국법으로 금한 것이 아니면 보여드리리다. 조선국은 우리 중국의 속국 가운데서 여러모로 으뜸인 나라가 아니던가요."

패신 역시 거드름을 피운다거나 까다롭게 굴지 않아서 좋았다.

"같은 일에 종사하는 사람들이니 처음 보면서도 도무지 남

같지가 않습니다. 우리는 바닷가 변방에서 사는지라 문명이 변변치 못하고 천문학이랄 것도 없이 그저 역상曆象(해, 달, 별 따위의 천체가 나타내는 여러 가지 천문 현상)만 대강 짐작하는 정도입니다. 밝으신 대인께서 부디 수고롭게 일러주시는 일을 마다하시지 않기를 바라오."

윤사웅이 자신보다 나이가 아래로 보이는 패신에게 최고의 존칭을 써가며 번지르르하게 참기름을 쳤다. 목적한 바를 성취하기 위해서는 도리가 없었다. 본디 외교술이란 듣기 좋은 인사말이 첫째였다. 선물 공세는 그다음이었다.

"날을 봐서 술이나 한잔하십시다. 조선인들은 예의가 바르고 머리가 좋아 항상 벗으로 여기고 있습니다."

이쯤이면 초장부터 절반은 성공이었다. 영실 일행은 오성을 관측하는 추보법推步法과 역법을 서로 토론해보고 천문 서적들을 열람했다. 역법은 여간 어려운 분야가 아니었다. 평생 관상감에 몸담아왔던 윤사웅도 정통하지 못하고 있었다. 조선은 아직 역법에 밝지 못했던 게 사실이었다. 명나라에서는 원나라의 수시력을 보완한 대통력 통궤법大統曆通軌法을 쓰고 있었고 아랍에서 들여온 회회력법도 참고해 쓰고 있었다. 조선에는 아직 전래되지 못한 새 역법이었다. 조선은 그때까지도 원나라의 수시력을 그대로 쓰고 있었다. 이미 전조 고려 말에 대통력 통궤법을 수입해 왔지만 나라가 어지러워 제대로 이해하지 못한 상태에서 조선이 개국했고, 조선은 다소 오차가 발생하는 것을 알면서도 수시력을 쓰고 있었다.

"이 회회력 역서를 한 부 구할 수 있겠습니까?"

"황제 폐하께서 왕성하게 서적을 인쇄하고 계십니다만 아직도 미처 손이 미치지 못한 서적이 많습니다. 이 책력도 그 가운데 하나라서 여분이 없습니다."

영실 일행은 그것을 당장 빌려다가 동평관으로 달려가 필사하고 싶었다. 팔이 아프면 돌아가면서 베끼면 그만이었다. 엄 역관과 넷이나 번갈아 한다면 저녁에도 한시도 쉬지 않고 매달릴 수 있을 터였다. 하지만 첫날부터 이렇게 무리한 부탁을 할 수는 없었다. 영실은 역법을 넘기면서 내용을 다 외워버릴까도 생각했다. 그것은 물론 불가능한 일이었다. 제아무리 천재라 해도 그 많은 수치를 암기할 수는 없었고 운용 방법을 모르고 외우는 건 아무런 의미가 없었다. 의욕이 넘쳐 나서 품어본 생각에 지나지 않았던 것이다. 그렇게 본다면 입수가 문제가 아니었다. 제대로 운용하는 방법을 배우는 게 급했다.

'입수할 기회가 있으리라. 책력이 있는 걸 봤는데 그것을 구하는 방법이 없겠는가.'

역법을 잘 모르는 영실은 자료 확보 욕심뿐, 다른 데는 생각이 미칠 수 없었다. 하지만 윤사웅과 최천구는 사정이 달랐다. 그들은 틈나는 대로 대통력 통궤법부터 익힐 요량을 하고 있었다.

"저곳이 관성대로군요. 우리도 한번 올라가보면 좋으련만. 낮에는 성안을 둘러보고 밤에는 관성대에 올라 천문 의기들로 관측을 해본다면 원이 없겠습니다. 패 대인께서는 우리의 부탁을 거절하시지 마소서."

뜰에 나와 황성의 동남쪽 성벽 너머로 보이는 높다란 관성대를 보며 최천구가 주문했다. 관성대는 원나라 때(1279) 이 위치에 세워졌다. 유명한 천문학자이자 수학자인 곽수경郭守敬에 의해 제작된 천문 기구를 이용해 천문을 관측했다.

흠천감 감정은 냉담했다.

"절대 불가하오! 아무리 충성스러운 속국 조선 사신들이라 하나 황명 없이는 절대로 올라가 볼 수 없는 곳이오. 가뜩이나 시설이 낡아 재정비를 가늠하고 있는 터라 더 불가하오."

패 감정의 말이 너무 단호해 영실 일행은 주눅이 들었다. 일이 순조롭게 풀려 기대에 잔뜩 부풀었는데 첫 번째 장애를 만난 것이었다.

"패 대인께서는 흠천감과 관상대의 수장이십니다. 맘만 먹는다면 잠시 은밀하게 기회를 주실 수도 있지 않겠습니까?"

최천구는 엄 역관에게 일러 귓속말로 전하라 했다. 주사 하나가 패 감정의 뒤를 따르고 있었기 때문이다.

"미안하오. 획죄어친獲罪於天이면 무소도야無所禱也라 했소이다. 하늘에 죄를 지으면 빌 곳이 어디에 있겠소이까? 황명은 곧 천명입니다."

확실한 거부였다. 아무도 보지 않는 한밤중에 일어나는 일, 적당히 뇌물만 쓰면 통할 줄 알았는데 그게 아니었다. 저렇게 빤히 보고서도 오를 수 없어 더 아쉬웠다. 실망한 영실 일행은 틀에 놓인 의기들의 원리와 사용법을 따져 묻는 것으로 만족해야 했다. 패 감정은 며칠 있다가 저녁 자리를 만들 테니 그때 술이나 한잔하자는 말로 위로했다.

숙소로 돌아오니 동행한 상인들이 크게 흥분해 있었다. 내일부터 삽 일 동안 개시開市를 하기 때문이었다. 개시가 되면 상인들이 가지고 온 물건들을 중국 상인들에게 내다 팔 수 있었다. 물건을 팔거나 중국 물건들과 교환해 조선에 가지고 가면 몇 곱절에서 수십 곱절이 남았다. 중국 상인들에게 조선 상인들은 싹쓸이로 유명했다. 조선에 없는 특이한 것은 눈에 불을 켜고 그러모아 도거리로 사들였다. 때로는 조선인들끼리 경쟁이 붙어 턱없는 바가지를 쓰기도 했다.

엄 역관은 개시하는 삽 일 동안은 자기 일을 볼 수 있게 봐달라고 전부터 지며리 청을 넣어왔다. 사사로이 데리고 온 휘하 장사치들의 뒷배를 봐줘야 한다는 거였다.

"자네는 주상 전하의 특명을 받고 왔으면서도 도무지 돈독에서 벗어나질 못하는구먼. 개시마다 자네가 빠지면 누가 통역을 할 것인가? 한번 개시하면 그때마다 사흘씩이나 계속되는데 하루 이틀도 아니고 사흘을 내리 빠진대서야 말이 된다고 보는가!"

윤사웅은 역정을 냈다.

"나는 저 위인이 이렇게 나올 줄 진작부터 알고 있었소이다."

최천구도 옆에서 초를 쳤다. 요동벌에서 한둔할 때의 일이 생각나 영실은 삐실 웃었다. 최천구는 그때 '속물'이라는 표현을 썼다. 엄 역관은 그런 최천구가 더 이상하다는 식으로 받아들였던 것이다.

"두 부사 나으리! 다른 역관들도 그렇게 합니다. 조선 상인이 돈을 많이 벌어 가서 나쁠 게 뭐가 있겠습니까? 그리고 영실이 이 사람이 웬만한 의사는 소통할 줄 압니다. 이 머리 좋은 사람이 제게서 석 달이나 특별 교습을 받았는데 너무 염려 마시고 함께 나가보시오. 큰 불편은 못 느끼실 겝니다. 간혹 대화가 안 통하면 붓을 들어서 필담하시오."

제 논에 물 대기였다. 이럴거면 어찌하여 왕의 특명을 받고 수행 역관으로 왔더란 말인가. 하여간 장사꾼들의 뻔뻔함은 아무도 못 말렸다. 말을 좀 통하게 할 수 있는 것뿐이지 영실의 중국어 실력은 그야말로 어린애 아장아장 걸음이었다.

"제 뱃속 채우면서 빠져나가는 말은 청산유수로세."

최천구는 가래를 끌어올려 탁 뱉었다.

"엄 역관의 편의를 봐주시지요. 소인이 모자라는 재주로 어떻게 시도해보겠습니다. 이제껏 배운 것을 써먹어보고 싶기도 합니다."

영실이 나서서 엄 역관의 편이 되어주었다. 그간 성심껏 중국말을 가르쳐준 보답이었다. 사실 엄 역관과는 같은 또래였고 늘 붙어 다니느라 그를 이해하는 입장이 되어 있었다. 사역원 소속 말단이 받는 녹봉은 겨우 생활에 급급한 정도에 지나지 않았다.

그들이 그 박봉을 받고서도 힘든 노정을 마다하지 않고 북경에 오는 것을 즐기는 것은 모두 한몫을 단단히 보는 장사에 있었다.

"오호라! 이제 보니 영실에게 그토록 열심히 중국말을 가르쳤던 이유가 딴 데 있었구먼. 감탄스러운 장삿속일세그려."

윤 부사가 엄 역관의 얄팍한 처세를 꼬집었다. 영실은 꼭 그런 것은 아니라고 항변해주었다. 잠자는 때만 빼고 그림자처럼 달라붙어서 괴롭혔던 건 영실 자신이었다. 배우겠다고 쫓아다녀서 싫어할 사람 없다지만 영실처럼 집요하게 굴면 대개는 싫어하는 내색을 보이게 마련이었다. 하지만 엄 역관은 그런 법이 없었다. 분명 그의 남다른 장점 가운데 하나였다.

예부에서 주최한 주연이 있었다. 예부상서에게 청을 넣어 흠천감 패신 감정을 초청했다. 황제를 알현한 정사 정탁, 부사 이중지와 서장관, 종사관 이하 모든 정관이 참석한 큰 연회였다. 상차림 가운데 곰 발바닥을 쪄 양념한 특별 요리가 있었는데 예전에 나온 적이 없던 특식이라 했다. 윤사웅 일행의 큰 폐백이 영향을 끼쳤는지 모른다. 실제로 예부상서는 윤사웅과 최천구, 장영실을 부사 바로 옆자리에 배정했다.

"정 부사, 조선의 왕이 이분들을 각별히 총애하는가 보오. 다른 때는 한 명이 와서 천문 서적이나 책력 정도를 챙겨 갔었는데 이번은 셋에다 별도의 자문까지 보내시었소."

예부상서 여진의 화제가 영실 일행에게로 돌아갔다.

"조선은 개국한 지 얼마 되지 않았고 개성에서 한양으로 천

도한 직후여서 여러 제도가 어수선하고 미비하외다. 우리 전하
께서는 대국의 문물을 충실히 본받아 동쪽 한 귀퉁이에서나마
나라의 구색을 갖추고자 하는 것이지요. 모쪼록 ·대인께서는 이
들의 요청을 가능한 한 들어주시기 바라오."

정탁도 당부의 말이 간절했다. 충실히 본받겠다는 말과 동쪽
한 귀퉁이라는 말에서 대국 관리의 자존심을 세워주고 정보를
캐 가는 의미를 축소하는 외교관의 언변을 느낄 수 있었다. 왕은
무슨 일이 있어도 목적을 이루되 의미가 확대되는 것만은 피하
라 했다. 자칫 황제의 권한을 월권하는 것으로 비춰지는 것을 경
계한 것이다.

"며칠 전에 말한 바와 같이 내 재량으로 해줄 수 있는 일은
다 해주겠소. 황제 폐하의 윤허가 필요한 일은 어쩔 수 없소만.
여보오, 흠천감정! 자네도 이분들을 많이 도와주구려."

"어찌 대인의 말씀을 외면하겠습니까?"

패신은 머리를 조아렸다.

"모두 고맙습니다. 이렇게 큰 은혜를 베풀어주시니 저희가
돌아가서도 복명할 말이 있어서 좋습니다. 우리 진하사 일행이
돌아가도 관상감 관원들은 더 묵게 될 테니 끝까지 보살펴주사
이다."

정탁온 예부싱서와 흠천감성에게 술을 권했다. 주악이 울리
고 무희들이 들어와 춤을 추었다. 음악이 흥겹고 율동이 현란했
다. 조선의 음악과 춤이 조악하게 여겨졌다.

'전하께서 보시면 이것들을 받아들여 반드시 조선의 음악과 춤을 바로잡으려 하시리라.'

취중에 영실은 그런 생각을 해봤다. 왕은 욕심이 많았다. 무엇이건 좋은 것이 있으면 시간을 다퉈 배우고자 했고 모든 구색을 갖추고자 했다. 만일 조선 조정의 관료들이 왕처럼만 열성을 보여준다면 못할 게 없을 터였다. 하지만 보신주의에 찌든 관료들은 게을렀다. 바쁜 척하며 그럭저럭 시간만 때우면 무탈한데 괜한 일을 만들어 스스로 무덤을 팔 필요가 없다고 여겼다. 좋은 것은 허물이 없음만 못하다는 게 오랜 관행이었다.

"저 젊은 장인의 이름이 뭐라 했소?"

뜬금없이 예부상서가 영실을 가리키며 이름을 물었다. 예상치 못한 일이었다. 초로의 그는 기분 좋게 취해 있었다.

"장영실이라 하오이다."

"흠천감정, 자네는 저 젊은이를 어떻게 보았는가? 천문과 풍수는 기본이고 관상도 둘째가라면 서운해할 사람 아니던가?"

"관상은 대인께서 더 잘 보지 않으십니까?"

흠천감정은 눈이 아픈 듯 소매에서 명주 수건을 꺼내 연방 눈을 비벼댔다.

"이 사람 비싸게 구는 건 여전하군그래."

외교술에 이골이 난 예부상서는 여유롭게 웃으며 영실의 나이를 물었다.

"정묘생으로 스물여덟입니다만."

"고진감래 천하발명이로다. 서른만 되면 창공의 별처럼 빛날 것이로세."

극찬이었다. 고통의 세월이 가고 즐거운 때가 왔으니 천하에 이름을 날린다는 말씀이었다. 서른이면 내후년이었다.

"잘 보셨습니다. 일월이 영명하고 코가 수려하게 뻗어 내렸으니 오십까지 장장 이십 년 동안이나 세상에 부러울 사람이 없을 것이옵니다. 다만……."

"다만……?"

흠천감정의 말에 예부상서가 각별한 관심을 기울였다. 일월 이란 관상에서 두 눈을 가리켰다. 사람 얼굴을 정면에서 바로 보아 왼쪽 눈을 해, 오른쪽 눈을 달로 봤다.

"준수한 콧날에 비해 하관이 좀 빈약한 편이어서 말년은 관운이 약합니다. 학을 벗 삼아 강호에서 노닐면 가히 천 년인들 이름을 못 남기겠습니까?"

하관은 코 아래턱 부위였다. 흠천감정 패신은 영실은 물론 조선 정관들 누구도 믿지 않을 얘기를 하고 있었다. 그걸 인정한다는 듯 예부상서도 흠천감정의 안목을 칭찬하고 나왔다.

"귀신은 속여도 관상 보는 자네 눈은 못 속이지!"

이날 주연에서 중국 관리들이 주고받은 장영실의 관상담은 취중의 심심풀이가 아니었다. 심안이 열리지 않은 속사俗士들의 사주나 관상은 허무맹랑하기 짝이 없기가 예사다. 하지만 이들은 얄팍하게 영업을 자행하는 사람이 아니었고 외교사절 앞에서 흰소리할 처지도 아니었다. 그러나 듣고 있던 영실과 조선 사신 일행은 저마다 생각이 달랐다. 모든 게 영실의 신분이 내로라는 사실을 밝히지 않아 비롯된 일이었다. 왕의 특명을 띠고 유학 온 장인이 공식 직분이라서 노비라는 신분은 철저히 감춰졌다. 영실이 유학하는 데 불편이 없게끔 한 왕의 배려였다. 처음부터 노비 신분이라고 밝혔다면 이렇게 후한 관상 점수가 나올 수 없었을지도 모른다.

"두 분이 모두 이마가 높으시고 관골이 상응하니, 벼슬이 점점 더 높아지시겠고 덕을 베푸심이 도타워 따르며 칭송하는 사람들이 줄을 서겠습니다."

적시에 덕담을 하고 나온 이는 최천구 부사였다. 저쪽에서 관상을 들고 나왔으니 같은 방식으로 저들의 기분을 띄워주기로 작정한 것이었다. 최천구 역시 조선에서는 관상깨나 본다는 사람이었다. 관상감이나 서운관에 들어오려면 잡과를 거쳐야 하는데 잡과에 합격한 사람들은 천문과 풍수, 관상 등에 두루 밝았다. 고개를 들어 하늘을 보면 그것이 천문이요, 굽어서 지리를 보면 그것이 풍수요, 중간에서 사람을 보면 그것이 관상이었다. 관형찰색하는 원리는 모두 하나였던 것이다.

관상은 얼굴뿐만 아니라 음성과 몸짓, 걸음걸이까지 보았다. 최천구는 예부상서와 흠천감정을 두 번째 보는 자리였다. 관상을 보기에는 부족함 없는 시간이었다. 하지만 이날 최천구의 말은 지극히 의례적인 것이랄 수 있었다. 예부상서는 몰라도 흠천감정은 더 이상 품계가 올라갈 가능성이 없었다. 잡직에 있던 사람을 크게 중용하는 예는 거의 없었다. 조선에서도 마찬가지였다. 왕이 윤사웅과 최천구에게 경기도의 부사 자리를 제수한 건 파격이었다. 그러므로 최천구의 말은 다분히 정략적이었다. 유학 온 우리에게 덕을 베풀어달라는 주문에 지나지 않았던 것이다.

"조선에 재주꾼이 많다는 건 익히 알고 있소. 최 부사의 관상술이 대단하신가 보오."

두 사람은 싫지 않다는 낯빛으로 서로를 보았다. 다른 신통한 얘기가 더 나오나 싶었던지 최천구의 얼굴을 빤히 응시했지만 최천구는 술잔을 기울이느라 여념이 없었다.

연회를 파하면서 관상감정이 최천구에게 조용히 물어왔다.

"정말 더 해줄 말씀이 없는 게요?"

"머잖아 귀인을 만나 뜻하지 않은 새 세상을 볼 것입니다."

이미 고주망태가 된 최천구는 정말 무엇을 보고 그러는지 마는지 혀 꼬부라진 소리로 옹알거렸다.

'이 나이에 내가 귀인을 만나 새 세상을 본다고? 그 사람 참 취중에 실없이 잘도 뇌까리는군.'

예부상서는 가당찮다는 듯 혀를 찼다.


정양문正陽門 밖 골동품 지잣거리 유리창.

영실은 윤사웅과 최천구를 모시고 울긋불긋한 패와 휘장이 드리워진 점포 골목으로 들어섰다. 점포마다 향로, 서책과 진귀한 노리갯감, 문방용품들이 그득그득했다. 이곳은 본래 유리와 기와를 구워 황성에 대주는 곳인데, 문방구와 골동 상가들이 들어서면서 고색창연한 저잣거리로 자리 잡아가고 있었다.

고서점 송죽재松竹齋로 들어섰다. 벽의 삼면에 두 길 높이로 서가를 만들어 세웠고, 칸마다 서책을 가득히 쌓아놓았다. 책마다 종이로 찌를 붙여서 무슨 책인지를 한눈에 알 수 있게 진열했다. 유교 십삼경과 제자백가의 서책들, 역사서와 개인 문집에 이르기까지 없는 책이 없었다. 쭉 둘러보니 생소한 책명이 대부분이어서 기가 질렸다.

"찾는 책이 있습니까?"

주인이 다가와 물었다. 외국인의 출입이 많아서인지 별반 낯설게 대하지는 않았다.

"회회력 역서는 보이지 않는군요."

"그런 책은 워낙 전문서여서 우리 서점에서도 구하기가 쉽지 않습니다. 어디서 오신 분들인데 그런 책을 찾으십니까?"

"우선 구경 좀 한 다음에 말씀드리겠습니다."

"좋소. 편히 보시오."

"감사합니다."

이 정도의 의사소통은 어렵지 않았다. 윤사웅과 최천구는 속으로 대견스러워하면서도 짐짓 담담한 표정을 지었다. 노인들이지만 눈치가 빠르고 행동에 멋이 배어났다. 점포에 들러 얼떨떨한 외국인 행세를 해봤댔자 교활한 중국 장사치의 밥이 될 뿐이라는 걸 잘 알고 있는 두 사람이었다.

영실은 『관윤자關尹子』, 『황제내경 소문黃帝內經素問』 등의 책을 샀다. 조선에서는 쉽게 구할 수 없고 대부분 필사를 해야 했다. 용케 살 수 있게 되더라도 값이 몇 배나 비쌌고 필사하려면 몇 달씩 걸렸다. 다른 이들도 한두 질의 책을 샀다. 최천구는 소강절의 『황극경세서皇極經世書』와 『묵자墨子』를 사고는 기분이 좋아져 입이 귀에 걸렸다.

"안으로 들어오셔서 차나 한잔씩 하시지요."

주인은 영실 일행이 외국인인 데다 책도 많이 샀으므로 대접하기를 원했다. 정보도 얻어들을 겸 해서 다탁에 앉았다. 그 전에 주인과 얘기를 주고받던 노인 하나가 있었는데 홍안백발이었다. 의자 밑에 조롱 하나가 있었는데 그 노인의 것으로 보였다. 조롱은 대나무를 가늘게 쪼개 정교하게 만든 것이었는데 파랑새 한 마리가 고운 소리로 노래를 한다. 새소리 때문에 서점 안이 숲 속처럼 여겨졌다.

"복장이 흰 것을 보니 조선에서 왔구려."

백발노인이 자리를 열어주며 천천히 말했다. 중국인들은 평소에 흰옷을 절대 입지 않았다. 흰옷은 국상이 나야 입는 옷이었다.

"그렇습니다. 대인이 기르시는 새가 참으로 곱고 예쁩니다."

"늙어서 소일하기에는 그만이오."

곧 과자와 차가 나왔다. 용안이라는 과일도 한 접시 올라왔는

○

215

데 여지 열매를 말린 것이라 했다. 오돌토돌한 껍질을 까면 작은 구슬 같은 용안이 나왔다. 입안에 넣고 불려서 단것을 먹고 까만 씨는 도로 뱉어내라 했다. 양귀비가 즐겨 먹던 그 과일이란다.

"사는 책들을 보면 직분이 뭐고, 공부가 얼마나 됐는가를 알 수 있⋯⋯."

노인이 뭐라고 더 길게 얘기했는데 뚜렷하게 알아듣지를 못했다. 영실은 자신의 형편을 미리 말해두는 게 좋겠다고 생각했다.

"소생이 중국말을 배우는 중이라 아직 많이 서투릅니다. 쉬운 말로 해주시고 그래도 어려우면 필담을 하겠습니다."

그렇게 해서 붓을 가지고 대화가 시작되었다. 영실은 서투르나마 중국말로 읽으려고 애를 썼다. 윤사웅이나 최천구가 붓을 들어 필기할 때도 아는 만큼 읽기를 계속했다. 틀리게 읽는 대목에서는 서점 주인과 백발노인이 바로잡아주었다.

'그대들은 신선이 사는 조선의 봉래산 문파에 속하는 도인들인 듯한데 뭐하려고 중국 도가서들을 사는 것인가? 그것들을 백 번 읽는다고 해서 신선이 되는 것은 아니다. 저술을 남긴 사람들이 저마다 자기가 본 세계와 한계만을 말할 뿐이다. 진정한 고수는 책을 쓰지 않는다. 돌아가서 해동의 신선술이나 익히는 게 좋겠다.'

홍안백발 노인이 써 보인 글의 내용이었다.

"범상치 않은 말씀이신데 백발 옹은 무슨 일을 하던 분이시오?"

최천구가 세필을 재빠르게 놀렸다. 서점 주인이 붓을 이어 잡았다.

백발 옹의 이름은 왕여특王與特, 올해 여든으로 서안西安 화산華山의 도관을 전전하다가 십여 년 전 북경에 와서 눌러살고 있다고 했다. 노소를 불문하고 벗들이 많아 수시로 서점이나 주점, 혹은 찻집에 모여 담론을 즐긴다고 한다. 이쪽이 조선의 부사 겸 관상감 관원들이라고 하자 백발 옹은 천문에 밝은 벗들이 많으니 며칠 말미를 주면 한자리에 모여 토론할 수 있게 주선하겠단다. 그 가운데는 흠천감에 있다가 퇴직한 이도 있다고 했다.

"고맙습니다. 회회력법을 어떻게 구해볼 수는 없겠습니까?"

영실은 서점 주인과 백발 옹을 번갈아 보며 물었다. 서점 주인과 백발 옹은 영실이 알아들을 수 없는 유창한 중국말로 한참 대화를 계속했다.

"왕 도인이 알아보시겠다고 하는군요. 우리 집에도 전에 몇 부가 있었는데 다 나가고 없네요. 하지만 기다려보세요. 구해보면 나올 겁니다. 왕 도인께서 소개해주실 분들은 대단한 고수랍니다. 대부분이 우리 서점 단골이라오. 날짜만 정해주시면 여기서 만나는 것도 무방합니다만……."

원하던 바였다. 아무래도 개시하지 않는 날이 좋을 듯했다. 엄 역관이 함께 오는 게 여러모로 좋았다. 말도 그렇지만 낯선 사람들과 처음 대면하는 일이니 중국인들의 생리를 잘 아는 그가 필요했다.

약속 날짜를 잡고 서점을 나서려는데 주인은 책 보따리를 두고 편하게 구경하다가 들어가라고 제안했다. 짐꾼을 시켜 동평관 숙소에 배달해주겠다는 것이다. 무거운 책 보따리를 들고 유리창 저잣거리를 구경하는 건 거추장스러운 일이었다. 주인의 배려가 고마웠다. 영실 일행은 문서 한 장에 수결을 해달라 해서 홀가분하게 거리로 나섰다.

귀뚜라미 싸움으로 도박하는 광경을 구경하고 전각을 하는 장인의 집에 들어갔다. 옥돌이나 나무에 글씨를 새기는 솜씨가 혀를 내두르게 했다. 조각칼을 들고 번쩍번쩍 손을 놀리면 바로 도장이 새겨졌고 소나무, 학, 거북의 형상이 드러났다. 전각하는 장인은 세상의 어떤 것도 모두 새겨 넣을 수 있노라고 장담했다.

영실이 유다른 관심을 보인 곳은 유리 제조 공장이었다. 모래와 석회, 소다를 혼합하여 용기에 넣고 고온으로 가열해 냉각수로 냉각하면 유체 상태의 유리가 나왔다. 소다를 섞는 것은 용해 온도를 낮춰주기 때문이었다. 유체 상태의 유리는 점성을 띠는데 그대로 놔두면 응고되었다. 유리 결정을 열에 녹여 기다란 쇠통 막대 끝에 찍은 다음, 입으로 불면 돼지 오줌보처럼 부풀려지면서 투명한 유리병이 만들어졌다. 요술쟁이가 따로 없었다. 뿐만이 아니었다. 거푸집에 유리 용액을 부어 그릇도 만들었고 여러 가지 색채를 넣어 공예품도 만들었다.

"조선에는 도자기 기술이 발달했는데 유리 가공 기술은 전무하다시피 합니다. 한양에도 이런 유리 공장을 세우면 유용하게 쓰일 텐데 말씀입니다."

영실은 황성이 이곳에서 구운 유리창과 유리기와를 써서 만들어졌다며 유리의 투명하고 미려한 쓰임을 강조했다.

"우리는 천문 의기 때문에 이곳에 온 것이라네. 유리가 뭐가 좋은가? 깨지기 쉽고 손을 다치기 일쑤라네. 우리나라는 본시 도기와 자기 문화라네. 백토, 고령토 등 양질의 흙이 많고 화력이 센 검탄과 숯을 무한정 공급받을 수 있지. 상고시대에는 흑도를 썼고 전조에는 청자를, 지금은 청자와 백자를 함께 쓰고 있지. 도기에서 자기로 발전하게 된 경계가 뭔 줄 아는가?"

"수분의 흡수를 방지하는 것이지요."

도기는 표면이 매끄럽지 않아서 수분을 빨아들였다. 이를 극복하기 위해 고안된 것이 유약 처리였다. 유약을 바르고 가마에서 고온으로 구우면 표면이 유리를 덧씌운 것처럼 반질반질해졌다.

"조선 도공들이 유리를 만들지 못해 자기를 고집하는 게 아니라네. 가마를 고온으로 달굴 수 있는 기술이 있는데 무언들 못 만들겠는가. 자기는 도기와 유리의 합성이 낳은 최고급 그릇이네. 청자나 백자는 유리그릇보다 은근히 멋스럽고 실용적이지 않은가. 조선 사람은 투명한 유리보다 비칠 듯 말 듯한 창호지를 선호하네. 유리는 고작 절집에서 사리함으로나 쓰면 모를까 별 효용도 없어."

○

윤사웅은 호기심이 곧잘 발동하는 영실에게 유학 목적을 환기했다.

"유리는 빛을 투과시키고 집중해서 모으기도 합니다. 볼록유리가 그렇습니다. 볼록 유리는 그 외에도 여러 쓰임새가 있습니다. 작은 글씨를 크게 보이게 하기도 하지요. 더 연구해보면 묘한 것들도 만들어낼 수 있을 것 같습니다."

"하하하, 자네가 어디 무엇 한 가지라도 대수롭지 않게 여기는 게 있던가? 세상 만물이 모두 공부 재료이니 머리가 얼마나 복잡하겠는가? 오늘은 그만 돌아다니고 어디 가서 술이나 한잔씩 걸치기로 하세나."

최천구가 목이 컬컬하다며 술청에 들어가길 원했다. 일행은 유리창 저잣거리를 빠져나와 번화한 왕부정 거리로 향했다.

며칠 뒤, 유리창 송죽재 서점 안쪽 탁자에서 십여 명의 사람이 열띤 토론을 벌였다. 왕여특 백발 옹은 이번에도 파랑새 조롱을 들고 나타났는데 참으로 다양한 벗들을 여섯이나 대동했다. 흠천관 전직 관원이었다는 마가, 공부에 물품을 납품한다는 장인, 도가에 밝다는 송 대인, 수학에 재주가 있다는 조가, 심지어 정화鄭和 원정대의 대원으로 안남국(베트남), 남장국(라오스), 방갈자국(아프리카)을 돌아 아란타(네덜란드)까지 다녀왔다는 탐험가도 있었다. 정화는 영락제의 신망을 받는 환관으로 남경의 용강 조선소에서 건조한 대선단을 이끌고 바다를 개척하는 원정대

대장이었다. 황궁 내에서 그의 지위는 환관의 장관인 태감太監이었다. 올해에도 정초에 영락제는 낙성식을 마치자마자 정화 원정대를 남쪽 바다로 파견했다. 모민주라는 이 탐험가는 환갑이 지났으므로 나이 들어 원정대에서 은퇴한 것이다. 백발이었지만 네모진 턱선에서 강인한 탐험가의 면모를 엿볼 수 있었다.

"우리 정화 대장은 이 시대 최고의 모험가요, 걸출한 장부입니다. 한나라 때 장건張騫이 있었고, 당나라 때 현장 삼장玄奘三藏이 있었다면 우리 시대에는 정화 대장이 있지요. 정화 대장은 갑오년(1414) 구월에 방갈자국에서 싣고 온 기린을 황제에게 헌상하여 세상을 깜짝 놀라게 했습니다. 기린은 성인이 출현해야 세상에 나타난다는 영물인데 그 나라에 가보니 우리나라 소나 말처럼 흔한 동물이었지 뭡니까. 허허허헛. 정보가 차단되면 엉터리 신화가 만들어지는 거요. 우리는 커다란 배의 창고 안에 상아와 코뿔소 뿔은 물론 얼룩말과 타조와 사자도 산 채로 싣고 왔소이다."

모민주는 닫힌 세계에서 비롯되는 엉뚱한 숭배가 얼마나 어리석은 짓인가를 상기시키며 너털웃음을 웃었다. 견문이 좁으면 옹졸해지게 마련이다. 백번 옳은 말이었다. 많이 본 만큼 세상은 넓어 보이게 마련이었다. 보이지 않는 세계도 있는 것이 세상이지만 될 수 있으면 많이 보고 많이 느낀 다음에 뭐라고 재단하는 것이 옳았다. 책에 나와 있는 내용도 중요하지만 책에 담겨 있지 않은 것까지 알 수 있다면 금상첨화였다.

모민주가 칭송해 마지않는 정화는 운남성 곤명 출신의 환관
이었다. 지금 중국 황제(영락제)는 조선의 태종과 유사한 데가 있
는 인물이었다. 넷째 아들인 그는 청년 시절에 아버지 주원장을
도와 원나라를 무너뜨리는 전쟁에 참여해 공을 세웠다. 운남성
의 몽골 세력을 정벌하는 데 참가했던 그는 중국인 정복자들이
흔히 하던 것처럼 성인 남자들을 몰살시키고 사내아이들은 거세
해버렸다. 그때 거세된 아이 가운데 하나가 정화였다. 정화는 환
관이 되어 황궁에 들어왔고 황제의 측근으로 성장했다. 그러다
가 급기야는 대선단의 지휘자가 되어 대탐험에 나서게 된 것이
었다. 한번 나설 때마다 삼만에 가까운 원정대가 동원되었고 빼
어난 청화백자를 교역 물품으로 싣고 떠났다. 청화백자는 중국
과 조선 사람들을 제외한 모든 세상 사람의 혼을 빼앗는 명품이
었다. 특히 유럽인들은 더 했다. 일찍이 동아시아와 유럽을 잇는
육로의 실크로드가 있었다면 바다에는 이렇듯 도자기로드가 있
었다.

'무대와 규모는 다르지만 우리 또한 원정대다. 정화는 황제의
특명을 받아 세상 끝까지 갔고 우리는 왕의 특명을 받아 중국 북
경에 왔다. 나라의 부와 힘에 따라 노니는 범위가 이렇게 다르구
나. 왕의 말씀처럼 조선은 이제 시작이다. 이 초라한 시작을 창
성하게 하려면 나부터 용감하고 원대해야 한다. 태양 아래 당당
히 이름을 걸고 나선 원정대가 못 되고 달빛 스며들듯 암행하는
원정이지만 나의 원정은 십 년이고 이십 년이고 계속될 것이다.

그리하여 나를 진정으로 알아주는 왕의 뜻에 부응하리라.'

영실은 저 가슴 밑바닥에서 뜨거운 피 같은 게 끓어오르는 것을 감지했다. 영실이 형님으로 깍듯이 모셔온 최해산이 언젠가 했던 말도 떠올랐다. 국부가 있어야 새로운 무기를 만들 수 있다고 했다. 나라에 물산이 풍부해야 한다. 한마디로 돈이 많아야 한다. 조선은 아직 민생고도 해결하지 못한 나라다. 풍년이 들지 않으면 농사짓는 농민들까지 다반사로 굶주리는 실정이었다. 조선은 너무 가난한 나라다. 부지런히 공부하고 연구해서 중국에도 없는 기물들을 만들어내야 한다. 그 기물들을 이용해 농사를 잘 짓게 하고 백성이 편리한 생활을 하도록 해줘야 한다. 왕의 뜻도 거기에 있었다. 그래서 많은 돈을 들여 유학을 보내준 것이었다.

"정화 제독께서는 언제 돌아오십니까?"

영실은 할 수만 있다면 그를 만나보고 싶었다. 그는 보통 사람보다 머리 하나가 더 크고 이백 근이나 나간다는 거구의 대장부라 했다.

"아마 내년 가을이나 돼야 돌아오실 수 있을 겁니다. 홍모번 (영국)을 지나 그 북쪽 바다까지 가보시겠다고 하셨으니까 말이오."

애석한 일이었다. 왕은 해를 넘겨도 좋다고 했으나 내년 봄이라면 몰라도 가을이라면 너무 오래 머무는 셈이었다.

"적도를 지나 남쪽 바다까지 가보셨다 하니 그곳의 별자리도 잘 아시겠군요. 정말 남극노인성南極老人星(카노푸스)이 중천에 떠 보입니까?"

영실이 가장 궁금해하는 점이었다.

"물론이오. 천랑성天狼星(시리우스)만큼이나 크고 밝은 노인성이 하늘 가운데서 빛나고 있지요."

모민주는 천장 중심을 가리켜 보였다.

"노인성을 보면 장수한다는데 대인께서는 오래 사시겠소이다."

최천구는 그가 그렇게 부러운 모양이었다.

"그 말씀은 이치에 맞지 않는 얘기올시다. 위도가 낮은 곳에 살면 사시사철 볼 수 있는 게 남극노인성이오. 그렇다면 그들은 모두가 장수하고, 위도가 높은 곳에 사는 사람들은 단명한다는 얘긴데 사실은 전혀 그렇지가 않소이다. 뿐더러 함께 항해했던 선원들 가운데도 나이와 상관없이 병을 얻어 세상을 뜬 사람이 적잖았지요. 모두가 노인성을 보았는데도 말이오."

모민주가 조리에 맞는 이유를 대자 윤사웅이 묻고 나왔다.

"그럼 남극노인성이 수명을 관장하지 않는다는 말씀이시오?"

"물론이오. 그것은 고도가 높아서 노인성을 잘 볼 수 없는 지역 사람들이 만들어낸 허구요. 하지만 아무려면 어떻소. 먼 밤하늘에 그런 소망마저 없다고 생각해보시오. 얼마나 삭막하오?"

허구가 주는 낭만이니 그렇게 알고 즐기라는 주문이었다. 윤사웅과 최천구는 물론 영실도 당혹스러웠다. 여태까지 알고 있던 상식이 거꾸로 뒤집히는 순간이었다. 중국은 물론 조선에도 노부모가 환갑을 맞으면 화공에게 노인성을 주관하는 수성壽星 노인의 상을 그려 선물로 올리는 풍습이 있었다. 이마가 얼굴 길이만큼이나 긴 기이한 형상의 초상이었다. 진실과 무관한 믿음과 소망을 키워가며 의미를 두고 사는 게 세상인심이었다.

모민주에게는 그 밖에도 놀라운 얘기가 더 있었다. 남쪽 밤하늘을 그린 성도星圖를 가지고 있다는 거였다. 정화 제독이 데리고 간 화공을 시켜 그린 성도를 모사했다고 한다. 영실 일행이 그 성도를 보자고 하니 그는 중국인 특유의 재물 욕심을 보였다. 보는 건 어렵지 않으나 귀한 물건이니 섭섭지 않은 선물이 있어야 한다는 말이었다.

"물론이요."

조선 사절단 일행 가운데도 화공이 있었다. 이럴 때 불러 쓰라고 화공을 데리고 온 것이었다.

자연스럽게 우주에 관한 얘기로 연결되었다. 옛사람들은 천원지방天圓地方이라 하여, 하늘은 둥글고 땅은 네모로 평평하다고 생각했다. 그러다가 반구 형태의 하늘이 평평한 땅을 뒤덮고 있다는 개천설蓋天設로 발전했다. 개천설을 부분적으로 극복한 이론이 혼천설渾天設이다. 달걀의 노른자가 땅이라면 하늘은 그 둘레를 감싸고 있는 흰자와 같다고 본 것이다. 지구가 둥글다는 지구설地球設과 흡사하지만 아직도 땅이 평평하게 네모났다는 생각을 떨쳐내지 못하는 한계가 있었다. 따라서 지구 평면의 반대편은 바닷물로 채워져 있고 그 밖에서 하늘이 둘러쳐져 있다고 본 것이다. 이 이론을 극복한 사상가 가운데 하나가 북송의 장횡거였다. 그는 무형의 우주 공간을 태허太虛라고 불렀다. 태허에는 기氣가 가득 차 있으며 기의 취산聚散, 곧 모이고 흩어짐에 따라 만물이 되고 만물은 다시 태허로 바뀐다고 주장했다. 그리고 천체의 구조는 고정된 땅을 중심으로 해와 달, 다섯 행성과 항성이 하늘에 매여서 운행한다고 보았다.

정자程子는 땅 아래에도 하늘이 있고 땅도 하늘의 일부라고 말했다. 장횡거와 정자는 바다가 아닌 대기가 땅을 지탱하고 있다고 봤는데 이는 이미 『황제내경 소문』이나 도가의 우주론에서도 분명하게 나타나고 있다. 하늘과 땅이 기속에서 부유하는 존재라는 것이다.

『황제내경 소문』「오운행대론편五運行大論篇」 제4장에는 황제와 기백岐伯의 문답이 나온다.

"땅이 아래가 되지 않습니까?

황제가 물었다.

"땅은 사람의 아래가 되지만 태허太虛의 가운데에 있는 것입니다."

기백은 지구가 허공에 떠 있음을 말하고 있다.

"무엇엔가 기대고 있는 것입니까?"

"대기가 이를 떠받들고 있습니다."

이 문답은 까마득한 황제 때의 것이 아니고 당나라 때 편집된 것이라 하지만 대단히 성숙한 우주론이랄 수 있었다.

"그럼 대인들께서는 우리가 발 딛고 사는 땅의 모양이 어떻다고 보십니까?"

하늘의 역사에 관해서 개략적인 토론이 있은 직후 최천구가 물었다.

"나는 땅이 탄환처럼 둥글다고 보며 해와 달처럼 허공에 떠 있다고 생각하외다."

흠천관 전직 관원이었다는 마가가 자신의 견해를 밝혔다.

"만일 둥글다고 한다면 이해가 안 되는 게 있습니다. 우리가 지평선 너머로 멀리 나가면 분명 아래로 미끄러져 내릴 것입니다. 그런데 우리는 지평선 너머 까마득히 멀고 먼 이곳 북경까지 왔지만 미끄러져 내리기는커녕 여전히 평평한 땅 위에서 생활하고 있습니다. 그걸 어떻게 설명하실 수 있겠습니까? 또한 허공에 매여 있다면 무엇으로 매여 있고 떨어지지 않는 까닭이 무엇입니까?"

영실이 의구심이 일어 물었다.

"이 사람도 여전히 의문이 해소되지 않는 게 많습니다."

영실은 진열장에 있던 수정구를 꺼내어 들고 되물었다.

"이것 좀 보십시오. 이 위에 사는 사람들은 그렇다 쳐도 모 대인께서 가보셨다는 발갈자국같이 적도 아래 이 아랫부분에 사는 사람들은 어찌 허공으로 추락하지 않는 것입니까? 그리고 바닷물은 왜 쏟아져버리지 않는 것입니까?"

충분히 물을 수 있는 얘기였다. 윤사웅이나 최천구는 물론 다른 중국인들도 마가의 답변에 귀를 기울였다. 모민주는 남쪽 나라 바다에 갔을 때 땅도 바닷물도 수평이라고 했었다.

"귀인들께서 조선에서 북경까지 이렇게 오셨지만 높이 솟구친 산은 차치하고 땅은 언제나 수평이었듯이 아래쪽으로 계속해서 내려가도 여전히 평평할 것입니다. 만일 정화 제독께서 나침반을 가지고 정남을 향해 항해하시다가 땅을 만나 육로로 가시기를 계속하면 언젠가는 맨 처음 출발하셨던 자리로 되돌아오시게 될 것입니다. 그러는 노정 내내 땅과 바다는 수평일 겁니다. 발아래는 언제나 땅이나 바다이고 머리 위는 항상 하늘이기 때문입니다. 그런데 이 수정구로 가정해서 보면 거꾸로 매달려 있는 셈인데 굴러떨어지지 않는 까닭은 저도 잘 모르겠습니다."

마가는 실제와 이론의 차이를 발견했지만 그 차이를 해소하지 못하고 있었다. 쉽지 않은 일이었다.

"혹시 땅덩이가 이 수정구처럼 둥근 것이 아니고 옛날 사람들 생각처럼 네모난 것은 아닐까요?"

중국인 가운데 하나가 순환 논리에 빠져 다시 원론을 들고 나왔다. 하지만 그것은 퇴보적인 생각일 뿐이었다. 그랬다면 정화 제독이 적도 아래 남쪽 나라를 갈 수 없었을 터였다.

"지구가 둥글다는 것은 소생도 확신하고 있습니다."

영실이 확신에 찬 어조로 나섰다.

○

228

"무엇으로 확신한단 말씀이오?"

조금 전의 중국인이 되물었다. 윤사웅과 최천구도 영실의 말에 놀라는 표정이었다.

"조각달의 어두운 부분도 그렇거니와 월식 때를 보면 월면에 나타난 지구의 그림자가 둥글지 않습니까? 일식과 월식은 하나같이 둥근 모양인 태양과 달과 지구의 교차 운행이 빚어낸 가림 현상이지요."

영실이 오랫동안 궁리하고 키워온 생각을 밝혔다.

"젊은이의 말이 옳소이다. 마침 여기에 둥근 탄환 모양의 자석이 있군요. 작은 바늘을 붙여보면 빙 둘러서 다 붙지요. 이 아래에 붙어 있는 바늘도 떨어지지 않잖아요. 그렇다면 두 개의 자석을 가지고 하나의 바늘을 끌어당겨봅시다. 강한 쪽으로 끌려가서 붙지요. 그런데 중간 어딘가에 잘 놓으면 양쪽 어디에도 끌려가지 않는 순간이 있습니다. 어김없이 사시를 운행하고 만물을 조화시키는 천도의 오묘함을 어찌 이깟 자석 덩이에 비하겠습니까. 우리 인간이 아직 알지 못하는 묘한 작용이 있을 것이외다."

백발 옹이 그렇게 결론을 지었다. 자석의 원리를 들이댄 것은 정말 절묘했다. 우주 생성과 구조에 관해서는 그 정도로 갈무리했다. 그들은 요릿집으로 자리를 옮겨 『산해경』에나 나오는 기이한 동물들의 얘기와 드넓은 중국의 풍습, 남쪽 바닷가에 접한 수많은 나라 얘기로 시간 가는 줄 몰랐다.

황제는 끝내 영실 일행의 관성대 참관을 허락하지 않았다. 진하사 일행이 귀국하기 전날까지 이제나저제나 애타게 기다렸으나 끝내 불가 입장을 고수했다. 그간 단 하루도 빠뜨리지 않고 낮에는 예부와 흠천감 집무실을 방문했고 저녁에는 예부상서의 집과 흠천감정의 집에 찾아갔다. 휴무일에는 종일토록 진을 쳤다.

"그대들의 열성은 가히 하늘을 감동시킬 만하지만 북경의 관성대는 어찌할 수 없소. 아셔야 할 것이 황제께서는 이제껏 그 누구에게도 허락한 예가 없소이다. 이 천문대는 황실 고유의 권한이 미치는 성소 같은 곳이오. 게다가 위에 올라가면 황궁 안이 훤히 보이기 때문에 더더욱 개방이 불가하오. 요구할 걸 요구해야지, 아무리 자비롭기로서니 부처님 머리 좀 밟아보자면 되겠소? 다만 그대들이 남경까지 가는 수고를 마다하지 않는다면 나와 흠천감정은 그쪽 관원들에게 조서를 보내 편의를 봐주도록 하리다."

이것이 예부상서가 제시한 대안이었다. 뜻이 있으면 마침내 길이 열리는 법이었다.

"그렇지 않아도 저희는 애초 남경 관성대를 생각하고 있었습니다. 대인의 후덕하심이 이미 장강을 넘치게 하는 은혜를 이루었습니다. 감사합니다. 정말 감사합니다. 은혜는 백골난망이올시다."

윤사웅은 감사해 마지않았다. 영실은 성큼 큰절을 올렸다.

"허허허, 그리 좋아하시니 덜 미안하구려. 그대들의 열성이 우리 마음을 움직인 것일 뿐 생색낼 만한 덕을 베푼 건 없소. 내가 겪어본 조선 사람은 깊은 속정을 지녔소. 그에 대한 우정이라고 여겨도 좋소. 조선은 작은 나라임에도 불구하고 듣던대로 인물이 많소이다."

예부상서는 조선 사람에게 각별한 정을 느껴본 사람인 듯했다. 모르는 이의 음덕을 영실 일행이 입고 있는 셈이었다. 누군가가 덕을 베풀면 훗날 모르는 사람이 그 덕을 입고 누군가가 몰상식한 짓을 자행하면 아무 때고 엉뚱한 사람이 같은 족속이라는 이유만으로 그 앙화를 대신 받는다. 이러니 세상이 어찌 당장의 이익만을 좇는 곳이던가.

"사실을 말씀드리자면 이 영특한 장영실의 뿌리가 본래 중국 소주랍니다."

기쁜 나머지 윤사웅이 영실의 본향本鄕을 밝혔다. 가문의 말석에조차 낄 수 없는 노비 처지의 영실로서는 전혀 실감 나지 않는 조상이었기 때문에 그리 달갑지 않은 뿌리였다. 이런 자리에서 새삼 밝힐 이유가 없었다. 못마땅했지만 내색할 수는 없었다.

"뭣이? 중국에서 건너간 시조의 함자가 어떻게 되는가?"

예부상서는 각별한 관심을 보였다.

"……."

"송나라 때 금자광록대부로 신경위대장군을 지낸 것으로 알려진 장서蔣壻라는 분의 후예로 알고 있습니다."

영실이 주저하자 윤사웅이 남의 집 족보를 대신 따져주었다.

"오 그렇소. 망명이다 뭐다 해서 조선으로 건너간 중국 인물들이 어디 한둘이오? 내 알기로 조선 성씨의 칠 할이 중국에 뿌리를 두고 있다 하오. 아무리 뿌리가 중국이라도 삼대를 내리 조선에서 살면 조선 사람이지만 그래도 반갑소."

예부상서는 한참 동안 영실을 골똘히 바라보았다.

뜻밖의 행운을 얻은 영실 일행은 동평관으로 돌아와 남경 여행을 준비했다. 윤사웅 이하 천문 유학생들은 귀국하는 진하사 편에 중간 복명서를 올렸다. 그 가운데서 영실의 복명서는 가장 절절하고 비장한 것이었다.

전하!

불충한 천신賤臣 영실은 일월과 같은 전하의 성총을 입고서도 소임을 다하지 못하였기에 엎드려 사죄의 글을 올리나이다. 지금까지 구한 천문 서적들과 흠천감에 비치돼 있는 의기들을 모사한 그림, 정화 원정대 대장이 그린 남천南天(남반구)의 성도를 모사한 그림을 우선 바치나이다. 하오나 관성대는 올라가보지도 못하였나이다. 황성의 동남쪽 모서리 성벽에 맞닿아 있는 관성대는 쉰 자 높이의 방형 벽돌 건물입니다. 아찔한 공중의 관측대에 오르면, 널따란 사각형 옥상이 펼쳐진다 하옵고 수십 명이 올라가 각종 천문 의기로 하늘을 관찰할 수가 있다고 합니다. 예부상서와 흠천감정과 돈독한 관계를 유지하면서 기회를 봐왔지만 황제는 끝내 허락하지 않았습니다. 소신들이 북경 관성대를 볼 수 없다면 남경 관성대라도 올라 성은에 보답하렵니다. 하여 저희는 올해를 여기서 넘기고 세밑에 오게 될 정조사 일행의 귀국길에 묻어서 돌아갈까 하옵니다. 늦어도 꽃 피고 새 우는 춘삼월이면 전하께옵서 그토록 바라시는 일들의 기틀이 마련될 것입니다. 만일 전하의 깊으신 뜻을 받들지 못할 것 같으면 신은 이역에서 떠돌이 귀신이 될지언정 돌아가지 않겠다는 각오로 하루하루를 최선을 다하겠나이다. 부디 강녕하소서. 신은 이른 새벽마다 동녘에 떠오르는 태양을 보며 전하를 그리옵니다.

그해(세종3년) 팔월 중순, 진하사 정탁 등이 무사히 귀국했다. 왕은 상왕과 함께 주연을 베풀었다. 정탁에게서 영실 일행이 올린 복명서를 받아 든 왕은 천문 서적과 천문 의기 모사 그림, 남천성도 등을 자세히 살펴보았다. 남극노인성이 중천에 떠 있는 성도를 보고는 깜짝 놀라워했다.

"셋 다 열의가 대단하여 방일하게 노니는 것을 보지 못하였사옵니다. 전하께옵서 예물을 많이 보내주시어 예부에서 대접이 융숭하였는지라 크게 불편한 것도 없었습니다. 다음에 떠나는 사행 편에 약간의 은자나 물품들을 지원하면 족할 것이옵니다. 저들은 지금쯤 아마 남경에 가 있을 것입니다. 특히 영실은 중국

말을 배우는 데 게을리하지 않아서 통역 없이 혼자서도 곧잘 대화를 했습니다."

정탁의 말을 듣고 왕은 영실의 홀어머니에게 마음이 쓰였다. 아들 하나 바라보고 사는 과부를 무엇으로 위로할까 생각하다가 궁중의 물품을 관장하는 내수사內需司 전수를 불러 쌀섬과 옷감을 영실의 집에 가져다주라 일렀다.

그 무렵 장영실 일행은 대운하를 경유해 장강의 하류에 있는 남경에 가 있었다. 남경은 주원장이 명나라를 세운 곳이었다. 지금의 황제가 북경으로 천도하기 전까지 명나라의 수도였던 남경은 강과 호수가 많아 수려한 옛 도시였고 사통팔달의 교통 요지였다. 아산 장씨의 시조 장서의 고향 소주가 가까웠으나 영실은 본향에 왔다는 느낌이 전혀 없었다.

남경의 성벽은 북경 황성보다 더 웅장하고 컸다. 성곽은 그 둘레가 구십 리나 되었다. 남경의 관성대는 북경의 관성대에 결코 뒤지지 않는 규모와 시설을 갖추고 있었다. 원나라가 멸망한 이후 북경의 관성대에 있던 천문 의기들은 명나라의 첫 수도인 남경으로 옮겨졌다. 그랬다 다시 북경으로 천도할 때는 똑같이 복제하여 북경에 설치되었다. 그러므로 같은 의기가 대부분이었다.

예부상서와 흠천감정의 조서를 가지고 갔기 때문에 관성대 출입은 자유로웠다. 북경 천도 이후 남경 관성대는 지방의 관측소 구실만 하고 있었다. 일행은 남경 관성대를 주야로 출입하면서 천문 의기의 모양을 세밀하게 모사해두었다. 저녁에는 의기를 작동해 관측도 해보았다.

"이상한데요. 이곳 객사는 잡인들이 쉽게 드나드나 봅니다."

정화 원정대가 선박을 건조한 용강 조선소를 둘러보고 온 저녁때, 영실이 짐을 점검하다 말고 의아해했다.

"왜, 뭐라도 없어진 겐가?"

최천구와 윤사웅이 자신들 방은 아무렇지도 않다며 대수롭지 않게 물었다.

"그건 아닌데요. 누군가 짐 꾸러미들을 풀어본 흔적이 있어서요."

영실은 객사의 주인장을 불러 꼬치꼬치 물었다. 주인장은 방마다 시건장치가 잘돼 있어 잡인들이 절대 들어갈 수 없다고 장담했다.

"주인장이 문을 열어주면 가능한 일 아니오?"

"아니, 왜 내가 손님들 방을 잡인들에게 열어주겠소? 물건이 사라지면 변상 책임이 내게 있는데요."

주인장의 반론이 옳았다. 물건이 없어진 것도 아니어서 영실은 그쯤에서 넘겨두기로 했다. 하지만 이후로는 짐 꾸러미를 닫고 그 위에 작은 창호지 자투리를 표 나지 않게 붙여두는 걸 잊지 않았다. 천성이 워낙 철두철미해서 매사에 빈틈이 없었다.

남경에서 또 하나의 소득은 새벽마다 남극노인성을 보는 일이었다. 노인성은 동트기 직전 새벽녘에 정남에서 동쪽으로 약간 비켜선 방위의 지평선에서 크고 밝게 떴다가 동이 트면 져버렸다. 그 노인성을 망연히 바라보고 있자면 은자隱者를 대하는 것만 같아 숙연해졌다. 욕심도 미움도 벗어놓고 자신의 몸을 태우면서 빛을 내는 존재가 노인성이다. 그보다 삼십 도가량 높은 데서는 푸른빛을 발광하며 천랑성이 노인성만큼이나 밝게 떴다. 선입견이겠지만 늑대 눈을 닮았다는 천랑성을 보고 있자면 저 깊은 내면에서 잠자던 욕망이 일어난다. 시퍼런 눈을 번득이며 노려보다가 기회가 닿아 삽시에 낚아챌 수 있는 것이면 무엇이건 손아귀에 넣고 싶어진다. 역사 속에서 기세 찬 인걸들은 거침없이 일을 저질러버렸다. 고구려 고주몽이 그랬고 몽골 칭기즈 칸이 그랬고 주원장과 지금의 중국 황제가 그랬고 조선 태조 이성계가 그랬다. 그들이 저질러버린 일을 하늘이 나중에 인정해 준 것인가. 하늘이 기회를 주었기에 그들이 분연히 떨쳐 일어난 것인가.

새벽 공중으로 바람 건너간다. 경중경중 잘도 건너간다. 지평선 언저리로 아슴아슴 떠올랐다가 자기보다 더 밝은 태양 빛에 자리를 내주고 물러나는 가을 노인성을 뒤로하고 공중의 바람은 아무런 원망도 하지 않고 새벽 햇살을 사방에 뿌리고 다닌다. 그리고 그 바람 속에서 영실 일행의 행적을 하나도 놓치지 않고 지켜보는 눈들이 있었다.

6
—
유리창 확대경

늦가을에 다시 북경으로 돌아온 영실 일행은 곧 겨울을 맞았다. 유리창 고서점 송죽재에서 다시 만난 사람들은 친정 식구처럼 허물없는 사이가 되어 있었다. 서점 주인은 회회력 역서를 구해놓고서 싫지 않은 협상을 걸어왔다. 조선 청심환 한 곽과 맞바꾸자는 거였다. 이 마당에 어디 그것만 줄 수 있겠는가. 저녁까지 걸게 한턱을 냈다.

영실 일행은 그런대로 목적을 달성한 셈이 되었다. 이제는 조선에서 정조사가 입성하는 날을 기다리기만 하면 그만이었다. 처음 얼마 동안은 일행 모두가 유리창과 왕부정 거리를 나다니며 구경하고 토론했다. 저잣거리에서 원숭이를 데리고 환술幻術을 보여주는 약장수에게 홀려 별 소용도 없는 약을 사느라 바가지를 쓰기도 했다. 환술은 정말 신기했다. 분명 아무것도 없었는데 빈 모자에서 비둘기가 나와 날아오르는가 하면 엽전 한 닢으로 끝없이 돈을 만들어냈다.

엄 역관은 그것이 모두 눈속임이라고 했다. 어떻게 하는지는 잘 몰라도 비밀 장치와 재빠른 손놀림으로 사람의 눈을 현혹하는 거라고 했다.

동짓날 자시에 황제가 정양문 남쪽 천단天壇의 원구圓丘에서 제사했다. 예부의 도움으로 먼발치에서나마 참여할 수 있었다.

"사천자신嗣天子臣은 감히 밝게 황천상제皇天上帝께 고합니다. 때는 동지로 육기六氣(음, 양, 바람, 비, 어둠, 밝음)가 시작하기에 공경히 전례를 좇아서 삼가 신료를 거느리고…… 삼가 제사하옵니다."

푸른 종이에 주서로 쓴 축문의 내용이었다. 사천자신은 '하늘의 뜻을 잇는 천자의 신'이라는 황제 자신을 가리키는 말이었다. 오직 천자인 황제만이 원구에서 천제를 올릴 수 있었다. 하지에는 묘시에 방택단方澤壇에서 땅에 제사했다.

섣달 세밑에 정조사가 동평관에 당도했다. 왕은 영실 일행에게 교서를 보내왔다.

삼천 리 밖 이국에서 해를 넘기는 그대들을 심심하게 위로하노라. 황제의 뜻이 완강하시니 무리하게 애쓰다가 자칫 화를 입지 않도록 주의하라. 일에는 적합한 때가 있는 법이거늘 어찌 신중하게 도모하지 않으리오. 하늘이 돕지 않으면 성사가 어렵다는 걸 항상 유념하라. 겨울 갖옷과 갖신,

○

240

은자를 보내니 부족함 없이 적시에 사용토록 하라.


영실 일행은 왕의 교서에 네 번 절하고 눈물을 뿌렸다.

그간 윤사웅과 최천구는 그 어려운 역법을 배우느라 진땀을 뺐고 나머지 시간에는 동평관에서 독서를 하거나 필사하는 것으로 소일했다. 영실은 엄 역관과 함께 혹은 혼자서 송죽재를 드나들었다.

"그대는 훌륭한 장인의 재주를 지녔다. 기물을 제작하는 일은 정밀한 측정이 기본이다. 그래서 오늘은 재미있는 문제 하나를 내보겠다."

남송 효무제 때의 천문대 관리 조충지祖沖之(429~500)의 후손이라는 가가 커다란 종이를 꺼내 들었다. 그것은 동그랗게 오린 큼지막한 오당지였다.

"이 원형의 종이는 지름이 네 자다. 넓이를 계산할 수 있겠는가?"

아주 쉬운 문제였다. 경일주삼徑—周三이라 했으니, 지름이 네 자면 원 둘레는 열두 자가 된다. 반지름은 두 자이므로 3 곱하기 두 자의 제곱이 넓이가 된다.

"열두 자의 자승입니다."

영실이 자신 있게 답변했다. 조가는 가볍게 웃어 보였다. 예상했던 대로라는 의미였다.

"제가 틀렸습니까?"

영실이 거꾸로 되물었다.

"그 계산법은 자그마치 이천사백여 년 전의 것이라네. 얼추 근접한 답이지 정확한 수치가 아니라는 얘길세. 물론 누구도 완전한 값을 낼 수는 없다네."

"네? 저는 『주비산경』이나 『구장산술』에 나오는 고율古率인 3을 적용한 것인데요?"

영실이 근거를 대며 따지고 들었다. 스승에게서 분명 그렇게 배웠다. 조선에서 산술을 할 때는 모두가 그 고율을 적용했다.

"좋다. 그러면 그대가 이 줄자를 가지고 직접 길이를 재보라."

조가는 눈금이 그려진 줄자를 들이밀었다. 종이 원판의 지름은 정확히 네 자였다. 조가는 원판 위에 둘레가 같은 원통을 올려놓아주었다. 빙 둘러서 재기 좋도록 하기 위함이었다. 줄자를 돌렸다. 그런데 열두 자가 넘었다. 반자 이상이나 남은 것이었다. 다시 재보았으나 역시 전과 동일한 길이가 나왔다. 영실의 얼굴이 붉어졌다. 실사구시를 중시해왔거늘 오늘 같은 시도는 단 한 번도 해본 적이 없었다. 그냥 경일주삼이 법칙인 것처럼 믿어 의심치 않았음이다. 정확히 말하면 경일주삼에 남을 여餘 자가 붙어야 옳았던 것이다.

"그럼 그 책들이 틀렸던 거로군요."

영실은 당혹한 표정을 감추지 못하며 주억거렸다.

"아닐세. 틀렸다기보다 정밀하지 못한 것이라고 해야 옳겠지. 우리 집안의 면 선조께서는 이 원판보다 훨씬 큰 다각형을 이용하여 정밀한 값을 구하셨네. 3으로 잡은 고율이 정밀하지 못함을 아시고 7분의 22를 약률約率(대강의 값)로, 113분의 355를 밀률密率(정밀한 값)로 잡으셨네. 밀률을 나눠보게. 3과 1만분의 1,415(3.1415……)로 나온다네. 끝자리가 분명하게 떨어지지 않고 계속 이어지므로 완전한 값은 구할 수가 없지. 최대한 근접한 값을 구하는 것뿐일세."

조가의 말은 털끝도 다시 쪼개고 또 쪼개는 것처럼 정밀했다. 세상에는 고수가 얼마든지 있다. 일반인들은 몽상조차 못하는 일을 이토록 정밀하게 파악한 수학자가 있었다. 그것도 벌써 천 년 전에. 바로 조가의 선조인 조충지였다(그가 간파해낸 이 밀률이 바로 3.141592……로 나가는 원주율 $\pi$ 값이다. 서양은 무려 천 년이 지난 후에야 메티우스(Adriaan Metius, 1527~1607)가 이 값을 얻어냈다).

천문은 수학과 직통한다. 『보천가』나 암송하고 점성술을 말하는 천문학자는 한낱 푸닥거리나 하는 무당과 다름없다. 뛰어난 천문학자는 정밀한 수학자여야 한다. 영실은 아득한 수렁으로 추락하는 자신을 발견했다. 절망적이었다. 튼튼한 기초 위에 실증적이고 체계적인 이론을 좀처럼 쌓아 올리지 못하는 건 유학의 한계이자 영실 같은 장인들의 한계였다.

"낙담할 필요는 없네. 자네 말고도 세상의 대부분 산술학자가 3이라는 고율만 알 것일세. 이제라도 밀률을 알았으니 앞으로 정밀한 의기 제작에 적잖은 도움이 될걸세. 유학자들은 흔히 격물치지를 말하곤 하지. 사물에 나아가 그 이치를 탐구해 마침내 뭇 사물과 내 마음의 온전한 원리나 작용을 전부 깨닫는 활연관통의 경지에 도달한다고. 격물치지가 무슨 도통의 경지라도 되는 것처럼 종교화한단 말이지. 그건 말장난일 뿐일세. 사물을 쪼개고 또 쪼개 들어가 본질을 파악하는 격물格物(과학)은 마음의 원리나 작동과 전혀 다른 것이라네. 우리는 치밀한 격물을 통해 자연과 세계를 분석하고 이해할 수 있네. 그런데 치밀한 격물의 과정을 대충 하거나 생략하고 섣부르게 치지致知에 이를 것을 생각하거든. 그 순간 모든 게 허술해지고 황당해지는 것일세. 사물에 대한 분석과 연구를 자꾸 마음의 문제와 결부시키면 비약을 하게 된단 말이지. 우리 같은 장인들은 먹물들이 하는 것처럼 그렇게 쉽게 격물치지를 말해서는 안 되네. 오직 격물, 또 격물하면서 사물을 정밀하게 연구해야 하네. 거기서 개물開物, 곧 새로운 기물이 발명되어 열리고 그 기물이 세상을 바꾸는 것이네."

조가는 밀률을 찾아낸 천재 조충지의 후예다웠다. 사물에 대한 정밀한 분석과 연구 없이 도통했다고 비약하는 먹물들의 오류를 경계한 대목은 새겨둬야 할 금과옥조였다. 그래야 진정한 장인 정신의 소유자라 할 수 있었다. 새로운 기물의 발명이 세상을 바꾼다는 말도 충격적이었다.

"정밀성을 중시하는 문제 하나를 더 내보겠네. 이미 『장자』「잡편」에 나오는 질문일세. 여기에 한 자 길이의 막대기가 있네. 매일같이 그 절반을 잘라 쓴다면 얼마 후에나 막대기가 다하겠는가?"

조가는 계수나무 막대기를 들어 보이며 문제 같지도 않은 문제를 내었다. 매일같이 절반씩 없어진다면 채 보름도 안 돼 막대기의 형체는 사라져버리고 단무지 조각보다 얇은 나무 조각이 남을 것이었다. 하지만 그렇게 말하면 정답과 거리가 멀었다. 물론 영실이 『장자』를 자세히 읽지 않아서 답을 알지는 못했다. 영실은 원주율에서 나온 밀률을 떠올렸다.

'1만분의 1의 값, 아니 그보다 더 작은 값을 얻어야 한다.'

그랬다. 천문학이 정밀한 수학이어야 하는 것처럼 기하학도 마찬가지였다. 작은 것은 무無에 가깝되 무는 아니어야 하고, 큰 것은 우주 그 자체처럼 무한대여야 한다. 그렇다면 지금 조가가 원하는 답은 뻔했다. 확신에 차지는 않지만 원하는 답은 알 수 있을 것 같았다.

"세세하게 쪼개는 기술만 있다면 끝이 없을 것 같습니다."

영실은 그렇게 말하면서도 자신에게는 그런 기술이 없었기에 마음이 개운치 못했다.

"옳거니! 만세불갈萬世不竭이다. 만년이 지나도 끝내 다하지 않는다. 오직 더 쪼개지 못하는 인간의 무딘 기술을 탓할지언정! 우리는 지금 그런 기술을 갖지 못했지만 먼 훗날에는 분명 눈에 보이지 않는 기氣의 세계 직전까지 쪼갤 수 있는 시대가 올 것일세."

조가는 예언자처럼 단언했다. 순간 영실은 옛 스승 갈처사의 말씀을 떠올렸다.

'옛날 어느 도인은 인간의 힘은 자연의 변화를 제압할 수 있고, 겨울에 천둥을 치게 하고 여름에 얼음을 얼게 할 수 있으며, 죽은 사람을 걷게 하고 마른 나무에 꽃을 피우고 콩 속에 귀신을 가둘 수 있다고 했다. 다 믿을 수는 없지만 불가능한 것도 아니다. 그리고 오늘 불가능하다고 해서 앞으로 영원히 불가능한 일도 아니다.'

스승이 말씀하신 옛날 어느 도인이 바로 관윤자였다. 영실은 그것을 지난봄에 바로 이 송죽재에서 구해 틈틈이 읽었다.

도는 일상생활과 지극히 가깝고 무궁무진하다. 오직 사람의 노력과 재주가 부족하여 그 도를 얻지 못하는 것이다. 격물의 세계는 끝이 없는데 사람들은 쉽게 도통했다고 말하곤 한다. 그런 도통으로는 자기만족일 뿐 세상을 변화시키지 못한다. 세상을 변화시키는 것은 개별적인 도통이 아니라 일상에서 누구나 편리하게 쓸 기물들의 발명에 있다. 무릇 장인이라면 새로운 기물을 만들어낼 줄 알아야 한다. 그런 기물의 발명 없이 자꾸 마음이 어떻고 도통했느니 어땠느니 해대면 제자리걸음만 하게 될 뿐이었다.

영실은 이 유리창이라는 장소가 한없이 부러웠다. 갖가지 기물의 주문 제작이 자유롭게 이뤄지고 있는 이 저잣거리에는 거대한 중국의 유교, 도교, 불교는 물론 제자백가의 다채로운 학설과 실증으로 꿈틀거렸다. 이 유리창 거리는 세상의 모든 원리와 가설과 그것들을 만들어낼 수 있는 재료를 전부 확보하고 있는 것처럼 보였다. 영실은 이 풍부한 물산과 다채로운 사람들이 부러웠다. 가난한 조선과는 비교할 수 없이 거창한 나라가 중국이었다. 그러나 화려한 꽃이나 열매는 가지 끝에서 피고 맺히는 법이었다. 그것이 사상이건 새로운 기물이건 꽃과 열매를 얻을 수 있다면 비록 거대하지 않아도 좋았다.

"조 대인, 그리고 마 대인! 제게는 소원 하나가 있습니다."

영실은 이때를 놓치지 않았다.

"무엇인가? 또 그 얘긴가?"

맞았다. 영실은 잠깐이라도 좋으니 관성대에 올라가볼 기회를 만들어줄 수 없겠느냐고 애원했다. 조선 사절단의 공식적인 요청은 이미 결판났다. 예부상서와 흠천감정에게는 더 매달릴 염치도 없었다. 이제는 비공식적으로 은밀한 수단을 써볼 차례였다. 고위직이 아닌, 실무자와 접촉해 틈을 파고들어야 했다. 돈은 얼마가 들더라도 좋았다. 남은 돈을 다 털어서라도 꼭 관성대에 올라가보고 싶었다. 지구가 둥글다는 사실은 이곳 유리창에서 배워 더 확실해졌다. 지구가 둥글다면 황궁도 황제의 천문대도 세상의 중심일 수가 없는 것이다. 격물가格物家(과학자)로서 그릇된 금기를 깨고 싶었다. 중국과 굴욕적인 사대 외교를 해야 할 수밖에 없는 왕을 대신해서 꼭 올라보고 싶었다. 그것은 일종의 도전 의식이었다.

"젊은 그대의 집념은 무섭기도 하구려. 쇠도 녹여버릴 열정이오."

전직 흠천감 관원이었던 마가는 한번 손을 써보자고 했다. 관측은 상번, 중번, 하번 이렇게 삼교대로 세 명이 당직한다고 했다. 연이 닿는 당직과 문지기가 겹치는 때를 잘 활용하면 불가 능한 일만도 아니란다.

"기회가 오면 귀신도 모르게 잠입해야 하네. 들통 나면 정말 목이 달아나니까 말일세. 무섭지 않은가?"

마가는 손을 펴서 제 목을 치는 시늉을 해 보였다. 목숨이 달 아날 수가 있다는데 왜 무섭지 않겠는가. 게다가 자칫 그토록 간 절한 왕의 대업이 초장부터 어그러질 수도 있었다.

'이 무모한 도전이 목숨과 맞바꿀 만한 것인가?'

영실은 자신에게 물어보았다.

사람은 자신의 영혼이 진정으로 원하는 것에 신명을 걸어야 한다. 집념은 목숨을 지키라고 있는 게 아니라 목숨보다 더 소중 한 꿈에 다가가도록 붙들고 늘어지라고 있는 것이었다. 그렇다 면 답은 이미 나와 있었다.

"마 대인! 우리가 가지고 있는 모든 은자와 인삼을 내놓겠습 니다. 당직과 문지기를 매수합시다. 일이 잘못되어 그들이 관직 을 박탈당한다 해도 너끈히 먹고살 수 있는 재물이오."

영실은 모험을 결행하기로 했다. 윤사웅과 최천구는 영실의 무모한 결정이 내키지 않았으나 말리지는 못했다. 영실의 뜻은 왕의 뜻이기도 했다. 왕은 말했었다. 필요하면 은자를 뇌물로 써서라도 일을 도모하라고.

"다시 말하지만 일이 탈 나면 참수도 각오해야 하네."

"이미 하늘에 내맡겼습니다."

영실은 마가의 눈을 똑바로 보며 입매에 힘을 주었다.

이레가 훌쩍 흘러갔다. 마가는 백방으로 손을 쓰고 있으니 천지신명께 기도나 하면서 기다려보라고 했다. 하지만 남은 시간이 많지 않았다. 정초에 돌아가는 사절단을 따라 귀국길에 올라야 하는 영실이었다. 사흘 뒤, 마가가 동평관에 찾아왔다. 얼굴 표정이 어두웠다.

"그만한 재물이라면 쉽게 매수할 줄 알았네만 도무지 안 먹혀들었다네."

"중국 사람들, 돈이라면 물불 안 가리잖습니까?"

"왜 그러는지 요즘 들어 황제 직속 사찰 기관인 동창 소속 환관들이 부쩍 자주 들이닥치곤 한다네. 일지를 검사하고 관원들을 닦달하는 모양이야."

명나라 환관은 금의위와 더불어 황제의 전폭적인 신임을 받는 최고 권력기관이었다. 영락제가 일으킨 정난靖難이 성공한 데에는 환관의 정확한 정보 제공이 큰 몫을 했다. 이후로 영락제는 그전까지 정치에 참여할 수 없었던 환관들을 중용했다. 사신의 파견이나 군의 지휘권을 환관에게 맡기고 감독하게 했다. 또한 황제 직속 특수 사찰 기관인 동창東廠의 운영권을 맡겼다.

"예부에 정식으로 요청했다 거절당했으니 그들도 알고 있기야 하겠지요."

그렇게 말하면서 영실은 남경 객사에서 짐 꾸러미들을 풀어
본 게 어쩌면 그들일지도 모른다는 생각을 했다. 하지만 이내 아
닐 거라고 의심을 지웠다. 하찮은 영실 일행이 뭐라고 거기까지
동창 소속 환관들이 따라붙었겠는가.

"바람 불 때는 가루 팔러 나가는 게 아니지 않은가. 달포쯤 잠
자코 있다가 시도해보면 어떨까 싶네."

"그때면 귀국길에 올라 있을 겁니다."

영실은 한숨을 쉬었다.

"그럼 이렇게 하면 어떤가?"

"묘책이라도 있으십니까?"

"일단은 귀국길에 오르게. 그랬다가 조선 사신 일행이 요동
도사에 당도하면 거기까지 자네들을 호송하던 중국 반송사가 돌
아오겠지?"

"그렇겠죠."

"그 뒤에 자네 혼자서 길을 돌려 감쪽같이 나를 찾아오게. 그
럼 별 감시를 받지 않고 올라가볼 수 있을지도 모르겠네."

과연 마가의 계책은 절묘했지만 성사는 기약할 수 없었다.

"마 대인! 그렇게까지 마음 써주시니 감동입니다. 다음번에
올 때가 또 있을 테니 그때라도 잘 부탁합니다."

영실은 단념했다. 포기하고 나니, 유학 와서 여태껏 아무것도
한 게 없는 것처럼 허전했다. 마지막 하나가 빠지니 그전까지의

모든 일이 다 의미 없어지는 느낌이었다.

귀국길에 오르는 날을 불과 나흘 앞두고 어둠이 깔리는 유리창 저잣거리를 배회하던 영실은 술청에 들렀다. 그는 왁자지껄한 술청에서 기름진 안주를 시켜놓고 소주를 마셨다. 왕의 두툼한 용안이 어른거렸다. 왕의 각별한 배려가 없었다면 그 많은 돈을 들이고 중국 유학을 올 수 없었다. 그전 동래현 시절, 스승 갈처사와 함께했던 수업 시절과 큰 공을 세우고 돌아오기를 바라시는 홀어머니의 모습도 떠올랐다. 어머니는 새벽마다 정화수를 떠놓고 북두칠성에 빌고 있으리라.

냉정하게 생각하면 이번 유학은 성공적이었다. 회회력 역서를 포함한 천문 관계 서적은 물론 여러 산술책과 남천성도도 확보했고 남경 관성대의 천문 의기들을 세세하게 모사했다. 돌아가서 주물을 떠 만들어내기만 하면 되는 일이었다. 귀인들을 만나 각종 천문 지식과 밀률 같은 정밀한 수학도 배웠다. 정화 원정대의 단원을 만나 세상이 넓다는 것도 배웠고 『산해경』에 등장하는 기이한 동물들이 결코 허상만은 아니라는 것도 알았다.

영실은 취한 상태로 거리를 거닐었다. 쓰레기통을 뒤지던 개들이 어슬렁거리며 길을 비켜주었다. 동평관으로 간다는 것이 그만 자신도 모르게 엉뚱한 데로 향하고 있었다. 얼마 전까지 진을 치다시피 했던 흠천감정 패신의 집 앞에 다다른 영실은 안에서 새어 나오는 희미한 불빛을 망연자실 바라보았다. 패신 감정은 사람 좋은 분이었고 영실을 잘 봐주신 어른이었다. '일월이 영명하고 코가 수려하게 뻗어 내렸으니 오십까지 장장 이십년 동안이나 세상에 부러울 사람이 없을 것'이라고 관상을 보며 축복했었다. 그러나 끝내 관성대만은 보여주지 않았다. 그로서도 어쩔 수 없다는 걸 알면서도 야속했다. 대문을 두드려 뵙고 싶었다. 하지만 아무리 초저녁이고 취중이라고 하나 그럴 수는 없었다. 예고도 없이 불쑥 찾아온 것은 결례였다. 대문 앞에서 머뭇거리다가 이내 발길을 돌렸다.

"누군데 남의 대문 앞에서 어슬렁거리는 거요?"

인기척을 느낀 하인이 나오며 묻는 것이었다. 영실이 돌아서 얼굴을 보이자,

"이 밤에 또 어인 걸음이시오? 꼭지가 비틀어지도록 술까지 마시고서."

어스름에 드러난 얼굴은 일전에 여러 날 동안 지며리 찾아와 농성하다시피 했던 조선인 청년이었다.

"패 대인께 하직 인사를 올리려고 왔다가 결례 같아서 돌아서는 길입니다. 저는 며칠 있다 조선으로 돌아갑니다."

"그렇담 잠깐 기다려보시오."

하인은 도로 들어가더니 이내 나왔다.

"드시라 하오."

하인이 이끈 곳은 작은 사랑채였다. 패신은 책을 보고 있다가 눈을 비비며 영실을 맞아들였다. 아주 피로한 행색이었다.

"자네가 이 밤에 어인 일인가?"

"동평관에 돌아가던 길에 하직 인사나 드리려고 찾아왔습니다. 그간 대인께 너무 큰 은혜를 입었사옵니다."

영실은 절을 올렸다. 진심으로 드리는 경례였다.

"관성대를 보여주지 못해 나도 미안하다네. 하지만 국법이 그러니 어쩌겠나. 자네가 내 자리에 앉았더라도 마찬가지였을 게야."

패신은 영실이 취한 상태로 찾아온 심정을 헤아린다는 어조로 타일렀다. 나이 차가 많아 영실이 자식 같았다.

특이한 약차가 나왔다.

"차를 들게나. 한잔 더 했으면 하겠지만 나는 요즘 눈이 나빠져 술을 삼가고 있다네. 이 차도 눈에 좋다는 결명자와 지구자(헛개나무 열매)를 달인 약물일세. 나는 이제 노안이라 잔글씨로 된 책들은 거의 못 보겠네. 신경이 아프고 눈물이 흘러서 말일세. 젊어서 이 책 저 책 가리지 말고 많이 읽게나. 자네는 큰일을 할 사람이네. 몇 수레의 책을 읽으면 어느 때고 요긴하게 써먹을 수 있다네. 나처럼 나이 들면 읽고 싶어도 눈이 아파서 힘드네."

패신은 영실이 제자라도 되는 것처럼 자상하게 대해주었다. 별을 관측하는 부서의 수장이 눈이 나쁘다는 건 치명적이었다. 물론 일선에서 몸소 별을 보지 않아도 되는 입장이었지만 특별한 친번 현싱이 있을 때는 식섭 봐야 했고 때로는 황제를 안내해야 했다.

"대인께서 보시는 책이 너무 잔글씨로 되어 있군요."

영실은 서안에 펼쳐진 책을 건너다보며 말했다. 대낮이라도 보기 힘든 잔글씨를 저녁에 황촉 아래서 보자면 성한 눈도 아플 것이었다. 더구나 패신은 중늙은이였다. 지난번 연회 자리에서 명주 수건으로 눈을 자주 비벼댔던 광경이 떠올랐다.

"어쩌겠는가? 누가 대신 읽어줄 만한 책도 아니고……."

취기의 도움이었을까? 영실은 불현듯 번갯불처럼 스쳐 지나가는 착상이 있었다.

"패 대인! 내일 오후 무렵에 소인을 한 번 더 만나주십시오. 드릴 게 있습니다."

"그야 뭐가 어려운 일인가? 내일은 마침 휴무일일세. 아무 때고 집으로 오게나."

영실은 뛸 듯이 기뻤다. 그는 머리를 숙여 인사한 다음 무엇에 홀린 사람처럼 허둥지둥 물러 나왔다. 영문을 알 까닭이 없는 패신은 재미있어하는 표정을 지으며 배웅했다.

다음 날 영실은 아침 수저를 놓자마자 유리창으로 달려갔다. 유리 공방을 찾아가 간밤에 그린 그림을 들이밀며 볼록 유리알 제작을 주문했다. 유리의 두께가 다른 여러 개를 만들도록 했는데 성능을 실험하기 위함이었다. 유리 공방에서도 볼록한 제품은 잘 만들지 않는 것이어서 마땅한 거푸집이 없었다. 영실은 손수 석회 반죽을 이용해 두 주먹 크기의 임시 거푸집을 만들었다. 그렇게 만든 거푸집에 유리 용액을 부어 응고시켰다. 만들어진 볼록 유리로 실험해보고 잔글씨나 미세한 사물이 가장 잘 확대

되는 볼록 유리를 선택하여 여러 개를 더 만들었다. 값은 후하게 쳐줬다.

"이렇게 복잡 떨 게 아니라 수정을 깎았으면 더 좋았을걸 그랬소."

별걸 다 만드느라 부산 떨고 돈 들인다며 장인이 두런거렸다.

"이만한 수정이 있었습니까?"

영실은 손바닥 크기의 볼록 유리 제품을 들고서 물었다.

"머리통만 한 수정도 있지요."

유리 공방 장인이 내실 장식장을 가리켰다. 투명한 수정 원석들이 즐비했다. 저 수정 원석을 잘 깎고 갈아 닦았다면 더 좋은 제품을 더 빨리 더 만들었을 거였다.

"저걸 사겠소."

영실은 훗날 요긴하게 쓸 요량으로 아이 머리통만 한 수정 원석을 샀다. 볼록 유리 제품을 사 들고 나온 영실은 이번에는 목공을 찾아갔다. 미리 그려 온 그림을 펼쳐 보이고 볼록 유리를 고정할 나무틀을 주문했다. 손잡이까지 붙여서 사용하기 편리하게 만들었다. 잔글씨 위에 대고 보면 글씨가 크게 보이는 것이 지면에서 떨어지는 거리에 따라 글씨가 커지고 작아졌다.

확대경!

순간적으로 붙인 이름이었다. 영실은 자신이 만들어놓고도 신기해서 뛸 듯이 기뻤다. 이런 기물은 처음 보는 것이었다. 영

○

실의 견문이 좁아서인지 몰라도 이 확대경을 파는 상점은 없었다. 세상은 넓고 유리가 나온 지도 수천 년이나 되었으니 어디에선가 이와 흡사한 기물을 만들어 사용하는 사람이 없다고 단언할 수는 없으리라. 하지만 한 가지 분명한 것은 영실이 유리의 성질을 응용해 또 다른 기물을 만들었다는 사실이었다.

영실이 빠른 걸음으로 짓쳐 간 곳은 말할 것도 없이 패신의 집이었다.

"제가 어제 드리겠다고 한 것이 이 확대경입니다. 잔글씨를 읽으시는 데 요긴히 쓰일 것입니다. 대인께서 눈이 아파 고생하시는 걸 보고 이 확대경을 만들 생각을 하게 되었습니다."

영실은 확대경을 꺼내 들고 서책 위에 대 보였다. 커다란 글씨가 선명하고 비치는 게 아닌가.

"놀랍도다! 정말 자네가 이걸 만들었던 말이지? 어디서 본 적도 없는 이 신기한 물건을?"

패신은 서책 위에 확대경을 들이대며 탄복했다. 유리가 여러 모로 쓰이지만 이런 데까지 생각이 미친 적은 없었다. 예사로운 젊은이가 아니었다.

"내가 사람을 잘 보았어. 자넨 앞날이 크게 열린 큰 재주꾼일세. 고맙네. 너무 고맙네. 자네가 내 눈을 새로 달아준 것이나 다름없어. 그 최천구라는 사람 관상 한번 용하구나. 역시 귀인을 만나 뜻하지 않은 세상을 보게 됐어."

"네?"

"자네 덕분에 새 세상이 열렸네. 개안開眼이 되었단 말일세. 허허허허. 한데 어쩐다? 나는 자네에게 무엇을 해준다지?"

패신은 고마워서 어쩔 줄 몰라 했다. 그러다가 뭔가 생각났다는 듯이 외쳤다.

"옳거니! 난 자네가 뭘 원하는가를 알고 있네. 자네 깊은 눈을 들여다보니 아직도 그걸 간절히 원하고 있구먼."

간절히 염원하고 끝까지 뜻을 놓지 않으면 절묘한 때와 만난다. 확대경이 계기가 되어 그간 꿈쩍도 하지 않던 철벽에 작은 문틈이 열린 것이다.

"관성대에 올려 보내주겠네!"

"예! 정말이십니까?"

"허허허."

"대인의 은혜 백골난망입니다!"

"단, 자네 혼자여야 하고 한밤중 일각에 한하는 것이네."

"그거면 충분합니다, 대인!"

영실은 어려운 줄도 모르고 패신의 손을 잡고 연방 머리를 조아렸다. 눈시울이 붉어지면서 저간 애태웠던 나날들이 마디마디 스치고 지나갔다.

"자네의 본향이 중국 땅 소주랬던가?"

"이백 년 전, 원나라와 고려조의 일로 옛날이야기지요. 전 이제 어엿한 조선 사람입니다."

"아무튼 우리 중국 황실은 의심이 많아, 보이지 않는 감시망이 겹겹이라네. 흠천감 보초병 말고도 황제 직속 금의위가 수시로 주시한다네. 그들의 감시망을 피할 수 있는 때를 노려보세."

영실은 동평관에 남아 있던 장지 열 권을 모두 드리겠다고 약조했다.

"금의위 소속 무인들을 다루자면 한지보다는 인삼이 낫네. 한지는 문사들이 더 환장하지 뭔가."

"알겠습니다. 한지와 인삼을 모두 드릴 테니 어르신께서 적당히 사용하십시오."

"그렇게 올라가고 싶은 건가? 아무튼 고맙네. 한 가지 분명히 약조하게. 만에 하나 발각되기라도 하면 자네 혼자서 야음을 틈타 숨어들어 올라가본 것으로 해야 하네. 번을 서는 관원들에게도 철저히 짜고 입 맞춰두라 일러두겠네."

"여부가 있겠습니까. 전적으로 저 혼자 책임져야지요."


그렇게 해서 올라본 황제의 천문대였다. 그리고 지금은 금의위 조옥에 갇혀 밤을 지새우고 있다. 불기운 하나 없는 조옥은 너무도 추워서 웅크리고 앉았어도 이가 딱딱 부딪칠 지경이었다. 까짓 맹추위가 대수랴. 날이 밝으면 형장의 이슬로 사라지고 말 운명이다. 이후로 조선 조정이 아무리 절절한 자문을 보내 천문 의기 제작법을 요청해도 황제는 좀처럼 마음을 열지 않을 것이다. 온 세상의 바닷길을 누벼도 아무 탈 없는 정화 원정대와 달리, 조선의 초라한 천문 원정대는 고작 여기서 막을 내리는 것

o

인가.

흠천감정 패신의 마음 씀은 더없이 고마웠으나 그의 관상술은 믿을 만한 게 못 됐다. 나이 오십까지 장장 이십 년 동안은 세상 부러울 게 없는 인생이라더니 다 글렀다. 오십은커녕 서른도 못 넘기고 객지에서 비명횡사할 운명이었다. 앞날이 크게 열리기는커녕 금명간 뚝 잘려 나락으로 떨어지게 될 팔자였다.

아침이 되어 정사 최윤덕과 윤사웅, 최천구가 면회를 왔다. 그깟 쌔고 쌘 장인 노비 하나 없어진다고 조선이 어찌 되겠냐며 영실을 숫제 도마뱀 꼬리 취급하던 정사 최윤덕이었지만 곧 죽을 처지가 가련했던지 따끈한 국밥까지 준비해 왔다.

"얼마나 맘고생이 심했으면 하룻밤 새 산송장 다 된 몰골이로구먼. 국밥부터 먹게. 얼어 터진 속이라도 덥히고 봐야지."

영실보다 더 퀭해진 최천구가 채근했다. 윤사웅은 옥 문살을 붙잡고 한숨만 쉬었다. 영실은 뚝딱 국밥을 비웠다. 그러고는 가위를 넣어달라고 부탁했다. 은자 뇌물이 건너가자 형리가 직접 가위를 가지고 왔다. 영실은 가위로 상투를 잘랐다.

"홀어머니께 전해주셔요. 이런 것마저 없다면 너무 허망해하실 것 같군요."

최천구가 잘린 상투를 챙겨 품에 넣었다. 노안에서 닭의똥 같은 눈물이 뚝뚝 떨어졌다.

"그만들 물러서시오!"

별안간 무장한 사형 집행인들이 밀어닥쳤다. 사태가 급물살을 타고 있었다.

"이럴 수는 없네. 이럴 수는 없어. 이역만리 원정길에서 자넬 잃을 수는 없어!"

최천구가 길길이 뛰며 울부짖었다.

사형 집행인들은 옥방에서 영실을 끌어내 손을 포박하고 머리에 검은 자루를 씌웠다. 저승사자의 그림자처럼 보였다. 영실은 이내 검은 장막으로 가린 수레에 태워졌다. 무장한 병사들이 수레 앞뒤로 서자 수레가 움직였다. 한겨울 댓바람에 입김이 자욱한 가운데 수레는 저승길을 향해 사라졌다.

7

면
천

이역만리 타국에서 사형장으로 끌려간 장영실은 체념했다. 이 판국에 누구를 향해 살려달라고 애원하겠는가. 조선 왕은 너무 멀리 있고 여기까지 힘이 미치지 못했다. 중국 내에서도 황제 직속 금의위의 결정을 제지할 권력은 없었다. 각오한 대로 죗값을 달게 받고 형장의 이슬로 사라져야 할 판국이었다.

나는 죽어도 내 간절한 염원은 헛되지 않으리라. 윤사웅, 최천구 어른같이 관록 있는 천문학자들이 조선에 돌아가 왕의 대업을 도우리라. 창업한 지 얼마 되지 않은 나라의 기틀을 제대로 잡기 위해 왕은 기초부터 하나하나 다져가고 있었다. 왕은 창업의 완성을 바랐다. 왕의 꿈은 원대했다. 중국의 속국으로 만족하지 않았다. 중국이 하는 거라면 조선도 능히 할 수 있다고 여겼다. 지금은 어설프지만 작은 나라라고 언제까지 큰 나라의 문물을 받아들이고만 살 수는 없다고 생각했다. 큰 나라를 섬기면서도 얼마든지 더 찬란한 문명과 문화를 꽃피울 수 있다는 거였다. 그 첫 과업이 천문과 역법이었다. 그를 통해 농사 기술이 발달하면 국부가 쌓인다고 봤다. 국부를 바탕으로 의술, 음악, 음운학 등에서 독보적인 성취를 얻고 싶어 했다. 이전의 그 어떤 왕도 꾸어보지 못한 큰 꿈이었다.

'그러자면 장영실, 너 같은 인재가 수십 수백 명은 필요하다. 각 분야에서 손꼽히는 인재들을 끌어모아 청사에 빛나는 대업을 이룰 테니 너는 가까이서 나를 도우며 지켜봐다오.'

주도면밀하고 야심 찬 왕의 옥음이 귓전에 맴돌았다. 그가 대업을 이룩해가는 과정을 더 지켜볼 수 없음이 안타까웠다.

눈밭을 달리는 이 수레가 멈추면 곧 시퍼런 칼날이 내 목을 내리치겠지. 남아의 한목숨이 이렇게 허망하게 먼 타국 땅에서 고즈넉이 떨어지는가. 관노로 태어나 궁궐 내노의 자격으로 유학 왔다. 돌아가 왕을 놀라게 할 만한 공을 세우려 했거늘…….

장영실은 유언이 돼버린 스승의 말씀도 떠올랐다.

'어떤 일이 있더라도 너는 네 마음 안에 자리한 중심자리 별, 북신을 놓치지 말아야 한다.'

생명의 불꽃이 꺼지면 흉중에 빛나던 북극성도 사라지고 말리라.

흔들리던 수레가 우뚝 멈췄다. 숨이 턱 멎는 느낌이었다. 검은 자루에 씌워져 아무것도 보이지 않았지만 양쪽 어깨를 끼고 이끄는 두 사람의 완력은 감지할 수 있었다. 몇 발자국을 걷게 했다. 곧 무릎을 꿇리고 앉히겠지. 그리고 망나니의 칼날이 한 번 허공을 가르면 그걸로 끝이었다. 그런데 무릎을 꿇리는 대신 어딘지 작은 공간에 구기듯 쑤셔 넣는 것이었다. 이내 붕 뜨는 느낌이 들더니 몸이 흔들거렸다. 궤짝 같은 데 담겨 강물 위로라도 버려진 것일까. 하지만 규칙적인 여러 조의 발자국 소리로 미루어 물 위는 아니었다. 그랬다. 분명 들것에 태워져 어디론가 실려 가고 있었다. 형장이 이렇게 멀리 있다는 게 더 괴로웠다.

삐거덕.

커다란 나무 대문이 열리는 소리였다. 어디로 들어가는 것일까. 잠시 후 밖으로 끌려 나왔다. 아까와 달리 부드러운 손길이었다.

"어서 포박을 풀고 복면을 벗겨줘라."

여인의 목소리였다. 복면이 벗겨지자, 귀부인 하나가 유령처럼 나타나 환하게 웃고 서 있었다. 화려한 가채를 얹고 짙게 화장한 귀부인은 언젠가 본 적이 있는 얼굴이었다. 그랬다. 미진! 동래현 시절 소꿉동무 조미진이었다. 그 옆에는 예부상서 여진이 서 있었다.

"오랜만입니다. 기억하시겠습니까?"

"어, 어떻게 미진 낭자가 여기에?"

영실은 무엇에 홀린 기분이었다. 그 옛날 동래현 시절의 소꿉동무 조미진을 여기서 만나다니. 아버지의 뜻에 따라 황제의 공녀가 된 그녀였다. 중국에 살고 있겠거니 했지만 여기서 만날

○

265

줄은 꿈에도 몰랐다.

"얼마 전에 흠천감정이 본 관상처럼 그대는 참으로 운이 좋은 사람이오."

예부상서 여진이 다가와 손을 잡고 안으로 이끌었다. 장영실은 예부상서 여진의 집 안으로 들어서며 어안이 벙벙했다. 사형장으로 끌려가던 자신이 왜 예부상서의 집에 와 있는 것이고 미진 낭자는 또 왜 여기에 와 있는 걸까.

"자, 춥고 시장할 테니 우선 이것부터 들게나. 며칠간 저승 문턱을 배회하느라 얼마나 애를 태웠겠나."

푸짐한 밥상 앞에 앉자, 꼭 저승 문턱에서 사자 밥상을 받고 있는 것 같았다.

"자네 목 안 떨어지고 멀쩡하다네. 맘 편히 요기부터 하시게."

예부상서가 너그럽게 웃으며,

"이 사람은 내 측실이라네. 내가 전에 이르지 않았어? 내가 겪어본 조선 사람은 깊은 속정을 지녔다고 말일세. 허허허허. 이 사람을 두고 한 얘길세."

조미진이 저간의 상황을 조곤조곤 얘기해주었다.

영실이 궁궐로 선상되고 얼마 있다가 동래의 조 상인은 불안한 왜관 무역을 접고 중국으로 진출했다. 공녀로 뽑혀 갔던 조선 여인들을 황제는 대신들에게 내려주었고 미진을 차지한 여진이 외교를 담당하는 예부상서에 오르자, 조 상인은 그 기회를 놓치지 않았던 것이다. 조선의 큰 장사꾼이나 역관들이 중국 고위 관리와 혼사로 끈끈한 관계를 엮는 예는 종종 있는 일이었다. 하지만 조 상인처럼 외동딸을 공녀로 바치는 무지막지한 모험을 통해 중국 고위 관리와 혼맥을 형성한 예는 없었다. 정말 무서운 장사꾼이었다. 덕분에 조 상인은 굳이 사행길을 수행하지 않고도 중국과 조선을 어렵지 않게 오가며 큰돈을 벌고 있다고 했다. 미진은 예부상서를 진심으로 모셨고 그런 그녀에게 예부상서는 각별한 속정을 느끼고 있었다. 예부상서는 조선에서 온 관상감 관원들이 옥에 갇혀 안됐다는 말을 미진 앞에서 꺼냈고 그 가운데 하나가 장영실이라는 걸 알게 되었다. 미진은 유년 시절의 소꿉동무라는 사실을 말하고 영실을 구출하는 데 총력을 쏟았다는 거였다.

"그래도 그 위세 높은 금의위 도독을 부인께서 무슨 수로?"

장영실은 기품 어린 귀부인으로 변모한 미진의 수완에 그저 놀랄 따름이었다. 예부상서 혼자 힘으로는 불가능한 일이었다.

"복잡한 중국 관료 사회에서 믿을 것은 각별한 연줄관계關係(꽌시)뿐이지요. 절대 안 되는 일도 믿을 만한 꽌시를 통하면 풀리지요. 독특한 꽌시 문화를 더 설명하자면 아주 길어집니다. 앞으로 중국에 자주 오실 일이 생길 테니 차차 알아가시지요, 뭐."

미진은 조선말로 그렇게 말하고 곧바로 중국어로 통역했다. 예부상서 여진을 위한 배려였다.

"금의위에게 들키지 않으려고 나름대로 대비를 했었는데 동창 소속 환관의 눈까지는 피하지 못했다네. 설마 그들까지 나설 줄 몰랐네. 어쨌든 자네는 오늘 형장의 이슬로 사라졌네. 지금부터 자네는 사절단에 섞여 온 장사꾼이네. 이름도 가명을 써야 출국할 때, 까다로운 수험을 통과할 수 있어. 가명을 내게 알려주면 조선 귀국 사절단 명부에 올려놓도록 하겠네."

예부상서는 영실 대신 다른 사람이 참수되었다고 알려줬다. 살인죄를 지은 죄수인데 황제의 천문대를 범한 죄목으로 처형당했다는 것이다. 사형수 바꿔치기였다.

상투를 잘라 산발이 된 머리를 단정히 한 뒤, 셋은 긴 이야기를 나누며 후일을 기약했다. 저승 문턱에서 그의 생명을 구해준 조미진과 예부상서의 은혜는 죽을 때까지 잊지 않을 작정이었다. 영실을 수레에 태워 동평관까지 데려다주면서 조미진이 충격적인 물음을 던졌다.

"그거 알아? 조선이나 다른 나라들과 달리 이곳 중국에는 노비 제도가 없다는 거?"

둘만 있을 때는 옛날처럼 반말을 썼다.

"그렇다더군."

"어차피 처형당한 걸로 돼 있는데 꼭 돌아가야겠어? 여기서 자유롭게 활동하며 큰돈과 명예를 얻을 수 있도록 여진 대감과 나, 우리 아버지가 발 벗고 도와줄 수 있어. 한양에 계신 어머니는 우리 아버지가 상단을 통해 얼마든지 모셔 올 수가 있고. 그간 친구가 여기저기 돌아다녀보고 만나보았듯이 이곳은 땅도 드넓고 뛰어난 장인들도 많지. 그 명석한 두뇌와 재주를 지닌 사람이 아직도 노비라니 생각할수록 기가 막혀."

조미진의 말에 영실은 잠시 혼란스러웠다. 노비 제도가 없는 이곳에서 이대로 눌러앉아 살아도 아무런 탈이 없었다. 영실은 머뭇거리다가, 중국 유학 오기 전에 왕이 면천시켜주려고 했던 일과 홀어머니께 내린 어필 내용을 말해줬다.

"……아무리 왕이라도 면천시켜주기가 만만찮을 걸? 조선은 양반들의 나라야. 그들 기득권을 유지하기 위해서라도 위계질서가 무너지는 건 절대 원치 않아. 노비에게 무슨 임금이 있고, 나라가 있담!"

"친구가 그렇게까지 염려해줘서 고맙군. 그러나 스승님께 배운 것도 있고, 나대로 다 생각하는 게 있어."

영실은 맑은 눈빛으로 소꿉동무를 응시했다.

"그 맑은 눈에는 이제 예전에 있던 슬픔도 노여움도 찾아볼 수 없게 됐구나. 주인에게 인정받은 노비답게 말이지."

미진은 도무지 이해할 수 없다는 눈치였다. 부당한 걸 알았다면 이참에 거부해버리고 새로운 길을 가면 되건만 굳이 노비의 굴레를 고집하는 영실이 답답했다. 임금의 총애를 받는 궁궐 내 노비는 다른 사노비들은 물론 평민들도 부러워한다더니 영실은 지금 그 알량한 권력에 길들여져 있는 건지도 몰랐다. 하지만 영실의 생각은 달랐다. 아무리 궁궐 내노라고 하지만 노비는 분명 노비였다. 왜 슬픔과 노여움이 없겠는가. 다만 그 대상이 사라진 것뿐이었고 시간이 기다리는 것뿐이었다. 왕은 알았을 게다. 중국에는 노비제도가 없다는 사실을. 그러면서도 중국말까지 배운 똑똑한 노비를 드넓은 중국 땅에 유학 보내주었다. 능히 도망칠 수도 있건만 왕은 영실을 믿어주었다. 그 믿음을 저버릴 수는 없었다. 그리고 이미 천명을 알았는데 안달할 이유가 없었다.

죽은 줄 알았던 장영실이 동평관에 나타나자, 침울한 가운데 떠날 채비를 하던 일행은 벌집 쑤셔놓은 것처럼 환호했다.

"자넨 벽에 똥칠할 때까지 살겠네. 죽었다 살아나면 명이 길어지거든."

최천구가 누구보다도 더 기뻐하며 농을 쳤다.

"쯧쯧쯧! 노비 주제에 참 분란 한번 요란하게 일으킨다."

정사 최윤덕만은 무엇이 그리 못마땅하던지 혀를 차며 눈을 흘겨 떴다.

"최 정사! 아까 아침에 더운 국밥 한 그릇이라도 먹여 보내자던 그 마음은 또 어디다 내팽개치고 심통이오?"

나이가 위인 윤사웅이 핀잔을 쳤다.

"저자가 보령寶齡이 많지 않으셔서 아직 정사를 잘 모르시는 전하를 감언이설로 꼬드겨 이 먼 중국에까지 건너와서는 뭔 짓을 일삼고 다니는지 원! 그리고 감히 황제의 천문대를 범하고 형장으로 끌려갔던 놈이 무슨 수로 저렇게 멀쩡하게 살아 돌아와요? 난 이해가 잘 안 되오이다."

사신 일행의 안전을 책임져야 할 정사로서 분란을 일으킨 장영실이 못마땅한 건 당연했지만 정도가 심했다.

"아, 예부상서의 조선인 측실 도움을 받았다 하지 않소? 장차 전하께 복명할 때, 큰 허물이 사라져서 기쁘다고 솔직히 털어놓으면 정사 체면이 안 서는 게요? 그리고 영오하신 전하께오서 어디 누구 꼬임에 넘어가실 분이시오? 정사는 무엄한 망발을 삼가시오!"

이번에는 최천구가 나서서 조목조목 짚었다.

"모두 제 불찰입니다. 소인은 이제부터 죽은 목숨이거니 끽소리도 안 하고 있을 테니 노여움 푸소서."

장영실은 최윤덕에게 사죄의 뜻으로 목례를 올렸다.


조선 한양 궁궐에서는 새해 정월 초하루를 경건하게 보내고 있었다. 서운관에서 일식을 예보하고 있었기 때문이다. 왕은 국상을 당할 때처럼 소복을 챙겨 입었다. 예정된 시간에 맞춰 인정전 앞 섬돌 위에 나아가 경건하게 앉아 일식이 되기를 기다렸다. 만조백관도 소복을 입고 조방朝房(대기하는 방)에 모여 일식 때를 기다렸다.

해는 좀처럼 가려지지 않았다. 그러다 예정된 시간보다 일각이나 늦게 일식이 진행되었다. 그것도 해의 전부를 가리는 개기일식이 아니라 한쪽만을 가리는 부분일식이었다. 왕이 해를 향해 섰다. 신하들도 나와 경건한 자세를 취했다. 때맞춰 둥둥둥, 북소리가 장엄하게 울렸다. 그래야만 가려진 해가 본래대로 회

복된다고 여겼던 고대인들의 유습 그대로였다. 북을 치지 않아
도 정해진 시간이 되면 일식은 끝나는 법이었다. 태양과 지구 사
이에 달이 들어가 달그림자가 지구를 가리는 게 일식이었다. 따
라서 시간이 흐르면 굳이 소복을 입고 북소리를 내지 않아도 자
연히 달그림자에서 벗어나게 되어 있었다. 그걸 알면서도 왕과
만조백관은 관습적으로 전해 내려오는 의식을 충실히 따랐다.
관습은 역법에 의한 추보(계산)와 상관없었다. 해가 가려지는 일
은 음기陰氣에 의해 양기陽氣가 쇠미함을 의미했다. 해는 태양太陽
의 정기精氣이고 인군의 상象으로 봤다. 반면에 달은 태음太陰의
정기다. 군주의 도리가 이지러지면 음기가 양기를 타고 오르기
때문에 식蝕이 일어난다고 믿는 일종의 집단 무의식이었다. 그럴
때는 소복을 입고 북소리를 울려 해를 구해줘야만 했다. 꽤 정밀
한 추보가 가능한 시대에도 그런 관습은 버리지 못했다. 정밀한
계산과 심리적인 안정책을 병행한 것이다. 격물, 곧 과학과 미신
을 확실하게 구별하지 않은 중세의 단면이었다.

　얼마 있다가 해는 온전한 모습을 되찾았다. 북소리가 그쳤다.
왕은 섬돌에서 내려와 해를 향하여 네 번 절했다. 의식이 무사히
치러진 것이다.

　이날 왕은 엄동설한에도 아랑곳없이 한데에서 오랜 시간을
떨고 앉아 있어야 했다. 젊어서 바로 고뿔이 들지 않은 게 천만
다행이었다. 신년 하례에도 차질을 빚었다. 일식을 추보하는 서
운관 관원의 셈이 정밀하지 못해서였다.

"일각이 여삼추라고 그 추운 한데서 전하께옵서는 물론 만조 백관이 생고생을 했사옵니다. 이는 추보관원의 잘못입니다. 그는 오직 일식과 월식을 계산하는 것으로 녹봉을 받는 자입니다. 한데 일각이나 틀려서 모두를 추위에 떨게 했으니 산법을 서툴게 구사한 추보 관원 이천봉에게 곤장을 치소서. 명백한 직무 유기이옵니다."

가까이서 모시는 신하들이 당장 죄를 물어야 한다고 입을 모았다. 그들 가운데는 이미 고뿔이 들어 연방 재채기를 해대며 소매로 콧물을 훔쳐내는 이들도 있었다. 괘씸죄였다.

왕은 젊지만 노신들처럼 감정적이지 않았다. 왜 예보가 빗나간 걸까 깊이 생각하던 왕은 차분히 하명했다.

"이천봉을 의금부에 내려 국문부터 하도록 하라."

의금부에서 올린 국문 내용은 간단했다. 이천봉은 그때까지 서운관에서 써오고 있던 원나라의 수시력법에 맞춰 그대로 계산했을 뿐이라고 했다. 자기 혼자만 한 것이 아니라 관원들 여럿이서 추보했단다. 여하튼 일각이나 빠르게 예보하여 전하와 백관을 수고롭게 하였으므로 죄를 달게 받겠다고 했다는 것이었다.

"내가 알기로 이천봉은 산법에 밝은 관원이다. 그가 어찌 계산을 잘못해서였겠는가? 근래에 중국에서 새로 산출한 대통력 통궤법을 제대로 이해하지 못하여 그것을 못 쓰고 원나라 수시력을 써서 그런 것이다. 곧 윤사웅과 최천구, 장영실 일행이 돌아오면 역법 공부를 다시 해야 하리라. 하더라도 나라에 엄연히 법이 있으니 이천봉에게 곤장을 치되 제일 가벼운 것으로 하라."

왕의 일 처리가 이처럼 사리에 맞았다. 허물의 원인을 분명히 캐고 대책을 마련하되, 죄는 가볍게 주도록 했다. 허물을 용서해 주고 죄를 너그럽게 하는 사과유죄赦過宥罪의 철학, 이것이 세종의 형벌에 관한 신념이었다. 『주역』 해괘解卦 상전象傳에 '우레와 비가 일어남이니 군자는 이로써 사과유죄한다'고 했다. 세종은 권좌에 있는 동안 일관되게 이 사유赦宥의 철학을 견지했다.

2월 24일 장영실 일행이 돌아왔다. 정조사 최윤덕과 같이 귀국한 것이다. 영실 일행은 불과 며칠 쉬지도 못하고 어전에 불려갔다. 저간의 사정을 전해 들은 왕은 크게 잔치를 베풀고 죽음을 무릅쓴 노고를 치하했다. 또한 유학 생활을 세세하게 묻고 앞으로의 계획을 치밀하게 짰다. 물론 대외비로 하고 은밀하게 진행했다.

"어제는 일본의 구주총관九州摠管 미나모토 요시도시를 비롯한 일본 관리들이 토산물을 바쳐 왔다. 그들에게 면포를 내렸다. 외교는 사대건 사소건 선린이건 실익이 있어야 한다. 일본에 후하게 함은 왜구들의 약탈을 막기 위함이요, 중국을 잘 섬기는 것은 우리가 얻어내고자 하는 것이 있기 때문이다. 그대들의 이번 중국 유학은 음으로 양으로 많은 소득이 있었다. 이제 그것을 더 극대화해야 한다. 표준시계인 자격루를 설치할 보루각과 자동으로 작동하는 천문시계를 설치할 흠경각의 여러 의기를 중국 것보다 좋게 만들어야 할 것이다. 그리하여 우리의 하늘을 관측하고 고유의 역법을 만들어야 한다. 우선은 세밀하게 자료를 정리하고 기초부터 닦아라. 이에 오늘부터 '양각(보루각과 흠경각) 혼의 성상도감'을 설치하니 그대들은 감독을 잘하고 제대로 만들어 큰 성과가 있도록 하라."

왕은 공조판서 최윤덕에게 전폭적인 지원을 하명했다. 그러면서 영실을 면천시켜줄 때를 저울질하고 있었다. 그같이 영리하고 왕의 뜻을 잘 받드는 자를 노비로 놔둔다는 것은 나라의 손실이었다. 왕은 신중하게 때를 봐가며 저울질해왔다. 작년 중국유학 보내기 전에 면천시켜주려고 시도했다가 실패한 경험이 있어서였다. 그날 일만 생각하면 왕은 섬뜩했다. 대신들은 입만 열면 나라의 체통과 질서, 안위였다. 하지만 모두가 자신들의 기득권을 지키기 위한 방패막이에 지나지 않았다.

"장영실은 본래 부왕께서 뽑아 올려 가까이 두고 쓰시던 것을 전위하면서 내게 주었다. 이제 그를 면천시키고 상의원 종7품 직장直長 벼슬이라도 주고자 한다. 그래야 중국에 유학 가서도 활동이 원활할 듯하다. 경들의 생각은 어떤가?"

왕은 조심스럽게 의견을 물었었다.

"절대 불가하옵니다."

누구랄 것도 없이 모두가 입을 모아 반대했다.

"과거 시험과 무관한 특례라는 것이 있다."

"아뢰옵기 황송하오나 그런 이에게 벼슬을 내리심은 개 발에 주석편자요, 시궁쥐 머리에 사슴뿔 씌우는 격입니다."

"그러하옵니다. 똥강아지 이빨에서 상아를 얻을 수 없습니다. 되레 나라의 체통이 흔들려 부작용만 일어날 것이옵니다."

듣기 거북한 언사들이었다. 한창 나라의 기틀을 잡아가고 있는 이때 그런 예외를 두었다가는 그른 본보기가 된다는 것이었다. 근본이 천한 일개 내노에게 관직을 주었다간 중외中外(나라 안팎)에 큰 동요가 일게 뻔하다는 얘기는 물론, 노비들이 머리가 굵어지면 결국 모반을 일으키게 된다는 참언 수준의 험담까지 등장했다.

벌집을 잘못 건드린 격이었다. 왕은 훗날로 미룰 수밖에 없었다. 하지만 유학 갔다 온 뒤로 더욱 슬퍼 보이는 영실의 눈빛을 마주 대할 자신이 없었다. 중국 유학을 마치고 돌아온 영실은 안목이 확 넓어지고 기예도 더 정밀해졌건만 입고 있는 옷은 너무 초라해 맞지가 않았다. 인재가 밑바닥에서 나뒹구는 건 제대로 된 나라가 아니다. 왕은 이참에 영실의 격에 맞는 의관을 갖춰주고자 했다. 그런데 운이 사나워 5월 10일, 상왕 태종의 죽음으로 일이 또 어긋났다. 제왕의 장례는 장장 오 개월간 국장國葬으로 치러졌다.

왕은 모든 정사를 중단하고 빈전 옆에 마련된 여막에 거처하면서 수시로 찾아가 곡을 했다. 음식도 소찬으로 했고 모든 즐거운 일은 철저히 삼갔다. 대개 이 기간에 옥체가 상하게 마련이었다. 역대 왕이 오래 살지 못한 결정적인 이유가 이처럼 기나긴

장례법에 있었다.

10월 3일 때마침 경복궁 수축이 끝났으므로 경복궁으로 옮겨 정사를 보았다. 국상을 치른 직후여서 아직 모든 것이 어수선했지만 왕은 장영실의 처우부터 개선코자 했다. 이조판서 허조와 병조판서 조말생을 불러들였다.

"내가 친압하는 내노 장영실은 열 가지 백 가지로 내 뜻과 부합되지 않음이 없다. 연전에는 중국 유학을 다녀왔고 지금은 양각 혼의 성상도감에서 불철주야 천문 의기 제작에 구슬땀을 흘리고 있다. 그를 상의원 별좌別坐에 임명하면 어떠하겠느냐? 전에도 이런 뜻이 있었다만 대신들의 반대가 심하여 어쩌지 못했다. 지금은 그때와 다르다. 어찌 생각하는고?"

왕은 보상이라도 하듯 전에 주려 했던 직장 벼슬보다 품계를 몇 단계 올렸다.

"기생의 소생을 상의원에 임용할 수 없사옵니다. 노비에게 말단인 직장도 불가하온데 정5품 별좌라니요? 거두어주소서."

허조는 완강했다. 반면에 조말생은 달랐다.

"장영실의 재주는 군계일학이라 할 수 있사옵니다. 공조판서 최윤덕의 말에 의하면 영실이 없으면 상의원이 제대로 돌아가지 않는다고 합니다. 최윤덕은 전에 영실을 나지리 보다가 그 출중함을 겪어보고 나중에 생각을 바꾼 예에 속합니다. 꼭 필요한 사람이니 면천시켜 쓰는 건 당연합니다. 전하의 뜻대로 하소서."

조말생이 왕이 차마 하지 못한 말을 대신해주었다. 노비를 상의원 별좌로 임명하면 그게 곧 면천이었다.

"유교의 예법에 근본을 중시함은 어제오늘의 일이 아니옵니다. 나라의 기강이 미처 세워지기도 전에 이런 편법을 구사함은 천부당만부당하옵니다."

다시 허조가 나섰다. 관리에게 직분을 주는 일에 관계하는 이조판서다운 논리였다. 왕은 이조판서의 완강한 반대에 부딪히자 난감했다. 대신들의 반발을 무릅쓰고 밀어붙였다가는 영실이 두고두고 견제를 받아 곤란할 게 뻔했다.

아직도 때가 아닌가. 지금 저이의 심정은 어떨꼬.

영실을 대하는 왕은 가슴이 미어터졌다. 더 나은 의기 제작을 위해 몰두하고 있는 영실을 왕은 자주 부를 수가 없었다. 불러서 마주 대할 염치가 없었다.

이듬해 봄, 경복궁 근정전 뜰에서 치러진 과거 시험 문제로 '천문과 인사의 관계'를 냈다. 그 책문策問에 왕의 관심사가 그대로 반영돼 있었다. 과거 시험을 치르고 왕은 영의정 유정현을 불러 독대했다.

"영상은 잘 들으시오. 나에게 오래 묵은 고민 하나가 있소. 아무리 궁구해봐도 나를 도와줄 사람은 영상밖에 없는 것 같소이다. 노련하신 영상께서 부디 묘책을 내주시오."

젊은 왕의 옥음은 늙은 영상의 흉중에 간절하게 파고들었다.

"전하, 무슨 일이시옵니까? 신이 팔 걷어붙이고 돕겠나이다."

"영실에 관한 일이오. 과인이 그를 크게 쓸 요량인데, 대신들의 반대가 너무 심해 어떻게 도모할 방법이 없소이다. 영상께서도 전에 극구 반대하지 않았소이까? 영실은 나이 서른에 장가도 들지 않고 홀어머니를 모시며 살고 있소. 내 뜻을 고스란히 받드는 그의 공은 다른 어느 신하가 대신할 수 있으리오. 그가 천출이라 하나 꼭 그렇지가 않소이다. 그의 부친은 전조의 장성휘 전 법판서이니 부계로 따지면 명문거족 출신이오."

왕은 사뭇 애원조였다. 탈상하고 얼마 지나지 않아 왕의 용안은 많이 상해 있었다. 그런 전하를 대하는 영의정 유정현의 마음이 편할 까닭이 없었다. 유정현은 견마지로를 다하고 싶어졌다.

"전하, 너무 심려 마소서. 그전과 지금은 상황이 다르옵니다. 중국에 유학도 다녀왔고 지금은 전하의 뜻을 받들어 성상도감에서 천문 의기를 제작하고 있질 않습니까. 윤사웅과 최천구는 부사직을 겸하고 있고 실질적인 감조는 장영실이 하고 있다고 들었습니다. 장인들을 거느리고 감독하는 입장에서 영이 서게 하려면 마땅히 면천시키고 벼슬을 줘야 합니다."

영의정의 말은 이치에 합당했다.

"고맙소. 완강하던 영상의 생각이 그처럼 바뀌었으니 희망이 보이는구려. 대제학 변계량, 병조판서 조말생, 공조판서 최윤덕, 참찬 황희 등은 과인의 뜻에 찬성했으나, 좌의정 이정, 우의정 정탁, 이조판서 허조와 찬성사 맹사성 등은 아직도 전혀 씨알이 먹히지 않소. 과인은 그들을 설득시킬 엄두가 나지 않는구려."

왕은 두 손으로 지친 용안을 연거푸 문질렀다.

"전하께옵서 이토록 근심이 깊으신 줄은 몰랐사옵니다. 신이 대신들을 일일이 찾아다니며 이해시키겠나이다. 신이 나이가 들어 내년이면 고희古稀인데 전하를 위해서라면 아낄 것이 무에 있겠나이까. 태종이 승하하시고 이제 전하의 세상이온데 그쯤의 일을 주저하시게 함은 신하 된 도리가 아니옵니다. 며칠만 말미를 주시면 전하의 근심을 말끔히 씻어드리겠나이다."

간절한 말은 사람을 움직인다. 지략이 뛰어난 왕은 더 이상 자신이 직접 나서는 것을 피하고, 만조백관의 수반인 영의정을 움직여 일을 도모하기로 한 것이다. 영의정 유정현은 좌상과 우상을 기생집에 초대해놓고 왕이 그랬던 것처럼 땅이 꺼져라 한숨을 쉬었다. 동정을 사려고 부러 노회한 수를 쓴 것이다.

"영상 대감, 세상 고민은 다 짊어지신 행색이구려."

"무슨 일이오이까?"

"내가 죄가 많은 사람이외다. 영상 자리에 앉아서도 주상 전하를 제대로 보필하지 못하고 있으니 밥맛을 잃었습니다."

유정현의 노안에 그늘이 깊었다.

"왜 그러시오? 말씀을 해보시오."

"내가 살면 얼마나 더 살겠소이까. 죽기 전에 전하의 뜻이나 받들고 죽었으면……. 두 정승이 나 좀 도와주구려."

"참으로 답답하오. 말씀을 해보시오."

그제야 유정현은 속내를 털어놓았다. 그런데 두 정승은 싱겁기 짝이 없다는 반응이었다.

"주상 전하나 영상 대감이나 참으로 무던하시오. 뭐 그깟 천 것 하나 때문에 그리 마음을 쓰신단 말이오? 솜씨는 그럭저럭 있는 장인이니 섭섭지 않게 적당히 상금이나 내리면서 일을 부려 먹으면 그만이지 왜 국법에도 없는 면천을 들먹이고 벼슬을 운운하는 게요? 상민의 신분이나 되고 잡과에 합격한 것도 아닌데 대신들이 그토록 반대하는 일을 왜 굳이 무릅쓰고 하려는 게요? 내탕을 관리하는 상의원 별좌 정5품이 어디 그렇게 쉬이 얻어지는 벼슬입니까?"

"제 말씀이 그 말씀이오. 전하께서 자꾸 일을 벌이시는 걸 즐기시는데 다 부질없는 일입니다. 그 천한 것을 중국까지 보내서 공부시켜봤댔자 별수 없어요. 형편을 보고 모사를 해야지 동해 한쪽 귀퉁이에서 백성들 세끼 밥도 겨우 해결할까 말까인 나라에서 무슨 거창한 일을 그리도 벌이시는지……. 영상께서도 잘 아시겠지만 그런다고 될 일이 아닙니다. 뱁새가 황새 따라가려다가 가랑이만 찢어진다고 괜히 긁어 부스럼만 남깁니다."

좌의정 이원과 우의정 정탁이 원론을 고집했다. 그들의 논조가 틀린 건 아니었다. 영의정 유정현도 예전에 그런 이유로 반대했던 바였다. 그러나 전하의 뜻이 그토록 간절한데 영의정으로서 어심을 불편하게 하는 건 도리가 아니었다.

"두 정승께서 말귀를 너무 못 알아듣는구려. 내가 그걸 몰라서 이런 부탁을 하는 게요? 그냥 전하의 뜻대로 하시게 묵인해줍시다. 몇몇 기물만 만들고 나면 얼마 못 가 잿불처럼 시부저기 잦아들 미천한 쟁이에 불과하오. 그리 경계할 위인이 못 된다는 말씀이오."

"아, 누가 그 작자가 두려워서 이러는 겁니까? 그릇된 전례를 남길까 봐 그러는 것 아닙니까?"

좌의정 이원이 성화를 냈다.

"조선은 유학을 숭상하는 나라요. 중국을 사대하고 경학을 밝혀 천리를 실현하는 것이 과업입니다. 그깟 잡직 나부랭이들이나 하는 기술로 새로운 세상을 열어보겠다고 해서 열릴 새 세상도 아니거니와 도리가 실현될 리 만무하지요."

우의정 정탁도 미간을 좁혔다.

"그러니까 묵인해주자는 것 아니오?"

"어리석으면서 스스로 높은 자리에 등용되기를 좋아하고, 천하면서 자기 마음대로 하기를 좋아하는 자는 재앙이 그 몸에 미친다 했지 않소이까?"

이원이 『중용』 장구를 인용해 장영실을 조롱했다.

"장영실이 도모한 것이 아니지 않소? 전하의 성회聖懷가 그러하오."

영의정 유정현이 임금의 속마음임을 강조했다.

"하면 영상 대감께서도 속내는 그자가 등용되기를 원치 않는다는 말씀이시지요?"

이원이 영상의 속내를 확인하고자 했다.

"뭐 탐탁하기야 하겠소? 여하튼 그리 오래 가지 않을 위인이니 걱정할 건 없을 것이오."

"좋소. 괜한 법석이오만 영상을 생각해서 이번 한 번만 눈을 감아주십시다. 이런 일이 자주 있는 일도 아니고 국체가 흔들리기야 하겠소이까?"

노 재상의 처지를 생각하고는 이원이 못 이기는 척 방향을 돌렸다.

"모르겠소이다. 알아서들 하시구려. 난 굿이나 보고 떡이나 얻어먹으리다."

"고맙소이다, 두 분 대감."

흔쾌한 내락은 아니었지만 묵인하겠다는 뜻이어서 영의정 유정현은 술맛이 났다. 그는 모처럼 거나하게 취했다.

다음 차례는 허조와 맹사성이었다. 예상했던 것처럼 대쪽같이 빳빳하게 나왔다. 하지만 이미 삼정승이 중지를 모았다면 어쩌겠느냐는 거였다.

"허허, 그 알량한 놈이 새우 그물로 잉어를 건져 올렸습니다그려."

"두고 보시오. 그자는 얼마 못 가 제풀에 나가떨어질 게요. 그자가 잔꾀에 밝고 행동이 약삭빨라서 글만 읽은 우리 주상 전하를 홀려놨는데 제 발등 제가 찍을 날이 반드시 올 것이오. 조선이 그리 호락호락한 나라가 아닙니다. 반상과 귀천이 분명하고 과거제도나 강상의 질서가 엄연한데 물을 거꾸로 대서 버텨낼 수 있겠소이까? 얼마 못 버티고 나자빠질 날이 올 겝니다. 자격

없는 사람이 높은 자리에 오르는 것을 즐긴다면 크게 어리석은 짓이오. 제 무덤을 제가 파는 격이지요."

애초 거절함만 못한 노릇이었다. 다락에 올려놓고 사다리 치우는 것과 같았다. 아니 숫제 저주를 퍼붓는 거나 마찬가지였다. 대신들이 이러는 것을 뭐라 할 수는 없었다. 이들에게도 나름의 논리가 있었다.

왕은 당장 영실의 집에 사람을 보냈다. 미리 준비한 관복을 전달하기 위해서였다. 본래 관복은 개인적으로 지어 입어야 했으나 왕은 영실의 처지를 배려해 상의원에 명하여 관복을 짓게 했던 것이다. 내관은 궁녀 한여운에게 관복을 들려 영실의 집을 찾았다. 한여운은 궁궐의 음악에 관한 일을 맡아 보는 종9품 주변궁秦變宮으로 단아한 열아홉 색시였다.

"장영실은 내일 아침 이 조복을 갖춰 입고 입궐하라!"

저녁 무렵 영실의 오두막에 들이닥친 내관이 전하는 낭보였다. 영실의 집에서는 한바탕 난리가 났다. 어머니 자향은 영실을 부둥켜안고 펑펑 눈물을 뿌리며 한 타령을 했다. 하지만 영실은 의연하게 관복을 차려입고 대궐 쪽을 향해 사배를 올렸다.

"관복이 참 잘 어울리십니다. 저는 이런 날을 위해 기도해왔습니다."

한여운의 볼에 홍조가 번졌다. 한여운과 내관이 돌아가자, 영실은 조용히 집을 나서서 봉수대가 있는 남산에 올랐다. 왕이 계신 궁궐과 도성 안이 한눈에 들어왔다. 젊은 왕의 후덕한 용안이 어른거렸다. 솔숲 바람이 불었다. 눈을 감고 두 팔을 벌려 심호흡을 했다. 후두두두! 축축한 게 쏟아졌다. 시원한 봄비였다. 영실은 온몸으로 그 비를 받아들였다. 가슴에 쌓였던 진금과 회한이 시나브로 풀어져 빠져나오는 느낌이었다. 빗물로 씻은 온 세상 풍광은 조물주가 새로 빚어놓은 것처럼 새뜻했다.

다음 날 아침 승지의 인도로 탑전 가까이에 올라 엎드렸다.

"장인 장영실을 상의원 별과에 임명하노라. 영실은 성상도감의 감조에 만전을 기하여 이 나라의 새 하늘을 여는 데 차질이 없도록 하라."

직첩을 받아든 영실은 사은숙배謝恩肅拜했다. 정성스레 몸을 굽혀 임금께 네 번 감사의 절을 올렸다. 왕비와 세자에게도 절을 올렸다.

영실이 새롭게 태어난 날, 그 감격을 왕은 유례없는 대우로 함께하고자 했다. 가회방嘉會坊(가회동)의 완만하게 흘러내린 산자락 아래 잘 지어진 집을 하사한 것이다.

"집 뒤로 작은 구릉이 있다고 들었다. 그 터에다 대를 지어도 좋고 공방을 만들어도 좋으리라. 구사丘史(종복)도 넷을 내리니 입궐하지 않는 날에도 집에서 그들 무리와 함께 훌륭한 의기들을 제작하도록 힘써라."

왕이 내탕을 열어 하사하는 집과 구사라 신하들은 그저 부러워할 뿐이었다.

영실과 자항은 새집으로 이사하기 전에 청계천변 집에서 떡 벌어지게 잔치를 했다. 소문은 젖은 창호지에 먹물 번지듯 하여 시장 사람들이 선물 꾸러미를 들고 밀려들었다.

"관옥冠玉의 얼굴에 두목지杜牧之의 풍채로다! 잘났다, 잘났어!"

"사람이 잘나면 이렇게 벼락출세도 하는구려."

"노비가 단번에 수령보다 높아졌소. 우리 같은 시장판 엽전 인생도 희망이 보이는 듯하네. 내 일처럼 반갑고 고맙구먼."

저마다 초를 쳐대느라 왁자지껄했다. 영실 모자는 그런 생각을 해보지 않았지만 수령은 종5품이었고 별좌는 정5품으로 한 품계가 높은 것이 사실이었다. 동래 관노 장영실이 동래 관아 수령보다 높은 관리가 된 것이다.

좁아터진 오막살이여서 청계천변과 접한 고샅 공터에 차일이 쳐졌다. 삶은 소머리가 나오고 막걸리 잔치판이 벌어졌다. 시장 걸립패들은 사물을 들고 와 동네가 떠나가라고 풍물을 울렸다. 시장통에서 정5품 벼슬아치가 나온 것은 동네가 생기고 처음 있는 일이라 했다.

그날 밤 잔치가 파한 후 영실은 동래 관노 시절에 그려 지니고 있던 자화상을 꺼내 한참을 들여다보았다. 지금과 많이 다른 청년의 얼굴이었다. 그는 좁은 마당에 나와 그 자화상에 촛불을 붙였다.

그 옛날, 고라니의 눈이 탔다. 너무 처연해서 분노할 여력도 없었던 슬픈 노비의 얼굴이 탔다. 야윈 볼이 타고 마침내 작은 자투리면 손끝에 남았을 때, 공중에 훨훨 날려 보내주었다. 미처 버릴 수도, 죽어버릴 수도 없었던 서른 해의 한이 검은 재로 변해 하늘로 올라가고 있었다.

휘이! 휘이!
날아라, 하늘 높이 날아라.
짐승의 나날이여, 속박의 나날이여.
하늘 높이 날아올라 별이라도 되어라.
잘 가라!
노비여, 기생의 아들 노비여.
으어이 끄어이 울며 잘 가거라.
지금 이 순간 불로 정화하고 눈물로 씻었나니
짐승의 탈일랑 벗고 사람의 속 알맹일랑 남거라.

자화상을 소지로 올린 장영실은 하염없이 울고 서 있었다. 그 광경을 어머니 자향이 방 안에서 문틈으로 지켜보았다. 그가 방 안으로 들어왔을 때, 그토록 이글거리던 두 눈은 거짓말처럼 온유하게 변해 있었다.

다음 날 장영실 모자는 가회방 저택으로 이사했다. 근처의 맹사성이나 이천 형님 집, 인왕산 밑 최해산 대호군의 집에 비해 결코 손색이 없었다. 남향받이로 양광했고 지대가 높아 사방이 탁 트였으므로 하늘이건 땅이건 조망이 용이했다. 게다가 후원

○

에 구릉까지 있어 금상첨화였다.

왕의 선물은 거기서 그치지 않았다.

"장 별좌도 이젠 혼인을 해야 하지 않겠는가?"

왕은 영실과 독대하자마자 물었다. 영실은 당혹스러운 기색이 역력했다.

"내가 전부터 봐온 참한 색시가 하나 있다네. 양인 출신으로 네 살 때 입궁해서 곱게 자란 한여운 주변궁 어떤가?"

궁궐에는 수백 명의 궁녀가 살고 있었다. 궁녀는 왕가의 시중을 들면서 한평생을 구중궁궐 안에서 보내는 왕의 여자였다. 자라면 내명부의 직첩을 받았고 간혹 승은을 입는 수도 있었지만 대개는 쓸쓸히 늙어 죽어갔다. 궁녀들이 늙어서 머리 깎고 들어가는 절이 창경궁 서쪽의 왕실 여성 사원 정업원定業院이었다.

"……."

"왜 말이 없소? 장 별좌 성에 안 차는 게요?"

면천 후 왕은 장영실에 대한 어투를 바꿨다. 장영실을 그만큼 대접하겠다는 뜻이었다. 영실이 어찌 한여운 같은 여인이 성에 안 차서 머뭇거리겠는가. 감히 넘보지 못할 왕의 여자였다. 넙죽 절하며 감사해야 할 판이었다. 영실이 면천되는 날을 기도해왔다는 그녀였다. 궁내에서 출입이 자유로웠던 내노로서 영실은 그녀와 자주 마주쳐왔고 그때마다 얼굴을 붉히던 모습이 익숙했다.

"한여운 주변궁이라면 과분하지요. 다만 아뢰옵기 황공하오나 천신은 일찍이 혼례 같은 건 올리지 않겠다고 다잡아온 지 오래이옵니다. 모친이나 잘 모시면서 장인의 삶을 충실히 살겠나이다."

영실은 머리를 바닥에 박으며 조아렸다. 감히 어느 명이라고 거절한단 말인가.

"천하 고금에 변함없는 다섯 가지 도리가 오달도五達道 아니겠는가. 나라의 근간일진데 혼사를 하지 않으면 부자유친도 부부유별도 알지 못하네."

"불충한 신을 용서하옵소서. 노비로 살아오면서 매일같이 결심한 바입니다. 천신의 마음이 내킬 때 전하께 주청하겠나이다."

영실은 마룻바닥에 머리를 문지르다시피 했다. 이마가 까져 피가 비쳤다. 비천한 피를 절대로 대물림하지 않겠노라고 어금니를 앙다물며 살아왔다. 잘라야 했다. 피의 질긴 줄기를 그만 잘라버려야 했다.

왕은 다가와 넓은 품을 열어 영실을 감싸 안으며 등을 다독였다. 영실의 그 마음을 다 안다는 듯 부드러운 손길이었다. 왕은 어수로 영실의 이마에 맺힌 피를 닦아주었다.

"이 피는 더 이상 비천한 피가 아닐세. 귀한 피지, 암, 참으로 귀한 피고말고."

하늘 같은 성은이었다.

이 큰 은혜를 사사로이 쓰고 말아서는 안 된다. 가정을 꾸리고 복록을 누리는 것으로 그쳐서는 안 된다. 그것은 여느 관리들이 모두 도모하는 일로, 그걸 따라 하는 건 나답지 못한 짓이다. 나는 이 은혜를 온 세상 사람들에게 돌려줘야 한다. 그전에 이 걸출한 왕을 목숨 바쳐 도우리라. 남아로 태어나 자신을 알아주는 이를 위해 한 생을 불태우는 것처럼 행복한 일도 없다. 젊은 왕은 백락이고 나는 천리마다. 천리마는 백락을 위해 피땀을 흘리면서 달려줘야 한다.

영실은 상의원 동료들에게 잔치를 베풀었다. 이른바 처음 벼슬에 나가는 초입사初入仕의 신참 신고식이었다. 오래 몸담아왔던 곳이지만 노비의 신분으로였지 벼슬아치로는 신참이었다. 처음부터 정5품 높은 벼슬을 받았음에 상관이 첨정僉正과 정正뿐이어서 침학侵虐(모질고 포학하게 행동)하며 길들이는 행사는 생략되었다. 다만 통과의례로 짓궂은 술 세례와 여러 잡희를 하면서 신참 딱지 떼기를 했다.

"그래도 장가를 들어야 어른이지. 한여운 같은 미인의 애만 태우게 만드는 장 별좌는 나쁜 남자야."

첨정이 바가지 가득 술을 쏟아 장영실에게 억지로 퍼 먹이며 골탕을 먹였다.

"하도 눈이 높아서 아마 공주를 준다 해도 탐탁찮게 여길걸요."

"예끼! 그런 참람한 말은 삼가게. 전하께서 아무리 장 별좌를 아끼신다지만 엄연히 근본이 다른데 설마 부마로야 삼겠는가. 게다가 정소 공주는 이제 불과 열 살이시고 정의 공주는 일곱 살이야."

참정은 상의원 직장의 농이 지나치다고 나무랐다. 시시콜콜 나무라는 말이 더 참람하게 들렸다.

"무엄하오. 할 농이 있고 못할 농이 있거늘! 여러분들이 이러시는 건 대신들의 그 갖은 핍박을 견뎌내고 어렵사리 이 자리까지 올라온 절 죽이는 짓이오. 나는 오늘 아무런 말도 들은 바가 없소."

장영실은 너무도 황망하여 신참 딱지 떼기 자리를 박차고 나왔다.

8

―

사
마
르
칸
트

경복궁 경회루 후원 모퉁이에서는 은밀한 과업이 진행되고 있었다. 왕 직속 양각 혼의도감에서 하는 일은 일부 대신들 외에는 누구도 알지 못했다. 대외적으로도 철저히 비밀에 부쳐졌다.

장영실은 장인 십여 명을 데리고 천문 의기 제작에 매달렸다. 먼저 나무를 깎아 일차적으로 모형을 만들어보았다. 그다음에 주물을 이용해 합금으로 제작했다. 중국 관성대의 천문 의기들을 세밀하게 모사해 왔다지만 모양만 흉내 내는 것이 아니고 제 기능이 작동하게끔 해야 했으므로 쉽지가 않은 일이었다. 장영실은 공정마다 기초가 얼마나 중요한 것인가를 새삼 깨달았다. 하나의 부품을 만드는 일은 쉬웠다. 그러나 그 부품이 다른 부품과 어우러져 톱니바퀴가 서로 맞물려 돌아가도록 하는 일은 결코 쉽지가 않았다. 게다가 부품이 한둘이 아니고 여럿이었다. 그것들을 한 치 오차 없이 조합해 작동시켜만 했다. 정교한 물림이 필수적이었다. 그게 어디 쉬운 기술인가. 아무도 그런 기술을 가진 장인이 없었기 때문에 일일이 만들기를 반복해야 했다. 수도 없는 시행착오가 있었다.

어렵사리 주물을 만들어 구리를 녹여 부었다. 시우쇠는 조직이 거칠어 이런 기계를 만드는 데는 부적합했다. 그렇다고 칼을 만들 때처럼 접쇠를 해 재질을 강화할 수도 없는 노릇이었다. 홈과 돌출 부위가 많고 원형을 띤 부품들이어서 접쇠 자체가 불가능했다. 구리는 강도가 약했지만 달리 방법이 없었다.

가장 간단한 천문 의기인 소간의가 제작되었다. 번듯한 천문대가 세워지기 전에 어디나 들고 옮겨 다니며 관측할 수 있는 의기였다. 그런데 시험 작동 과정에서 문제가 발견되었다. 둥근 원형 부품 가운데 하나인 삼진의가 뒤틀려 움직임을 방해했다. 그뿐만 아니라 톱니바퀴 부분이 빡빡하게 맞물려서 작동하는 데 진을 뺐다. 불에 녹여 다시 만들어야 했다.

장영실은 몸소 주물을 만들었다. 휘하의 장인들은 날이 저물기도 전에 퇴궐했지만 자신은 며칠째, 퇴궐도 하지 못하고 공방 화덕 한쪽에서 새우잠을 자오고 있었다. 며칠 더 매달려보고 그래도 안 되면 전하께 주청을 해야겠다고 생각했다.

얼마 전, 조 상인의 상단을 통해 조미진이 서찰을 보내왔었다.

장 공의 면천 소식 반가이 들었습니다. 감축 드립니다. 장 공께서 그토록 만나보고 싶어 하셨던 정화원정대가 돌아왔습니다. 예부상서 어르신은 얼마 전, 현직에서 물러났지만 정화 제독과 인연이 각별해 만남을 주선하는 일은 어렵지 않습니다. 또 한 가지 반가운 소식은 원나라 때, 천문 의기를 만들었던 곽수경의 후예에게 공의 얘기를 전했더니 꼭 함께할 사업이 있다고 합니다. 빠른 시일 안에 내방하기를 바랍니다.

장영실은 전하께 그 서찰을 바로 보일까 하다가 아직은 지니고만 있었다. 왕에게 보이는 것은 중국에 다시 유학 보내달라는 얘기나 마찬가지였다. 요즘 같아서는 왕이 그를 그렇게 오랫동안 놓아줄 리가 없었다.

그날 왕은 젊은 학자들이 모여 공부하는 집현전부터 찾았다. 막 저녁밥을 먹고 있었다.

"음식은 입에 맞느냐?"

"소신들이 받잡기에는 너무 과분하옵니다."

밥 먹던 학자들이 황망히 일어서며 임금을 맞았다.

"아니다. 그냥 편히 앉아서들 먹거라. 많이 먹고 아무 걱정 말고 그대들은 학문에만 전념하라. 서중자유천종록書中自有千鍾綠이라 했다. 책 속에 녹봉은 물론 음식도 십도 미인도 다 들었다. 눈에 불을 켜고 공부하라. 학문 연마가 굶주린 백성을 살린다."

왕은 집현전 학자들을 새벽에 입궐시켰고 밤늦게 퇴궐하도록 했으므로 아침, 점심, 저녁을 모두 궁에서 해결했다. 대객환관이 나서서 학자들을 챙겼다.

"공부하고 연구하는 데 애로들은 없느냐?"

"판내시부사와 노비들이 만수받이를 다 들어주기에 아무런 불편을 못 느끼고 있사옵니다. 만사가 두루 성은이옵니다."

학자들이 입을 모았다. 판내시부사는 전하가 특별히 집현전 학자들을 돌보라고 소임을 맡긴 접대 담당 환관이었다. 대객환관이라고도 불리는 판내시부사는 궁내의 빈객 접대를 맡았다. 그러니까 집현전 학자들은 일반 관료가 아니라 전하가 궁궐에 초대한 빈객 대접을 받는 셈이었다.

"나는 평소 경전을 체體로 삼고 역사서를 용用으로 삼아야 한다고 믿어왔다. 체와 용은 원리와 응용이라고 보아도 좋을 것이다. 독서를 골고루 다방면에 걸쳐 하도록 하라. 그래야 실생활에 활용할 수가 있다. 『성리대전』에는 이기理氣와 채용體用에 관한 의론이 정밀하게 나온다만 역시 내용이 어려워 그 의미를 파악하기가 쉽지 않다. 그대들은 경전만 읽지 말고 『성리대전』을 봐서 장횡거와 소강절, 정자, 주자 등의 의론을 명확히 이해하고 정학의 논리를 밝히도록 하라. 뿐더러 농법이나 의학, 산학 등에 관한 여러 실용서도 익혀 필요할 때에 활용할 수 있도록 만반의 준비를 하라."

그 자신이 손에서 책을 놓지 않았던 독서인이기도 했던 왕은 집현전 학자들에게는 사가독서 제도를 도입하여 휴가를 주고 집에서 편히 책을 읽도록 했다. 안식년 제도였다. 학자라면 누구나 열망하는 독서 휴가였다. 하지만 영오한 젊은 왕이 휴가만 주고 그대로 놔둘 리가 없었다. 본시 관리들이란 명령만 하고 단계별로 확인하지 않으면 시간 때우기로 시늉만 하기 마련이었다. 젊은 왕은 그들 속을 들어갔다 나온 사람처럼 훤히 알고 있었다. 그래서 『성리대전』을 분야별로 나눠 연구자를 지목해줬다. 그랬다가 이따금씩 불러들여 중요한 대목을 짚어가며 송곳같이 물었다. 학자들은 빼도 박도 못하고 생소한 신학문의 내용을 파악하느라 머리가 빠져야 했다.

집현전을 나온 왕은 후원 쪽으로 걸음을 옮겼다. 이미 밤은 깊어 있었다. 왕이 거둥한 곳은 장영실이 일하는 도감이었다. 공교롭게도 그때 장영실은 몸이 고단해서 작업장 한 귀퉁이 쪽방에서 잠시 누워 있었다.

"장 별좌 고생이 많구려. 봄이 오는 길목이라 추운데 이부자리도 없이 그렇게 쪼그려 자면 쓰겠소."

공구들과 기계 재료들로 어수선한 작업장을 둘러본 왕은 내관을 시켜 당장 담비 모피로 만든 초구를 가져오게 했다. 왕 자신이 입는 값비싼 모피 옷이었다. 장영실은 황공하여 몸 둘 바를 몰랐다.

"밤이 깊었사온데 이런 누추한 데까지 찾아주시나이까."

"지나다가 불빛이 새어 나오기에 들렀소. 애로가 많은 줄 아오."

지금껏 항시 그랬던 것처럼 이쪽 사정을 당사자처럼 이해하고 있었다.

"전하, 아뢰옵기 황공하오나 워낙 기초가 없는 우리의 제작 기술로는 시행착오가 너무 많습니다. 톱니바퀴 따위의 복잡한 부품과 곡면을 깎는 연장부터가 없어서 애를 먹고 있습니다. 도구도 갖추고 각 분야에 숙련된 기술자들을 양성한 다음에 하는 편이 빠를 것 같사옵니다. 천신 혼자로서는 너무 많은 시간과 공력이 듭니다."

장영실은 왕이 최대한 지원하고 있음을 알면서도 답답한 현실을 있는 그대로 알렸다.

"잘 알고 있소. 중외에 하교하여 장인들을 불러 올려봐도 신통치가 못하구려. 없던 것을 만드는 일이 어디 쉽겠소. 나라의 형편과 기반이 이러하니 어쩌겠소. 한편으로 가르치면서 써야 할 일이오."

"한 가지 더 아뢸 말씀이 있습니다. 상의원이나 궐내 각사에서 일만 생기면 천신을 찾아대서 성상도감 일에 집중하기가 어렵습니다."

게다가 윤사웅, 최천구 부사는 임지로 나가 있었다. 대신할 사람이 없으니 몸이 열 개라도 배겨나질 못할 지경이었다.

"허허. 그리 바쁜 줄 알면서도 과인까지 장 별좌를 수시로 찾아서 미안하구려. 어떤 땐 지방 출장도 보냈으니 이거 참……. 예조참판 정초鄭招와 집현전 수찬 김돈金墩이 경학과 역산에 두루 밝고 정치精緻한 이론이 남다르오. 그들더러 틈틈이 돕도록 하명할 터이니 힘을 내도록 하시게."

왕의 하교에 영실은 그리 달가워하는 기색이 아니었다. 지금 그에게 필요한 건 먹물이 아니라 숙련된 장인이었다.

"전하, 중국에는 관과 민을 가릴 것 없이 무수한 장인이 있었습니다. 우리 조선은 정교한 기물을 제작하는 장인이 없고 관리들은 글 읽는 것만 중시할 뿐 기물을 설계하고 제작하는 방법을 궁리하는 이가 없습니다."

"장 별좌가 장인들을 키워내고 선비들에게 설계도 맡겨보시게. 비용이 필요하면 아무 때고 말하고. 내탕금이라도 덜어서 내줄 것인즉."

"망극하오이다."

"아까 낮에 이조吏曹에서 우울한 내용을 알려왔네. 경기도와 황해도에 흉년이 들었는데 흉년이 심한 고을의 향교에 방학을 시켜달라는 게야. 햇곡이 나올 때까지 생도들을 집에서 공부하게 하고 교관들도 본가로 돌아가게 했다네. 공부하는 학생들이 먹을 양식이 없어서 방학을 해야 하는 형편이니 윤허하는 내 심정이 어땠겠나."

왕은 진심으로 가슴 아파했다. 학업은 농사와 같아서 때를 놓치면 수확이 없디. 봄날에 씨 뿌리지 않으닌 가을에 빈 쭉정이조차 거둘 수가 없는 것이다.

"전하, 전하께옵서 천문에 각별한 애착을 보이시는 까닭이

농사와도 깊은 관계가 있음을 천신은 잘 아옵니다. 서둘러 마치
도록 하겠습니다."

"고맙구려. 몇 년 전 내노 시절, 이녁이 제안한 대로 농한기를
이용해 각 고을 계곡마다 보를 막고 저수지를 만들게 했더니 사
정이 좀 나아졌소. 하지만 아직 하늘만 바라보고 농사하는 천수
답이 많다는구려. 가뜩이나 근래에는 부쩍 한발이 심해지니 모
두 과인의 부덕의 소치 같아 마음이 무겁다오."

"그게 어찌 전하 탓이겠습니까? 하늘의 일기는 사람의 감정
과 무관한 자연현상일 뿐입니다."

"장 별좌가 그 여름날 태양의 불을 훔쳐 대궐 사람들의 혼을
빼놓던 일이 생각나는군. 그대 같으면 가물어 불타는 저 태양을
어떻게 이용하겠느냐고 과인이 물었었지. 그랬더니 기적 같은
일을 보여줬어."

왕은 그날의 일을 되짚었다.


전국에 가뭄이 심해 각 고을 수령들이 기우제를 지내던 즈음
이었다. 이제는 왕도 나서서 기우제를 지내야 한다는 대신들의
주청이 있었다.

"과인이 기우제를 지낸다고 내릴 비 같으면 열 번이라도 더
지냈다. 영실이 너라면 이런 때 어찌하겠느냐?"

왕의 갑작스러운 하문에 영실은 당황한 나머지 좌우를 살폈
다. 전하와 독대하여 많은 말씀을 나눠보았지만 이렇게 많은 대

신 앞에서는 처음이었다.

"눈치 볼 것 없느니라. 나는 하도 답답해서 너의 의견을 묻는 것이니라."

"수맥을 찾아 샘을 파서 지하수를 길어 올리겠습니다."

"기우제는 안 지내겠다는 얘기로구나."

"실사구시지요."

"실, 사, 구, 시?"

처음 듣는 것은 아니었지만 설익은 말이었다. 반고의 『한서』에 나와 있는 그 말씀을 내노가 언급해 좌중을 놀라게 했다.

"일을 참답게 하여 옳음을 구해야 하지요. 정성이 지극하면 하늘이 감동하는 건 지당합니다. 하지만 비를 내려주고 안 내려주고는 때에 따르는 것이지 기우제와는 큰 상관이 없습니다. 왜냐하면 이곳에서는 간절히 비를 빌지만 다른 곳에서는 형편에 따라 더 간절히 햇볕을 바랄 수가 있습니다. 메뚜기도 한철이라고 소금밭에서 일하는 사람들의 경우가 그 한 예입니다. 그런 때에 하늘은 대체 어느 편을 들어줄 수 있겠습니까?"

"절묘하다. 허나 네 말대로 가뭄이 심한 고을에 샘을 파려고 해도 그럴 힘이 모자란다. 이 가뭄에 그런 노역이 가능하겠느냐?"

"하옵기에 때에 맞게 해야 하는 것이지요. 농사가 끝난 농한기를 이용하여 방죽이나 보를 만들어둔다면 이듬해 가뭄에 유용할 것입니다."

"그게 쉽지가 않구나. 그러기에는 백성들의 부역이 너무 많아. 그런 일이 아니더라도 백성은 불만이 커. 군역으로 수자리를 나가고 성을 쌓는 데나 길을 닦는 데 동원되고 대궐과 각 고을의 관아를 짓고 보수하는 부역이 끊이지 않는다. 저 불타는 태양이 야속하구나. 너 같으면 저 이글거리는 볕을 어떻게 이용하겠느냐?"

젊은 왕은 밖을 가리켰다.

"곡식들은 저 햇빛을 먹고 열매를 키워냅니다. 원망해서는 안 되지요. 저는 지금 저 햇볕을 얼음으로 끌어당겨 불을 붙일 수 있습니다."

좌중이 소스라쳤다. 영실의 재주는 익히 알지만 말도 안 된다는 표정들이었다.

"풍을 너무 치는구나. 어느 안전이라고 감히 전하 앞에서 그런 더위 먹은 강아지 같은 흰소리를 뇌까리고 있는 것이냐!"

정3품 상의원의 대감이 이제껏 짐짓 듣고만 있다가 야단을 쳤다.

"얼음이 얼마나 필요한고?"

왕도 미심쩍기는 마찬가지였지만 기회는 주기로 했다.

"간장 종지만 한 정도의 투명한 얼음 한 조각이면 족합니다."

영실은 오른손을 오목하게 만들어 얼음 크기를 겨냥해보았다.

"지금 상웅원(대궐의 음식을 담당하는 곳)에 가서 투명한 얼음을 넉넉히 가지고 오라."

무수리 둘이 얼음을 가지러 갔고 영실은 그사이에 준비를 했다. 나무를 조각할 때 쓰는 예도와 끌, 잘 마른 목탄 가루와 얇은 소지 종이, 그리고 삼베 끈 등을 챙겼다. 왕과 지신사, 내관, 궁녀, 상의원 관리들과 동료 장인들은 영실을 주목했다. 특히 직속 상관 상의원 정은 '그토록 나서길 좋아하더니 오늘 네놈이 경을 치게 되리라'는 생각으로 눈꼴시게 흘겨보고 서 있었다.

이윽고 얼음이 나왔다. 영실은 햇볕이 잘 드는 남쪽 뜰에 책상을 내놓고 그 위에 소지를 깔고 목탄 가루를 얇게 뿌려놓았다. 그런 후 안으로 들어와 투명하고 두꺼운 얼음 조각을 골랐다. 구경꾼이 그를 놓치지 않으려고 몰려다녔다. 얼음이 녹지 않게끔 삼베로 감아쥐고는 예도와 끌을 이용해 볼록하게 다듬었다. 얼음은 장인의 능숙한 손길을 받고 작은 접시 두 개를 마주 댄 모양이 되었다. 표면을 손으로 문지르자 수정처럼 반들반들해졌다. 삼베 끈으로 원반 모양의 얼음 가장자리를 감싸고는 오른손으로 쥐었다. 왼손에는 광목 수건을 들었다.

뜰로 나온 영실은 태양 빛을 겨냥해 얼음 원반을 목탄 가루 위에 들이댔다. 한여름 오후 새참 때의 태양은 세상을 다 태워버릴 것처럼 기승을 부렸다. 빛이 모여들면서 물방울 같은 것이 어른거렸다. 초점을 더 작게 맞추었다. 작고 노란 점이 검은 목탄 가루 위에 꽂혔다. 지켜보는 눈늘이 일제히 그 초점에 모였다.

꼴깍.

자신을 빙 둘러싼 구경꾼 틈에서 침 넘기는 소리가 들렸다.

영실보다 애가 닳은 눈치였다. 하지만 불은 좀처럼 붙지 않았다. 얼음은 점화경의 성능에 훨씬 미치지 못했다. 뿐더러 뜨거운 태양 아래서 금방 얼음이 녹기 시작했다. 한번 녹기 시작한 얼음은 줄줄 흘러 얼마 없으면 죄다 녹아버리고 말 것이었다. 영실은 녹아내리는 물이 소지를 적시지 않도록 광목 수건으로 받쳤다. 이마에 땀이 솟았다. 지켜보는 사람들은 손에 땀이 고였다. 영실은 초점을 뚫어져라 보았다. 얼음이 녹으면서 흐려지는 기미가 보였다. 거리를 맞춰 목탄의 한 부위에 집중적으로 쬐었다.

나왔다. 보였다. 명주실낱 같은 연기가 피어오르기 시작했다. 하지만 자신 말고 누구의 눈에도 보이지 않는 미미한 연기였다. 연기는 비천상 구름무늬처럼 피어 나왔다. 그리고 하늘에서 검은 기운이 쏜살같이 내달아 왔다. 영실의 눈에는 새로 보였다. 한 마리의 검은 새였다. 태양 속에서 불을 살라 먹고 산다는 세 발 달린 까마귀! 삼족오三足烏였다. 태곳적부터 이 땅의 먼먼 조상들이 태양 흑점을 보고 상상하며 신앙했던 그 삼족오였다. 삼족오는 연기를 먹어치우며 곧바로 직강하해 목탄 가루에 불을 뿜어낸 뒤 순식간에 사라졌다.

"와! 불이다! 불이 붙었다!"

고함이 터진 것은 바로 그 직후였다. 영실은 손으로 이마에 차양을 하고 태양을 우러렀다. 눈이 부셔서 방금 되돌아간 삼족오를 볼 수 없었다. 유리에 그을음을 붙게 해보면 그 새를 볼 수가 있었다. 너무 멀어서 아주 작은 흑점으로밖에는 보이지 않았지만 그것은 분명 삼족오였다. 자유로운 영혼의 새였고 위대한 동이 문명의 상징이었다.

"귀신이 곡할 노릇이다."

"영실은 사람도 아니다."

"저런 사람이 노비라니……."

저마다 한마디씩 찬사를 아끼지 않았다. 벌집을 쑤셔놓은 것처럼 소란스러운 현장에서 영실은 타오르는 소지 종이를 두 손으로 굴려 올리면서 허공에 날렸다. 바람 한 점 없는 날이었건만 소지는 흐드러지게 불춤을 추며 잘도 날아가 사위었다. 불꽃 자체가 지닌 상승작용 때문이었다. 그사이 불을 댕긴 얼음은 벌써 형체를 풀어놓아버려서 물로 변해 있었다. 남은 것은 수건과 삼베 끈뿐이었다. 영실은 그것을 손에 쥐고는 왕 앞에 부복하고 일어나 머리를 숙이고 섰다.

이제 구경꾼들의 시선은 왕에게로 모였다. 어느새 두 손을 모은 채인 한여운은 속으로 염을 하고 있었다. 만사형통을 비는 마음뿐이었다.

왕은 뜰에 놓인 좌대에 미동도 없이 앉아 있었다. 아무런 동요도 없었고 칭찬도 없었다. 아무것도 본 것이 없다는 듯 용안은 담담하기만 했다. 모두들 이상하게 생각했다. 그러기는 영실도 마찬가지였다. 조금도 달뜬다거나 뻐기는 눈치가 없었다. 알 수 없는 노릇이었다.

"편전으로 돌아가겠노라. 영실은 뒤를 따르라."

왕은 걸음을 옮겼다. 홍양산과 청선 둘이 햇볕을 가리며 따랐다.

편전에 든 왕은 지신사와 사관도 물리치고 장영실과 독대하여 앉았다. 높은 옥좌가 아닌 보료에서 서안을 사이에 두고 가까이 마주 앉았다. 곧 다과상이 들어왔다. 복숭아와 한과, 송홧가루와 흑임자를 꿀에 버무려 국화 모양으로 찍어낸 차담을 두 개의 상에 차려 내왔다. 송화다식은 솔숲에 들어온 것처럼 향이 그윽했고 입안에서 살살 녹아내렸다.

"아까는 짐짓 태연한 척했다만 기실 나 또한 기이하고 놀라워 눈을 비빌 정도였다. 어떻게 그럴 수 있었느냐? 회회 승려들이 주문을 외우고 요술을 부린다는 소문이 있던데 너도 요술을 부린 거냐? 얼음으로 불을 붙이다니 말이다. 두 눈으로 똑똑히 보았으면서도 믿을 수가 없다."

왕은 경탄하며 영실의 얼굴을 바라보았다. 언제 봐도 영대가 있는 눈빛이었고 입매도 모도리처럼 야무지게 생겼다. 이마는 반듯하고 시원하며 안색은 청수했다. 관을 씌우고 조복을 입히면 당상관의 풍모가 완연하리라.

"전하, 양수라는 게 있사옵니다. 볼록 유리인데 점화경이라고도 불립니다. 그것으로 빛을 모아 강렬해진 빛의 열기로 불을 붙이는 것이지요."

"내가 구중궁궐에 갇혀 살아오다 보니 과문했구나. 전혀 알지 못하겠다."

"세상에 잘 알려진 물건이 아니옵니다. 회회 상인이나 중국 상인을 통해 어렵게 구할 수 있는 귀한 물건이지요. 유리를 가공하는 기술만 있다면 누구나 만들 수 있지만 유리 가공 기술은 천신도 잘 모르옵니다."

"유리병은 궁중에 더러 있지 않느냐?"

"모두가 외국에서 들여온 그릇이지요."

"알겠다. 한데 너는 그 양수라는 것을 쓰지 않고 분명히 차가운 얼음을 써서 불을 붙였다."

"원리를 응용한 것입니다. 볼록한 유리로 빛을 모으는 것이나 투명한 얼음으로 빛을 모으는 것이나 이치는 같습니다. 다만 영구용인가 일회용인가의 차이가 있지요."

왕은 잠시 생각을 달렸다.

해 아래서 누가 얼음으로 불을 붙일 생각을 할 수 있단 말인가. 원리가 같다고 천연덕스레 말하고 있지만 아무나 원리를 발견할 수 없고 얼음을 이용할 생각은 더더욱 하지 못한다. 오직 장영실이니까 가능했다. 한데도 자신의 공은 전혀 내세우지 않는다. 그저 태연하게 본래 있는 것을 응용한 거란다.

만일 저자가 장인이 아니고 문사라면 어떠했을까? 번드르르한 논변으로 『서경』 같은 고전을 끌어다가 요순을 들먹이며 공치사를 늘어놓았을 게 뻔했다. 아니, 그럴 수도 없었다. 처음부터 이런 발상을 할 두뇌가 그들에게는 없었다. 글이나 읽고 전거나 따지는 게 그네들의 일이었다. 독서를 하는 까닭은 벼슬을 하기 위함만이 아니라 창의적인 발상으로 백성의 농업과 공업, 상업을 돕는 데 있었다. 기술 이상의 설계가 필요했다. 그런데 관리가 되고 나면 창의적인 발상은 하지 않고 자리를 보전하기에 급급했다. 기득권 지키기에 바빴다. 전에 있던 것들만 잘 기억해 전거가 어떻고 이치가 어떻고 들먹이며 장광설을 늘어놓는 게 관료들이었고 독서인들이었다. 아무리 세월이 흘러가도 그네들의 생각은 변하지 않을 거였다. 도리어 창의성을 발휘하는 장인들을 업신여기는 실정이었다. 그러니 까마득한 과거와 무슨 다른 발전이 있겠는가. 해와 달이 무수히 지나가도 어제 같은 오늘, 오늘 같은 내일이 있을 뿐이었다.

"아까 영실이 네가 때에 맞게 해야 한다며 수시변통을 얘기했다. 가뭄에 대한 좋은 대책도 있을 법하다."

"천신이 아직 그에 대한 궁리를 못 해봤습니다."

"아까 네가 농한기를 이용해 방죽이나 보를 만들어두라고 하던 말을 듣고 내가 골똘히 생각한 것이 있다. 서운관과 각 고을 관찰사나 수령들에게 시켜 그날그날의 일기를 정확히 기록해놓는 일이다. 강수량을 재는 표준 기계를 만들어 공급해주고 그 양을 측정하게 하면 더 좋으리라. 몇 년간 그 기록들이 쌓이면 네 말대로 때에 맞는 대비책을 세울 수도 있을 것 같더니라."

이게 젊은 왕이 대신들과 다른 점이었다. 한 가지 문제를 만나면 집요하게 물고 늘어졌고 큰 쓰임을 생각했다. 만기를 돌보는 국량과 지혜를 겸비한 전하였다. 훗날에 만들어지는 수표나 측우기는 모두 이런 발상에게 비롯된 기물들이었다.

"영오하신 전하의 방책이옵니다. 위로 천문을 보고 아래로 지리를 살펴 인사를 돌보심은 이를 두고 이르신 말씀입니다. 그리하오시면 장차 태평이 있을 것으로 생각되옵니다."

영실은 부복했다. 최해산의 말이 떠올랐다.

'천리마는 언제나 있지만 백락은 늘 있지 않다네.'

그랬다. 전하는 백락이셨다. 천하에 영재들은 늘 나고 죽는다. 천리마 역시 수도 없이 길들여진다. 하지만 그들을 불러 모으고 각각의 자질에 따라 능수능란하게 다루는 백락은 몇백 년에 단 한 번 세상에 온다. 왕은 명백한 백락이셨다. 과연 내가 천리마랄 수 있겠는가. 어리석고 되바라진 망아지는 아니던가. 영실은 방바닥을 보며 자신을 돌아보았다.

"고개를 들어라. 독대할 때만이라도 얼굴을 똑바로 보자꾸나. 영실아, 너는 나를 고무시킨다. 너와 대화하다 보면 뜻하지 않은 묘책들이 쏟아진다. 경연에서 경전과 역사를 강론할 때는 기억을 되살려내고 맥락을 연결 짓느라 머리가 복잡하다. 한데 너와 사물에 관해서, 혹은 세상사에 관해서 허심탄회하게 얘기를 주고받다 보면 머리가 맑아지고 새로운 생각이 샘솟는다. 예전에 알고 있던 것들이 반대로 뒤집히면서 안 보였던 것들까지 줄줄이 쏟아진다."

"몸 둘 바를 모르겠나이다, 전하."

"요즈음 내가 줄곧 이 나라의 기틀을 새로 짜는 데 심사숙고

하고 있다. 틈틈이 지혜로운 신하들을 불러 여러 가지로 나누지 않는 얘기가 없다. 이 나라가, 무인이셨던 아태조我太祖에 의해 세워졌으나 상왕께서 초석을 다지셨으니 나는 문무를 겸하여 나라에 태평을 열어볼 요량이다. 나는 이미 사사로운 삶은 버리기로 작정했더니라. 만기를 돌보는 자리에 앉았는데 내가 어찌 방일한 삶을 살꼬. 오백 년, 아니 천 년 후라도 유익한 그런 대업을 이뤄낼 것이니라. 이 한 몸이 부서져 내릴지라도 아깝지 않다."

그날의 일만 돌이켜봐도 왕은 여느 왕들과 확연히 달랐다. 이 나라 이 겨레가 문명한 세상에 살아가도록 하늘이 보내준 구세주 같은 면모를 지녔다.

장영실은 왕의 거룩한 뜻이 속히 실현되기를 누구보다도 간절히 바랐다. 성상도감 일부터 멋지게 성공하는 게 급선무였다. 그래서 주저하던 말을 꺼냈다.

"예조참판 정초나 집현전 수찬 김돈 같은 달사의 도움보다 더 시급한 일이 있습니다."

"그게 뭔가?"

"신이 아무래도 중국 유학을 한 번 더 다녀와야 할 듯합니다. 유리창의 장인들과 각종 천문 의기를 만들어보고 그밖에 다른 기물들도 두루 연구해야겠습니다."

"장 별좌가 절실히 필요하다면야 세 번 네 번이라도 가야지. 허나 당장 장 별좌가 없으면 양각 혼의 성상도감과 궐내의 급한 일처리에 차질이 있으니 그게 문젤세."

"성상도감 일은 공조참판 이천 공이라면 능히 겸할 수 있을 것이옵니다."

이천은 천문에 밝고 기계 제작 기술이 탁월해 장영실에 버금 갔다. 그걸 모르는 전하가 아니었지만 입에 혀 같은 장영실과 멀리 떨어져 한동안 볼 수 없음을 저어했다. 국가 기틀을 잡아나가고 있던 왕은 장영실같이 실용적인 일꾼들을 필요로 했다. 아직 이론적 무장이 덜 된 성리학자들에게 뭘 물을라치면 문헌적 근거만 찾아서 읊어댈 뿐 융통성이나 창조적인 발상이라곤 찾아볼 수가 없었다. 문헌적 근거야 『성리대전』을 누구보다도 빨리 입수해 훑어본 왕을 따를 자가 없었다. 이 젊은 왕은 조선 최고의 독서인이었고 밝은 사리와 독실한 실천까지 겸한 그야말로 내성외왕內聖外王의 본보기였다.

"왕에게도 벗이 필요하다네. 군신 관계를 떠나 허물없는 이 야기를 할 벗이 필요하단 말일세. 장 별좌와 이런 저런 이야기를 하다 보면 과인의 눈앞에 별천지가 펼쳐지곤 하네. 훗날 언젠가는 실현될 새로운 세상이지. 그런 장 별좌를 대신할 이가 없으니 그게 문제야."

예상했던 대로 왕은 여간해서 그를 놔줄 것 같지가 않았다. 장영실은 지니고 있던 조미진의 서찰을 꺼내 올렸다. 다 읽고 난 왕의 용안에 그늘이 드리워졌다.

"천문대 사건도 있었는데 다시 중국에 가도 무탈할 수 있겠는가?"

"더는 황제의 천문대에 오르는 무모한 일 같은 건 없을 것입니다. 이번에는 천신이 조선의 관원이 아니라 그저 양국을 넘나드는 상단의 일원 자격으로 유학할까 합니다."

"그편이 더 안전하다고 할 수는 없소. 자문(외교문서)도 없이 그 먼 험로를 오가면 아무런 보호를 받을 수 없는 거 아니오."

"상단에는 호위병들이 따릅니다. 더구나 천신은 이제 중국말이 제법 늘었고 그곳 유력한 인사들과 각별한 사귐이 있어 신상의 위험 같은 건 걱정하지 않나이다. 그간 서신 왕래를 쭉 해왔답니다."

"유리창의 많은 장인과 좋은 작업 여건이 그렇게 부러웠소?"

"솔직히 너무 부럽지요."

"우리 장 별좌의 능력을 맘껏 펼치기에는 조선 땅이 너무 좁고 열악하지. 중국에서 활동하면 천하를 바꿔놓을 것인데……."

왕이 혼잣말처럼 읊조렸다. 직관이 남다른 왕의 그 말에는 많은 의미가 내포돼 있었다. 다시 유학 보내기가 썩 내키지 않는 어심뿐만이 아니라 장영실의 조상이 중국에서 귀화했다는 이력까지 상기하게 하는 것이었다.

"천신은 죽어서도 전하의 충성스러운 신하일 따름입니다. 군사부일체라는 말씀 그대로 천신에게는 전하와 스승 갈처사, 부모님이 똑같습니다. 세 분 가운데 어느 한 분이라도 없었다면 지금의 천신은 없나이다."

장영실은 공수하고 허리를 숙여 절했다.

"잘 아오. 장 별좌가 마음을 정했다면 서둘러 채비해서 떠나시오. 정화 제독도 곽수경의 후예도 장 별좌가 만나보면 큰 소득이 있을 듯하오."

왕은 내탕금을 덜어 두둑한 여비를 마련해줬다.

조 상인의 상단에 합류한 장영실은 두 달 뒤 봄이 한창일 무렵, 북경의 조미진과 재회했다. 전 예부상서 여진은 관직에서 물러나자마자 미리 꾸며온 별서에서 여생을 즐기고 있다. 조미진은 기화요초가 피어난 그 별서에서 여진을 모시며 아버지 조 상인의 뒷배를 봐주고 있었다. 덕분에 조 상인이 이끄는 상단은 조선과 중국, 중국과 서역을 오가며 무역을 해 큰돈을 만진다고 했다. 예부상서를 지낸 여진의 영향력이 컸다. 국적도 다르고 지위는 물론 나이도 사위가 장인보다 두 살이나 더 많았지만 여진은 조 상인을 어른으로 모시는 눈치였다. 측실 조미진을 그만큼 아껴서임은 물론이었다.

"자네 중국어가 능통일세. 잘되었어. 이번에는 조선의 조 자도 입 밖에 내지 말게. 상단 소속도 마땅치 않으니 그냥 중국인 행세를 하게. 그래야 일 보기도 수월하고 무탈할 게야. 지난번에 장영실은 죽은 걸로 돼 있다는 거 기억하겠지?"

영실은 여진의 말에 따르기로 했다. 여진과 조미진은 사랑채에 영실의 거처를 마련해주었다. 수레와 마부까지 딸려주어서 외출하기가 편했다. 유리창에 나갔다가 마가를 비롯한 여러 지인을 만나고 돌아오니, 조 상인이 기다리고 있었다.

"대륙의 귀퉁이 동래현 촌구석에서 지내던 우리가 이젠 중국 수도를 주름잡고 다니네그려. 장사와 기술에는 국적도 계급도 나이도 없는 거라네. 성리학자들은 이익을 보면 의리부터 생각하라지만 한참 덜떨어진 얘기야. 장사꾼이 이문 없는 거래를 왜 해야 하나? 자기들 맘대로 사농공상士農工商이라고 직업의 귀천 순서를 정해놓고 상업을 천시하니, 조선은 앞으로 다른 나라에 비해 많이 뒤질 것이네. 고려 때만 해도 대식국(아랍)은 물론 대진국(로마)과도 교역했네. 사해의 여러 나라와 교역이 활발하던 때, 고려 문화가 융성했지. 조선 성리학자들이 책상 앞에서 아무리 고담준론을 늘어놔 봐야 배고프고 헐벗으면 비렁뱅이 꼴 되고 마네. 백성들의 살림살이를 가멸게 해줄 생각이 있다면 나 같은 장사꾼을 돕고 자네 같은 장인을 밀어줘야 옳아. 이곳 중국은 장사꾼에 대한 대접이 조선과 많이 다르네. 상업을 장려하거든. 조세도 농사꾼보다 가볍게 물린다네. 내 장담하지. 언젠가는 사농공상이 아니라 상공농사로 뒤바뀔 날이 반드시 올 게야. 그때가 바로 요순이 말한 대동사회고 태평성대지."

어깨가 떡 벌어지고 얼굴이 뽀얗게 핀 조 상인이 키 큰 소리를 했다. 현장에서 경험으로 얻은 이야기라 공감이 갔다.

"이 사람아! 웃지만 말고 추임새를 넣어줘야 흥이 나지. 사람이 그렇게 무미건조해서 무슨 재미로 사나? 하긴 장가도 안 든 노총각이니 음양 교접의 재미도 모를 거 아닌가."

"이런 너스레나 떨자고 찾아오신 건 아닌 것 같고……."

"시간 아깝다 이건가?"

조 상인은 종이에 말아둔 커다란 상아 하나를 꺼내놓았다. 휴대용 법당인 불감佛龕을 깎아도 될 만한 최상품이었다.

"이걸로 휴대용 해시계 두 개만 만들어주게. 가운데 박는 시침은 은을 써서 명품으로 만들어야 쓰네."

"이왕이면 나침반도 붙여서 만들면 어떨까요?"

순간적으로 떠오른 착상이었다.

"그게 좋겠군! 시간도 보고 방위도 보고! 자넨 역시 천재야."

"대신 시간은 좀 넉넉히 주셔야 합니다. 낮에는 유리창 공방에 나가 이곳 명인들과 할 일이 많으니까요."

"그건 요량해서 하게. 다만 제작이 끝나면 그 즉시 깜짝 놀라운 선물을 주지. 기대 이상일 테니 서두르는 게 좋을 게야."

조 상인은 상재가 뛰어난 장사꾼답게 돈 안 들이고도 흥미로운 거래를 하며 묘한 웃음을 지었다.

장영실은 유리창 공방에 나가 마가를 비롯한 지인들과 함께 천문 의기를 제작했다. 명인들과 각 분야의 수완 좋은 장인들이 거드니 양각 혼의 성상도감에서는 곧잘 막혔던 일들이 술술 풀렸다. 역시 아무리 재주가 좋아도 혼자서 다 해낼 수는 없었다. 격물의 범위는 너무 넓어서 한 사람이 전 분야의 공성을 다루기란 무리였다. 장인들 세계에서 협업은 필수였다. 일정한 수준의 장인이 여럿 있어야 기물 제작이 용이했다.

여름에 여진의 생일이 돌아왔다. 별서에서 잔치가 열렸다. 조미진은 장영실이 교유하는 유리창의 명인들을 초대했다. 친정 식구 챙기듯 세심한 배려가 고마웠다. 장영실은 틈틈이 휴대용 상아 해시계 겸용 나침반 네 개를 만들어 조 상인 말고도 조미진과 여진에게 선물했다. 허리춤에 차고 다닐 수 있도록 매듭도 묶었다.

"나침반에 유리까지 깎아 끼웠군. 신기로다 신기야."

조 상인과 조미진 내외는 잔치에 온 사람들에게 돌려가며 보라고 자랑했다. 가지고 싶어도 쉽게 가질 수 없는 명품이었다.

"자네가 깜짝 놀랄 내 답례품은 사람이라네. 기다려보게."

조 상인은 그렇게만 말하고 묘한 웃음을 지으며 사람들 속으로 사라졌다. 조금 있다 구 척 장신의 훤칠한 대장부가 등장했다. 부리부리한 눈에 호랑이 같은 풍채의 정화 제독이었다. 한눈에 봐도 대식국 계통 사람이었다. 그의 공식 직함은 내관태감이었다. 장영실은 깜짝 놀랐지만 반가운 마음에 그 앞으로 달려갔다. 여진이 인사시켜주었다. 허리춤에 차고 있던 해시계를 내보이며 이걸 만든 명장이라고 소개했다. 온 세상을 누비며 갖가지 신물들을 숱하게 봐온 정화는 별로 봐 넘기려다가 유리 덮개 나침반에 꽂혔다.

"이거 쓸 만한데. 바다를 누비는 우리 함대의 보선寶船에 활용하면 그만이겠네. 밤하늘 별을 보는 견성판見星板 옆에 부착하면 아주 편리할 것 같아. 바닷물에 젖지도 않을 테고 말야. 물시계의 물 흘려보내는 파수호, 물 받는 수수호도 유리병으로 만들 수 있겠는걸."

그는 차일 속 의자에 앉으며 나침반을 요모조모 뜯어보았다. 그의 원정대가 타는 삼천오백 척의 배에 보물이 많이 실려서 보선이라고 했다. 승선 인원은 자그마치 삼만 명이나 되었다. 객고를 풀어줄 기생들도 태웠고 연구하는 학자들도 태웠다.

"장군님, 방금 물시계라 하셨습니까?"

오늘 아침까지도 해시계를 만들었던 장영실은 물시계라는 말에 귀가 활짝 열렸다. 전하가 대군이던 시절에 간단한 물시계를 만들어본 적이 있었지만 중국 것에는 훨씬 못 미치는 조악한 것이었다.

"얼마나 항해했는지 거리를 알려면 일정하게 흘러내리는 물의 양만 보고서도 가늠할 수 있지. 우리 배의 물시계는 방 두 개의 크기나 되고 정밀하다오."

"장군님! 하루만이라도 장군님의 보선에 태워주시면 필요하신 기물들 큼지막하게 만들어 부착해드리겠습니다."

호기심이 발동한 장영실이 간청했다. 몇 년 전, 정화 원정대가 선박을 건조한 용강 조선소도 답사해본 그였다. 이번에는 보선에 타 그 규모며 구조, 견성판과 물시계를 견학하고 싶었다.

"그깟 하루 타봐서 무슨 맛을 알겠나? 폭풍 휘몰아치는 밤바다와 꿈꾸는 별바다를 경험해야 대항해의 맛을 알지. 코끼리도 타보고 깜둥이들이 사는 나라에서 고기 맛 나는 열대과일도 먹어보고 말이지."

커다란 입에서 나오는 말 한마디 한마디가 다 경이로웠다.

"대인 어른! 정말 절 원정대원으로 받아주시겠다는 말씀입니까?"

장영실의 머릿속에서 별들이 쏟아졌다. 황제의 천문대에 오르던 순간보다 더 큰 환희였다. 장영실은 자신도 모르게 정화의 솥뚜껑만 한 손을 덥석 부여잡았다.

"우리 함대는 기술자를 우대하지. 예부상서께서 보증하는 재주꾼이라면 벼슬도 얹혀서 데려갈 수 있고말고. 초가을에 내가 남경에 갈 때, 따라오소."

정화는 덥수룩한 수염을 쓸어내리며 호탕하게 웃었다. 그 웃음이 곧 약속어음이었다. 대륙에서 태어나 대양을 누벼온 대장부를 만나니 속이 뻥 뚫렸다. 그가 지휘하던 함대에 올라보는 일은 황제의 천문대와는 또 다른 감동을 주리라. 그런데 여름이 온 지 불과 며칠밖에 되지 않았는데 언제 가을이 오기를 기다린단 말인가. 장영실은 직수굿한 성격이었지만 이 일만큼은 조바심이 날 지경이었다. 어쨌거나 천하를 얻은 것만 같았다.

장영실은 정화 제독에게 공손히 술잔을 올렸다. 정화는 독한 고량주를 한입에 털어 넣고서 곧바로 빈 잔을 채워 장영실에게 건넸다. 술이 약한 장영실은 그를 흉내 낼 수가 없었다. 절반쯤 마시고 물러났다.

사내라면 이쯤은 걸출해야 어디 가서든 당당하다. 서른 해를 비굴하게 살아온 노비 출신 장영실로서는 정화가 부러웠다. 황제나 제왕이야 권력이 지닌 힘이지만 이 사나이는 오직 풍채와 언행만으로도 압권이었다. 이 헌걸찬 사내가 환관이란다. 그래서 자식이 없다. 한 시대를 유감없이 풍미하다 우주 너머로 유유히 사라져 가리라. 깔끔하고 멋지다. 무릇 살아 있는 생물이면 씨를 맺고 새끼를 친다. 그것이 식물이건 동물이건 하다못해 곤충 같은 미물이라도 자손을 남긴다. 그리하여 이 세상 한 귀퉁이를 차지하고 틈만 나면 약한 것을 잡아먹거나 강한 것에게 잡아먹혀 사라진다. 그런 먹이사슬에 몸을 보태는 것이 공덕이라면 그깟 공덕 짓지 않으련다. 차라리 지금껏 해온 대로 오직 격물에만 몰두하여 새로운 기물을 제작해 세상을 이롭게 하련다. 어려운 일에 매달리는 사람은 스스로를 한정 지을 필요가 있는 거니까. 남들 하는 거 다 하고 살아서는 평범해질 뿐이니까.

정화를 만난 장영실은 다시 한 번 자신을 다잡는 계기가 되었다.

마가와 조가, 모민주를 비롯한 유리창의 격물 명인들이 한자리에 모였다. 화사한 복색에 윤기 나는 여느 하객들과 달리 장인들은 꾀죄죄했다. 그래도 눈빛만큼은 모두 살아 있었다. 항상 골똘히 사유하며 새로운 기물 만들 꿈을 지닌 이들이 아닌가. 장영실은 대국의 장인들과 유쾌하게 먹고 마시는 가운데도 스승의 예로 정중히 모셨다.

"한참을 찾아다녔는데 여기 있었군. 자넨 내 답례품이 뭔지

기대도 안 하는 것 같구먼."

조 상인이 묘령의 여인을 대동하고 나타났다.

"아까 뵌 정화 장군 말씀하신 거 아니었습니까?"

장영실은 눈인사를 했다. 여인이라고 특별히 의식하지 않고
사람을 만나온 그였다. 젊은 여인이라도 마찬가지였다. 다부진
인상의 이 젊은이는 유난히 까만 먹포도 눈빛을 지녔다. 복장도
치마가 아니라 바지 차림이었다.

"아무려면 내가 사위의 공을 가로챌 사람으로 보이나? 인사
하게. 그 유명한 곽수경 선생의 증손녀라네. 나와 함께 서역을
넘나들며 새로운 기물들을 모으고 교역한다네."

좌중이 모두 놀라 일어섰다.

"곽동미입니다."

자부심 넘치는 눈빛과 어조였다.

"광영이오."

유리창의 명사들이 반갑게 인사했다. 천문학자 곽수경은 원
나라 때, 간의와 규표, 앙의 같은 천문 의기들을 새롭게 완성하
고 수시력을 만든 천재였다. 그는 정밀한 관측과 계산으로 일 년
을 365.2425일로 정했다. 여든여덟 까지도 연구와 발명을 계속
해 격물의 신화가 되었다. 훗날 명 태조 주원장이 전란으로 망가
진 천문 의기를 재정비하고자 곽수경의 자손들을 찾아 협조를
받고 싶었으나 꼭꼭 숨어 끝내 나타나지 않았었다. 원나라에 대
한 충절이었다. 그런데 지금 조 상인이 증손녀를 데리고 왔다.

"상아 해시계 고맙습니다. 제가 본 최고의 명품이에요."

곽동미가 장영실에게 목례했다. 조 상인은 애초 그녀에게 주려고 해시계를 주문했던 모양이었다. 장영실은 뭔가 흥미로운 일이 꾸며지고 있음을 직감하며 그녀를 주시했다. 그런 장영실보다 유리창 명인들이 곽동미에게 더 관심을 보였다. 가문에 내려오는 비서秘書나 전적典籍이 얼마나 되고 어디에 있는지, 유품들은 어디에 있는지 질문이 쏟아졌다. 그도 그럴 것이 백사십 년 전 사람인 곽수경을 능가하는 천문학자가 아직 없었기 때문이었다.

"애석하게도 전란으로 모두 실전失傳되었지요. 저는 상단을 따라다니며 호구지책으로 삼고 있답니다."

곽동미의 말에 모두가 실망하며 혀를 찼다.

"곽수경 선생의 고향 하북성 형대 지방에 뭐라도 남아 있지 않겠소? 대대로 수학과 수리학에 밝았던 가문인데."

조가가 묻자, 곽동미는 고개를 저었다. 원명元明 교체기에 극심했던 전란으로 모두 불타버렸다는 것이다. 전쟁은 필요에 의해 신무기를 낳기도 하지만 값진 문화재를 멸실시키기도 한다.

그날 밤, 잔치가 파하고 따로 만난 자리에서 곽동미는 장영실에게 솔깃한 제안을 해왔다. 멀리 서역 지방에 첩목아帖木兒(티무르) 왕조의 수도 사마르칸트가 있는데 비단길의 교역 기지라고 했다. 옛날에는 강국康國이라 불렸던 곳으로 티무르의 손자 울루그 벡이 지금 세계적인 천문대를 세울 계획이니 그걸 맡아서 함께 일해보자는 것이었다.

"거대한 천문대 건물도 세우고 의기들도 직접 제작해볼 수 있는 절호의 기회야. 조선의 양각 혼의 성상도감 같은 건 소꿉놀이세."

조 상인이 옆에서 설계도를 펼쳐놓고 곽동미의 말을 거들었다. 언덕배기에 지붕이 둥근 특이한 형태(돔)의 화려한 건물이 그려져 있었다. 규모도 북경 관성대를 능가했다.

"참여하고 싶습니다. 천문 의기는 이번에 유리창에서 다 만들어봤으니까 어렵지 않지요. 문제는 정화 장군과의 약속이랍니다. 초가을에 남경에 같이 가서 함대에 승선하기로 했거든요."

좋은 기회가 한꺼번에 밀어닥치자 장영실은 행복한 고민을 해야 했다.

"자네의 꿈이 바단가, 하늘인가?"

"할 수만 있다면 둘 다 해보고 싶습니다. 언제 또 이런 호기가 오겠어요."

"일의 순서가 있는 거 아니겠나? 아까 유리창 명인들 앞에서는 곽 선생이 상단 소속인 것처럼 말했지만 그건 부업이나 마찬가지고, 곽 선생은 천문 의기는 물론 물시계 제작에도 특별한 기술이 있다네. 마치 자네를 기다리며 재주를 연마해온 은인 같은 분일세."

물시계라는 말이 조 상인의 입에서도 나왔다. 장영실은 호기심이 동했다. 조선에는 없는 물시계가 여기서는 흔한 모양이었다.

"어디 가면 물시계를 볼 수 있는지요?"

장영실이 곽동미에게 물었다.

"사마르칸트와 여기에!"

곽동미가 오른손 검지로 관자놀이를 짚어 보였다. 자신의 머릿속에도 있다는 뜻이었다.

"사마르칸트에 가보면 놀랄걸세. 우리 곽 선생이 물만 부으면 스스로 작동하는 물시계를 만들어내자, 왕실에서 천문대까지 의뢰한 것이지."

"그랬군요."

"우리 상단은 북경서 이 여름을 나자마자 사마르칸트로 갈 작정이네. 합류하지 못하면 크게 후회할걸."

정화냐, 곽동미냐를 선택해야 할 판이었다.

사노라면 이따금 결단의 순간과 만나게 된다. 그 순간의 선택이 한 사람의 인생을 전혀 엉뚱한 방향으로 이끌고 색다른 결과를 낳곤 한다. 장영실은 내심 바다보다 하늘을 염두에 두고 있었지만 그렇다고 확실히 결단을 내렸던 건 아니었다. 그런데 더 고민할 필요가 없는 일이 터졌다. 그해(1424, 영락 22년) 칠월, 몽골과의 전장에 원정 나간 영락제가 과로로 쓰러져 죽었다. 중국 조정은 발칵 뒤집혔고 정화가 이끌던 남해 원정은 중단돼버렸다. 사해를 누비며 나가봤댔자 중국보나 못한 나라들뿐이거늘 중국의 힘을 과시하는 정도에서 그치는 원정은 국력 낭비라고 비판해온 대신들이 실권을 장악했기 때문이다. 한마디로 실속

없는 사업에 막대한 비용을 낭비하지 말자는 뜻이었다. 정화 원정대가 바다를 누비며 식민지를 건설하고 조공을 받아왔다면 얘기는 달라졌겠지만 명나라는 제국주의나 식민지 건설로 배를 불릴 생각이 없었다. 곧 외국 배가 드나들지 못하도록 해금海禁 정책을 시행했다. 정화 장군은 하루아침에 한직으로 물러났다. 바다와 선단을 잃은 정화는 이빨 빠진 호랑이요, 척목尺木(용의 머리에 난 신물) 잃은 용이었다. 훗날, 한 차례의 원정이 더 있었지만 그것으로 끝이었다.

"여비麗妃 한씨께서 황제의 죽음을 슬퍼하다 목매 자살하셨다 하오. 젊은 비가 지아비와 함께 순장되기를 자청했다고 궁내에 칭송이 대단하더이다."

황궁에 들어갔다 나온 조미진이 창백한 안색으로 읊조렸다. 여비 한씨는 본관이 청주로 조선 태종 때 공녀로 왔다가 황제의 후궁이 된 조선 여인이었다. 남동생 학확은 진헌부사 자격으로 황제를 알현, 중국 벼슬까지 받고 귀국해 조선 왕도 함부로 하지 못했다. 여비 한씨는 조미진보다 몇 년 뒤에 공녀로 왔지만 같은 또래여서 조미진과 각별히 지내왔다고 한다.

"자살 안 했어도 순장될 운명 아니었던가요?"

칭송할 수만은 없는 공녀의 처지여서 장영실은 씁쓸했다. 어머니 자향이 그랬던 것처럼 힘 있는 남자에게 바쳐지고 휘둘리는 여인의 삶이 가엾었다.

"조선 조정의 일이라면 발 벗고 나서주셨던 여비이십니다.

326

더구나 지난번, 장 공을 저승 문턱 직전에서 구명해주신 분이고
요."

"예?"

장영실은 가슴이 무너져 내렸다.

"그럼 그 상황에서 대체 어느 뒷배로 구명했겠습니까? 예부
상서 어른도 손쓸 수 없는 일이어서 내가 곧바로 여비 한씨에게
달려가 도움을 청했던 겁니다."

"아, 그런 일이!"

장영실은 두 손으로 얼굴을 감쌌다. 험한 길 가는 사람 목숨
붙어 있는 게 하늘의 뜻도 아니고 자기 잘나서도 아니었다. 보이
지 않는 데서 모르는 이가 베풀어주는 음덕을 입고 살아가는 것
이었다. 저승길에서 살아남은 그가 세상에 유익한 일을 해야 하
는 이유였다.

"이제 장 공께서는 선택의 여지가 없습니다. 더는 여비 한씨
의 뒷배를 기대할 수 없게 됐으니, 유리창이나 황궁 근처에서 얼
씬거리지 마시고 서둘러 사마르칸트로 떠나십시오. 차라리 전화
위복일지도 모르겠습니다."

시운을 활용한 절묘한 제안이었다.

더위가 한풀 꺾이자마자, 장영실은 곽동미와 함께 조 상인
상단에 묻어 머나먼 사마르칸트로 향했다. 이동 수단은 말이 끄
는 수레와 낙타였다. 서역 교역로는 조선 가는 동방 교역로보다
길이 잘 닦여 있었다. 하지만 거리는 까마득히 멀었다. 비단길

의 관문 서안에서부터만 잡더라도 만 리가 넘었다. 몇 날 며칠이고 척박한 사막지대를 달렸다. 이따금 모래바람이 불어 길이 묻혀버렸고 그 자리에 전에 없던 모래언덕이 생겼다. 꼭꼭 걸어 잠근 수레 안으로 한 줌씩이나 되는 모레알들이 파고들어 왔다. 눈에 보이지 않는 틈이건만 눈도 없는 모래알들은 귀신같이 비집고 들었다. 곤륜산 지날 무렵부터는 하늘을 찌르는 칼산들이 나왔다. 산정에는 사시사철 만년설이 쌓여 있었다. 달리면서 몇 시간을 바라봐도 물리지 않는 장관이었다.

덜컹거리는 수레 안에서 장영실은 문득 스치는게 있었다.

'이 수레바퀴에 톱니바퀴를 달면 자동으로 거리를 잴 수 있겠다.'

달리는 수레 위에서 장영실이 건져 올린 착상이었다. 수레바퀴의 둘레 길이를 열 자로 제작하면 한 바퀴 돌아갈 때마다 열 자 거리가 되므로 바퀴 수만 더하면 최종 거리가 나왔다. 바퀴 수의 합산은 여러 개의 톱니바퀴를 맞물려 얼마든지 간편하게 셈할 수 있었다. 백 바퀴 돌 때마다 소리가 나게 만들 수도 있는 일이었다. 바퀴의 크기만 잘 조절하면 일 리마다 소리가 나는 것도 가능했다. 열 번 소리가 나면 십 리 길이니 얼마나 편리한가.

달리는 수레 위에서 장영실은 줄곧 거리 재는 기계 제작 방법을 연구했다. 바퀴 축에 요철凹凸을 파고 거기에 톱니바퀴를 맞물리게 하면 손쉽게 회전수를 얻는다. 바퀴 축보다 요철 수가 훨씬 많은 커다란 톱니바퀴를 부착하면 간단한다. 그 톱니바퀴의 축에 다시 새로운 톱니바퀴를 달면 바퀴 회전수는 백분의 일로도 줄여 셈할 수도 있는 것이다.

아, 원圓의 신기함이여. 둥글게 돌아가는 모든 것에는 귀신의 조홧속이 있구나. 바퀴도 별도, 우주도 둥글게 돌아가서 사시사철이 순환하는 묘미를 만들어내지 않는가.

장영실은 그 착상을 곽동미와 공유할지 말지 고민했다. 물시계에는 무수한 톱니바퀴가 작동한다. 따라서 곽동미에게 이 착상을 말해주면 그녀는 식은 죽 먹기로 곧장 만들어낼 게 뻔했다. 사사로운 이익이나 국익을 따진다면 감춰야 옳았다. 더구나 조선의 국경을 넘어와 중국에 유학 중이고 다시 서역의 여러 나라 국경을 넘어왔다. 새로운 기물은 국경을 가리지 않고 사람을 이롭게 한다. 물이 높은 데서 낮은 데로 흐르듯 앞선 기술은 뒤처진 데로 자연스럽게 확산돼 가야 옳다. 선진 문명을 받아 후진 문명에 건네주고 공생해온 것이 인간의 역사였다. 장영실의 할아버지 장서가 중국에서 고려로 건너와 기술을 건네준 것도, 장영실이 지금 중국에 유학 온 것도 모두 그런 주고받음의 의식이었다. 물시계 제작법을 배우고 나서 거리 재는 기계를 더 연구한 다음, 기꺼이 공개할 참이었다. 그것이 장인들 간의 온당한 답례였고 널리 인간을 이롭게 하는 일이었다.


장영실이 사마르칸트로 떠나고 며칠 뒤, 여진의 별서에 사내 둘이 들이닥쳤다. 동창 소속 환관 첩자들이었다. 대신인 여진과 조미진은 말단의 환관인 그들을 융숭하게 접대했다.

"조선은 변방의 나라들 가운데 명나라를 가장 잘 섬기는 군자국이오. 더구나 장영실은 거의 중국 사람이나 마찬가지니 너무 닦달하지 마시오."

조미진은 서역의 귀한 패옥들과 유리병 따위를 바리바리 싸주며 기름을 쳤다.

"우린 오래전부터 장영실이라는 자를 감시해오고 있소. 황제의 천문대를 범한 그자는 우리 동창과 금의위의 요주의 인물이란 말이오. 명줄이 길어 지난 번에는 용케 빠져 나갔지만 진작 죽었어야 할 자지. 그런 위험인물을 부인의 말만 믿고 마냥 내버려둘 수는 없소."

환관 첩자들은 사마르칸트로 밀정을 파송할 기세였다.

"믿어보세요. 장영실의 뛰어난 재주를 펼칠 데는 결국 우리 중국밖에 없답니다. 조선은 아직 그를 담을 만한 그릇이 못 되고, 서역은 무연고 지역이오. 거기서 연마한 기술을 나중에 우리가 한꺼번에 거두면 될 거 아니오?"

여진이 나섰다.

"대감의 말씀이야 믿지요."

환관 첩자들은 기름진 고기 요리에 술대접까지 받고 거나하게 취해서야 물러갔다. 이들은 전에 장영실이 흠천감정의 도움을 받아 관성대에 잠입했던 겨울밤 당시, 거미줄 같은 정보망에 걸려든 첩보를 받고 뒤를 밟았던 자들이었다. 금의위를 움직여 사형시키도록 한 것도 이들이었다. 그 절체절명의 순간에 조미진이 여비 한씨를 통해 절묘한 한 수를 썼던 거고, 나중에 막후 사정을 알아 챈 환관 첩자들과 얽히게 되었다. 조미진 내외는 그 사실을 장영실에게는 알리지 않은 채, 나름의 수완을 발휘해 장영실의 안전을 꾀해주고 있었다. 하지만 그 일은 그리 안전한 길이 아니었다. 황실 주변의 변수에 따라 언제고 한 번에 무너져버릴 수 있는 모래성 같은 임시방편이었다.

그런 내막을 알 리 없는 장영실은 여러 나라의 국경을 넘어 한 달 만에야 목적지에 도착했다. 사마르칸트는 독특한 건물 양식이 눈길을 끌었다. 옥색과 청색 타일로 장식한 화려한 건물들은 반구형 지붕 모양을 하고 있었다. 기하학 문양으로 박힌 타일들은 유약을 발라 구워 도자기처럼 빛났다. 중국과 조선은 도자기로만 쓰는데 이들은 벽면 장식 타일로 썼다. 남자들은 머리에 터번을 두르고 여자들은 베일로 얼굴을 가리는 복장도 특별했다.

곽동미는 사마르칸트에 세계 최대의 천문대를 세울 계획을 지닌 울루그 벡의 절대적인 신임을 받고 있었다. 국왕 샤 로흐의 장남이자 후계자인 울루그 벡은 천문학과 수학, 문화에 안목이 깊어 사마르칸트를 이슬람 학예學藝의 중심지로 만들고 싶어 했다. 왕궁의 물시계와 천문대는 그가 전권을 맡아 감독하는 사업이었다.

물시계는 생각보다 규모가 컸다. 작은 솥단지 크기나 손안에 들어가는 휴대용으로도 만들 수 있는 해시계와는 달랐다. 위에 있는 물 단지에서 아래에 있는 물 단지로 물을 조금씩 일정하게 흐르게 해 그 양으로 시간을 재는 장치였다. 곽동미가 제작한 물시계는 하루의 정오와 자정을 정확히 알려주는 종소리를 냈다. 더 세분한다면 하루에 열두 번 시보時報하게 할 수도 있었다. 장영실은 나중에 조선에 돌아가면 꼭 그런 물시계를 만들 작정을 하고 실물을 보면서 부품들을 꼼꼼히 모사했다.

곽동미는 울루그 백과 함께 천문대 설계도부터 정밀하게 작성했다. 천문 의기까지 앉히는 데 만 오 년이 걸리는 대대적인 사업이었다. 언덕 위에 터를 깎을 무렵, 장영실은 유리 공방에 드나들며 직접 불어서 여러 개의 모래시계를 만들었다. 일각짜리부터 한 시간짜리도 만들었다. 한 시간짜리는 너무 커서 불편했다. 곽동미와 같이 만들어보려고 했던 거리 재는 기계는 만들 틈이 없었다. 초겨울, 조 상인 상단의 인편에 전하로부터 급히 복귀하라는 전갈이 왔기 때문이었다.

"조선에 워낙 마무리해야 할 일들이 많소. 서둘러 마치고 내년에 다시 오겠소."

"장 공과 제가 여기서 할 일이 너무 많습니다. 천문대는 시작에 불과해요. 장 공께서 좋아하시는 유리를 잘만 이용하면 광학光學의 신세계를 열 수가 있어요. 햇빛이건 달빛이건 별빛이건 빛은 곧 문명과 통하잖아요. 무한한 가능성의 세계가 빛 속에 있어요. 꼭 돌아오셔서 저와 그 일에 매진해요."

곽동미의 부탁이었다. 유리를 이용한 광학이라면 장영실도 남다른 흥미가 있었다. 일찍이 스승 갈처사가 태양 부싯돌, 양수 (볼록 유리)를 가지고 맛보여준 세계이기도 했다.

9
___

돌에 새긴 천문도

"측우기를 제작해 각 고을 관아에 설치하고 강우량을 재는 일이 시급해졌소. 몇 년 치 통계에 따라 적합한 농작물을 심어야 백성이 굶주림을 면할 것 같으니 말이오. 장 별좌의 기발한 발명품이 필요하오. 그리고 또 한 가지……."

이듬해 봄, 귀국해서 복명하니 왕이 급히 불러들인 까닭을 댔다. 왕은 측우기 외에도 다른 주문을 덧붙였다.

"…뿐더러 즐겨 보는 책들의 금속 활자체가 어딘지 옹색하고 답답하오. 좀 더 미려한 서체로 개발하고 활자 만드는 합금 성분을 보완해서 녹을 방치했으면 하오."

눈병이 날 정도로 독서광인 왕은 인쇄 활자에 관심이 컸다.

태종 때 만든 계미자癸未字는 글자가 거칠었고 반대편 등이 송곳같이 뾰족했다. 황랍을 녹여 판에 붓고 굳힌 다음 이 송곳같이 뾰족한 활자를 꽂아 썼다. 황랍은 꿀벌의 집을 끓여서 만든 기름 덩이였다. 밀랍이라고도 하는데 굳는다 해도 활자가 흔들리게 마련이었다. 이 때문에 몇 장만 찍어내도 뒤틀려서 수시로 녹여 붓고 식힌 다음에 다시 인쇄해야 하는 불편이 따랐다. 하루에 인쇄하는 양도 고작 십여 장에 그쳤다. 지난 경자년(1420, 세종 2년)에 이천이 주조한 구리 활자 경자자庚子字는 글자가 작고 등이 뾰족하지 않은 입방체 활자로 개량했고 밀랍 대신 참대 조각이나 종이로 고정했다. 그리하여 이전보다 두세 배로 능률이 향상되었는데 먹물이 닿으면 녹이 슬어버렸다. 그때마다 다시 활자를 만들어 쓰는 불편이 따랐다. 왕은 녹을 방지하고 서체가 아름다운 활자를 주문했다.

"천신도 늘 머릿속으로 생각해온 일들입니다만 도무지 거기에 몰두할 짬이 나지 않습니다. 공조참판 이천과 논의해보겠습니다."

장영실은 직접 만들어 온 모래시계들을 왕에게 바쳤다.

"짧은 시간을 재기에는 더없이 요긴한 시계구려."

왕은 일각짜리 모래시계를 탁자 위에 올려놓고 투명한 유리 장구 속에서 모래가 흘러내리는 걸 흥미롭게 지켜보았다.

"물시계로는 하루 열두 시간을 정확히 잴 수 있습니다. 그곳 물시계는 정오와 자정 두 차례 종소리를 울렸으나, 천신이 새로 만들면 한 시간마다 십이지신이 나타나 종을 치게 할 수도 있을 것 같습니다. 자동 물시계, 자격루가 되는 셈이지요."

"놀랍소. 정말 해낼 수 있겠소?"

"집중할 수 있는 시간만 주시면 가능합니다."

"장 별좌만 늘 찾을 수밖에 없는 처지니 어쩌겠소. 우선은 천문 의기들부터 완전하게 만들면서 측우기와 금속활자에 역점을 두시오."

장영실은 북경과 사마르칸트 천문대 그림을 왕께 올렸다. 궁궐 대전 건물 높이보다 훨씬 더 높은 웅장한 천문대들이었다. 더구나 지금 지어지고 있는 사마르칸트 천문대는 언덕배기에 있어서 온 도성을 굽어볼 수 있었다. 장영실이 이런 그림들을 왕에게 올리는 까닭은 간단했다. 조선도 궁궐 뒤쪽에 숨겨놓듯 작게 지을 게 아니라 웅장하게 짓자는 뜻이었다.

"꼭 높다고만 하늘을 잘 관측할 수 있는 건 아니오. 주변에 하늘을 가리는 건물만 없으면 되는 거 아니오?"

왕은 웅장한 천문대는 원치 않았다.

"궐내에 짓는 거니까 최소한 대전 지붕보다는 높아야 할 것입니다."

장영실이 지당한 주장을 했다.

"무슨 얘긴지 알지만 경회루에서 연회를 할 때, 어디서든 간의대簡儀臺(천문대)가 보이지 않아야 할 것이오. 중국 사신이 보게 되면 골치 아픈 일이 생길 것이니."

왕은 분명히 선을 그었다. 중국 사신의 눈에 안 띄는 조건이었다. 무엇이건 대범하던 젊은 왕답지 않은 소심함에 장영실은 이의를 제기하고 싶었다. 조선의 하늘을 관측하는 데 왜 중국 눈치를 봐야 하는가. 죽음을 무릅쓰고 황제의 천문대에 올라봤으나 천하 중심자리 같은 건 없었다. 둥근 지구에서는 어디나 중심이 될 수 있었다. 조선이 아무리 중국의 속국이라지만 위치한 경도와 위도가 엄연히 달랐다. 그러면 천문 관측도 당연히 달라진다. 조선 땅에 번듯한 천문대가 있는 건 너무도 당연하다. 그걸 설득해야지 왜 혹여 들킬까 봐 전전긍긍하는 것인가. 틀린 역법을 그대로 가져다 쓸 수 없음을 알았다면 부당한 간섭이나 통제는 거부해야 한다는 게 장영실의 생각이었다.

"영오하신 전하께서 애초 조선의 하늘을 되찾고자 하셨다면, 제대로 된 천문대를 세워야 할 것입니다. 광화방에 작게 소간의대를 세우는 것은 가하나 경복궁 안의 대간의대는 도성을 굽어볼 만한 높이가 되어야 할 것입니다. 티무르 왕조는 보란 듯이 지상 최대의 사마르칸트 천문대를 세우고 있었습니다."

"장 별좌도 하나만 알고 둘은 모르는 소릴 할 때가 있구려. 누가 간의대는 높을수록 좋다는 걸 모르오? 중국 사신을 의식할 수밖에 없다는 걸 유념하시오. 그건 장 별좌보다 짐의 판단이 옳으니 그리 아시오."

왕은 중국 황제를 자극하는 일에서만큼은 철저를 기하고 있었다. 어느 대신이, 아리따운 조선 처자들을 중국에 공녀로 바치는 일은 너무도 딱해서 차마 눈 뜨고 볼 수 없다며 다른 공물로 대체하자고 주청했을 때도 왕은 가납하지 않았다. 그 문제는 종묘사직을 보존하는 일이니 더 거론치 말라고. 늘 남의 눈치를 보며 살았던 노비 장영실은 궁궐 내노로 들어오고 나서 상왕 태종과 금상의 아무 거칠 것 없는 지위가 마냥 신기할 정도로 부러웠었다. 그런데 상대가 중국 황제일 경우는 사정이 사뭇 달랐다. 황명을 수행하러 온 중국 사신에게 조차도 쩔쩔매는 태도를 보였다.

"중국 사신을 이해시킬 방도는 없겠는지요?"

"아직은 때가 아니오."

"중국 사신이 늘 오는 것도 아니고 사신이 움직이는 동선에서 보이지 않게끔 담장을 활용하거나, 연회장에 병풍 같은 걸 적절히 치면 충분히 안 보이게 할 수 있을 것입니다."

장영실은 집요했다. 이미 대륙을 누비며 지상 최대의 천문대를 봐버렸고, 설계에 참여해본 그였기에 포기할 수 없는 주장이었다.

"장 별좌는 짐의 하명을 따르시오. 넓이와 길이는 얼마든지 커도 좋지만 높이는 서른 자를 넘지 않도록 하시오. 간의대에 관심이 많은 광평 대군과 제조 이천에게 따로 이를 것인즉 그리 아시오."

경회루 높이가 일흔 자, 근정전은 백열 자였다. 서른 자 높이면 폭 파묻혀서 눈에 띄지 않는 정도였지만 넓이를 키우면 얼마든지 웅장해질 수 있었다. 전해 듣기로 개성 만월대의 고려 천문대는 두 길 높이밖에 안 됐다. 조선 경복궁에 들어설 천문대는 그보다 세 배가량이나 높았다. 그걸로 위안을 삼을 수밖에 없었다.

왕은 장영실의 벼슬을 중앙군 통제 기구인 오위도총부 사직 司直으로 바꿔주었다. 같은 정5품이라도 정통 무관 벼슬인 오위 도총부는 잡직에 가까운 상의원 별좌보다 반듯한 자리였다. 양 각 혼의 성상도감 감조는 여전히 맡았다. 규모가 커진 간의대는 돌을 깎고 쌓아 만들기로 했다. 북경 관성대와 비교해 높이도 넓 이도 조금 줄었지만 제법 구색을 갖춘 천문대였다.

가을에 이천과 최해산에게 불미스러운 일이 생겼다. 감찰 기 관인 사헌부에서 탄핵한 것이다. 이천과 최해산은 휘하에 많은 구사를 거느리고 여러 기물을 만들거나 격구를 즐겼는데 이 때 문에 대신들의 빈축을 샀다. 그들 외에도 병조판서 조말생과 형 조판서 신상, 지신사 곽존중 등이 거론되었다. 죄목은 정원 이상 의 구사를 거느렸다는 것이었다. 이에 대한 이천과 최해산의 주 장은 달랐다.

"비록 많은 구사를 가내에서 부리고 있으나 그 가운데 절반 이상이 새로운 기물을 만드는 기술자로서 나랏일을 하는 사람들 이오."

그 말은 사실이었다. 다른 사람은 몰라도 영실은 그 정황을 잘 알고 있었다. 일을 벌이다 보면 늘 사람이 부족했다. 영실 자 신도 지금 딸린 네 명의 구사를 배로 늘려야 할 판이었다.

구사는 사사로이 쓰는 종이 아니었다. 각사에 속한 잡직 인 부나 노비였으므로 이들을 불러다가 자기 종처럼 부리는 일이 흔했다. 삼정승과 병조판서의 경우는 사십여 명이나 거느리고 토목공사를 시키거나 개인 재산을 늘리는 데 이용했다.

사헌부의 탄핵에도 왕은 중심이 올곧았다. 오히려 대언들과 당하관들을 크게 꾸짖고 이천과 최해산이 나라에 세운 공을 참작하여 더 묻지 말라고 하교했다. 군기감 제조를 청렴한 사람들로 바꾸자는 의견도 무시했다.

"다른 사람이 어찌 두 사람의 재주와 기능을 따라갈 수 있겠는가. 군기감의 시무는 아직은 체직(직위를 바꿈)하지 마라."

재능 있는 신하를 아끼는 어심은 끝내 변함이 없었다.

왕은 평양에 단군 사당을 따로 세우게 했다. 기자의 사당에 딸려 있음이 본말의 전도라 판단하여 국조를 따로 모시게 한 것이다. 이후로 왕은 음악을 정비하고 농사 기술을 개발하는 한편 향악을 연구하게 했다. 이 무렵 조정의 주도권을 완전히 장악한 왕은 왕성한 집무 의욕을 과시했다. 막강하던 공신들의 권한은 상대적으로 약해졌다.

무신년(1428, 세종 10년) 여름, 영실은 또 한 번 중국행을 해야 했다. 사마르칸트에서 상단을 통해 거듭 내방을 요청하더니 급기야 사람을 보내왔다. 곽동미와 울루그 벡의 서찰을 가지고서였다. 간의대 건설에다 측우기, 인쇄 활자 개량 사업까지 도맡은 영실이었다. 게다가 수시로 지방 출장까지 다녀와야 했다. 일의 진척이 느릴 수밖에 없었다. 왕은 해를 넘기지 않는 조건으로 영실을 보내주었다. 거리가 멀어 말과 수레로 달려갔다 와야만 가까스로 지킬 수 있는 말미였다.

사마르칸트 천문대는 도성의 상징물이 돼 있었다. 언덕배기 총천연색 타일로 장식한 천문대 건물은 사방 어디서건 보였다. 천문 의기들도 이미 제작이 끝나 딱히 영실이 할 일이 없었다. 멋진 천문대 완공 장면을 보게 해준 것은 고마웠으나 조선에 밀쳐놓고 온 일들이 마음에 걸렸다. 열흘도 못 머물고 서둘러 돌아가야 할 판이었다.

"그 번뜩이는 천재가 여느 장인들처럼 온갖 허드렛일을 도맡아 한다고 들었어요. 그런 일은 장 공에게 어울리지 않아요. 곧 천문대 완공을 보고 나서 저와 함께 광학 연구에 몰두해요. 울루그 벡 태자는 머잖아 이 나라 왕이 될 거예요. 평생 아낌없는 뒷바라지를 해줄 것이니 세상을 바꿔봐요, 우리."

영실과 반갑게 재회한 곽동미는 천문대 건물 꼭대기에 딸린 방에서 흥미로운 제안을 했다. 그녀는 작은 종이 상자에서 눈에 익은 돋보기를 꺼내놓았다. 전에 영실이 유리창에서 만들어 패신 감정에게 바친 것과 똑같았다. 돋보기는 서쪽 창으로 쏟아져 들어온 빛에 의해 반짝거렸다.

"아니, 이게 왜 여기에 있소이까?"

"패신 감정이 유리창에 대량으로 주문해서 이곳까지 유행하게 됐답니다. 맨 처음 만든 이가 장 공이라는 걸 알고서 제가 조상인을 통해 상아 해시계를 주문해보았던 거예요. 그런데 장 공께서는 유리 덮개 나침반까지 곁들였죠. 그때 전 결심했답니다. 바로 이분이다, 이분과 함께라면 무엇이건 만들어낼 수 있겠다고요. 더불어 세상 그 어떤 사내에게도 정을 못 느끼게 타고난 이 사람이 능히 기댈만한 분이라고요."

그 당찬 곽동미가 얼굴을 붉혔다. 처음으로 그녀가 여인 같아 보였지만 영실 또한 세상 모든 여인을 돌로 깎은 관세음보살로 여기는 처지였다.

"저 비스듬하게 쏟아져 들어오는 빛을 보니 여기 오면서 수레 안에서 얻은 착상을 일러드리고 싶군요. 곽 선생이 광학에 그렇게 애착이 많으시니 연구해보시구려."

영실은 곽동미에게 신기한 체험담을 일러줬다. 며칠 전, 끝없이 사막을 달리는 수레의 창을 모두 닫고 고단한 잠을 자다 깬 적이 있었다. 눈을 떠보니 수레가 멈춰 있었다. 수레 밖 동정을 살피느라 앞쪽 창을 열어젖히려는데 거기에 희한한 잔상이 박혀 있었다. 그림자로 봐서 나무가 분명한데 거꾸로 서 있는 거였다. 하도 이상해서 등 쪽을 보니 작은 구멍이 뚫려 있었다. 그 구멍으로 굴절된 빛을 따라 들어온 물체의 형상이 반대편 벽에 거꾸로 박힌 것이었다. 영실은 작은 구멍으로 눈을 갖다 댔다. 저 멀리 똑바로 선 나무가 보였다. 가슴이 뛰었다. 그는 가만히 문을 열고 수레 밖으로 나왔다. 더부룩한 아름드리 올리브 나무였다. 올리브 나무 형상을 담은 빛이 작고 어두운 방이 된 수레를 통과하면서 거꾸로 된 잔상을 남겼던 것이다. 귀신의 조홧속이 아닌가.

"그런 일이 또 일어날까 봐 다음 날에도 여러 차례 수레를 멈추고 실험해보았소. 그런데 좀처럼 다시 안 일어나는 거요. 필시 그날 작은 구멍이 뚫린 수레 안팎의 공기 온도와 습도가 달라서 빚어진 조화일 거요. 곽 선생이라면 이 신기한 현상을 이해할 거라고 믿소만."

"과연 천재십니다. 장 공께서 이런 발견을 하시고 연구 거리로 삼으시니 제가 스스럼없이 천재라고 하는 거예요. 그건 제 할아버지 곽수경 선생께서 이미 그림으로 남겨둔 거랍니다. 잠깐 기다리셔요."

곽동미는 다른 방에 갔다 책 한 권을 들고 왔다. 전란으로 모두 실전됐다던 곽수경의 유고遺稿 가운데 하나라고 했다. 곽동미가 펼쳐 보인 쪽에 어둠상자 그림이 나와 있었다. 잔상이 나무가 아니고 사람이라는 것만 달랐다.

"정말 놀랍군요! 이 귀한 필사본이 곽수경 선생의 유고라는 거죠?"

"그래요. 찾는 잡인들이 너무 많아서 전부 소실됐다고 둘러댄 거예요. 장 공! 장 공은 일찍이 곽수경 선생과 제가 기다려온 귀인이에요. 아무것도 없는 나라, 동쪽 구석에 처박힌 좁아터진 조선에서 막일꾼들이나 할 법한 일로 허송세월하지 마시고, 저와 이 일에 매진해봐요. 십 년 안에 세상이 뒤집어질 거예요. 사람은 백년, 천년을 보고 일생을 바쳐야 영웅이 되는 거랍니다."

곽동미가 다가와 영실의 손을 잡았다. 그 자존심 강하고 빳빳한 여인이 무릎을 꿇고 있었다.

"난 영웅 될 생각은 없소. 그런데 어떻게 10년 안에 세상이 뒤집힌다는 거요?"

영실은 붙잡힌 손을 뺄 수도 놔둘 수도 없어서 쩔쩔매며 물었다.

"거봐요. 그 넘치는 호기심을 도대체 뭐로 대체할 수 있겠어요? 이 어둠상자의 구멍에 볼록 유리와 오목 유리를 대보면 어떨까요?"

엷은 미소는 이미 실험해봤다는 뜻이었다.

"어떻던가요?"

"곽수경 선생도 못 해본 일을 장공의 볼록 유리 덕분에 제가 실험해볼 수 있었답니다."

"정말 상이 맺혔군요!"

"물론이죠. 볼록 유리는 실상實像을 맺고 오목 유리는 허상虛像을 맺죠."

아무리 봐도 딴 세상 사람 같은 언행이었다. 일상적인 생활인의 느낌 같은 건 전혀 안 났다. 그래서 영실 자신도 모르게 이끌리는 것인지도 몰랐다. 영실은 당장 실험해보자고 졸랐다. 주저 없이 영실을 실험실로 데려간 곽동미는 손때 묻은 여러 개의 크고 작은 마분지 상자와 유리알들을 가지고 갖가지 실험을 해보였다.

"천재는 곽동미 바로 당신이로군요."

"같은 족속이라고 인정해주시니 고맙네요. 조 상인에게 다 들어서 알고 있어요. 우리가 굳이 남녀의 인연으로 얽히지 않더라도 우리 같이 손잡고 일해봐요. 장 공과 함께하면 못 만들 기물이 없을 것 같아요."

별 바라기를 하는 정도가 아니라, 진짜 별에서 온 사람 같은 곽수경의 증손녀가 공동 연구를 제안했다. 자나 깨나 생각이 격물뿐인 명장에게는 솔깃한 제안이었다. 곽동미 말마따나 조선은 대륙의 귀퉁이에 붙은 가난한 나라다. 생각이 팡팡 튀는 영실이 활동하기에는 너무도 좁은 나라다. 게다가 영실이 하는 일이라면 무슨 일이건 트집부터 잡고 보는 대쪽 같은 성리학자들의 저항도 거셌다. 쪼개질 때, 절대 옆으로 새는 법 없이 곧추 갈라지는 대쪽의 성질을 왜 변화무쌍하고 감정 어린 인간관계에 들이대고 고집하는 걸까. 너희가 가는 길은 죄다 틀렸고 오직 우리가 가는 길만이 정도正道라는 독선적 사고 탓이다. 그들이 하는 학문만이 정학正學이자 도학道學일 뿐 다른 것들은 삿된 이단이었다. 영실 같은 무리는 왕이 아무리 아끼고 높은 벼슬을 얹어주더라도 일개의 천한 장인이자 잡직에 불과했다. 그런 풍토에서 무슨 연구를 하고 격물을 발전시킬 수 있겠는가. 자신이 없었지만 오직 믿고 의지하는 젊은 왕이 있다. 그만 있으면 만사 걱정 끝이었다.

"나를 수족처럼 아껴주시는 전하와의 맹세가 있고 벌여놓은 과업이 있소. 그리고……."

영실은 말을 흐렸다. 왜 이 순간에 왕의 두툼한 용안 너머로 이천 형님의 사랑방에서 봤던 달 항아리가 떠오르는 걸까. 천상

○

348

의 달을 방 안으로 불러들인 사람들이 사는 곳이 조선이라는 나라였다. 흰옷 입은 그들의 삶은 오밀조밀한 산천과 하나였다. 대부분 인정이 많았고 순박했다. 권력을 독점하려고 다투는 양반들처럼 일부 강퍅한 무리가 없지는 않으나 그런 부류야 세상 어디에나 말뚝처럼 박혀 있기 마련이었다. 설령 오묘한 격물의 세계가 없는 삶이 될지라도 천상의 달을 항아리로 빚어 방 안으로 불러들인 사람들과 함께하는 삶은 축복이었다. 그들마저 강퍅해져버린다면 야만의 땅이 되겠지만 아직은 상상할 수 없는 일이었다.

"거기서 벌여놓은 일들일랑 속히 끝내버리고 오셔요. 사정은 다르지만 저 또한 이 지상에서 눈에 드는 사내 하나가 없어 혼자 살다 갈 숙명宿命이에요. 아시잖아요. 숙명이란 별宿이 사람에게 내리는 명령이라는 거. 타고난 별의 명령은 사람이 여간해서 거스를 수 없죠. 그런데 이게 저만의 생각일까요? 왠지 당신과 함께라면 그 숙명을 바꿀 수도 있을 거 같아요. 조선에 계신 홀어머니는 여기로 모시면 돼요. 필요하다면 이곳 왕이나 중국 황제의 칙명이라도 받아다 조선 왕에게 보내줄 수 있어요."

당돌한 곽동미가 바투 다가와 영실의 품에 안겼다. 그녀의 말이나 행동이 전혀 예기치 못한 데로 흘러서 영실은 쩔쩔맸다.

"아무튼 지금은 돌아가봐야 합니다. 전하께서 손꼽아 기다리고 계실 테니까요."

영실은 별에서 온 여인 같은 곽동미의 등을 손으로 다독여주었다. 처절하게 고독했지만 도도하게 자신을 지켜왔다는 동질감으로 서로에게 이끌리는 것은 어쩌지 못했다.

"입만 여시면 전하, 전하니, 그 전하가 부럽군요."

사나이들의 각별한 우정에 대한 여인의 질투였다.

다음 날, 곽동미는 영실을 조촐한 만찬에 초대했다. 식탁 양옆의 유리로 치장한 은제 촛대에 치자꽃이 피어나고, 양고기 꼬치에 과일과 빵, 포도주가 나왔다. 향로에서 몽환적인 향기가 피어오르는 가운데 손가락이 기다란 여인이 현악기 두타르를 연주했다. 가느다란 쇠줄들을 튕겨서 내는 소리가 맑고 깨끗했다. 속이 비치는 얇은 실크 옷을 걸친 곽동미는 유리잔을 들어 건배했다. 술자리가 무르익자, 시중드는 여인이 아라베스크 문양이 새겨진 작은 은제 상자 하나를 들고 왔다.

곽동미가 눈짓하자, 악사와 시중드는 여인이 물러갔다. 취기가 올라서일까. 창밖으로 주먹만 한 별들이 핑핑 돌면서 쨍그랑 소리를 냈다.

"이제 제 별을 나눠드릴게요."

취기로 불콰해진 영실과 달리 유리알처럼 투명한 얼굴이 된 곽동미가 먹포도 같은 눈을 가늘게 떴다. 영실 쪽으로 건너온 그녀가 식탁 위에 놓인 상자를 열었다. 검푸른 보석이 박힌 두 개의 은반지였다. 그중 하나를 꺼내 영실의 왼손 약지 손가락에 끼워주었다. 삽시에 벌어진 일이었다. 나머지 하나를 자신의 손에 끼운 그녀는 영실의 손과 나란히 대보았다. 영실이 뜨악한 표정을 짓고 앉아 있자, 그녀가 귀에 대고 속삭였다. 뜨거운 입김이 뿜어져 나왔다.

"하늘에서 온 운석을 깎아 보석으로 만들어 박았어요. 할아버지 곽수경 선생의 유품이죠. 그걸 반으로 갈라서 별을 몸에 지닌 단짝이라는 의미를 담았답니다."

세상에 보석 같은 운석도 있었다. 유리창에서도 보지 못했던 운석이었다. 영실이 유리창에서 본 운석은 단면에 격자무늬가 있는 철운석이었다. 그런데 반지에 박힌 이 운석이 흑진주처럼 반짝거렸다. 곽수경 선생의 유품이라는 이 귀한 걸 둘로 나눠 반지로 만들어 끼워준 이 여인 또한 보석만큼이나 신비롭게 빛났다.

'현명한 사람은 자신의 별을 다스리고 어리석은 사람은 자신의 별에 복종한다.'

스승 갈처사가 유언처럼 남긴 말씀이 떠올랐지만 그때는 이미 곽동미의 뜨거운 입술에서 달콤한 석류알들이 터져 나와 그의 입안 가득 흘러들어온 뒤였다. 그 감미로운 액은 일찍이 영실이 맛보지 못한 영원의 샘물이었다. 귀먹고 눈멀고 의식마저 멀게 만드는 사랑의 묘약이었다.

저주할지어다. 내 몸뚱어리 안에 숨어 있던 수컷 짐승이여. 서른여섯 해를 쥐 죽은 듯이 웅크리고 있다가 이 머나먼 사마르칸트의 밀실에서 꼬리를 치켜세우고 일어섰구나. 부당한 인간의 제도를 조롱하던 세 치 혀는 욕망의 불꽃이 되어 여인의 입속에

고인 향기를 탐하고, 새로운 기물을 만들어내던 손은 여인의 봉긋한 젖무덤을 탐욕스럽게 애무하누나. 이성은 부러진 송곳처럼 무뎌져 생각할 겨를이 없고, 감성은 연못 속 연근 뿌리처럼 번져 미지의 세계에 깊숙이 박혔구나. 하지만 어쩌랴. 그토록 비하하며 금기시해왔던 남녀 간의 사랑이 이토록 매혹적일 수도 있음을 오늘 밤 이 침묵의 교감을 통해 비로소 알게 되었느니. 그리고 또 이 작은 몸뚱어리에 서린 삶의 비밀은 실로 우주만 하여 생각이나 말로 풀릴 수 있는 게 아님을 이제야 알게 되었느니. 끝끝내 기억하리라. 저주가 축복으로 바뀌는 이 기적 같은 밤의 비밀 의식을!

이레 뒤, 영실은 곽동미와 작별해야 했다.

"전하께 당신 이야기를 하고 우리가 함께할 방도를 찾아보겠소."

"우리가 함께하는 데 왜 또 그 전하가 나오는 거죠? 당신은 이제 왕의 노예가 아니란 말예요!"

그럼 그대의 노예라도 된다는 것인가. 지상에서 맨 처음 여인의 모습으로 다가온 인연이 이처럼 당돌했다. 그녀가 차갑게 쏴붙인 이 말은 귀국길에서는 물론 조선에 와서도 줄곧 귓전에 맴돌았다. 그녀의 노예가 된 건 아니지만 그 말의 노예가 된 건 분명했다.


옴나위없이 바쁘다 보면 잡념이 사라지는 게 맞다. 하지만 그래도 사라지지 않는다면 그건 잡념이 아니라 집념이라는 얘기다. 영실은 아무래도 그녀에 대한 생각을 밀쳐둬야만 일이 손에 잡힐 것 같았다. 그런데 그녀 생각을 안 하기란 쉽지가 않았다. 어쩌다 용케 생각을 지우고 일에 몰입하기도 했는데, 문제는 몸이 기억하고 있다는 거였다. 자다가도 그녀를 끌어안고 어루만지다 깨는 일이 생겼고 일하다가 넋 놓는 일이 잦았다. 목석 같았던 자신이 한 여인에게 이처럼 경도될 수도 있다는 게 스스로 생각해도 믿어지지가 않았다. 별똥별 반지를 나눠 껴서 숙명, 곧 별의 명령을 받는 걸까. 반지를 빼봐도 마찬가지였다. 지구인 같지 않은 곽동미의 우주적 발상과 꿈에 이끌리는 것인지도 몰랐다.

며칠 사이로 해가 바뀌어 기유년(1429, 세종 11년),『농사직설』을 편찬했지만 아직 각 고을의 강우량을 측정하고, 그에 맞는 농사법을 개발하지 못해서 왕은 조바심을 냈다. 근자에 가뭄이 심했다. 흉년으로 조세 낼 곡식은 고사하고 굶주리는 백성들이 많았다. 임시로 만든 소간의대에서 관측한 천문 자료를 분석하고 역법을 개정했다고 하여 곧바로 농사를 잘 짓게 할 수는 없었다. 왕은 경복궁 후원에 논을 풀어 친경親耕했다. 농부들의 고충을 느끼고자 형식적으로 짓는 농사가 아니라 여러 가지 실험 농사를 했다. 중국의 강남 농법을 적용해 모내기를 해보기도 했고, 벼를 벤 후 논에 다른 작물을 심어 토지를 놀리지 않는 법도 찾아보았다. 그러자면 며칠이라도 일찍 벼를 심어야 했다. 문제는 벼가 남방 농작물이라 추위에 약하다는 점이었다. 물이라도 덜

차갑도록 저수지에 가뒀다가 논물로 써야 했고, 퇴비를 주어 땅심을 돋웠다. 단위면적당 소출량이 점차 늘어갔다.

"땅을 놀리지 않고 연작하는 농법은 아주 유익한데, 한양은 위도가 높아 여간 곤란하지 않구나. 남녘 따뜻한 지방부터 시행하는 게 좋겠다. 논물을 댈 때는 계곡물을 직접 끌어다 대지 말고 반드시 방죽이나, 하다못해 웅덩이에라도 가뒀다 햇볕에 덥힌 후 그 물을 대면 냉해를 막을 수 있다."

왕은 이처럼 부지런하고 치밀했다. 뿐만이 아니었다. 장영실로 하여금 물을 쉽게 퍼 올리는 수차水車를 개발해 남녘 지방에 내려보내도록 했다. 백성들에게는 먹는 것이 하늘이었다. 하던 일을 멈추고 수차부터 만들 수밖에 없었다.

"장 사직! 미안하오. 짐이 욕심이 넘쳐서 이루고픈 게 많소. 손발이 열 개라도 모자라다는 거 잘 아오."

대간의대를 건설하는 틈틈이 물시계와 측우기, 금속활자를 개발하고 있던 영실에게 전하는 또 하나의 짐을 올려주었다. 수차는 집에서 만들기로 했다. 부리는 종복들이 모두 손재주 있는 장인이었고 퇴궐해 쉬는 동안에도 감독할 수 있기에 그게 더 나았다.

사람은 무쇠나 바윗덩어리가 아니다. 신경을 너무 쓰거나 몸을 너무 굴리면 병통이 난다. 영실은 몸살이 나서 그만 자리보전을 하고 말았다. 어머니 자향보다 왕의 걱정이 더 컸다. 당장 어의를 보냈다.

"장 사직은 나라의 보배다. 나한테 쓰는 약재를 조금도 아끼지 마라."

영실이 임금의 은혜에 감격하자, 어의 영감이 혀를 찼다.

"임금의 수족은 아플 새도 없는 것이외다."

"저의 불충이지요."

"딱해서 드리는 말씀이오. 마소도 농한기에는 놀고 먹여 살찌우는 법인데 장 사직 하나만 부려도 너무 부려 먹었어요. 사람이 때로는 꾀병도 부릴 줄 알아야지 원, 밤낮 지남지북之南之北 분주히 오가며 꿍꿍 일만 하더니 탈 안 나고 배기겠소? 맘먹고 좋은 보약 몇 재 쓸 테니 모든 걱정 근심 내려놓고 보름쯤 푹 쉬시구려."

"영감 말씀은 고맙소만 내일이라도 기운 차리고 입궐해야지요."

"그러다 나가떨어지기라도 하면 그 즐비하게 늘어놓은 만사가 죄다 끝장나오. 내 말 듣고 푹 쉬시오. 전하께는 내가 잘 두둔해주겠소."

어의 영감이 자식 대하듯 챙겼다.

"영감, 그보다 집에서 벌이는 일을 감독할 장인 하나가 꼭 필요하니 그 말씀을 대신 주청해주시지요."

"그야 뭐가 어려운 일인가."

이참에 영실은 동래현 소속 관노 개똥이를 불러올렸다. 개똥이는 그간 혼례를 치러 자식을 셋이나 두고 있었다. 왕은 개똥이

○

355

네를 관노 안에서 빼내 영실의 솔거노비로 바꿔주었다. 커다란 저택에 식구가 적어 쓸쓸하던 차에 개똥이네 다섯 식구가 들자, 집안이 활기찼다.

"장 사직 어른께서 쇤네를 잊지 않고 불러주시니 눈물이 앞을 가리네요."

그간 동래현청에서 영실의 빈자리를 대신해왔다는 개똥이는 경어를 썼다.

"이보게 개똥이! 나는 오위도총부 사직이 아니라 동래현 시절 죽마고우로 자넬 부른 것이네. 우리 한집에서 한 가족이 되어 서로 의지하면서 사세."

영실은 개똥이 이름을 개동介童으로 고쳐 불렀다. 서로 '하게' 말을 쓰기로 하고 그 자리에서 노비 문서를 찢어버렸다. 하루아침에 관노가 정5품 무관 친구를 둔 평민이 되는 순간이었다.

"과연 영실일세. 자네 같은 사람이 사는 한양에서 천년만년 살고 잡구면."

개동은 팔소매로 눈물을 닦으며 주억거렸다.

겨울에 다시 중국에 다녀올 일이 생겼다. 사은사를 수행해 들어가서 요긴한 물자들을 구해 오기 위해서였다. 북경 조미진 집에서 곽동미를 만나볼 수 있으면 좋겠다 싶었지만 사마르칸 트와 북경의 거리가 너무 멀어 쉬이 오갈 처지가 못 돼 안타까웠다. 조미진에게 척독尺牘을 맡겨두었다. 북경에 잠깐 왔다가 그대를 생각한다, 바삐 돌아가야 하기에 그대 있는 그 먼 데까지 갈 수 없어 그리워하다가 몇 자 적는다는 내용의 담백한 쪽지였다.

임자년(1432) 1월 4일, 평안도 압록강 아래 벽동군 사람 강경순이 청옥靑玉을 진상했다. 질이 아주 좋은 옥이었다. 옥은 부귀영화를 상징했다. 또한 가장 아름답고 좋은 것을 옥에 비유하기도 했다. 옥은 고대로부터 금과 함께 가장 보편적으로 쓰이는 장신구였다. 여인네들은 옥비녀와 옥구슬 옥 노리개를, 선비들은 상투에다 옥 동곳을 꽂아 쓰기도 했다. 약용으로도 쓰여서 가루로 내어 복용하면 오장육부를 윤택하게 하며 체내 노폐물을 배출시켜주는 효과가 있었다. 몸에 지니면 혈액순환을 도와 기를 정화해주었다.

"전하, 천신이 아무리 바빠도 이 일만은 전하를 위해 꼭 해드려야 마음이 편할 것 같습니다."

"간의대와 자격루가 막바지라 눈코 뜰 새 없을진대 무슨 일을 자청하는 게요?"

"만기를 친람하시느라 옥체를 상하신 전하께서 요사이는 온천행도 자주 못 하시지요. 이번 평안도 옥돌의 품질이 우수하니, 천신이 직접 가서 큰 옥돌을 캐 와 전하의 침구를 만들어 올릴까 합니다."

왕은 마지못해 영실을 파견해주었다. 광산 굴속 깊은 데 박힌 옥돌을 재주껏 큼지막하게 채굴한 영실은 마차에 싣고 와 전하의 옥돌 침대와 베개를 만들어 바쳤다.

이듬해(1433, 세종 15년) 팔월, 혼천의를 비롯한 여러 천문 의기를 완성하고 새로 세운 대간의대에 설치할 수 있었다. 전하의 다섯째 왕자인 광평 대군과 대제학 정초, 지중추원사 이천, 제학 정인지, 응교 김빈 등이 함께 고생한 덕분이었다.

경회루 북쪽에 드디어 조선 왕실 천문대가 세워졌다.

왕과 장영실은 사방에서 우러러보기도 하고 오르내리기를 반복했다. 볼수록 대견하고 멋진 천문대였다. 근정전이나 경회루보다는 낮았지만 높이 서른한 자, 길이 마흔일곱 자, 너비 서른두 자 규모의 대간의대였다. 간의대 아래는 석실을 만들어 관원들이 집무실과 숙직실을 꾸렸다. 간의대 위 관측소 사방에는 철봉과 돌로 난간을 둘렀다. 그 안에 혼천의 말고도 혼의, 혼상, 앙부일귀, 대소 규표 등 여러 개의 천문 의기를 앉혔다. 앞으로 계속해서 만들어 나가 총 열다섯 가지의 천문 관측기구를 갖출 예정이었다. 북경의 황제 천문대보다 규모는 작더라도 짜임새가 있었고, 무엇보다 최신식 의기들이라서 작동이 원활했다. 황제의 천문대는 원나라 때 세운 거라서 낡고 불편했다. 간의대 서쪽에는 높이 마흔 자의 청동 규표를 세웠다. 드디어 조선에도 천문대다운 천문대가 건설된 것이다. 왕은 내관상감 관원 외에도 특별히 김빈과 내관 최습에게 명하여 밤에 간의대에서 숙직하면서 천변 현상이 있을 때면 속히 보고하도록 했다.

장영실은 꼭 십이 년 전, 중국 북경 황제의 천문대에 올랐다가 죽을 뻔했던 일을 떠올리며 조선 왕실의 천문대를 올려다보았다. 궐내에 있어서 잡인들은 출입이 불가능했지만 궁인들은 그리 어렵지 않게 올라가볼 수 있었다. 천명을 받은 왕의 천문대라 하더라도 천하의 중심은 아니었고 금단의 영역도 아니었다. 그저 천문 관측대에 지나지 않았다. 이 지상의 유한한 영역은 땅 한 조각일지라도 저마다 주인이 있지만 저 천상의 무한한 공간은 아무도 주인이 없다. 대낮의 맑은 하늘도 별 돋는 밤하늘도 오직 눈을 들어 우러르는 자의 것이다. 아무도 그걸 막을 권한이 없다. 중국이라고 뭐가 다른가. 황성이 내려다보인다고 해서 황제에게 무슨 위해를 가할 만한 거리가 아니었다. 알고 보면 저들이 만들어놓은 신화에 불과했다. 만들어진 신화는 오래가지 못한다. 그래서 유독 중국 황실에서는 찬탈이 잦은 것인지도 몰랐다. 장영실은 일찍이 노비 시절에도 그걸 알았다. 그래서 남경 천문대도 올라보고 북경 황제의 천문대도 감히 범할 생각을 했던 것이다.

"짐 앞에서 혼천의를 조작해보아라."

감격한 왕은 세자(문종)와 영실을 데리고 예고도 없이 간의대에 올랐다. 관상감 관측 번과 김빈, 최습이 전하를 맞았다.

"이 홈에 담긴 물을 이용하여 수평에 맞춰놓고…… 천체를 겨누어 눈금판의 각도를 읽으면 그 천체의 자리표 값을 얻을 수 있나이다."

정4품 응교 김빈이 여쭈었다.

"훌륭하다. 고생이 많구나."

왕은 밤에 숙직하는 김빈에게는 따뜻한 옷을 하사했다.

장영실은 왕이 침소에 든 이후, 궁궐 후원 공방에 들렀다. 여러 부하 장인들이 자동 물시계인 자격루 제작에 열중하고 있었다. 처음에는 하자가 있어도 영실의 눈에 발각되지만 않으면 그냥 얼버무리고 지나가곤 했던 부하 장인들도 어느덧 꼼꼼한 숙련공으로 훈련돼 있었다. 공정상의 하자는 반드시 오작동을 불러온다는 걸 알기 때문이었다.

　　바로 한 달 뒤인 구월 초순, 장영실은 회심의 역작인 자격루를 완성했다. 이 역시 이천과 김빈의 도움이 컸다. 경복궁 안 경회루 연못 남쪽에 보루각 세 칸을 세우고 새로 만든 물시계인 자격루를 들였다. 조선 과학기술의 신기원을 알리는 일대 사건이었다.

　　장영실이 고안한 자격루는 기존의 물시계에 자동으로 종을 치는 기능을 더한 최첨단 시계였다. 원리는 부표가 올라가는 힘을 이용해 구리 공을 굴려 떨어뜨려서 지렛대 장치로 종을 치고 시간을 알리게 했다. 종을 치는 장치는 나무 인형이었다. 나무 인형, 목인木人은 세 개가 있는데 각각 종, 북, 징을 치게 만들어졌다. 뿐만 아니라 그냥 종만 치면 무슨 시간인지 알지 못하니, 매시간마다 다른 십이지신 인형들이 나타나 자시인지, 축시인지를 나타냈다. 왕은 물론 만조백관 모두가 감탄을 금치 못했다.

　　"귀신같은 조화로다!"

　　"관노 출신 영실이 과분한 대접을 받더니 급기야 주상 전하의 은혜에 보답했음이로세."

저마다 신기해했지만 그 원리를 아는 이는 없었다. 수많은 부속품이 손으로 만들어졌다. 물 단지와 기다란 통, 둥근 기둥, 네모난 기둥, 철판, 구슬, 철사, 숟가락 모양의 장치 등등 정교한 부품들이 조립되어 하나의 기계로 태어난 것이다.

왕은 보루각으로 신하들을 거느리고 거둥했다.

"아무래도 장 사직이 백관 앞에서 자격루의 원리를 상세하게 설명해줘야겠소. 짐은 대군 시절에 그대와 함께 물시계의 원리를 연구해본 적이 있어서 짐작은 하오."

영실은 실물과 설계도를 번갈아 가리키며 단계별로 작동 원리를 설명했다.

"먼저, 일정한 유속으로 이 동이에 물이 유입되면 잣대가 떠오릅니다. 그리고 작은 구리 공이 놓인 열두 개의 선반 가운데 밑에서부터 하나를 위로 밀어주지요. 그 위에 놓인 구리 공이 동판 구멍으로 굴러 나와 이 물동이 위에 설치한 깔때기로 떨어져 접속 통로를 거쳐 시보 장치에 설치된 구리 통 속으로 굴러 들어갑니다. 구리 공은 비스듬히 가로놓인 구리 통 밑에 뚫린 열두 개 구멍 가운데 첫 번째에 떨어져 밑에 설치된 숟가락 모양의 장치 한쪽을 누르면 떨어진 구멍이 닫힙니다."

"오호, 정말 신들린 기물일세!"

영실이 자격루 앞에서 기다란 막대기를 들고 가리키며 상세하게 설명하자, 여기저기서 감탄사가 터졌다. 그들 가운데는 전에, 천한 종놈이 과분한 자리를 꿰찼다고 아니꼽게 여기던 무리도 적잖이 끼어 있었다.

"그대들이 보는 바와 같이 영실이 드디어 자격루를 만들어내어 세상 사람들을 깜짝 놀라게 했다. 이런 수준의 정밀하고 다양한 기능을 가진 자격루는 아마 세상천지에 우리 조선 말고 없을게다. 내가 들으니 원나라 순제 때에 저절로 치는 물시계가 있었다고 한다. 그러나 만듦새의 정교함은 영실의 재주에 미치지 못했을 터. 이 특출난 사람이 만대에 이어 전할 기물을 떡하니 만들었으니 그 공이 크므로 짐은 호군의 관직을 더해주고자 한다."

대신들과 함께 편전으로 돌아온 왕은 좀처럼 흥분을 감추지 못하고 있던 신하들 앞에서 영실의 관직을 가자하겠다는 뜻을 비쳤다. 호군은 오위에 속한 정4품 직위였다.

"특례이오나 공이 크니 어찌 호군 자린들 불가하겠나이까. 태종께서도 날래고 용맹한 평양 관노 김인에게 호군을 특별히 제수하시었고, 이 같은 무리들이 호군 이상의 관직을 받는 자가 매우 많사옵니다. 뜻대로 거행하소서."

영의정 황희가 좌중의 여론을 선도했다. 성품이 관후하고 인재 발굴과 육성에 남다른 애착을 가진 재상 황희는 왕의 최측근으로 부상해 있었다. 그가 선수를 침으로써 좌의정 맹사성이나 우의정 권진 등이 반대하고 나오지 못했다. 그네들에게 자동 시보 장치인 자격루는 이의를 달 수 없는 명품이었다.

천문대와 자격루가 완성되자, 왕은 또 하나의 기념비적인 사업을 벌이고자 했다.

새로 세운 간의대에서 조선의 하늘을 관측하고 삼원 이십팔수 천사백예순일곱 개의 별을 이백여든세 개의 별자리로 묶어 천문도를 그렸다. 왕은 그 천문도를 보고 태조 4년(1395) 십이월에 돌에 새긴 석각 천문도 천상열차분야지도와 비교하게 했다. '천상열차분야지도'는 덕수궁에 세워져 있었다. 비교해보니 다소간의 차이가 있었다. 본래 이 천문도는 고구려의 천문도와 중국의 천문도를 참조하여 만든 것이었다. 고구려 때의 석각 천문도는 대동강 물에 유실되고 가까스로 종이에 영인한 천문도를 구할 수 있어서 서로 견주어볼 수 있었다. 고구려 때는 입춘 날 해 뜨기 직전에 묘성이 남중南中(천체가 자오선 남쪽을 통과)했었는데 1395년에는 위성胃星이 남중했다고 기록돼 있었다. 이로써 이십팔수가 서쪽으로 한 자리씩 이동한 것을 알 수 있었다. 이런 현상은 세차운동으로 붙박이별인 항성이 위치를 바꿨기 때문에 벌어지는 것이었다.

　　"한양의 고도가 삼십팔 도에 조금 못 미치는 것이 분명해졌고 이제 비로소 한양을 기준으로 표준 시간이 정해졌도다. 짐은 우리의 역법을 추보하기 위해 많은 공을 들여왔다. 천문 관원을 중국에 유학도 시키고 따로 공부도 시켜보았지만 워낙 어려워 윤상웅, 최천구가 정통하지 못하고 죽었다. 그러다가 정초와 정인지, 정흠지, 이순지 등이 역을 제대로 공부하여『칠정산 내편』편찬 작업을 하고 있다. 아직 완성은 안 됐지만 이 역법을 바탕으로 우리의 서운관과 내관상감의 천문 관원들이 우리가 만든 천문 의기로 우리의 하늘을 관측하여 천문도를 작성했도다. 지금으로부터 삼십팔 년 전에 새긴 천문도와는 분명 다른 하늘이다.『보천가』는 참고하되 절대로 모사하지는 마라. 우리 하늘에서 본 별의 정확한 위치는 물론 크기와 밝기까지 상세히 구별되게 커다란 검은 대리석烏石에 새겨라. 대리석의 크기는 태조 때의 것과 같은 크기로 함이 좋겠다."

왕은 구체적으로 지시했다.『칠정산 내편』은 명나라의『대통력 통궤』를 연구하고 참조한 조선의 새 역법이었다. 주천도周天度(1회귀년을 도수로 표시한 것)를 365도 25분75초, 곧 365도 4분의 1도의 각도법을 썼다. 현대의 365일 나머지 2564와 아주 근사한 값이었다.

왕이 언급한『보천가』에는 종대부宗大夫라는 별자리가 나오지 않았다. 이는 우리나라에만 있는 별자리였다. 하원 천시원에 있는 별자리로 종성宗星과 종인宗人 별자리 바로 왼쪽에 위치한 마름모꼴의 별자리였다.

'조선신천상열차분야지도朝鮮新天象列次分野之圖'

솜씨 좋은 석공에 의해 새로운 천문도가 돌에 새겨졌다. 어디에 세울까를 고민하다가 새로 건설한 천문대인 간의대 아래에 세우도록 했다. 생각 같아서는 근정전 앞에 세워두고 싶었지만 중국 사신들이 보는 것이 걸렸다.

"예조에서 중국 사신을 맞을 때, 그들이 입궐하여 칙서를 전하거나 연회를 열 때, 이 천문도와 간의대 쪽에는 관심을 보이지 않도록 각별히 신경 써야 할 것이다. 또한 사관은 이 천문도에 관한 기록만큼은 사초에 남기지 마라. 국가적 비밀이라는 게 있다. 모두 까발려서 훗날에라도 긁어 부스럼을 낼 이유가 없느니라."

왕은 미리 단속해두는 것을 빼놓지 않았다. 그만큼 민감하고 위험스러운 일이라고 판단해서였다. 조선에 마침내 하늘이 열렸고 독자적인 역법을 개발한 징표였지만 일이 뜻하지 않게 꼬인다면 화약 더미에 불을 댕기는 것과 같았다. 조선의 사관들은 기록 정신이 투철하여 '왕은 천문도에 관한 기록만큼은 사초에 남기지 말라고 하명했다'고 적어 넣어야 직성이 풀렸지만 이 일만큼은 그러지 않았다.

"주상 전하께서 오랫동안 공들인 표식이오만 좋아라만 할 일이 아니로세."

"누가 아니라던가? 자칫 애물단지가 될 수도 있음이야."

간의대 아래 석각 천문도 앞에서 대신들이 근심 어린 어조로 한마디씩 초를 쳤다. 중국과의 역학 관계를 고려하지 않을 수 없는 그들 입장에서는 당연한 조바심이었다. 까마귀의 깃털처럼 반짝반짝 빛나는 검은 돌에 새겨진 희끗희끗한 별자리들이 그렇게 빛나 보이지만은 않는 것은 이런 속사정이 있어서였다. 이 때문일까. 태양의 길목인 황도와 달의 길목인 백도, 기다란 은하수가 흡사 거미줄로만 보였다. 얽히고설킨 그 거미줄에 장차 어떤 게 걸려들지 아직은 누구도 가늠하지 못하고 있었다.

○

10

흐린 날의 해시계

영실과 같이 일해온 천문학자 이순지가 어머니 상喪을 당했다. 그는 천문과 역법에 정통하여 김담, 정인지 등과 함께 『천문유초天文類抄』『칠정산 내외편七政算內外篇』을 저술하며 간의대에서 근무하고 있었다. 병약하게 태어나 어머니의 각별한 사랑을 받았다는 그는 삼 년 시묘를 작정했다. 발등에 불이 떨어진 건 왕이었다.

"이순지를 대신할 만한 사람을 천거하라. 만약 적임자가 없으면 짐은 마땅히 그를 기복起復(국가의 필요에 따라 상중에 벼슬자리에 나오게 함)시켜 임명할 것이다. 간의대 일이 그만큼 중대하기 때문이다."

"집현전 정자 김담이 나이가 젊고 총명 민첩하니 대신 맡길 만합니다."

승정원에서 여러 사람이 입을 모았다. 왕은 즉시 김담이 대신하도록 하교했다.

이듬해 봄, 장영실이 주야 측후기인 일성정시의日星定時儀를 만들어 바치던 날, 왕은 영실에게 대호군을 가자했다. 성리학자들의 반대가 여전했지만 왕은 아랑곳하지 않았다. 또한 이순지를 불러 호군에 가자하고 기복시켰다. 기복은 좀처럼 행해지지 않는 일이었다. 왕은 그만큼 천문대 일을 중시했다.

세자도 참여한 이 일성정시의는 낮에는 해의 그림자를 재 시간을 알아내고, 밤에는 별을 관측해 시간을 재는 주야 시계였다. 해와 별이 없는 흐린 날은 물시계인 자격루가 있었다. 일성정시의는 모두 네 개를 제작했다. 하나는 경복궁에 설치했고 다른 하나는 서운관, 나머지 두 개는 평안도와 함길도에 내려보내 군사에 활용하도록 했다.

무오년(1438, 세종 20년) 1월 7일, 대호군 장영실은 옥루屋漏(물이 흘러 자동으로 움직이는 천문시계)를 설치한 흠경각을 완성했다. 왕은 대보름날 전야에 떡 벌어지게 연회를 베풀어주기로 했고 최해산은 궁궐 후원에서 불꽃놀이를 연출하기로 했다.

댕, 댕, 댕.

새벽 오경 삼 점, 아직 먼동이 트기 전 첫새벽에 종로 종각에서 큰 쇠북이 울렸다. 통금 해제 시각을 알리는 파루罷漏는 깊은 물속 같은 어둠 속에서 서른세 번 허공을 갈랐다. 멀고 가까운 삼십삼천天에 고하여 또 하루의 국태민안을 기원한다는 뜻이 담겨 있었다. 종소리는 은은하게 퍼져 나가 도성 사람들에게 하루의 시작을 알렸다. 궁궐 안 보루각의 자동 물시계 자격루가 정확한 시간을 짚으면, 광화문의 큰 종과 영추문의 큰 북이 받아 큰 소리로 알렸다. 이로써 도성 사람들이 같은 시간을 공유하게 된 것이다.

일기가 쾌청하여 별들은 성성한데 부지런한 행인들이 활짝 열쳐진 숭례문 안팎으로 드나들었다. 짐바리를 실은 우마차와 상인들이었다. 그림 같은 기와집과 초가들이 낮게 엎디어 있는 도성 안은 평화롭기 그지없었다. 길 양편으로 시전市廛들이 늘어선 종로의 한 장국밥집은 새벽부터 손님들로 왁자지껄했다. 입구에는 커다란 가마솥이 걸리고 탁자들이 놓인 실내 한쪽에는 따끈따끈하게 덥혀진 구들방이 있었다.

한 시진 뒤, 가회방 저택 계자난간에 선 장영실은 설렁줄을 당겼다. 잔심부름하는 가노 유찬이가 달려 나왔다.

"개동이 서방께 뜨끈뜨끈한 국밥이나 한 그릇 하고 오자고 일러라. 간밤 늦도록 일한 일꾼들도 모두 가자 해라."

"자비를 대령하리까?"

"아니다. 오늘은 좀 걷자꾸나."

개동이와 가노家奴들이 따라나서니 일행은 모두 일곱 사내나 되었다. 영실이 작업복 차림이었으므로 누가 주인이고 누가 종인지 잘 구별이 되지 않았다. 일행은 상국밥집 구들에 엉덩이를 지지고 앉아서 돼지 뼈 국밥에 막걸리 한 사발씩 걸쳤다. 절구통 같은 몸피의 주모가 영실을 알아보고는 쪼르르 달려와 빈 막걸리 잔이 철철 넘치게 술을 쳐줬다.

"허허허허, 해장부터 술추렴이나 하게 만들려는 심보로군!"

영실은 사람 좋게 웃으며 막걸리를 개동이 잔에 덜어주었다.

"연화방(인의동) 공방에 들렀다 가세."

일행은 피맛골을 거처 종묘 앞으로 길을 잡았다. 종묘 앞과 근처 혜정교에는 해시계가 설치돼서 행인들이 쉽게 시간을 보게 했다. 흐린 날에는 궁궐 안의 보루각으로 시간을 재 광화문 쇠북으로 도성 사람들에게 시간을 알렸다.

일행은 배나무가 우거진 배오개로 방향을 틀었다. 숲이 우거져 대낮에도 어두컴컴한 도깨비 고개였다. 고개에 못 미쳐 종로 4가와 접한 곳에 배오개 시장이 있었는데 숭례문이나 종각의 시전 못지않은 규모였다.

시장 한쪽 작은 대장간에 얼마 전까지도 집에 데리고 있던 가노 막손이 있었다. 장가를 들면서 밖에 살림을 내준 것이다. 말하자면 외거노비였는데 이따금 주문한 것을 만들어 올릴 뿐 주인에게 따로 상납하는 돈 같은 건 없었다.

"오셨습니까, 어른."

쇠모루로 농기구를 벼리던 막손이 일손을 멈추고 일어섰다.

"그 물건은 나왔느냐?"

"나오기는 했사온데 아직 마디를 갈지는 못했습니다."

막손이 화덕 옆에 있던 놋쇠 통을 내보였다. 통 크기 두 치 세 푼, 길이 한 자 반가량 되는 통에 대나무 마디 같은 결이 촘촘히

파여 있었다.

"결이 너무 좁다. 갑절이 되게 갈아야 쓰겠어."

장영실은 주머니에서 얇은 유리알을 꺼내 통의 결에 넣어보려다가 여의치 않자 도로 거두며 말했다.

"알겠습니다, 어르신."

"아니다. 오늘은 마침 쉬는 날이니 지금 가져다가 내가 손보지. 그나저나 안식구는 무탈하냐?"

"내달이 산달이어서 배가 남산만 하옵니다."

"일간 들러서 쌀과 미역을 가져가거라. 마님께 일러두겠다."

놋쇠 통을 유찬에게 들게 하고 거리로 나오는데 장영실을 알아보는 행인들이 머리를 숙이며 쑥덕거렸다.

"저분이 장영실 대호군 나릴세."

"옳아! 자동 물시계는 물론 신통방통한 기계들을 만들어 주상 전하를 감동시켰다는 바로 그분!"

장영실 대신 유찬이가 뒤를 돌아보면서 우쭐한 표정을 지어보였다. 술은 주인이 샀는데 생색은 종놈이 내는 격이었다. 개동이를 비롯한 장영실 공방의 장인들은 자부심이 남달랐다. 그들이 하는 일이 곧 나라님의 일로 바뀌는 일이 많아서 더 그랬다.

가회방 집으로 돌아온 영실은 공방에서 놋쇠 통을 붙들고 작업에 열중했다. 별을 보는 망통에 볼록 유리와 오목 유리를 붙여여러 가지 실험을 하는 중이었다. 이미 팔 년 전에, 곽동미가 제안했던 사업이 이 광학이었다. 그간 밀린 일이 너무 많아 이 분

○

야에는 통 손도 대지 못했었다. 사마르칸트의 그녀는 진척을 보았을까. 오가는 상단을 통해 이따금 편지나 주고받아온 무심한 세월이었다. 그녀를 기억했던 몸도 이제는 그 기억을 풀어준 지 오래였다. 당시에는 절대 못 잊을 것만 같았지만 세월은 모든 걸 녹슬게 하는 마법사였다. 다만 손가락에 낀 별똥별 반지만이 첫정을 나누던 그날의 정표로 남아있을 뿐이었다.

"나리! 손님들이 오셨는뎁쇼."

유찬이가 들어와 상기된 낯빛으로 고했다.

"누군데 그러느냐?"

"행색이 이상한 분들입니다. 퉁방울눈의 회회인과 바지 차림의 수상한 여인이⋯⋯."

천상의 별이 지상에 조림하듯, 혹은 먼 데 있는 물상을 거울로 반영해서 가까이 당겨오듯, 앉아서 하는 생각이 천만리 거리를 좁히고 눈앞에서 현현하는 순간이 있다. 영실은 직감적으로 그녀인 줄 알고 밖으로 뛰어나갔다. 가노들이 모두 몰려나온 마당은 내방객 무리와 섞여 북새통이었다.

"이렇게 제가 찾아오지 않으면 못 보는 사이입니까?"

곽동미였다. 사내처럼 챙 넓은 모자를 쓰고 바지 차림이었다. 조선인 역관을 포함해 수행원이 아홉이나 되었다. 그중에는 키가 낙타만 한 라마승도 보였다.

"곽 낭자! 그렇잖아도 지금 낭자 생각을 하고 있던 참이오."

영실은 맨발로 달려가 그녀와 손을 맞잡고 맞아들였다. 어머니 자향 말고 이 지상에서 가장 깊이 마음에 품은 여인이 곽동미였다. 돌이켜보면 그녀와 함께했을 때, 국경도 신분도 남녀 구별 같은 것들도 느낄 수 없었다. 오직 마음 통하고 뜻이 통하는 동지 그 자체였었다.

"어머니부터 뵙지요."

곽동미가 전혀 의외의 다소곳한 면을 보였다. 곧 자향이 있는 안방으로 안내했다. 영실은 백발의 노모께 곽동미를 소개했다. 지금껏 입도 뻥긋하지 않다가 처음으로 운을 뗐지만 자향은 익히 알 만하다는 눈치였다. 아들도 멀쑥한 사내인데 답답한 조선을 벗어나 중국과 사마르칸트를 넘나들면서 연정 한번 못 맺었으리라고는 생각하지 않는다는 듯 자연스럽게 이국의 여인을 맞았다. 곽동미는 언제 배워뒀던지 조선 여인들이 하는 큰절을 올렸다. 바지를 입고 절을 하니 모양이 살지 않았지만 자향은 하늘하늘 웃으며 마냥 기특하게 여겼다.

"이 비상한 천재를 낳으신 분을 꼭 뵙고 싶어서 이만 리 길을 마다 않고 달려왔습니다."

곽동미가 하는 중국말을 영실이 통역해주자, 자향은 놀라서 입을 다물지 못했다.

"귀한 사람이네. 내일 저녁 궁궐 잔치에 데려가 전하를 알현토록 하면 좋겠어."

곽수경의 증손녀라는 말을 해주지도 않았는데 자향은 곽동미가 귀한 사람이라고 알아보았다. 때마침 이번에 장영실의 품계를 대호군으로 올려주면서 왕은 궐내에서 잔치를 베풀어주기로 했다. 기술들 모두 초대받은 자리였는데 노모의 제안을 받고 보니 곽동미 일행을 참석시키는 것도 그 먼 거리를 달려온 손님에 대한 좋은 대접이 될 듯했다. 곽동미에게 물었더니 쾌재를 불렀다. 그렇다면 오늘 입궐해서 전하의 윤허를 받아야만 했다.

개동이 안식구에게 성찬을 준비토록 하고 영실은 입궐했다. 전하께 고하자, 왕은 주저했다. 영실로서는 예기치 못한 일이었다.

"아무리 명나라 황명마저도 거부한 곽수경의 후예라 하나 그래도 중국인인데 궐내 행사에 참석시켜도 좋을지 모르겠소."

"천문대 때문이라면 전혀 문제 되지 않을 것입니다. 그 사람은 그저 격물에만 충실할 뿐 황제만이 천문을 보고 역법을 제작할 수 있다고는 절대 생각하지 않습니다."

"짐이 내려준 궁녀 한여운은 거들떠보지도 않더니, 곽수경 선생의 증손녀에게는 마음이 꽂혔나 보구려. 그 사람도 그렇소. 아마 이 나라 조선의 왕인 내가 불러도 안 왔을 사람이 장 대호군을 보러 일부러 예까지 온 걸 보면 각별한 인연 같소이다."

왕은 짐작하는 바가 있다는 듯 웃었다. 영실은 얼굴을 붉혔다.

"허허허허, 명인이 명인을 알아본 것이리라. 장 대호군이 반백의 중늙은이가 돼서야 드디어 음양의 이치를 알았구려."

이미 백발이 된 왕이 마흔네 살 영실을 골렸다. 왕은 영실보다 다섯 살이나 아래였지만 이미 보령 서른셋부터 백발이 되었고 노안이 찾아왔다. 그만큼 정력을 몰아 집중해서 썼던 것이다. 영실은 그게 늘 안타까웠다. 일이 쌓여 힘겨울 때마다 늘 노심초사하시는 왕을 생각하고 마음을 다잡았다. 자신의 심신이 더 고달파야 왕이 조금이라도 편할 거라고 여겼다.

왕은 도승지 신인손을 불러 곽동미 일행의 입궐 편의를 봐주도록 하명했다. 영실에게는 왕이 평상시 내전에서 입던 미복을 내려주었다. 곤룡포만 아니었지 화려한 옷이었다.

"내일은 이 옷을 입게."

왕이 얼마나 영실을 아끼는지 짐작하고도 남아 눈시울을 붉혔다.

다음 날 오후 왕의 미복 차림을 한 영실은 대식구를 데리고 입궐했다. 노모 자향과 개동이 가족, 가노들과 장인, 곽동미 일행까지 스물이 넘었다.

"궁궐 출입을 하며 왕의 밥상을 받는 장인은 조선 팔도에 우리 말고는 없을 것이네."

입궐하며 개동이가 일행들 앞에서 너스레를 떨었다. 이따금 하는 궁궐 출입이야 영실의 심부름 때문에 하는 것이었고 왕의 밥상을 받아보는 건 이번이 처음이었다.

궐내 각사에서 잔치 준비가 한창이었다. 성대한 음식은 물론, 장악원 악공들의 화려한 음악 연주와 춤 공연 준비로 부산했다. 중추원부사 최해산은 폭죽으로 불꽃놀이를 펼칠 예정이었다.

초저녁부터 궁궐 후원에는 궐내 각사의 궁인들과 만조백관이 모여 정해진 자리를 잡았다. 왕과 왕후, 세자와 여러 대군, 공주들도 장막 안 의자에 합석했다. 영실과 노모 자향, 곽동미는 왕후의 반대편인 왕 왼쪽 옆자리에 배석했다. 왕은 영실의 노모 자향을 치사하고 곽동미와 중국어로 간단한 인사말을 주고받았다.

장막 앞에 대나무 통을 매단 높다란 장대들이 세워졌고 가는 줄들이 서로 이어졌다. 그 줄 가운데 두어 가닥이 전하의 장막 앞 탁자의 채색 상자에 모였다. 판서 황보인 이하 병조 관원들과 무기를 제작하는 군기시 관원들, 시위군들이 불꽃놀이 준비와 화재 예방을 위해 동원되었다.

피웅, 쾅!

최해산이 불화살 하나를 공중에 쏘아 올렸다. 요란한 소리와 번쩍이는 불꽃을 뿜어내며 올라가던 화살이 공중에서 쾅 터졌다. 이어서 오십 보 앞쪽 땅속에서 커다란 불덩이가 화산처럼 터져 나오면서 불화살들이 일제히 날아올랐다.

타타타 탕! 타당 탕!

와, 하는 환호성과 박수 소리가 터져 나왔다. 불화살들은 요란한 소리를 내면서 유성과도 같이 온 하늘을 날르며 총천연색으로 번쩍거렸다.

"눈부신 장관이로다! 역시 중추원부사 최해산이다."

왕은 찬탄과 칭찬을 아끼지 않았다.

"전하와 장영실 대호군을 위해 최 중추원부사가 공을 들였나이다. 저이는 천둥, 번개를 만들어내는 재주를 지녔지요."

도승지 신인손이 흥분이 가시지 않은 어조로 여쭈었다.

"속이 후련하구려. 장 대호군 덕에 짐의 눈이 호사를 하오."

왕은 대호군 장영실의 손을 잡고 말했다. 그대 일이 아니라면 최해산이 이처럼 멋진 불꽃놀이를 준비했겠냐는 뜻이었다. 최해산 형이 아우의 승진을 감축하는 뜻으로 연구를 거듭하여 이번에 처음 선보이는 폭죽이 여럿이었다. 영실은 화려하게 터졌다가 거짓말처럼 잦아드는 불꽃을 보며 인생도 저 불꽃놀이 같을지도 모른다는 생각을 했다. 세상 그 어떤 꽃보다도 화려한 불꽃이지만 순간적으로 타올랐다 사위어버린다. 벌 나비가 찾는 생화일지라도 마찬가지다. 아침에 피었다가 저녁에 지고 마는 꽃향기에 취해 붕붕거리고 나는 것도 그저 한때인 것이다. 엊그제 대군과 내노로 서로 만나 몇 가지 일 좀 한 것 같은데 벌써 사십 중반이었다. 영실은 자신의 오른손을 쥔 왕의 두툼한 왼손에 가만히 눈길을 주었다. 손톱 색깔이 맑지 못했다. 왕은 요즘 소갈증으로 시달리고 있었다. 소변이 잦았고 눈병이 심해졌다. 영실은 오른손을 그대로 둔 채, 왼손을 가져다가 왕의 어수를 감쌌다. 당신의 몸 안에서 돌아가는 생체시계들은 너무 빠르십니다. 눈은 이미 다른 이들의 곱절 이상을 쓰셨고 애면글면하시느라 가슴과 장기 역시 많이 노화되셨나이다. 천신의 눈에는 옥체 구석구석에 박혀 돌아가는 시계가 너무 마모된 게 보입니다. 할 수만 있다면 자격루 부속품 고쳐 넣듯 그 시계들을 바꿔드리고 싶습니다. 왕이 눈웃음을 짓는 것으로 화답했다. 영실은 손을 도로 가져갔다. 둘만의 교감이었다. 곽동미가 그걸 놓치지 않고서 물끄러미 건너다보고 있었다.

"전하, 이제 곧 군기시 부정副正이 불을 받들어 올릴 것입니다. 그 불을 받으시어 이 상자 안에 넣으십시오."

최해산이 전하에게 다가와 여쭈었다.

이윽고 불이 전해졌다. 왕은 상자 안에 그 불을 집어넣었다. 옆에서 최해산이 도왔다. 상자에서 삽시에 작은 불이 일어났다. 불은 가느다란 줄에 옮아 붙었다. 한번 옮아 붙은 불은 줄을 타고 내달렸다. 그 불은 점점 올라붙어 장대 위로 향했다.

"오오, 불이 달려가는구나."

"저 줄 속에 화약 먹인 심지가 같이 꼬여 있습니다, 전하."

최해산의 설명이 끝나기도 전에 장대에 불이 붙었다. 매달아 놓은 대나무 통들이 터지면서 휘황찬란한 불꽃들을 쏟아냈다. 불꽃은 빙빙 돌면서 이리저리 옮아 붙었다. 여기저기서 환호성과 함께 박수가 터졌다.

"천세! 천세! 천세!"

주상 전하의 천수를 기원하는 연호가 후원에 메아리쳤다.

"오늘은 장 대호군을 위한 자리다. 내전에 마련된 연회장으로 가서 한껏 즐기도록 하자."

왕은 서둘러 불꽃놀이 자리를 파했다. 영실은 소변이 마려워서라는 걸 알아채고 길을 터주었다.

내전에는 푸짐한 상이 차려지고 악공들이 향악을 연주했다. 민간에 전해오는 속악과 박연을 비롯한 학자들이 작곡한 우리 음악에 맞춰 무희들이 춤을 추었다. 본래 궁중에서는 엄숙한 정악만을 연주해왔었다. 그런데 왕은 우리에게 맞는 우리 음악을 들어야 한다고 여기고 속악을 끼워 넣었다. 하늘은 재주를 한 사람에게 몰아주는 경향이 있어, 왕은 음악에도 조예가 깊었다. 몇년 전 정초, 악학별좌 박연이 조율 표준 악기인 편경을 만들어 선을 보였다. 옥돌을 기역자 모양으로 두께를 달리하여 십육 매를 깎아 두 줄로 매달아놓고 울렸다. '중국 편경은 음이 맞지가 않다. 우리가 새로 만든 편경이 옳게 된 것 같다. 다행히 우리 땅에서 편경 만드는 옥돌을 얻어서 만들고, 지금 소리를 들으니 매우 맑고 아름답구나. 그런데 이칙夷則 일 매의 소리가 약간 높은 것 같다.' 왕은 울리는 소리만 듣고도 위 칸 첫 번째 편경 소리가 표준보다 조금 높음을 정확히 지적했다. 박연이 즉시 살펴보고 '가늠한 먹줄이 아직 남아 있으니 다 갈지 않아서로군요.' 하고 먹줄을 마저 갈자, 바른 소리가 났다. 왕의 절대음감이 이 정도였다.

"장 공은 내 술 한잔 받으시오. 나와 함께한 세월이 그리 편치만은 않았을 것이오. 오늘은 대취하여 짐의 곤룡포에 술을 엎지른다 해도 괘념치 않을 테이니 맘껏 즐기시오."

왕은 영실의 잔에 몸소 선온을 따라주었다. 여러 대신의 눈빛이 달라졌다. 자신들에게는 선온만 내려줄 뿐, 여간해서 직접 술을 따라준 예가 없었다.

"최 공도 이리 와서 내 술을 받으시오. 대를 이어 화약을 다루고 여러 무기를 제작한 공은 마르고 닳도록 칭송해도 모자라오. 오늘 밤 불꽃놀이는 참으로 장관이었소."

최해산도 아낌없는 칭찬을 받았다. 풍악과 춤사위 속에서 영실은 평안도에 나가 있는 이천 형님이 합석할 수 있었으면 얼마나 좋았을까 생각했다. 문무를 겸하고 발명의 소질까지 타고난 이천의 발탁이 없었다면 오늘의 영실은 없었다.

잔치가 파하고 귀가한 영실은 곽동미와 그 밤을 같이 보냈다. 서른두 살의 그녀는 아까 본 화약 불꽃만큼이나 격정적으로 타올랐다. 그 방면엔 목석이나 다름없던 마흔네 살의 사내를 청년으로 되돌려놓는 마법을 썼다. 마주 잡은 손에서 별똥별이 반짝이는 두 사람은 끝날 줄 모르는 사랑을 나눴다.

아시오.
꽃이 문 열어 열렸던 우주
꽃 떨어지면 닫혀버리오.
사람들은 개화와 낙화는 잘도 보지만
열리고 닫히는 우주는 여간해서 보지 못하오.

왜 모르겠어요.
같은 시간, 같은 공간에 살아도
가늠하고 향유하는 차원은 사뭇 다르지요.

○

사람들은 순간이 아쉬워 자손을 남겨요.

하지만 영원의 세계는 자손으로 전해지는 게 아닌걸요.


"왜 당신이 입만 열면 그토록 전하를 찾았던 건지 알겠더군요. 당신은 좀처럼 그분을 떠날 수 없겠네요. 더구나 이 수려하고 아기자기한 조선의 강산과 정겨운 사람들……."

곽동미는 영실의 가슴팍에 얼굴을 묻은 채, 다른 가슴팍에다 손가락으로 그림을 그려보았다. 왕의 두툼한 얼굴을 그렸고 인왕산과 북악산, 노모 자향과 최해산의 얼굴을 차례로 그렸다. 그러다가 벌떡 몸을 일으키고 앉더니, 영실의 머리를 자신의 무릎 위에 올려놓는 것이었다.

"하지만 그런 것들을 당차게 건너갈 줄 알아야 시간을 뛰어넘는 격물의 비밀 세계에 들어갈 수 있어요! 인간적인 정리에 발목이 잡혀서는 한 생애에 머물고 마는 거예요. 우린 이미 너무 많은 시간을 허비했어요. 당신이 없으니까 통 손에 일이 잡히지 않아요. 천문대도 세우고 자격루도 완성했으니 이제 그만 사마르칸트로 갑시다!"

일관된 집요함이었다.

"여기서도 그 광학이라는 분야에 매진할 수 있을 것 같소."

영실은 옷을 챙겨 입고 공방으로 건너가 놋쇠 통을 들고 들어왔다.

"빛의 굴절을 정밀하게 계산하지 못하면 그런 통 수백 개를

○

만들어봐야 허사예요!"

　곽동미는 이미 수도 없는 실패를 해봤다는 듯 벌로 보아 넘기며 잘라 말했다. 영실은 둔기로 머리를 맞은 느낌이었다.

　"실패 없는 성공이 어딨겠소? 자꾸 시도하다 보면……."

　"당신답지 않은 말예요! 이건 단순한 기계 제작이 아니라 다른 차원을 넘어가는 일이라구요. 천문 의기나 자격루처럼 옛것을 모방하고 약간 덧보태 만들 수 있는 게 아니죠. 전 사실 근래 몇 년간 절망과 더불어 살아왔어요. 막힐 때마다 얼마나 당신을 찾고 얼마나 당신을 원망했는지 몰라요. 그간 우리가 함께했다면 지금쯤 뭔가 비밀스러운 광학의 세계를 움켜쥐었을 텐데, 아무것도 이룬 게 없어요. 전 이 광학이 아니면 그 어떤 기계 제작도 하지 않을 겁니다. 시시해서 그만 흥미를 잃어버렸거든요. 전에 있었던 걸 복원하거나, 혹은 누구나 할 수 있는 걸 하는 건 천재가 눈독 들일 일이 못 돼요!"

　그것은 번갯불이었다. 이제껏 장영실이 해온 일들을, 이 나라 왕마저 대견스러워하는 그 많은 일을 전부 무시하고 한 방에 날려버리는 번갯불이었다. 그녀 말고 어느 누가 이런 얘기를 할 수 있단 말인가. 격물에 정통한 자라면 이전에 없었던 것, 남들이 할 수 없는 일을 해야 하는 게 맞다. 오직 그것만이 진정으로 혼을 불태울 수 있는 것이다.

　"당신은 누구요? 누군데 나를 이렇게 불편하게 만드는 거요!"

　그러면서도 영실은 두 손으로 그녀의 얼굴을 감싸고 눈을 응시했다. 깊은 신뢰와 애정이 담긴 표정을 지으며.

"천재 장영실이 장인에 그치고 말까 봐 하늘이 보냈나 보죠."

곽동미가 남의 말처럼 두런댔다.

"답답하구려. 곧 먼동이 틀 테니 바람이나 쐬러 나갑시다."

영실은 유찬을 깨워 말을 대령하라 일렀다. 곽동미를 앞에 태우고 솔숲 우거진 뒷산 가풀막을 탔다. 도교 신을 모시는 삼청전을 지나 북악산 등성이에 오른 그들은 말 위에서 한양성을 내려다보았다.

"하늘 아래 이처럼 아름다운 도성도 없을 거예요. 북경이나 사마르칸트는 광활하기만 할 뿐 올망졸망한 산하가 없잖아요."

"난 말이오. 당신이 어떻게 생각하든 전하의 노비요. 벼슬이 대호군이 아니라 상호군에 오르더라도 여전히 전하의 종복이오."

봄이 오는 길목이라지만 새벽 공기가 쌀쌀했다. 영실이 곽동미를 뒤에서 끌어안고 체온을 나눠주며 조용히 읊조렸다.

"저기 흐르는 강이 한강이라 했던가요? 저 강물은 흐르고 흘러 마침내 강을 버려야 바다에 이르는 법이랍니다. 조선 왕이 성군이라고 만백성의 칭송을 받던데 정말 성군이라면 당신 같은 천재를 혼자만 끼고 있어선 안 됩니다. 대붕은 구만리를 나는 영물이죠. 맘껏 창공을 날게끔 해줘야 옳지 언제까지 이 비좁은 조롱에 가둬둔단 말입니까?"

일찍이 그를 알아준 이가 왕이었는데 지금 이 곽동미는 다른 차원에서 그를 알아주고 있었다. 순간 숨통이 확 트이는 느낌이었지만 그것도 잠시, 오히려 더 답답해져버렸다. 영실은 자신도 모르게 한숨이 나왔다.

"난 충성스러운 신하는 될지언정 아무래도 절세의 발명가나 혁명가는 못 되지 싶소."

이미 오래전에 모순의 세상을 꿰뚫어보고 자신을 발견한 영실이었다. 냉정히 말해 세상의 맨 밑바닥 인생인 노비에게는 그 어떤 사회적 가치도 가당치 않았다. 국가도 임금도 불교도 성리학도 개 발에 주석편자일 뿐이다. 오직 자신의 목숨이 중요하지만 그마저도 마지못해 붙들고 있는 숨통이다. 어렵사리 몇몇 노비가 굴레를 벗더라도 세상에는 숱한 노비들이 있었다. 호조戶曹의 최근 조사에 따르면 줄잡아 이 나라 사백만 명의 백성 가운데 절반에 육박하는 백오십만 명가량이 노비였다. 그 많은 노비가 마소와 같은 삶을 살고 있었다. 전하가 아니었다면 영실 자신도 그들 가운데 하나로 남아 있을 터였다.

"조선 왕과의 인연 풀이가 더 남아서겠죠. 전 이제 소녀가 아니에요. 매사가 서두른다고 곧바로 성사되는 건 아닙니다. 직수 굿이 기다려드릴게요. 이번에 데리고 온 라마승 압둘라는 유리세공에 뛰어난 장인이랍니다. 거두어 쓰시다가 나중에 그를 길라잡이 삼아 제게로 오셔요."

곽동미에게 이처럼 웅숭깊은 구석이 다 있었다. 영실은 그녀를 꼭 끌어안고서 산등성이에서 해맞이를 했다. 그러다가 그간 혼자서만 고민해왔던 이야기를 꺼냈다.

"실은 말이오. 얼마 전, 여진 대감과 조 상인이 긴급 제안을 해왔소."

"뭔데 그렇게 심각해요?"

"우리 전하의 명으로 지난 갑인년(1434)에 새로운 동활자 이십만 자를 주조했소. 합금을 써서 녹을 방지했고 가로세로 크기가 같아서 식자가 편하오. 밀랍 대신 대나무 살을 끼워 판을 짤 수 있고 하루 사십 장이나 인쇄할 수 있소. 글자체도 미려하고."

"갑인자 말씀이로군요! 북경은 물론 사마르칸트에도 알려졌답니다."

곽동미도 갑인자를 알고 있었다.

"그 활자본과 제작법을 자기들에게 넘겨달라는 거요. 명나라 5대 황제 선종(재위 1425~1435)이 죽고 그의 아들(영종英宗, 재위 1436~1464)이 즉위한 뒤, 황실과의 돈독하던 관계가 어려워졌으니 우리 갑인자 기술을 전수받아 황실에 공도 쌓고 나를 돕겠다는 거요."

"그건 일리가 있네요. 조미진 부인은 선종의 후궁 공신부인恭愼夫人 한씨와 각별하죠. 공신부인은 영락제의 후궁 여비 한씨의 동생이잖아요. 출중한 미모와 현덕을 갖춰서 열일곱 살에 후궁으로 뽑혀 갔다죠. 선종은 공신부인을 총애했어요. 그런데 삼 년 전에 선종이 죽었으니 지금의 황제가 아들뻘이긴 하나 영향력이 떨어질 밖에요."

○

"나는 여비 한씨의 은덕을 입었다오. 여비의 여동생 공신부인의 십년 위 오라비가 지금 중추원사 한확 대감이오. 거듭 황제의 처남이 되니 주상 전하도 예우하고 나도 극진히 모시지요. 공신부인이 힘을 얻어야 조선 왕실이 편안하오."

군사 기무와 왕명을 출납하는 한확은 영실의 직속상관이나 다름없었다. 업무상 서로 자주 접하는 관계였다.

"그럼 당신을 그렇게 끔찍이 아끼시는 왕과 한확 대감을 만나 숙의하면 되겠네요. 지금 중국 황제는 이제 겨우 열두 살입니다. 태황태후가 섭정하고 양사기, 양영, 양부 같은 이른바 삼양三梁 늙은이들과 환관 왕진王振이 쥐락펴락하고 있어요. 자기들끼리 이인자의 권력을 다투다가 자칫 조선에서 장 공과 왕이 벌이는 일들을 꼬투리 잡을 수도 있겠군요."

곽동미는 이맛살을 찌푸렸다.

"그래서 여진 대감과 조 상인 부녀가 황실에 공을 세우려고 하는 거 같소. 곧 연로한 태황태후가 죽고 나면 그 역할을 공신부인 한씨가 대신하게 해주자는 거요."

"한확 대감과 조선 왕으로서는 쌍수 들고 환영할 일이네요 뭐. 당장 둘을 만나 결정해요. 활자본과 제작법은 내가 가져다가 전달할 테니!"

곽동미는 뒤엉킨 실타래를 칼로 내려치듯 명쾌하게 결론냈다.

"문제는 그 다음이오. 조선은 이후로도 굵직한 국책사업들을 계속할 거요. 그때마다 중국 황실에서 꼬투리를 잡으면 돈 벌 욕심이 많은 조 상인의 요구도 커질 텐데……."

영실은 난감해했다.

"걱정도 팔자십니다! 그건 그때 가서 해결하면 되고요."

"알겠소. 당신은 여장부요."

영실의 말에 둘은 소리 내 웃었다.

곽동미는 금년 초부터 중국 황실에서 북경 관성대를 헐고 다시 세우는 작업을 하고 있다고 일러주었다. 이름도 관상대로 바꾸고 천문 의기도 새로 제작하니 앞으로 사 년가량 걸릴 거라 했다. 나라마다 앞서거니 뒤서거니 천문대를 세우고 있었다. 지금은 그런 시대였다. 농업이 기초가 되는 세상이니 천문이 중요했다. 하지만 훗날에 공업이나 상업이 중시되는 다른 세상이 오면 천문보다 더 중요한 게 얼마든지 있을 거라는 게 곽동미의 예측이었다. 그녀가 궁리하고 있는 광학도 그중 하나가 될 거라고 했다.

그들은 산에서 내려와 공방에서 함께 작업했다. 왕이 특별히 사흘간의 휴가를 주었기 때문에 밤낮 붙어 지낼 수가 있었다.

아랍인 승려 압둘라와 개동이 작은 노爐 앞에서 땀을 흘리고 있었다. 유리창 용광로의 축소판인데 화로 안에서 타는 재료가 목탄이 아니라 무연탄이었다. 검은 흙인 무연탄은 눈에 보이지 않는 독 기운이 뿜어져 나와서 여간해서는 사용하지 못하는 광물이었다. 그 독 기운을 굴뚝으로 뽑아내면 용광로를 가열하는데 더없이 좋았다. 화력이 셌고 한번 불을 붙이면 오래 탔으며 풀무질을 하지 않아도 되는 장점이 있었다.

모래와 석회, 소다를 혼합하여 용기에 넣고 고온으로 가열해 맑은 유리 용액을 얻었다. 유리가 굳기 전 점성을 띨 때 여러 주물을 이용하여 크고 작은 각종 유리 투명체를 만들었다. 유리는 빛을 모으기도 하고 반사하기도 했다. 유리 뒷면에 수은을 바르면 거울이 된다. 유리 면이 볼록한가, 오목한가, 평평한가에 따라 재미있는 상이 맺힌다. 두 개의 평면거울을 양쪽 벽에 걸어두고 그 사이에 들어가 있으면 무수한 자화상이 도깨비 나라처럼 전개된다. 실제로 장영실의 공방 가운데 작은 방은 천장에 유리창을 박아 자연 채광을 했고 벽면을 거울로 장식하여 묘한 분위기를 연출했다.

압둘라는 오색찬란한 유리그릇을 입으로 불어서 만드는 데 신통방통한 재주가 있었다. 똑같은 크기로 여러 개를 만들기도 했고 입구가 잘록한 병도 곧잘 만들었다. 영실은 예쁜 화채 그릇과 꽃병을 여러 게 만들도록 해서 왕후 심씨에게 바쳤다.

활자를 같이 만들었던 이천과 상의 후, 왕과 한확에게 갑인자 문제를 꺼냈다.

"그런 일은 저쪽에서 요청하지 않았더라도 우리가 먼저 나섰어야 했소."

한확의 말에 왕은 두말없이 허락했다. 중국에서는 그깟 천문대 한 번 올라간 걸 가지고 이 생난리를 치는데 조선은 그보다 훨씬 값진 물품과 기술도 알아서 바쳤다. 심지어는 공녀라는 명목으로 사람까지 바쳐왔다. 한확 대감은 그 반대급부를 한껏 누리고 있으니 그들 가문 입장에서는 차라리 좋은 제도일까.

달포를 머물던 곽동미가 갑인자 활자본과 제작법 책자를 가지고 돌아갔다. 그녀가 떠나고 영실은 다시 가슴앓이를 해야 했다. 불혹이 넘어 무슨 주책이냐고 하겠지만 그도 감정을 지닌 사람이었다. 지남철이 다른 극끼리 서로 잡아당기듯이 둘 사이에는 보이지 않는 인력引力 같은 게 있었다. 그 이끌림은 날카롭게 후벼 파고드는 그녀의 지적만큼이나 강렬했다. 별스러운 그녀의 눈에 비친 영실은 아직 발명가 수준에는 미치지 못하고 장인에 머물러 있을 뿐이었다. 돌이켜보니 그간 만들어온 기물들이 하나같이 전에 있었던 것들을 복원하거나 개량한 것이지, 없던 새로운 것을 발명한 게 없었다. 확대경과 측우기 정도가 새롭다면 새로웠다.

하지만 왕은 달랐다. 왕은 수시로 천문대에 올라 밤하늘의 이십팔 수를 보곤 했다. 왕은 말했었다. 천상이 그러하니 지상도 그러하리라고. 왕은 하늘의 별자리를 인간 세상으로 끌어내려 편의를 도모할 일이 없을까를 궁리했다. 말과 음악도 하늘의 소리를 담아야 하고 글자도 하늘의 이치를 담아야 쉽고 오래가며 높은 격을 갖춘다고 믿었다. 그것이 천지인삼재天地人三才사상을 하나로 꿰는 이치라고 보았다. 왕은 집현전 학자들을 동원해 음운학을 연구시켰다. 영실과 독대할 때도 음운학에 골똘히 빠져 있는 경우가 많았다. 틈만 나면 천지인 상징 부호인 •, ㅡ, ㅣ 같은 낙서를 했고, 아이들처럼 혀와 입술, 이빨, 목구멍 모양을 그렸다.

"문자文字(한문)는 일반 백성들이 배우기에 너무 어렵소. 그러니 송사가 벌어져도 문자를 아는 이들의 희생물이 되어 억울하게 누명을 쓰는 수가 많음을 아오. 문자는 권력이니까 사대부들은 전횡하려 들지요. 짐은 이제부터 누구나 쉽게 배울 수 있고 우리말을 소리 나는 대로 온전히 적을 수 있는 그런 글자를 만들 작정이오. 그렇게 되면 아녀자들도 노비들도 쉽게 배우고 써서 편리할 것이오."

왕은 침침한 눈가에 자꾸 끼는 눈곱을 명주 수건으로 연방 닦아냈다. 음운학에는 그리 재주가 없는 영실로서는 도움이 못 돼서 안타까웠다.

영실은 일찍 퇴궐해 공방에 틀어박혀 거리 재는 기계 기리고차記里鼓車 제작에 열중했다. 왕이 온천에 거둥할 때, 수레에 달아 드리고 싶었다. 표면적 이유는 그랬지만 사실 곽동미가 다녀간 이후, 영실이 공방에 머무는 시간이 부쩍 늘어났다. 압둘라와 작업하면 도움받는 게 많아서이기도 했지만 서서히 다가오는 결단의 순간을 가늠하기 위해서이기도 했다. 왕이 보위에 오르던 당시와 달리, 이제는 많은 장인과 뛰어난 격물가가 길러졌다. 그가 없어도 왕에게는 많은 인재가 있었다. 장인을 넘어 시대를 뛰어넘는 격물가나 발명가가 되고자 한다면 곽동미가 한 말을 유념할 필요가 있었다. 그녀가 정념 때문에 그런 말을 했다고는 여겨지지 않았다. 물려받은 핏줄도 그렇고 우주인의 기상을 가진 그녀가 아니던가. 일찍이 발견한 나, 개인의 길을 세상 누구보다 먼저 가보는 것이야말로 진정으로 내가 원하는 일이었다. 아무개의 종이나 주인, 가족, 신하 따위가 아니라 하늘 아래 홀로 선 개인을 발견하고 오직 자신의 판단에 따라 자기 길을 가는 그런 삶이야말로 내가 꿈꿔온 인생이었다. 스승 갈처사가 그에 가까운 삶을 살다 가셨다. 이제 내 앞에서도 고독한 선택의 순간이 오고 있었다.

"나으리, 손님들이 찾아오셨는데요. 집현전 정자正字 김담이라 하옵니다."

유찬이 고했다. 열일곱의 유찬은 언행이 민첩하여 가까이 두고 쓰는 아이였다. 십여 년 전에 시장에서 악덕 상인의 삐끼 노릇을 하며 고생하던 꼬맹이를 거두었는데 글공부를 시켰더니 바로 때를 벗었다. 아명이 막손이었다. 조용히 도와달라는 의미로 유찬이라는 이름으로 바꿔주었다.

영실은 사랑채로 향했다. 젊은 집현전 학자 김담은 경상도 예안 사람으로 지난 을묘년(1435, 세종 17년) 정시에 병과로 급제해 임직을 맡았다. 고려 말, 상장군을 지낸 김신의 손자로, 나이가 스물셋인데 단아한 풍채였고 독서량이 많아 전하의 관심을 받고 있었다. 천문 역법에도 밝아 이순지가 상을 당했을 때, 그를 대신 한 적이 있었다. 김담 말고도 두 사내가 더 있었다.

"자네가 내 집에 어인 일인가?"

"대호군 나리, 예고도 없이 이렇게 불쑥 찾아와 송구하옵니다. 의성 점곡에서 처남들이 올라왔기에……."

김담은 조신한 언행으로 머리를 조아렸다.

의성 점곡이라면……? 그 옛날 소년 시절에 딱 한 번 찾았던 곳, 그 황금물결 출렁이던 가을 들판 송내리는 이미 기억 속에 매장하고 장례식을 치른 이름이었다. 분명히 장씨 가문의 핏줄을 타고났으나, 모계가 천하다는 이유 하나로 깨끗이 부인된 그 자리에 송내리라는 장씨 집성촌 마을이 있었다. 어언 삼십 년이 흐른 지금은 거짓말같이 면천이 되었고 벼슬이 정4품에 이르렀으니 인생은 한바탕의 꿈이던가.

"기억 못 하시겠소? 장 대호군께서 소싯적에 모친과 함께 향촌에 오셨을 때, 잠깐 마주쳤었지요. 집안 어르신들이 하도 박대하시는 바람에 저로서는 눈길도 제대로 주지 못했습니다만."

전혀 기억에 없는 중늙은이가 김담 옆에 서 있다가 말을 붙였다. 짐작하건대 사촌 관계가 되는 듯한데 낯설고 어색하기만 했다.

"사랑채로 드시지요."

데면데면한 영실을 지켜보던 노모 자향이 나섰다.

그들은 사랑방에 둘러앉아 다과를 들었다.

아까 말을 붙인 늙수그레한 사내는 숙부 장성미의 큰아들 장계무獎繼茂라 했다. 줄곧 송내리 향촌에서 살아왔다고 한다. 둘째 계생繼生은 종5품 부사직을 지냈는데 역시 송내리에서 산단다.

직급만 있는 명예직에 속했다. 영실처럼 보임을 받아야 일 년에 네 차례 녹봉을 받게 돼 있었다.

"하면, 김담 정자와는……?"

영실은 관계를 묻지 않을 수 없었다. 아까 얼핏 들으니 김담이 처남들이라는 말을 했던 것 같았다.

"우리와 나이 차가 많은 여동생이 이 사람의 처가 되지요. 매제의 조부이신 김신 어른과 장 대호군의 선친이 교류가 깊었었고, 매제의 부친이 의성 현감을 지낼 적에 양가가 다시 혼맥으로 얽혔소."

저들도 어색하기는 일반이었다. 부계의 핏줄을 인정한다면 손아래 사촌 동생이 영실이었다. 뻔히 동생인 줄 알면서도 단절된 세월이 너무 길었고 무엇보다 영실의 의향이 어떤지 몰라 하대할 수가 없었다. 저들은 이제 와서야 그분이 선친 되신다고 기정사실로 인정하고 있었다. 하지만 영실에게 아버지 같은 건 처음부터 있지도 않았다. 그저 '그분'에 지나지 않았다.

"그렇게 되었군요. 김 정자는 촉망받는 집현전 학자지요. 제가 비천한 몸으로 주상 전하의 과분한 승은을 입어 자주 알현하는데 전하께옵서 김 정자에게 거는 기대가 아주 컸습니다."

영실이 이야기의 초점을 김담에게로 맞췄다.

"소직은 대호군 나리에 비할 바가 아닙니다. 전하께옵서는 장 대호군 나리를 나라의 보배로 여기고 계십니다."

김담이 두 손위 처남들 들으라는 듯 읊조렸다. 사실이 그랬

다. 궁궐을 출입하는 관료들은 물론 지방 수령들까지 그런 장영
실을 부러워했고 틈만 나면 줄을 대려고 했다. 영실은 뇌물에 관
한 한 단호했다. 새로운 기물을 제작하는 데 재원이 필요하면 전
하에게 직접 상신해 타다가 쓸지언정 구린 일은 처음부터 차단
해 버렸다. 하는 일이 많고 연구가 깊어서 그런 일 따위로 시간
과 정력을 소모할 겨를이 없었다.

"장하시오. 우리 아산 장씨 가문의 영광입니다."

장계무가 또 집안을 거론하고 나왔다. 영실은 멋쩍었다.

"아직 사십 대이니 빨랫줄처럼 쭉쭉 뻗어서 당상관에 오르시
리라 믿습니다. 큰아버님의 산소가 당대에 발복하는 명당입니
다. 안산이 옥대형국이더니 이렇게 떡하니 우리 장 대호군이 나
오셨지 뭡니까."

계생도 깍듯한 경어를 써가며 예찬을 아끼지 않았다. 그런데
그것이 영실에게는 모두 공치사로 들렸다. 태어난 이래 장씨 문
중에서는 누구도 그를 찾아보지 않았고 그가 홀어머니와 집성촌
을 찾아갔을 때도 문전박대했다. 사당 참배도 허락하지 않아서
묘역만 들렀다 와야 했다. 그날 어머니의 가녀린 손톱 밑으로 파
고들던 거친 띠 줄기, 그리고 붉은 피……. 지금도 잊히지 않았
다. 이미 기억 속에 인둣불로 지져둔 화인火印이었다.

"그거 꺼내놓게."

계무의 말에 계생이 들고 온 보따리를 풀었다. 아산 장씨 세
보였다. 시조 장서가 고려 중엽 이후의 인물이어서 필사해오고

있는 세보는 그리 두껍지가 않았다.

"여기 보시오. 이렇게 큰아버지 성 자, 휘 자 쓰시는 분 아래는 비워두었소. 지금은 우리 형제가 봉제사를 해오고 있지만 이 자리는 언제고 장 대호군 이름자를 올릴 수 있게 해놓았소이다. 얼마 전 문중 회의에서 결정된 바요."

계무는 8세 성휘 아래의 빈자리를 가리켜 보이며 말했다. 그 왼쪽 옆으로 계무와 계생의 이름이 쓰여 있었다.

"장 대호군 나리, 제가 뭐라고 나설 자리는 아닙니다만, 두 처남께서 부러 상경하여 이렇게 찾아오셨으니 옛날의 서운한 감정일랑 봄눈처럼 녹여버리시죠. 저로서도 고명하신 손위 사촌 처남 한 분이 더 생기는 것이니 너무 흐뭇합니다."

반듯한 김담이 나섰다. 사실 이런 자리는 뭔가 처지가 뒤바뀐 것이었다. 아무래도 영실 쪽에서 본가에 찾아가 매달려야 옳았다. 당신들이 부인한 관비 소생이지만 면천이 됐고 벼슬이 대호군에 이르렀으며 금상의 각별한 사랑을 받는 몸이 됐으니 족보에 올려주고 후손으로 받아달라고 매달려야 옳았다. 그러면 장씨 문중에서는 얼마쯤 거드름을 피우다가 못 이기는 체 선심을 쓰고 나오는 게 옳은 순서였다. 그런데 일부러 한양까지 올라와 호의를 베풀었다. 감사해야 마땅했으나 선뜻 내키지 않아 주저했다.

"장 대호군 나리, 불원천리로 찾아오신 형님들이십니다. 넓은 가슴으로 손 한 번씩 잡아주세요."

보기가 뭣해진 김담의 채근에도 영실은 머뭇거렸다. 반백 년을 의지가지없이 살아왔다. 이제 와서 세보에 이름 두 자를 올리고 아무런 추억이 없는 사촌들과 호형호제하며 지내서 뭘 어쩐다는 것인가. 족보 없이도 여태껏 잘 살아왔다. 중국 유학까지 다녀왔고 왕의 사랑을 한 몸에 받는 복을 받았다. 거기에 어디 조상 음덕이 낄 여지나 있었던가. 은혜가 있다면 단아한 성품의 어머니를 인연 지어 준 일이었다. 그렇다면 모계의 조상에게 감사해야 옳다. 성도 없는 들풀 같은 모계의 조상들에게 경배드려야 마땅하다. 중국에 처음 갔을 때, 소주 근처 남경에 가볼 기회가 있었다. 맘만 먹으면 시조 할아버지의 고향에 쉽게 다녀올 수도 있었다. 그러나 그러지 않았다. 당대에도 부인되는 혈통이거늘 시조의 고향을 찾아가서 뭘 느낄까 싶어서였다. 차라리 조상에 대한 생각을 바꾸기로 했다. 이 세상의 모든 앞서 간 이들이 조상이라고. 또한 고향에 관한 생각도 바꾸기로 했다. 이 세상 그 어디라도 발 딛고 선 바로 그 자리, 고단한 몸을 누이게 해주는 바로 그곳이 고향이라고. 그런 생각을 하니 깊은 상처가 치유되고 속이 후련해졌다. 그리고 지금은 하늘 아래 당당한 인간 장영실로 거듭났다. 이역만리 사마르칸트에 연인을 둔, 별을 품은 우주인으로!

"두 분 형님! 그리고 매제! 이 사람은 처음부터 지금껏 내리 아산 장씨 9세손 장영실이었습니다. 누가 인정하고 안 하고는 별 의미가 없습니다."

영실은 속내와는 전혀 다르게 감정을 표현했다. 마흔을 넘긴 연륜과 경험이 가져다준 여유였다.

"이제 자네는 우리 가문 사람이니 우린 형젤세."

계무가 자네를 찾고 나왔다. 두 사람이 손을 내밀어왔다. 영실은 그 손들을 맞잡아주었다. 특별한 감상은 일지 않았다.

"큰어머님을 뵙고 싶네."

칠순이 다 된 노모가 조카들에게 절을 받게 되었다. 영실과 달리 어머니 자향은 감회가 깊었다. 장씨 집안사람들에게 떳떳할 만했다. 대를 이어주고도 인정받지 못한 여인의 정한이 풀린 것이다.

그날 술잔을 주고받으면서 어색함을 풀어보려 했지만 잘되지 않았다. 다만 김담과는 친분이 깊어졌다. 사촌들은 경상도 방면으로 지방 출장을 오게 되면 꼭 향촌에 들르라는 말을 남기고 떠났다. 그들은 고조부 장득분蔣得芬이 고려 말에 서운관 관원을 지냈다는 사실도 말해주었다. 영실이 천문에 밝은 것이 평지돌출만은 아니라는 거였다. 사촌 매제 김담 역시 천문에 밝았다.

왕은 새로운 글자 만드는 일에 집중했다. 경연에 나오는 횟수를 줄이고 세자와 함께 연구하는 시간을 늘렸다. 정전이 아닌 강녕전에서였다. 강녕전은 임금이 한가로이 시간을 보내는 장소였다. 왕은 침침해진 눈으로 신라 때 설총薛聰이 지은 이두를 정리해보기도 하고, 중국어와 몽골어, 만주어는 물론 천축국의 실담어悉曇語(산스크리트어)까지 연구했다. 새로운 것을 만드는 데

○

399

는 주역의 원리인 역리易理처럼 좋은 바탕도 없었다. 천문과 역학에 밝은 왕은 하늘과 사람과 땅의 조화, 그 속에 담긴 오묘한 질서를 그림과 수로 표현하자 했다. 왕은 답답할 때마다 천문대에 올라 이십팔 수 별자리를 보곤 했다.

"새로 만드는 글자는 저 하늘의 이십팔 수처럼 기본자가 스물여덟 자라야 하리라. 짐은 하늘의 문자를 만들 참이니까."

왕이 영실과 함께 천문대에 올라서 별을 보며 혼잣말처럼 말했다.

"집현전 학자들 가운데 음운학에 밝은 이들이 많사온데 왜 하필 옥체를 상하시면서까지 그 일에 매달리시는지요?"

천문대를 내려오며 영실이 여쭈었다.

"장 공! 문자는 제왕이 아니면 만들 수 없는 거라오. 신라 때 설총의 이두가 실패한 까닭은 그가 제왕이 아니었고, 제왕의 전폭적인 뒷받침이 없었기 때문이오. 예악형정을 개혁하는 일이나 문자 만드는 일은 반드시 덕을 갖춘 이후에야 가능하오. 제왕이라도 덕을 잃으면 큰 개혁은 성공할 수 없는 것이오. 궁극적으로 고통을 감내하고 받아주는 것은 백성이기 때문이오. 그리고 집현전 학자들에게는 글자를 다 만들어놓고 나중에 알릴 생각이오. 미리 말해주면 도움은커녕 벌떼처럼 일어나 못 만들게 막을 거요. 그들에게 문자漢文는 양보할 수 없는 권력이자 중화中華의 지도리요. 문자는 동이족의 산물이라서 중국 것만이 아니고 우리 글자이기도 하지만 말이오. 여하튼 조선이 새 글자 만든다는 사실이 중국에 알려지기라도 한다면 끝장이오.”

그런 전략이 숨어 있었다. 과연 매사에 주도면밀한 왕다웠다. 그런데 그 많은 집현전 학자들을 배제하고 무슨 수로 세자와 둘이서 새 글자를 만든다는 것인가. 왕의 성정으로 봤을 때, 이미 뭔가 확실한 실마리를 잡지 않았다면 이처럼 장담할 수는 없었다.

“호기심 많은 장 공이 의아해하는 건 당연하지. 내일 저녁, 강녕전 연구 모임 자리에 은밀히 들러보시구려.”

왕의 초청으로 영실이 강녕전 모임에 참석했다. 커다란 방 안 구석구석과 벽에는 무수한 자투리 종이들이 걸려 있었다. 세자와 진양 대군, 안평 대군은 물론 정의 공주까지 참여하는 왕실 모임이었다. 새로운 글자를 창제하기 위해 왕은 머리 밝은 왕자들과 공주의 힘을 빌리고 있었던 것이다. 하필이면 그날 왕은 어지럼증을 호소하며 쓰러졌다.

“어서, 어의를 부르라!”

세자의 하명에 어의가 달려와 맥을 짚었다.

“과로이옵니다. 독서와 궁리를 너무 많이 하셨습니다. 곧 탕제를 올릴 터이니 드시고 취한하소서. 당분간은 정사나 경연은 물론 독서를 삼가소서.”

의원의 그 말을 곧이곧대로 들을 전하가 아니었다. 입직 승지의 부축을 받고 침전에 갔다가 겨우 한 식경쯤이나 쉬었다 돌아와 글자 모임을 계속했다. 정의 공주가 이상한 발음을 하면 세자가 이상한 부호를 그려 보였고 세자가 발음하면 정의 공주가 그렸다. 그걸 가지고 왕이 논평하면 왕자들이 의견을 보탰다. 이 자리에서만큼은 까막눈이 돼버린 영실의 눈에는 희한한 광경일 뿐이었다.

"전하, 독서를 해야 하실 때는 이 확대경을 사용해보십시오. 작은 글씨를 크게 보실 수 있을 것입니다."

모임이 파하자, 장영실은 작은 오동나무 상자를 바쳤다. 입번 승지가 받아 전하께 올렸다. 왕은 사용법을 일러주지도 않았는데 손잡이를 잡고 펼쳐진 책에 갖다 대더니 어안을 크게 떴다.

"오호, 과연 커다랗게 보이는구나. 그전 중국 유학 시절에, 대호군이 만든 확대경이란 말이지."

"수정을 깎아 만든 석경입니다. 유의하실 것은 그 확대경으로 태양을 보시면 안 되옵니다. 빛이 모여서 뜨거워지는 탓입니다."

"옳거니. 그 옛날에 얼음으로 불을 붙이던 일이 상기되오. 뜨거워지기만 하는 것이 아니라 타 버리고 말지."

"황공하옵니다."

"대호군 덕분에 독서를 더 할 수 있게 되었도다."

강녕전을 물러 나오는데 밖에서 대기하던 어의가 영실의 앞을 가로막았다. 어의는 단단히 골이 나 있었다.

"영민하신 대호군께서 어찌 그리 물색없는 짓을 저지르신 게요?"

"영감의 말씀이 너무 무례하오."

장영실은 언성을 높였다. 명문가 출신 문관들에게 은근히 업신여김을 받는 입장이라고 해서 품계 낮은 어의까지도 가세하게 놔둘 수는 없었다.

"대호군께서 전하를 생각하시는 마음을 모르는 바는 아니올시다. 다만 이번의 처사는 그 하나만을 아실 뿐 역효과를 고려하지 못한 일입니다. 전하께옵서는 절대 안정이 필요합니다. 옥체가 미령하셔도 좀처럼 손에서 책을 놓지 않으셔서 걱정인데 확대경을 올리심은 결과적으로 쉬시지도 못하게 하는 꼴입니다."

어의의 말은 옳았다. 전하의 환후를 고쳐내야 하는 그로서는 영실의 행위가 달가울 리 없었다. 휴식을 취하면서 약을 써야 효과를 보지, 혹사하면서 약을 쓴들 무슨 소용이 있겠는가. 장영실은 고개를 끄덕이며 잘못을 시인했다.

"나 또한 그 생각을 전혀 하지 않은 것은 아니오. 이십여 년을 모셨으니 누구보다도 전하를 잘 아는 사람이오. 그래서 진작 바치려다가 이때까지 기다려온것이오. 어의의 주의에도 아랑곳없이 전하께서는 당신의 계획하신 바를 성취하기 위해 다시 책을 붙들었소. 전하께서는 그런 분이오. 집념이 강하시고 성취 욕구가 유별나십니다. 당신 스스로가 뜻을 바꾸시면 모를까 어느 누가 강박으로 능히 바꿀 수 있겠습니까?"

"하긴 그렇소이다."

영실의 논변에 어의가 동의했다.

왕의 병세는 급격히 나빠졌다. 등창이 심하여 돌아눕는 것조차 힘겨웠고 한쪽 눈은 거의 시력을 잃어가고 있었다. 다른 눈도 흐릿해지는 경우가 많았다. 궐내에서 왕자들과 가끔 하던 타구打毬도 접고 군사훈련을 겸한 수렵 대회도 왕세자에게 맡겼다. 수렵대회가 끝나자, 왕은 충청도 온수 온천에 다녀오기로 했다. 왕비가 함께 거둥했으며 왕세자가 호종하고, 종친과 문무 군신 오십여 인이 호가했다. 궁궐은 임영 대군이 지켰다.

이 행차에 장영실의 또 하나 역작이 첫선을 보였다. 수레바퀴에 여러 개의 톱니바퀴를 부착해서 거리를 재는 기계를 발명한 것이었다. 임금의 수레 가마가 일리里(약 400미터)를 가면 그때마다 나무로 깎아 만든 인형인 목인이 자동으로 북을 쳤다. 그 북소리의 횟수를 기록하면 이제까지 온 거리를 가늠할 수가 있었다. 기리고차(미터기)였다. 왕은 온천 가는 길 내내 북소리가 날 때마다 흐뭇하게 웃었다.

온천욕은 효과가 있었다. 눈병이 많이 나았고 등창도 호전되었다. 왕은 온수현을 승격시켜 온양군으로 삼았고 온천 행차의 만수받이를 담당한 충청도 관찰사와 도사에게 어의 한 벌씩을 하사했다.

신유년(1441, 세종 23년), 중국과 조선 사이에 빈번한 사신 왕래가 있었다. 황제의 칙서는 세 번에 걸쳐 내려왔다. 첫 번째는 봄에 내려진 것으로 변경 오랑캐 부족인 범찰凡察과 이만주李滿住가 귀국하는 조선 사신을 약탈하려 한다는 정보를 듣고 경계하라는 내용이었다. 세 번째 역시 범찰과 이만주에 관한 칙서로 그들 쪽 사람이 조선에 입조하여 문안하도록 명했다는 내용이었다. 금상 15년과 19년 사이에 명나라의 지배 체제에 편입돼 있던 이 무리를 정벌하면서 붙잡아 온 휘하들 문제가 관련돼 있었다. 왕은 두만강 유역에 6진을 개척한 이후, 파저강 일대의 이만주 세력을 토벌하고 4군을 설치하여 두만강과 압록강에 이르는 나라의 강역을 확정 지은 바 있었다. 중국 조정에서는 사전에 예고도 없었던 조선의 북정北征을 내심 못마땅해하면서도 조선 왕의 지극한 사대를 가상하게 여기고 지지했다.

문제의 칙서는 여름에 내려온 두 번째 것이었다. 명나라에서 비공식적으로 은밀하게 파견된 사신은 칙서를 읽지 않았다. 평상시 하던 것처럼 예조가 도맡아 사신 접대를 하지도 않았다. 예조판서 민의생은 처음에만 관여했을 뿐 왕세자가 직접 나섰다. 칙서 또한 황제의 명에 의해 봉인된 채로 예를 갖춰 무릎 꿇은 왕에게 전달되었다. 드문 일이었다.

조선 왕은 대대로 예의를 지키고 충후忠厚로써 중국을 사대해왔음을 짐은 잘 아노라. 하여 역대 황제들은 조공도 다른 나라와 달리 유독 조선에만 일 년에도 수차례씩 허용했고 금과 은의 세공도 면제해주었도다. 이뿐이던가. 지난 계축년과 정사년에 허락노 받지 않고 북정을 감행했으나 너그러이 보아 넘겼도다.

근자에 짐이 여러 경로를 통하여 들으니, 조선이 독자적인 역법을 수립하고 천문도까지 돌에 새겨 궁궐의 후원에 세웠다고 한다. 예법에 밝은 왕이 잘 아는 바와 같이 하늘의 일을 주재하는 것은 오직 천자만의 고유한 권한이다. 충심으로 사대해온 그대의 충정이 변해서일까마는 만에 하나라도 다른 뜻이 있어서라면 이는 짐과 짐의 나라를 모만侮慢하는 처사이니 심히 우려스럽다 하지 않을 수 없다. 짐은 조선이 멀리 동해변에 붙어 있으나 예법이 흠잡을 데가 없고 풍속이 아름다워 그 어느 나라보다 중하게 대하여왔거늘 장차 이 일로 인하여 생흔生釁(가깝던 사이에 틈이 생김)이 있을까 걱정되도다. 현명한 조선 왕은 문득 그른 짓을 하지 말아서 태평의 복록을 영구히 누리기 바란다.

그렇게 조심하고 갑인자 기술까지 갖다 바쳤건만 황제의 귀에까지 전해진 모양이었다. 하긴 양국 사이에 빈번한 사절단이 오가고 역관들과 상단이 끼어 있는데 언제까지 비밀로 남을 수는 없었다. 천문대와 천문도가 중국 사신의 눈에 띄지 않게 하려고 애써왔지만 알게 모르게 여러 경로를 통해 중국에 흘러들어 갔던 모양이었다.

황제의 칙서는 부드러우나 엄중한 경고를 담고 있었다. 특히 '모만'이나 '생흔' '그른 짓' 등의 표현은 신중한 왕의 마음을 무겁게 짓눌렀다. 어둡던 눈이 더 어두워져 앞이 캄캄했다. 이런 날을 전혀 생각하지 않았던 것은 아니었다. 조선의 하늘을 열겠다고 뜻을 세우면서 마음 한편에 우려의 씨앗이 싹텄었다. 하지만 일을 저지르려는 자가 너무 따지면 아무것도 할 수가 없었다. 그래서 천문에 밝은 인재들을 발탁했고 장영실 등을 북경에 유학 보냈었다. 목적을 위해서는 뇌물이라도 쓰라며 은자까지 들려 보냈었다. 그리하여 어엿한 조선의 하늘을 열었건만 황제는 중국과 자신에 대한 모만이라고 책망하고 있다. 칙서의 마지막 문장은 노골적인 겁박이었다. '현명한 조선의 왕은 문득 그른 짓을 하지 말아서 태평의 복록을 영구히 누리기 바란다.' 어리석게 그른 짓을 계속한다면 더는 태평의 복록을 누리지 못하게 하겠다는 경고였다.

황제의 비밀 칙사는 왕세자와 함께 경회루 후원의 간의대와 돌에 새긴 천문도를 둘러보았다. 중국에 비해 초라한 규모였으나 칙사는 자세히 따져 물으며 그림을 그리고 기록했다. 비밀 칙사는 불과 며칠 동안 태평관에 머물면서 휴식을 취하고 중국으로 돌아갔다. 조선에서는 곧 사신을 보내기로 했다. 황제의 탄일이 멀지 않았으므로 그때에 맞추기로 했다.

왕은 영의정 황희와 왕세자를 강녕전으로 불렀다. 예조판서 민의생도 부르지 않았고 도승지 조서강이 가까이 있었으나 왕실의 일을 처리하는 문제라며 배석시키지 않았다. 사관도 물리쳤다. 이런 일은 공개적으로 처리할 문제가 아니었다. 여론화시켜버리면 더 복잡해지고 난망해졌다.

세 사람은 곧 머리를 맞대고 대책을 마련했다.

"태조 때에는 이보다 큰일이 많았습니다. 너무 우려하지 마소서. 그 불같은 성미 주원장과의 악화된 관계도 외교술로 풀었나이다. 전하가 이룩하신 천문대 사업을 얼마만큼 양보할 것인가가 중요합니다."

여든이 다 된 노재상 황희가 차분히 전하의 의중을 여쭈었다.

"짐은 어떤 것도 포기할 수 없구려. 어떻게 연 조선의 하늘인데 그걸 포기하오?"

왕은 강단이 있었다. 이종무를 시켜 대마도를 정벌하고 압록강과 두만강 일대의 오랑캐들을 토벌했으며 독자적인 역법을 열었다. 이 땅에 맞는 제도를 과감히 도입하고 새로운 문물을 수용했으며 왕성한 편찬 작업을 해왔다. 그리고 최근에는 세자와 함께 새 글자를 만들고자 애쓰고 있었다. 천문대 사업은 그 모든 일의 기초에 해당했다.

"생흔을 언급한 황제의 마음을 푸는 일이 급선무입니다."

세자는 부왕의 뜻을 꺾지 않는 범위 안에서 방법론을 찾고자 했다. 세자 역시 왕 못지않은 자주 의식으로 투철했다.

"중국 황제는 전하의 충성심을 잘 알고 있으나 천문 관계의 일만큼은 모반으로 여기고 있습니다. 황제의 입장에서는 당연한 일입니다. 우선은 변함없는 충성심을 보이시고 황제의 의중을 파악하면서 대처하도록 하소서. 전하께옵서는 어필을 들어 이해할 만한 변론을 꾸리시고 정성스러운 조공 물품과 함께 급히 사신을 파견하심이 옳을 것입니다. 경험 많고 중국의 대신들과 교유가 깊은 자를 가려 뽑아 보내심이 좋겠습니다."

학발같이 새하얀 머리와 수염을 한 노재상 황희는 오랜 경륜과 관록으로 균형 감각 있는 대책을 내놓았다. 왕은 노재상에게서 어버이 같은 든든함을 느꼈다. 침착한 왕세자가 옆자리를 지키고 앉아 있음도 큰 위안이었다.

'천명은 보전하기가 쉽지 아니하니 네 대에서 끊어지게 하지 말지어다.'

그 옛날 즉위식이 거행됐던 날 밤, 부왕 태종이 읊어주시던 『시경』 구절이 떠올랐다. 무슨 이유로건 나라를 위태롭게 할 수는 없는 일이었다. 그렇다고 필생의 대업이었던 천문대를 없애야 할까. 어렵게 연 조선의 하늘을 다시 닫아야 할까.

왕은 눈을 감고 고개를 모로 저었다. 고뇌 어린 용안은 벌겋게 상기되었고 안질을 앓는 눈빛은 탁했다. 이십여 년 전 등극하면서 그토록 광휘롭던 풍모와 영오하게 빛나던 눈빛은 온데간데 없었다. 세상의 모든 번민을 안고 있는 형색이었다. 입술이 타고 피가 말랐다.

왕은 며칠 동안 궁리한 끝에 친히 표문을 작성했다.

만천하 인사의 기준이며 하늘 삼원三垣의 가운자리인 북신을 우러러 신臣 도裪는 맹세하옵니다. 신의 나라가 워낙 동쪽 바다 가장자리에 치우쳐 있어 황제 폐하의 웅숭깊은 보살핌이 없이는 하루라도 종묘사직을 온전히 보전할 수 없음은 역대 조선 왕들이 하나같이 인지한 바이옵니다. 일찍이 신은 영락대제께옵서 내려보내주신 『성리대전』을 열독하며 큰 나라와 작은 나라의 예법을 익혀왔고, 천리의 실현을 위해 불철주야 매진했사오나 천성이 용렬한 까닭에 아직도 이렇다 할 성과가 없었나이다.

천하에 오직 황제 폐하만이 오롯이 천명을 받아 신민들을 교화할 수 있음은 주지의 사실입니다. 신이 어찌 다른 그릇된 생각이 있어 천문을 넘보았겠습니까. 신의 나라에는 저 오랜 상고 때부터 관천수시의 유습이 있었던바 『상서』에 상고해보아도 지나치거나 모자람이 없었습니다. 다만 전조인 고려가 망하면서 대부분의 천문의가가 소실되었고 역법이 엉성하여 농사를 돌보고 바른 정사를 펴는 데 장애가 많았나이다. 이제 신은 여러 차례 주청을 올려 생민을 잘 돌보는 방편으로 천문 역법의 전수를 앙망하였으나 윤허를 받지 못했습니다.

폐하께서 아시는 바와 같이 조선은 동쪽 바다에 너무 치우쳐 있어 천하의 중심인 중국과 역법에 차이를 보이고 있나이다. 절기와 시각이 다르니 농사법도 약간 다른데 옛 역법에서 한 걸음도 나아가지 못하고 틀린 추보법을 시행하여 그때마다 애꿎은 서운관 관원들을 징계하는 어처구니없는 지경에 이르렀습니다. 잇따른 가뭄으로 농사를 망치고 흉년으로 끼니를 잇지 못한 부황 난 백성들이 산하에 지천으로 나뒹굴었으나 속수무책이었나이다. 이에 신은 신하와 백성들 대하기가 참괴하여 가까스로 손바닥만 한 간의대를 세우고 천문도를 그려서 관원들로 하여금 계감計勘하게 하였을 따름입니다. 물론 고대부터 이 나라에 전해지던 천문도를 바탕으로 삼았으나 『보천가』를 거의 그대로 모사한 정도의 것으로 언감생심 중국의 정통한 천문 기술에 비할 바이겠나이까? 아쉬운 대로 대국의 뛰어난 기술을 흉내 내어 백성들에게 때를 알려주는 정도에 지나지 않습니다. 신이 도모한 천문 관계사는 황제 폐하의 보호 아래서 왕 된 자가 휘하의 신민들을 돌보기 위한 방편이었나이다. 그 밖에 어떤 불순한 의도가 있을 까닭이 없습니다.

마침 폐하의 성절일聖節日(탄생일)을 맞아, 사절단을 보내 진하하면서 신이 정성을 다해 마련한 예물과 이 표문을 바치오니 폐하의 우려가 쾌청한 하늘처럼 맑게 되기를 빌어 마지않나이다. 그래도 미심쩍은 구석이 털끝만큼이라도 있다면 신에게 하명하소서. 반드시 단 한 점의 의심스러움도 없게끔 어버이 앞에서 목욕하는 어린아이 심정으로 임하겠나이다. 폐하의 성덕은 만천하에 삼광三光(해와 달과 별)을 비추는 것으로 드러나매 신과 신의 백성들은 한시라도 폐하의 은혜를 입지 않고서는 목숨조차 부지할 수 없사오니 바다와 같이 넓으신 아량으로 보듬어주소서. 이제 투박하고 성근 글솜씨로 표문을 초하자니 눈물이 앞을 가립니다.
신의 변함없는 충정은 해와 달이 알고 북두칠성이 굽어보
아 아시는 바입니다. 통촉하소서.

세자와 황희, 한확에게 보였더니 지나친 저자세라며 눈물을
뿌렸다.

"신과 이 나라 백성들이 이처럼 어지신 우리 전하를 뫼시게
됨은 자손만대의 광영이나이다. 그저 신이 너무 늙고 병이 깊어
성절사로 떠날 수 없음을 탄식할 뿐이옵니다."

노재상 황희는 바닥에 머리를 짓찧으며 감읍했다. 천하의 대
문장이라 해도 이처럼 절절하게 나라와 백성을 생각하는 마음을
한 장의 표문에 넘치고 모자람 없이 담아낼 수는 없을 거였다.
정치적인 파장을 고려해 올릴 것은 올리고 낮출 것은 낮추었으
며 감출 것은 감추고 의미를 축소할 것은 축소했다. 어버이 앞에
발가벗은 어린아이의 비유는 외교적 수사를 넘어선 정치적 표현
이었다. 마흔다섯 살의 전하는 가히 천하를 경영할 만한 식견과
역량을 지녔다고 내외에 소문이 자자했다. 왕도정치의 이상적인
군주인 성왕聖王의 면모를 갖춘 것이다. 그런 왕이 고작 열다섯
살 난 애송이 황제 주기진朱祁鎭(영종)을 어버이로 여기고 자신은
발가벗은 어린아이로 낮추다니. 앞뒤가 뒤바뀐 비유였지만 어디
까지나 나라의 안위가 우선이었다.

"아바마마, 신은 무슨 일이 있어도 오늘의 교훈을 잊지 않겠

나이다. 부국강병이 얼마나 필요한가를 뼈저리게 절감하나이다."

세자 역시 눈물로 범벅되었다.

"이제 적합한 인물을 뽑아 보내는 일이 중하오."

왕은 대명對明 외교의 핵심인 한확을 보며 자청하기를 기다렸다. 누님이 영락제의 총애를 받던 후궁이던 때, 한확은 황제로부터 왕의 고명을 받아 온 장본인이기도 했다.

"지금은 소신의 여동생 공신부인이 나설 자리가 아닙니다. 이번 일은 아무래도 사례감 태감 왕진이 주도하는 일인 듯한데, 왕진은 공신부인을 극도로 경계하고 있답니다. 공교롭게도 태황태후가 병석에 누웠는데 자금성의 여사女師로 통하는 공신부인이 그 뒤를 이를 분으로 알려져 미리 찍어 누르고 있는 것이지요. 이런 때 소신과 공신부인이 잘못 나섰다가 앙화를 키우고 맙니다."

황실 사정에 훤한 한확의 말은 왕의 미간을 찌푸리게 했다.

그렇다면 황희를 보내는 게 제일 든든했다. 중국어에 밝고 홍안백발의 몬존한 인상이어서 보는 이를 편안히 감화시키기에 족했다. 노쇠해서 그 먼 길을 갈 수 없다는 게 한이었다. 황희와 한확은 중추원부사 고득종을 천거했다. 사람이 협협하고 말솜씨와 수완이 좋았으며 임시변통에 능했다. 공과 사를 잘 구분하지 않으며 물욕이 많다는 세평이 있긴 하지만 이와 같은 중대사에는 차라리 적합한지도 몰랐다.

"더구나 몇 년 전에 종마진공사로 명나라에 다녀온 바 있고 작년에는 일본 통신사가 되기도 했기에 적임자로 사려되옵니다. 마침 황제의 탄일에 성절사를 보내야 하니, 고득종을 파송해 일 처리를 겸하게 함이 좋겠습니다."

"나도 두 분 대감과 같은 생각이오. 다만 이면에 이처럼 중대 한 일이 있는 것도 모르고 단순히 성절사로 보내는 것으로 아는 여러 대신의 반대 상소가 예견되오."

왕의 예상은 적중했다. 천문에 밝고 저간의 사정을 두루 잘 아는 젊은 서장관 김담, 압물押物(외국에 사신이 갈 때 수행하던 관 원) 이순지 등과 함께 고득종을 성절사로 삼았음을 공표하자, 사 헌부와 사간원에서 상소가 잇따라 올라왔다. 그처럼 간사하고 탐오한 자를 성절사로 삼는 것은 신하들과 백성들의 바람에 어 긋나니 어진 신하를 택하여 보내라는 논지였다.

"너희 말이 오활迂闊(사정에 어둡고 거침)하다. 내가 따로 맡기 는 일이 있으니 다시 거론치 마라."

왕은 극구 반대하는 신하들의 여론을 정리했다. 임금이 따로 맡기는 일이 있다는데 더 나설 수는 없었다.

"영상 대감! 주상께서 고득종에게 따로 맡기는 일이 대관절 무엇이오?"

좌의정 최윤덕이 간관들을 대신하여 물어왔다.

"나도 모르는 일이오. 주상께서 황제께 주청하실 일이 있는 가 보다 어림할 따름이오. 오죽 잘 헤아리셔서 내리신 결론이겠소? 이런 때 좌상은 대신들 입단속이나 잘 시켜주시오."

황희는 아리송하게 귀띔하며 갑갑하다는 내색을 하였다. 이런 때 자발없이 자꾸 따따부따하면 정치 감각이 뒤진다는 말을 듣기 예사였다. 오래전, 장영실과 중국에서 겪은 일도 있고 해서 짐작되는 바가 있었지만 최윤덕은 시부저기 꼬리를 내리며 입을 닫았다. 도승지 조서강은 서글서글한 눈매를 부러 가녀리게 모들뜨며 생각을 달렸다. 중국과 큰 사달이 난 것임이 분명한데 왕의 수족 같은 자신에게마저 귀띔해주지 않는 게 섭섭했다. 조서강은 대호군 장영실을 찾아가 주상이 뭔가 일러준 게 있는지 물었다.

"전혀요."

영실도 까맣게 모르는 일이었다.

"허허. 이 도승지와 장 대호군도 모르는 왕실의 일이라면 보통 큰일이 아닌가 보구려. 큰 사달이 생겼어요."

도승지 조서강은 왕의 비서실장이었다. 대호군 장영실은 비서실장보다 더 가까운 왕의 최측근이었다. 둘 다 모르는 왕실의 일이라면 조서강 말마따나 보통 큰일이 아니었다. 조서강으로서는 짐작되는 바가 없는 게 아니었다. 중국 황제의 비밀 칙사가 간의대를 찾아와 조사해 간 사실이 걸렸다. 간의대 일을 지난번 갑인자로 해결했다고 안심하고 있던 영실은 혹시 조선 글자를 만드는 일과 관계가 있지 않을까 짐작했다.

한편, 전객사에 특별한 예물을 준비시킨 왕은 내관 하나만

○

거느리고 경회루 후원 간의대 쪽으로 터덜터덜 거닐었다. 홍양
산을 받쳐 든 내노가 보조를 맞추며 의아해했다. 평소 왕의 발걸
음은 반듯하고 위엄이 어렸지만 오늘은 사뭇 달랐다. 복잡한 상
념을 달래느라 주변의 어떤 것에도 눈길을 주지 않았다. 왕은 간
의대에 올라 끄느름한 잿빛 허공을 더듬다 내려왔다.

간의대 아래 돌에 새긴 천문도 앞에 멈춰 선 왕은 우두커니
별자리 판을 응시했다. 대낮에도 검은 하늘에 뜬 저 별들은 조선
의 별들이었다. 저 조선의 별, 조선의 자존심을 중국 황제는 지
금 하늘의 유일한 적장자, 천자라는 이름으로 문제 삼고 있었다.
부당하다. 여기서 중국 하늘도 아니고 조선의 하늘을 관측하는
데 황제가 어인 간섭인가. 조선은 상고시대로부터 독자적인 역
사가 있었고 고유의 문화가 있었다. 조상이 창업할 때, 중국 황
제는 화살 하나 보태준 것이 없었다. 태조 할아버지께서 정통성
을 승인받느라 그토록 고명을 청원했을 적에도 황제는 거드름을
피우며 피 말리는 시간만 끌었다. 표문에선 황제의 하늘 같은 은
혜를 운운하며 찬양하지만 기실은 약소국이 살아남기 위한 몸부
림에 지나지 않는다. 태조의 개국, 피로 얼룩진 이씨 왕가의 권
력 쟁투, 그리고 부왕 태종의 제2창업과 조선의 하늘을 열고자
심령을 불태웠던 지난 이십여 년의 세월······.

왕은 천문도를 어루만져 주었다. 각·항·저·방·심·미·기
·두·우·여·허·위·실·벽······ 별자리 하나하나를 속으로 염
송하며 쓰다듬어 주었다.

'왕이여, 우리는 조선의 강산을 조림하는 별들이라오. 중국에는 중국의 별들이 있고 조선에는 조선의 별들이 있지요. 똑같은 별이라도 보는 이에 따라 그 주인이 달라지는 게 하늘 별자리의 특성이지요. 따라서 우리는 당신이 불러줘서 조선의 하늘에 새롭게 돋아난 조선의 별들이라오.'

환청이었을까. 왕은 성군星君들의 속삭임을 듣고 용안에 잠깐이나마 미소를 피워 올렸다. 왕은 천천히 어보를 옮겨 해시계 앞에 섰다. 황동으로 만든 오목 해시계 안의 영침影針(그림자바늘)은 육안으로 식별할 수 없을 정도로 흐릿한 그림자를 남기고 있어서 정확한 시간을 측정할 수가 없었다. 왕은 말없이 남서쪽 먼 하늘을 우러렀다. 형체를 잃은 뿌연 해가 먹장구름에 가려져 존재감 없이 떠 있었다.

11

하늘을 숨긴 사람들

성절사를 중국으로 파송하기 직전, 왕은 그간 비밀로 해왔던 일을 몇몇 관계자들에게만 밝히기로 했다. 왕세자와 황희, 한확 앞에서 완성된 표전을 꺼내놓았다. 조서강, 고득종, 장영실, 김담, 이순지가 동석했다. 그들은 황제에게 올리는 그 표전을 돌려 읽은 뒤, 여러 가지 대책을 숙의했다.

"소신에게 맡겨주소서. 중국 예부상서 호영胡濚과는 의형제처럼 허물없는 사이입니다. 두 사람이 뜻을 함께하면 쇠라도 못 자르겠습니까. 재물은 사람의 마음을 움직입니다. 폐백을 넉넉히 준비해 가서 우선 예부상서부터 녹여놓겠습니다. 조선의 천문대 사업은 전통을 이은 순수한 동기라는 것을 설득시키겠습니다.

성절사 고득종이 호언장담했다.

"긍정적인 건 좋지만 너무 낙관하지 말라. 이 문제가 그리 간단치가 않다."

왕은 조서강에게 주의를 주었다.

"전하, 서장관 김담 대신 소신이 가는 게 나을 듯합니다."

영실이 여쭈었다. 사촌 매제인 김담보다 중국어에 밝고, 천문 관계를 시종 주관한 자신이 가서 황제에게 직접 천문대 일을 해명하는 게 더 적합하다고 봤다. 여진과 조미진을 만나 다른 대책을 써볼 요량도 했다.

"아니네. 처음부터 대뜸 속 알맹이를 꺼내 보일 수는 없지. 황제가 그대를 지명하여 보내라고 하명한 것도 아닌데 군이 그럴 필요가 없고말고. 더구나 그대는 입국할 때, 요주의 인물로 붙들릴 여지가 있다네."

전하의 생각은 깊었다.

"그럼 여진 대감이나 조미진 부인과 친분이 있는 엄영길 역관, 천신 집에서 일하는 조미진 부인의 소꿉친구 개동을 함께 딸려 보내지요. 다른 한편으로 도울 방도를 찾게끔 하는 것도 좋을 것입니다."

"그렇게 하오."

"전하, 이쯤이면 적절한 대책이 마련된 듯합니다. 지금부터 성절사가 돌아올 때까지는 더 이상 심려 마시고 옥체를 보존하소서."

나이 들어 병이 깊은 노재상 황희가 왕의 건강을 염려했다. 황희는 병으로 조회에 빠지는 날이 많았다. 하지만 왕은 그의 치사致仕(나이가 많아 벼슬을 사양하고 물러남)를 윤허하지 않았다. 이번 일에도 그가 없었다면 이처럼 차분하게 대처할 수 없었을 것이다. 젊은 인재를 발탁해서 쓰되 지혜로운 노대신으로 울타리를 삼는 왕의 용인술이 빛을 발했다.

황희는 전하를 대신해 입단속을 했다. 만일 기밀이 새어 나가서 조정 대신들이 알게 되면 상소가 쇄도할 게 뻔했다. 감히 황제의 뜻을 거스르고 종묘사직을 온전히 보전하려 하느냐, 당장 간의대 일체를 헐어버리고 사면을 받자고 외쳐댈 것이었다.

자리를 파하고 왕은 장영실과 마주 앉았다. 문밖에는 내관과 야간 당번인 입번 승지가 대기하고 있었다.

"요즘 내 귓전에는 그 옛날 우리가 만나 하늘의 별을 우러르며 나눴던 얘기들이 또렷이 울리곤 하오. 그대와 그런 대화가 없었다면 오늘날과 같은 숱한 기물들의 발명을 이룩하지 못했을 거요. 하지만 호사다마라고 오늘 같은 시련과 맞닥뜨렸구려. 전혀 예상하지 않았던 건 아니나 너무 빨리 터졌음이 애석하오."

"주상 전하, 전하께옵서 얼마나 노심초사하시는지 천신은 잘 아옵니다. 하지만 영상 대감의 말처럼 결과가 있을 때까지 고민을 접어두시고 옥체를 보존하소서."

애석하기야 영실도 왕 못지않았다.

"그대가 전에 말했던가. 우리가 사는 땅이 공처럼 둥글다면 어디에 있건 그곳이 세상의 중심일 수 있다고?"

"그렇습니다."

"어느 나라나 중국中國(중심국)이 될 수 있다는 말과 같으리라."

"그렇습니다. 우리 조선이 중국이 될 수도 있습니다. 중국은 실체가 없습니다. 하나의 커다란 무대지요. 그 무대를 주름잡은 당나라, 송나라, 원나라, 명나라가 있을 뿐입니다. 우리도 얼마든 지 중국이 될 수 있는 문젭니다. 토번(티베트)의 송첸캄포나 몽골 의 칭기즈칸은 변방에서 몸을 일으켜 중국 무대에 선 걸출한 영 웅들입니다."

"과연 그렇구려. 같은 논리로 냉정히 말하자면 천명을 받아 백성을 다스리는 제왕도 누구나 할 수 있는 것 아니오?"

왕은 차마 거론해서는 안 되는 말씀까지 하고 나왔다. 영실 로서는 뜨끔한 일침이었다. 함부로 동조할 수 없는 일이었다. 듣 기에 따라서는 얼마든지 모반이 될 수도 있었다.

"전하께옵서 잘 아시는 바와 같이 제왕은 천명을 받지 않고 서는 불가능합니다."

하늘이 내지 않고 제 혼자 힘으로 왕이 될 수는 없었다. 시대 의 부름이 있어야 하고 백성들의 동조가 있어야 했다. 생각지도 않았던 인물이 평지돌출로 제왕이 되어 세상을 놀라게 하는 일 이 종종 있지만 그것 역시 절묘한 시대의 요청이 있기에 가능한 일이었다. 그것이 곧 천명이었다.

"주저하지 마오. 내가 그것을 몰라서 묻는 게 아니질 않소? 일찍이 맹자는 왕노릇을 제대로 못하면 끌어내리리라는 방벌放伐, 곧 혁명론을 세웠소. 그건 천명도 옮겨 다닐 수 있다는 천명전이론天命轉移論이기도 하오."

왕은 매사에 명쾌한 영실이 머뭇거리는 까닭을 알면서도 다그쳤다.

"우주의 이법대로라면 누구나 제왕이 될 수가 있습니다. 하지만 천명은 아무에게나 내려지지는 않습니다."

"괜찮소. 황제나 나나 그대 모두 다 알고 있는 얘기요. 사실을 말할 수 없어서, 말하면 아니 되기에 원론적인 얘기만 반복하는 것이오. 모반의 기미가 발각되면 삼대를 멸족시키는 엄벌 제도가 그래서 생겨난 것이고. 처음부터 맘조차 먹지 못하게 막는 거지요. 과인이 비록 명에 조공을 바쳐왔지만 그대처럼 머리 밝은 인재들과 함께한 이십여 년의 세월은 정말 보람되었소. 겉으로 내색할 수는 없었지만 내심으로는 우리 조선이 천하의 문명국이라고 자부했소. 특히 간의대를 완성하고 돌에 새긴 천문도를 세울 때는 더 그랬소."

용안이 밝아지면서 옥음도 당당해졌다.

"천신도 전하를 보필하면서 창공을 훨훨 날았나이다."

영실도 미소를 지으면서 여쭈었다.

"그대에게서 나는 인간의 위대한 영혼을 보았소. 그대는 이미 이 나라의 이름 없는 상민들과 천민들의 희망이오."

"미천한 몸이 전하의 승은을 과분하게 입었나이다."

"요즘 들어 과인은 자꾸 불안해지오. 그대도 아는 바와 같이 나는 왕자들과 공주들을 데리고 비밀리에 문자를 창제해왔소.

그런데 이렇게 머리가 복잡하고 무거우니 영감이 떠오르지가 않는구려. 이러다 모두 허사로 돌아가지나 않을까 불안하기도 하고 말이오. 꽃을 가꾸고 피워내는 건 아무 죄가 되지 않는 일이오. 문제는 아무리 어여쁘고 향기로운 꽃을 피워내도 누군가 꽃밭에 들어와 짓밟아버리면서 망치는 것이오."

조선의 하늘을 열고, 조선의 역법과 농사법, 조선의 음악과 의약, 글자를 만들어 백성의 편의를 꾀하는 건 어느 나라에도 해가 되지 않았다. 그것들은 문명국의 기초였다. 꽃 가꾸기에 비유한 왕의 표현은 적절했다. 문명한 군주, 성군의 자질이 분명한 대목이었다. 영실로서는 엎드려 경의를 표할 뿐, 더 위로할 말을 찾을 수 없었다.

7월 23일 왕실에 기쁜 소식이 전해졌다. 왕세자빈 권씨가 원손(단종)을 낳은 것이다. 대신들이 입조하여 진하했고 왕은 기쁨을 백성과 함께하기 위해 대사면령을 내렸다.

근정전에 나아가 교서教書를 반포했다. 그런데 변고가 생겼다. 승지가 교서를 읽는 도중 전상殿上의 큰 초 하나가 갑자기 땅에 떨어졌다. 누가 건드린 것도 아닌데 저절로 떨어져서 촛불이 꺼져버렸다. 모두가 놀랐다. 왕은 어수를 들어 이마를 짚었다. 이 무슨 해괴한 일인가. 불길한 예감이 들었으므로 빨리 철거하고 다시 세우도록 명했다.

다음 날 세자빈 권씨가 위독했다. 왕세자가 처궁이 약하여 첫째로 맞아들인 김씨는 요망하고 사특해서 폐출시켰다. 둘째로

들인 봉씨는 세자와 속궁합이 맞지 않았다. 부부간의 관계가 소원해지자, 봉씨는 궁궐 여종 소쌍을 내전 침실로 끌어들여 교합하는 시늉을 하며 희롱했다. 왕가의 망신이라 즉시 폐출시켰고 현숙한 권씨를 신중하게 골라 맞아들인 터였다. 그랬거늘 또 심상찮은 조짐이 보였다. 속이 탄 왕은 세자빈의 처소 자선당에 세 차례나 찾아가 문병했지만 출산 하루 만에 핏덩어리를 남겨두고 세상을 버렸다. 세자는 물론 왕과 왕후 양전은 창자가 끊기는 아픔을 맛보았다. 수라를 폐하자, 궁중의 시어侍御(임금을 모시는 벼슬)들이 눈물을 흘리며 울지 않는 이가 없었다.

왕은 다음 날 터가 센 세자궁을 헐고 다른 곳에 다시 짓게 했다. 궁궐에 어두운 그림자가 짙게 드리워졌다. 본래 나쁜 일은 겹쳐서 일어나는 법이었다.

영실의 집에서도 초상이 났다. 부쩍 쇠약해져 병석에 눕는 일이 잦던 노모 자향이 저녁 잠자리에서 그만 소천하고 말았다. 왕이 비통함에 짓눌려 있던 때라, 조촐히 장례를 모셨다. 유언에 따라 화장하여, 다니던 흥천사에 위패를 모셨다. 돌아보면 모진 관기의 삶이었지만 그래도 노년에 영화를 누리다 가신 건 업장 소멸이었다. 누구보다 효성이 컸던 영실이지만 사대부들처럼 삼년 탈상 같은 건 꿈도 못 꿨다. 삼우제를 지내고 사십구재 뒤에 입궐해 일을 해야 했다.

추석을 이틀 앞두고 성절사 일행이 북경을 향해 출발했다. 왕은 다른 때보다 곱절은 바리바리 싼 예물들을 방물 단자와 비교하며 친히 점검했다. 영실은 엄영길과 개동 편에 구구절절한 편지와 선물을 들려서 보냈다. 개동에게는 북경 교외에 묻힌 여비 한씨의 묘소에 참배하도록 했다.

11월 27일 성절사 일행이었던 통사가 역마로 바삐 달려와서 밀봉된 서찰 한 통을 전하게 올렸다. 고득종은 갖은 외교술로 천자의 노여움만은 막을 수 있었으나 의심을 해소시키는 데는 역부족이었다고 고백하고 있었다. 곧 천자의 사신 오양 등이 이만주, 범찰 등의 야인 문제와는 별도의 칙서를 가지고 조선에 가는데 그 내용을 빼내려 했으나 그 또한 여의치 않았다고 했다. 오양이 천자의 신임을 한껏 받는 처지이고 탐욕이 많아 웬만한 뇌물로는 마음을 움직일 수 없었다는 것이다.

의금부에서는 성절사 고득종 등이 북경에서 벌인 외교술에 문제가 많았다며 국경에 당도하자마자 체포, 국문했다. 고득종이 중국 예부상서 호영에게 필요 이상의 아첨을 했으며 공연히 천자에게 임금의 병을 알려서 약재를 내리게 했으니 그 죄가 참형에 해당한다고 아뢰었다. 고득종이 전에도 지은 죄가 있어서 의금부는 허물을 놓치지 않고 물고 늘어졌다.

"너희는 득종의 무리가 맡은 소임의 중대함을 잘 모른다. 나중에 내가 친견한 다음에 다시 논의하라."

며칠 뒤, 고득종 일행이 복명했다. 왕은 고득종과 김담, 이순지를 평상시 정사를 보던 편전이 아닌 강녕전으로 불러들였다. 황희와 세자를 합석시켰다.

"천자의 의심이 예상보다 컸나이다. 저희는 요임금과 때를 같이하는 상고시대의 천문 전통이 있음과 현재의 천문 의기들은 그것을 복원하는 정도에 지나지 않은 것임을 강조했사옵니다. 예부상서 호영이 저희의 주장을 두둔해 주었기에 그나마 다행이었나이다."

"의금부의 일은 염려 마시게."

황희가 안심을 시켰다. 고득종은 물론 김담과 이순지의 얼굴이 밝아졌다. 그런데 왕은 전혀 예기치 못한 제안을 했다.

"어떤 일이건 우두머리는 때로 짐을 져야만 한다. 이번에는 일의 성격상 겉으로 드러난 일만을 두고 치죄할 수밖에 없다. 고득종 네가 그 짐을 지도록 하라. 오래지 않아서 한 품계 올려 복직시켜줄 것인즉."

황희는 잠시 의아해하다가 이내 수긍했다. 과연 만기를 돌보는 왕의 지략은 뛰어났다. 겉으로 드러난 죄를 다스림으로써 이면에 숨은 일을 끝까지 감출 수 있는 방편이 마련되는 것이었다. 하지만 고득종은 어리둥절했다. 의금부의 처사를 더 성토할 수도 없었고 전하께 감사의 뜻을 올릴 수도 없었다.

다음 날 사헌부에서 상소가 올라왔다. 사헌부 장령 김맹헌이 댓잎처럼 빳빳하게 중죄 주기를 청했다. 결국 고득종의 벼슬을 떼고 강음 땅에 내치는 것으로 마무리되었다. 여론을 봐가며 다시 불러 벼슬을 높여줄 생각이었다. 이순지와 김담은 곧 승진시키기로 했다.

○

이제 왕의 관심은 온통 황제의 사신 오양과 왕흠에게로 쏠렸다.

"사신 오양과 왕흠 일행이 야인 이만주와 법찰의 수하들을 거느리고 12월 12일에 압록강을 건넜습니다."

사신을 맞이하는 원접사 정연이 사람을 보내 역마를 달려와 보고했다. 왕은 오양에게 붉은 피륙과 담비 모피인 초구 한 벌을 선물했다. 정연은 수시로 역마를 부려서 사신들의 상황을 전해 올렸다. 얼마 뒤에는 오양과 왕흠 사이에 틈이 생긴 일과 이들이 서울에 입성했을 때 접대하는 법을 아뢰었다. 오양은 이렇게 말했다고 한다.

'내가 조선 왕과 예를 행할 때에는 왕흠은 조금 뒤에 있고, 나는 왕과 같이 대등하게 앉고, 왕흠은 조금 물러나 동쪽이나 서쪽 모퉁이에 앉게 하겠다.'

오양은 황제가 직접 파견한 사신이고 왕흠은 요동에서 보낸 사신이기에 오양의 위세가 더 등등했다. 오양은 황제의 칙서를 들고 있는 데 반해 왕흠은 오랑캐의 일을 소상히 안다는 이유로 따라온 처지였다. 따라서 차별을 받는 입장이었다. 지금 이만주나 법찰 따위의 오랑캐 일이 문제가 아니었다. 그 일은 어디까지나 겉으로 드러나는 일일 뿐 이번 사행의 핵심은 천문대 일이었다. 이 때문에 왕은 오양을 초장부터 감복시켜야만 했다.

"도승지 조서강과 좌승지 이승손은 듣거라."

"예, 전하."

"신개, 황보인 등과 더불어 사신 일행에게 줄 선물을 의논하라. 품목이 정해지거든 너희가 영상 대감의 집에 찾아가서 의논하라."

"분부대로 거행하겠나이다."

왕의 하명에 두 사람은 편전을 나섰다. 노재상 황희는 왕의 배려로 집에서 국사를 보고 있었다.

"전례에 비추어 볼 때 이번 전하의 사신 접대는 지나치십니다. 원접사도 있고 예조도 있거늘 전하께옵서 매일매일 친히 챙기시지 않습니까?"

좌승지 이승손이 도승지 조서강에게 말했다.

"단순히 변경 오랑캐 일뿐만이 아니네."

조서강은 이승손을 단속하고 나왔다. 자신이 직분을 알고 한정하는 것, 그것은 윗사람을 가까이서 모시는 이들이 지녀야 할 미덕이었다. 위에서 하는 일을 다 알려고 하다가 사달이 생기는 법이었다.

"황제가 무슨 주문을 해온 건지요?"

"그만하래도 그러네."

조서강은 가던 걸음을 멈추고 오른손 엄지를 세워 자신의 입에 갖다 대 보였다. 두 사람은 기다란 회랑을 지나 대신들이 대기하고 있는 조방으로 들어갔다.

한편, 영실 대신 여진과 조미진 부부를 만나고 온 개동은 얼굴이 반쪽이 다 되었다. 나이 어린 황제는 환관 왕진 태감을 선생님이라고 부르며 그의 손에 놀아나는데 왕진은 장영실을 만나고 싶어 한다는 거였다.

"전에 곽동미 편에 보낸 갑인자를 여진과 조 상인이 유리창 명인들에게 의뢰, 이십만 자 한 벌을 제작해서 황실에 올렸던가 봐. 왕진 태감이 명품임을 알아보고 발명자를 찾은 거지. 여진은 유리창 명인 이름을 댔지만 유리창 명인은 자네가 원천 기술자라고 밝혔다는구먼. 왕진이 동창 환관을 불러 자네에 대해 물으니 그전 천문대 사건이 나오고, 조선 왕실의 국책 사업도 드러나게 되고……."

개동은 더 말을 잇지 못했다.

"결국 내가 가야 하는가 보네."

영실은 탄식조로 읊조렸다.

갑인자로 어떻게든 막아보려 했던 노력이 도리어 영실의 실력과 존재감을 드러내게 만들었다.

"그건 절대 안 되지!"

개동이 외쳤다. 영실은 깊은 고민에 빠지지 않을 수 없었다.

12월 26일 요란한 행차가 있었다. 오양은 황제의 칙사가 아니라 그 자신이 황제나 되는 것처럼 오만했다. 왕이 세자와 여러 신하를 거느리고 모화관으로 나가서 맞이하고 경복궁 대전에 이르러 칙서를 받았다. 칙서는 예상대로 두 가지였다. 변방의 일과 천문대 일이었다.

"날씨는 춥고 길도 험한데 오느라고 고생이 많았소."

"참로站路(역참을 지나던 길)에서 대접을 매우 후하게 하고, 또 초의와 초관을 보내시며 재상을 보내 위로하기를 연달아 하시니 전하께서 우리 조정을 공경하는 뜻에 깊이 감사합니다."

오양이 예를 갖춰 답했다.

"오양 지휘에게 따로 다례茶禮를 행하고자 하오."

"저 또한 바라던 바입니다."

세자와 예조판서로 하여금 왕흠 일행에게 다례를 행하게 하고 왕은 오양과 함께 내전으로 들었다. 황희와 장영실이 동석했다. 사관은 들지 못했고 도승지 조서강은 문밖에서 대기했다. 이날 장영실은 천문학자나 장인이 아니라 중국어 역관의 자격으로 동석한 것이었다. 저들이 영실의 얼굴을 알 리 없고, 천문대 일을 적절히 대처하자면 차라리 그게 낫다는 판단에서였다. 중국에 입조할 생각까지 한 영실이 아니던가.

한 식경 뒤, 왕과 황희, 장영실은 오양과 함께 조선 왕실 천문대를 둘러보았다. 오양의 발걸음은 왕의 어보나 진배없이 당당했다.

"이 뒤에 이렇게 교묘하게 숨겨두고 그간 우리 사신들의 눈을 속여왔으니 알 까닭이 있나? 내년에 새로 완공되는 관성대에 비할 바는 못 되나 제법 상당하오."

간의대 위에 올라서 의기들을 훑어본 오양은 입꼬리를 양옆으로 한껏 내려 보이며 비아냥댔다.

"대국 천문 의기의 삼분의 일이나 되겠습니까?"

음운에 밝은 황희가 중국어로 말했다. 오양은 대꾸도 하지 않고,

"오호! 저거로군요. 가까이 가서 확인해봐야겠소."

천문대 아래 돌에 새긴 천문도를 가리키며 계단을 내려갔다. 왕은 관자놀이에 통증을 느끼고서 잠시 휘청거렸다. 내관이 바투 다가와 부축했다.

"고득종 재상에게서 듣던 대로 전하의 옥체가 성치 못하시군요."

오양이 걸음을 멈추고 돌아보며 말했다.

"그런대로 괜찮습니다. 황제 폐하께 심려를 끼쳐드려 송구스럽습니다."

왕이 짐짓 자세를 바로 세우며 말했다.

"고 재상이 벌을 받고 있다고 들었습니다. 예부상서가 알면 많이 섭섭해할 것입니다. 이 사람은 고 재상과는 친분이 없으나 그가 중국에 들어와 한 일은 어느 모로 보나 벌 받을 일이 아니었습니다. 오히려 상을 내려야지요. 전하께서는 잘 헤아리소서."

천문 관계를 감찰 나온 오양이 이제는 한발 더 나가 의금부 소관의 내정까지 간섭하고 나왔다. 참으로 오만한 사신이었다.

"이 나라 대신들은 고득종이 중국에서 일 처리를 잘못하여 황제께 심려를 끼쳐드렸다고 보고 있습니다. 과인이 적당한 때에 복권해 불러들일 것이니 오양 지휘께서는 모쪼록 황제 폐하

께 이 천문대 일이나 잘 주달해 주시오. 그리고 갖고 싶은 걸 기탄없이 말씀하시면 과인이 힘닿는 데까지 구해드리리다."

왕은 노련한 정치가였다. 궁한 자리에서 통합을 얻어내는 지략을 발휘했다.

"생각이 넓으신 전하와 함께 이번 일을 처리하게 돼서 기쁩니다. 아직 시간이 많으니 차차 말씀드리지요."

탐욕스러운 오양은 벌써부터 회가 동하는 눈치였다.

'오냐. 얼마든지 준다. 물욕에 눈먼 그대가 원하는 것이라면 내 무엇이든 주련다. 다만 이 간의대만은 헐지 않게 해다오. 조선의 하늘만큼은 그대로 보전하도록 해다오.'

왕은 온통 그 생각뿐이었다. 앞으로 벌어지게 될 일의 추이를 고스란히 꿰고 있는 영실은 왕의 이런 고군분투가 눈물겨웠다. 통역을 하면서 자꾸 가슴이 복받쳐 목이 메었다.

"놀랍소. 이 돌에 새긴 천문도는 우리 중국에 있는 순우淳祐 천문도보다 섬세하고 뛰어난 듯하오."

오양은 꼼꼼하게 천문도를 살폈다. 그때 왕이 영실에게 눈짓을 해 보였다.

"지난번에 올린 표문에서 밝히고 있는 바와 같이 조선에는 오래된 천문도가 전해져 오고 있었소. 하지만 거의 『보천가』 그대로이며 예로부터 전해지던 조선의 고유 별자리 하나가 더 새겨진 것뿐이라오. 바로 이 종대부라는 별자리가 그것이오."

영실은 별자리 판 왼쪽 천시원 부위의 마름모꼴 종대부 별자리를 가리키며 설명했다.

"정말 그렇구려. 놀랍소. 우리 중국 말고 어느 나라가 이처럼 정밀하게 천체 관측을 하고 그 결과를 돌에 새겨두겠소."

오양은 제 눈이 의심스러운 듯 다시 한 번 주시하고 손으로 만져보기까지 했다. 왕은내관에게 손을 뻗었다. 대기하고 있던 내관이 낡은 첩지 하나를 건넸다.

"여기 보시오. 옛 조선의 별자리로 고려 때부터 전해오는 것이오. 여기에도 이 종대부가 그려져 있지 않소?"

"그렇군요."

오양은 훨씬 누그러진 형색이었다. 때를 놓치지 않고 황희가 거들었다.

"여기에는 어떠한 불순한 의도도 없으며 황제 폐하의 고유 권한을 침범할 뜻은 더더욱 없소이다. 전에 있던 것을 복원한 정도이니, 사리 분별이 명확하신 오양 지휘께서는 황제 폐하께 실상을 잘 전해주시오."

"황제 폐하께서는 될 수 있는 대로 천문대를 헐어버리게 하고 의기들을 모두 거둬 오라 하셨소. 내 재량에 맡긴다는 뜻이 컸지만."

오양의 말에 모두가 식겁했다가 자기 재량에 달렸다니 머리를 조아릴 수밖에 없었다. 오양은 그렇게 마음껏 칙사 권력을 행사하고 즐겼다.

"과인은 오 지휘만 믿소. 불편한 것이 있거나 필요한 것이 있으면 아무 때고 말씀하시오. 매일같이 내관과 도승지를 보내어 문안할 테니 그편에 말씀하시면 섭섭지 않게 챙겨드리리다."

왕은 또 한 번 선물 공세의 뜻을 비쳤다.

"성체도 불편하신데 전하께서는 너무 심려 마소서. 잘 매듭 짓는 쪽으로 머리를 써보겠소이다."

오양은 기가 살아서 우쭐했다.

"모쪼록 오양 지휘만 믿겠습니다."

왕은 천자의 사신 오양의 자존심을 한껏 치켜세워주었다.

"이것은 해시계가 아닙니까?"

앙부일귀 앞에 다다라서 오양이 말했다. 이울고 있는 해 그림자로 시간을 보고서 이모저모를 살펴보았다. 그러더니 대뜸 엉뚱한 욕심을 부리고 나왔다.

"이걸 주시오. 중국 것보다 멋지고 아기자기하오. 우리 집 정원에 세워두면 좋겠소이다."

"……?"

모두가 할 말을 잃었다. 감히 한 나라의 왕궁에 있는 기물을 사사로이 요구하다니. 더구나 해시계는 중국에도 쌔고 쌨다. 오양은 천자의 사신으로 온 것이 아니라 뇌물을 거두어 가고자 온 탐관처럼 행동했다.

"그런 거라면 더 좋은 것이 있습니다. 워낙 귀한 물건이라서 구하기가 쉽지 않으나 상아를 깎아 만든 휴대용 해시계를 구해드리겠습니다."

영실이 나섰다. 새로 만들거나 그럴 시간이 없다면 지니고 있는 거라도 내놓을 생각이었다.

"그래요? 물건을 한번 보고서 결정하리다. 그런데 그대 같은 역관이 그런 귀한 것을 구할 수가 있소?"

오양은 영실을 역관으로만 믿고 있었다.

"중국을 드나들면서 통역하다 보니 더러 눈에 띄었습니다."

오양의 물음에 영실이 재치 있게 응수했다.

"중국에도 그런 것은 없소."

"상아는 중국에서 구하고 깎는 것은 조선의 장인들이 했지요."

"좋소이다. 구해주시오. 그리고 저 해시계도 주시오."

오양은 오목 해시계에 침을 발라놓았다는 듯 자꾸 매만졌다.

"드리리다. 가져가시오."

왕은 그 자리에서 선물로 주었다. 나중에 출국할 때, 짐바리에 실어주겠다는데도 오양은 굳이 지금 당장 실어달라고 떼를 썼다. 그는 태평관 숙소로 돌아가며 그 해시계를 가져갔다.

저녁에 왕이 태평관으로 거둥하여 사신들에게 하마연下馬宴(외국 사신이 도착한 날에 임금이 직접 베풀던 잔치)을 베풀었다. 온갖 산해진미와 기악이 어여쁜 기녀들과 함께 동원되었다.

이후로 오양은 조선 조정에 무수한 요구를 해왔고 조선 조정에서는 웬만하면 죄다 들어주었다. 칙사 대접이라는 말이 있지만 이때처럼 총력을 기울여 천자의 사신을 접대한 적은 전무후 무한 일이었다. 승지와 육조는 물론 2품 이상의 대신이 매일같이 교대로 찾아가 문안하고 낮술을 베풀었다.

"내가 금은과 진주를 사고자 한다."

오양은 통사를 불러 그렇게 말했다. 사려는 것인지 달라는 것인지 알 수 없었다.

"이는 모두 본국에서 나지 않는 물건입니다."

"전하께 직접 청하랴?"

"금은이 나지 않아 황제께서 세공을 면제해주시었음을 어찌 모르시오?"

"그래도 조금은 보관해두고 있을 게야."

집요했다. 결국 영접 도감이 나서서 전하께 아뢰었다. 왕은 의정부와 의논하여 불가함을 일렀다. 그랬더니 오양은 다른 요구를 하고 나왔다.

"집 떠나온 지 오래되어 객고에 시달리다 보니 창기가 필요하다. 내게는 기녀 말고 조선의 여염집 처녀를 넣어줘라."

왕은 황희, 신개, 황보인, 김종서 등을 불러 의논했다.

"이번에 허락하오면 뒤에 계속될 폐단을 금하기 어렵사오니 그것만은 허락할 수 없습니다."

황보인, 김종서 등이 반대했다.

"뒷날의 폐단을 걱정하지 마시고 허락하소서. 저들의 자질구레한 요구를 들어주고 더 큰 것을 보전할 수 있다면 무엇이 아까울 게 있겠나이까?"

생각이 깊은 황희가 그렇게 말했으므로 어렵게 처녀 하나와 미색의 창기들을 뽑아 넣어주었다. 오양과 왕흠은 다른 일행과 함께 밤낮을 가리지 않고 질펀하게 희롱하며 놀았다. 문안하기 위해 찾은 조선의 대신들이 무안하여 방문도 두드려보지 못하고 그냥 돌아오기가 예사였다. 어여쁜 조선 여인들이 외국 사신들의 노리갯감이 되어 욕을 봤다.

해를 넘긴 임술년(1442, 세종 24년) 1월 22일, 오양은 왕의 하명으로 태평관에 문안 간 도승지 조서강에게 고득종의 복권을 요청했다. 이미 전하의 뜻을 말했는데도 자기의 힘을 과시하고 눈앞에서 확인하고 싶어 했다. 왕은 그렇게 만만한 상대가 아니었다. 오양이 변방 오랑캐 일과 천문대 일을 처리하는 것을 본 연후에 결정할 뜻을 분명히 밝혔다. 대신 이순지를 봉상시윤奉常寺尹으로 삼았고 김담을 봉례랑奉禮郎으로 삼았다. 봉상시는 종묘나 제향 등의 일을 관장하는 관청이었고 봉례랑은 조회와 의례 등의 일을 관장하는 종6품 직책이었다.

사신들이 돌아가기로 한 이월이 왔다. 거의 매일같이 선물 공세를 했다. 귀한 종이와 홍저포, 침석, 마포, 대화석, 중화석, 채화석, 석등잔, 철전과 쇠화살촉, 해달피 등을 그득그득 주었다. 그런데 오양이 해달피를 물리며 말했다.

"이 가죽은 내가 구하는 좋은 것이 아니니 다시 더 좋은 해달피를 가져오시오."

또한 능글능글 웃으며 차일장遮日帳(햇볕을 가리기 위하여 치는 포장이나 장막)까지 달라고 요구해왔다. 주지 않을 수 없었다. 지독한 물욕이었다.

장영실은 휴대용 상아 해시계를 새로 만들어 주었다. 오양은 좋아서 입이 귀에 걸릴 지경이었다. 엄청난 물량 공세로 조선 조정에서는 아쉬운 대로 소기의 목적을 달성했다. 오양은 돌에 새긴 천문도 하나만을 중국에 가져가기로 했다. 그 하나만으로 능히 천자를 달래겠노라며 큰소리쳤다. 자신의 역량을 믿어보라는 것이었다.

조선신천상열차분야지도, 그 검은 돌이 쓰러졌다. 그렇게 힘겹게 세웠던 조선 석각 천문도가 힘없이 쓰러졌다. 경회루 뒤뜰 조선 왕실 천문대 아래 당당히 서 있던 조선의 별자리들이 빛을 잃고 땅에 떨어졌다. 왕은 차마 그 광경을 볼 수 없어 현장을 외면했다. 하지만 영실은 처음부터 똑똑히 지켜보았다. 두 발로 버티고 서서 두 눈을 부릅뜨고 지켜보았다. 어떻게 세운 석각 천문도이던가. 중국에 유학 가서 어렵사리 역서를 들여오고 천문 의기들을 모사해 왔다. 수도 없는 실패 끝에 제작한 의기들을 가지고 조선의 하늘을 관측한 다음, 검은 돌에 새겨 세운 천문도였다. 그것은 조선의 자존심이었다. 지금 그 자존심이 무너졌다. 무너진 석각 천문도는 한 마리의 커다란 검은 새, 태양 속에서 산다는 삼족오 주검처럼 보여서 더 처연했다.

삼족오는 가마니때기에 둘둘 말려 사신들이 묵는 태평관으로 실려 갔다. 천문도가 서 있던 자리에 횅한 구멍이 네모지게

○
441

뚫려 있었다. 가슴속에서 심장이 빠져나간 느낌이었다. 석각 천문도가 아니면 그 어떤 것으로도 채워지지 않을 빈자리였다. 망연자실 서 있던 장영실의 두 볼에 하염없는 눈물이 흘러내렸다.

그 시간, 강녕전에 힘없이 누운 왕은 강녕치가 못했다. 오늘 하루가 석 달 열흘처럼 길었고 밑이 빠진 것처럼 고통스러웠다.

왕과 영실의 낙담과는 달리 성리학자들은 앓던 이가 빠진 것처럼 시원해하는 눈치들이 역력했다.

"천하 중심 중국을 사대하면서 그깟 역법의 독립이 뭐라고 그 생난리를 치더니, 사필귀정이네."

"조마조마하던 그놈의 석각 천문도가 쏙 빠져나가니, 십 년 묵은 체증이 쑥 내려간 것처럼 내 속이 시원하네그려. 이제야 숨통이 트인단 말씀이야."

그들은 춤이라도 출 기세였다.

장영실은 참고 참아왔던 속이 뒤집혔다. 백성들 먹고사는 문제는 뒷전이고 밤낮 이기理氣가 어떻고 인심人心과 도심道心이 어떻고 귀신 씻나락 까먹는 소리만 해대온 그들이었다. 그런 것 몰라도 부지런히 땀 흘려 일하면 그게 밥이었다. 그 밥을 부모 형제와 나누고 어려운 이웃과 나누면 그게 태평세월이었다. 자기들이 발 딛고 선 땅이 둥근지도 모르고 머리 위 하늘 별자리가 어떻게 돌아가는지도 모르면서, 있지도 않은 천하 중심을 들먹이며 중국을 사대하기 바쁜 그들이 정말 가증스러웠다. 입으로만 격물치지를 외웠지 손으로는 벽에 대못 하나 박을 줄 몰랐다.

땅이 네모졌다는 옛사람들의 생각을 고수할 뿐 의심조차 할 줄 몰랐다. 문자 조금 더 안다고 유식한 게 아니었다. 이치를 잘못 알고서 문자를 쓰면 그거야말로 무지이고 병통이었다. 그들이 그런 자신들의 본지풍광을 전혀 모른다는 사실이 더 심각한 병통이었다.

2월 26일 드디어 사신들이 돌아가는 날이 왔다. 왕은 세자와 군신을 거느리고 모화관에 거둥하여 전별연을 베풀었다. 잔치가 끝나자 왕이 문밖까지 나가 전송했다.

"감사한 은혜 만만萬萬하옵니다."

오양은 눈물을 흘리며 갔다. 어떤 의미가 담긴 눈물인지 분간할 수 없었다. 너무 잘 대접받아서 떠나기가 못내 아쉽다는 것인지, 뇌물을 너무 많이 받아서 감격했다는 것인지 알 수가 없었다. 왕은 한참 동안 사신 일행이 떠나가는 광경을 보고 서 있었다. 수많은 마차와 수레에 예물을 그득그득 싣고 북으로 멀어져 가고 있었다.


조선의 하늘이 떠나간다.

저기 저 짐바리 속에 조선의 하늘이 붙들려 간다.

청춘을 다 바쳐 필생의 대업을 이루었건만

나는 저 하늘을 길래 소유할 수도 지켜낼 수도 없었구나.

잘 가라.

나의 열망, 나의 세상이여

이후로 이 땅에 어떤 하늘, 어떤 세상이 다시 열릴 것이냐.

왕의 어안에서 끈적끈적한 것이 흘러내렸다. 민망했다. 이 많은 신료 앞에서 자신도 모르게 울고 있었던가. 명주 수건으로 닦아내 보니 단순한 눈물이 아니었다. 눈물 속에 누런 진물이 섞여 나오고 있었다.

힘을 내야 해. 그래도 천문대와 의기들은 지켜냈질 않는가. 석각 천문도는 탁본이 있으니 다시 새겨 세우면 되고 이제부터는 하늘 별자리 이십팔수를 닮은 큰 글, 한글 만드는 일에 매진하자. 그러자면 기운을 차려야지.

왕은 어금니를 물고 발가락에 힘을 주었다. 입이 소태 씹은 것처럼 써서 그렇게 즐기던 고기 맛조차 잃었지만 왕은 억지로 고기 산적을 뜯어 우겨넣었다. 소화가 되지 않아 속이 메슥거렸다. 의원은 왕이 너무 고심해서 비장을 다쳤다며 식후마다 탕제를 올려댔지만 마셔봐야 배만 더 거북했다.

상한 옥체를 돌보는 게 급선무였다. 왕은 온천행을 하기로 계획했다. 온천 행궁에 머물며 수시로 탕목하면 소화도 잘되고 눈병도 많이 나을 거였다.

한 가닥 실오라기 같은 희망마저 거둬 가려는 것인가. 이월 말에 돌아갔던 오양이 압록강을 건너기도 전에 예고도 없이 또 다른 황제의 비밀 칙사가 들이닥쳤다.

○

오양은 본말이 뒤바뀐 행동으로 황명을 바로 받들지 않고, 공연히 시간을 끌면서 사리사욕만 채우는 데 눈이 멀었음을 안다. 짐은 그가 복명하는 대로 엄하게 치죄하리라. 조선 왕 이도는 당장 불충스러운 천문대를 헐고, 장영실이라는 자를 중국으로 보내라. 그는 본래 조상이 소주 사람으로 중국에 유학 왔을 때, 황실의 천문대를 범한 자다. 정교한 기물을 제작하는 재주가 남달라 중국의 발명가들 사이에서도 이름이 높다 하니, 어떤 자인지 짐은 자못 궁금하다. 이미 영락제 때 형장의 이슬로 사라졌어야 할 자가, 요행히 살아남아 분란을 키웠으니 짐이 직접 만나보고 재주를 시험한 뒤 처분하리라.

밀지를 받아 든 왕은 그만 혼절했다. 가뜩이나 옥체를 상해 겨우 정사를 봐왔는데 청천벽력 같은 황명을 받아 들고 보니 아찔했다. 여러 첩보와 밀고를 통해서 중국 황실은 오양의 작태를 소상히 알고 있었다. 황실과 내통하는 역관들과 상인 말고도, 도가 지나친 오양의 행실을 더는 두고볼 수 없던 왕흘이 황제에게 이 같은 사실을 고해바친 것이다. 정의감이라기보다 패물과 미색을 독차지한 오양이 미워서였다. 오양의 비리를 여실히 고변하자니, 조선 왕실의 천문대 사정과 영실의 존재까지 밝히게 된 것이다. 조선 조정에서 중국 황실이 영실을 입조케 하려 한다는 사실은 이미 알고 있었지만 이렇게 칙서에 명기할 줄은 몰랐다.

이미 발등에 떨어진 불이 급기야 눈썹을 태우려는 찰나였다.

강녕전에서 어의의 보살핌을 받고 깨어난 왕은 황희를 급히 불러들였다. 국가 대사와 여인네들의 일에는 비밀이 필요한 법이다. 모두 까발리면 결딴나고 만다. 둘은 한참 동안 밀담을 주고받았다. 황희는 장영실을 내줄 수밖에 없다고 말했다. 왕은 그것만은 절대 막아야 한다고 쐐기를 박았다.

"밀사를 잘 달래서 우선은 시간을 벌어주시오. 천문대는 당장 헐어도 좋소만 장영실은 지켜내야 하오. 영상은 짐의 말을 명심하시오. 그를 못 지켜내면 짐은 살아도 사는 게 아니오. 어서 장영실 대호군부터 찾아 꼭꼭 숨도록 조치하시오."

봉심蓬心.

왕의 마음은 다북쑥처럼 복잡한 근심 걱정으로 뒤덮여버렸다. 팔순의 황희는 이 난국을 어떻게 추스려야 할지 난감해하며 강녕전을 나섰다.

같은 시간 선공감에서는 대호군 장영실과 조순생이 왕과 왕비 양전이 탈 가마 제작을 감독하고 있었다. 선공감은 궁궐과 관청의 건물 수리나 토목을 관장하는 곳이었다. 선공 직장 임효돈과 녹사 최효남 역시 감독을 맡아서 세심한 주의를 기울였다. 양전이 지난번 온양 행차시에는 마차를 탔었는데 이번 강원도 이천 행차시에는 가마를 타기로 돼 있었으므로 새로 제작해놓은 상태였다. 거리를 재는 기리고차가 달린 마차는 세자가 타게 되었다.

"가마 붉은 지붕에다 이렇게 황금 장식을 더하니 한결 멋스럽습니다."

임효돈이 만족한다는 어조로 말했다.

"이천 온천까지는 먼 거릴세. 동두천, 연천, 밀암, 안협을 거치는 험로야. 멋스러움도 좋지만 우선은 튼실해야 함세."

장영실은 일일이 목공들의 일손을 점검했다. 좌우 양쪽 들채와 그 끝에 씌우는 용머리 쇠장식을 붙잡고 흔들어보았다. 단단하게 고정돼 있었다.

"그게 부러지기라도 할까 봐 걱정되십니까?"

대호군 조순생이 걱정도 팔자라는 투로 말하며 웃었다. 그는 가마나 말을 관장하는 사복시司僕寺 소속 관리였다.

"만사불여튼튼이오."

"그 쇠장식은 절대 안전하오. 그나저나 장 대호군께서는 참으로 용하시오. 그토록 빈틈이 없이 자로 잰 듯 빡빡하게 사시니 보는 사람이 숨통이 막힙니다. 이제는 아랫것들에게 맡기고 한 발 물러서서 여유롭게 일하실 때도 되지 않았소이까?"

사람 좋은 조순생은 매사에 낙천적이었다. 장영실은 그런 그가 부럽기도 했다. 두 사람이 똑같이 일을 맡았는데도 한 사람은 노심초사하고 다른 한 사람은 여유만만이다. 이날 입때껏 치열한 쪽에만 서왔을 뿐 흐르는 물결에 내맡기듯 태평한 쪽에는 서보질 못했다. 그랬다. 그는 늘 쫓겨 살았다. 동시에 두세 가지 일을 맡아야 했고 한 가지 일이 끝나면 대기하고 있던 다른 일이 정확히 맞물려 들어왔다. 장인의 삶이라는 게 그랬다. 밀려드는 일의 틈바구니에서 땀 흘리다가 잠들었고 눈을 뜨면 다시 그 틈바구니를 더듬고 쏘다녔다. 그가 일을 하는 게 아니라 일이 그를 부려먹고 있었다.

"조 대호군께서 잘 감독해주시오. 나는 호조에 가봐야 하오."

장영실은 선공감을 나섰다. 호조에서 주관하고 있는 측우기 제작과 운용 개선에 관한 회의가 있었다.

길이 두 자, 직경 팔 촌의 쇠 그릇을 만들어 대 위에 놓고 강우량을 측정하는 것이 측우기였다. 측우기는 길이 한 자 다섯 치의 대나무나 혹은 나무로 만든 주척을 사용하여 강우량을 쟀다. 비가 내린 날짜와 시간, 갠 날짜와 시간과 함께 물 깊이를 잰 치수를 장부에 기록하고 보고했다. 지난해(1441, 세종 23년) 팔월에 첫선을 보였는데 지금은 각 고을에 내려 보내 실용화 단계에 접어들고 있었다. 좀 더 보완하여 잘 시행하면 서운관에서 전국의 강우량을 모아 비교할 수 있었다. 이는 농사 기술의 진흥을 위해 매우 필요한 일이었다.

언제나 느끼는 것이지만 무엇을 하나 발명해도 그것을 대량으로 보급하기가 어려웠다. 한꺼번에 대량 생산할 수 없기 때문이었다. 지금은 어렵지만 어느 먼 훗날에는 수백, 수천 개를 하루 만에 만들어낼 수 있는 날이 올까. 깨지기 쉬운 단점이 있긴 하지만 쇠가 아닌 자기나 와기로 만든다면 대량 생산이 용이했다. 투명한 유리로 만들어도 계측하기는 좋을 것이다. 하지만 그조차 쉽지 않았다. 실제로 지방에서는 자기가 아닌 사기나 질흙으로 모양을 본떠 사용하고 있는 형편이었다. 조선은 쇠나 구리 자원이 너무 부족했다. 그래도 측우기의 발명과 보급은 세계에서 가장 빠른 것이었다. 측우기로 전국의 강우량을 비교하고 그에 따른 농작물의 품종 보급이나 개량에 이용했다.

영실이 호조 앞에 다다르니 내관이 급히 불러 세웠다.

"영상께서 대호군을 찾으십니다. 어서 이리로."

내관은 영실을 근처 술집 내실로 안내했다.

"자네가 주상 전하를 살려주시게."

황희는 영실의 손을 잡고 애원조로 나왔다.

"무슨 말씀이신지?"

황희는 황제의 밀지 내용을 일러주었다. 장영실은 현기증이 났다. 황제의 천문대 틈입 사건의 여파가 이렇게 도지고 있었다. 여진과 조미진, 곽동미가 떠올랐다.

막강한 금의위와 동창의 암약도 상기되었다. 그들은 조선 땅까지도 세력을 뻗쳐 그림자처럼 밀탐하고 있는지도 몰랐다.

"소직이 어찌해야 전하께옵서 강녕하실지요. 지금이라도 입조해야 한다면 그렇게 하겠습니다."

영실은 무슨 일이라도 할 각오가 돼 있었다.

"그것만은 막자고 전하께서 나를 찾으신 게 아닌가. 내일이라도 천문대부터 헐어 황제의 밀사를 안심시킬 것이네. 자네는 멀리 동래현으로 출장 갔다고 둘러댈 테니 집을 나와 한양에서 멀지 않은 곳에 숨어 있게. 아니네. 내 집 후원에 토굴이 있으니 거기가 좋겠어. 내일 당장 내 집으로 오게."

"그랬다가요?"

"시간을 두고 묘책을 궁리해봐야지."

"곧 양전께서는 온천행을 하기로 돼 있습니다."

"지금 전하의 옥체가 너무 상하셨네. 어떻게 해서든 보내드려야지. 자네도 호종하게 돼 있겠지만 이번에는 빠질 수밖에 없겠지."

"저 하나 중국으로 붙들려 가면 화근이 말끔히 사라집니다!"

위기 때마다 언제나 그랬듯 장영실은 정공법을 택하고자 했다.

"이 사람아, 자네가 전하의 어심을 그리도 모르나? 전하께서는 절대로 자넬 내주지 않을 걸세."

"아뇨. 제가 지금 전하를 알현하지요. 영상 대감께서 처음 생각하신 것처럼 제가 입조해서 문제를 해결하는 게 상책입니다. 왕진 태감과 담판을 짓겠습니다. 부역을 시키면 다 해주고 돌아오면 그뿐이지요."

영실은 거침이 없었다. 다북쑥처럼 무성한 전하의 봉심을 알게 된 이상 더는 두고만 볼 수가 없었다.

"그렇다면야……."

황희가 반갑게 동조했다.

"지금 당장 전하를 알현토록 하죠."

둘은 입궐하여 강녕전으로 전하를 찾아뵈었다. 왕은 입조하여 담판을 짓게 해달라는 영실의 주청에 버럭 성화를 냈다.

"너희가 나를 어찌 보고 하는 말이냐? 그런 소리는 다시 입 밖에 내지 말라!"

면천시키고 영실에게 처음으로 한 하대였다. 황희에게도 마찬가지였다. 그간 왕은 꼬박꼬박 하오를 붙이며 예우했었다. 영실과 황희는 화살 맞은 꿩처럼 움츠러들어 뒷걸음으로 편전을 물러 나와야 했다.

"내가 뭐랬나? 전하께서 자넬 내주고 어디 속 편하게 정사를 돌볼 분이던가? 자네가 입조했다가 무사히 돌아온다는 보장이 없네. 전하께서는 그걸 염려하시는 게야. 이제부터는 우리 둘이 어심을 편하게 해드릴 방도를 찾아보세. 지금 자네가 책임 맡고 있는 일이 뭐, 뭔가?"

"측우기 대량 보급과 양전의 가마 감조지요."

황희는 노안을 굴려 골똘히 생각하더니,

"알았네. 자네는 내 집에 숨어 지내면서 내가 하는 대로 따르기나 하게."

"가마를 이용하시죠."

"나도 같은 생각이네."

워낙 일처리에 노련한 노재상이었다. 영실은 곧장 집으로 돌아와 가솔들을 모아놓고 내일 아침 급한 출장을 간다고 이르고 짐을 꾸렸다.

3월 2일 왕은 친히 종묘에 나가 향을 올리고 축문을 전했다.

온천을 위한 강원도 이천으로의 행차가 무사하게 해달라고 고했다. 이천의 온천수가 질병 치료에 좋다 해 벌써 작년 오월부터 욕실을 짓게 하고 길을 닦도록 조치해놓았던 일이었다.

다음 날 왕은 복잡한 심경을 안고 온천행을 단행했다. 봄철 강무를 겸했기에 어가 행렬은 장엄했다. 무장한 수백 명의 군인이 어가 행렬의 맨 앞에서 호위했다. 그 뒤로 독과 교룡기, 청개, 홍개 등 왕의 행차임을 알리는 각종 깃발과 의장물들이 장엄하게 물결쳤다. 왕의 가마는 그다음에야 나타났는데 수십 명의 가마꾼이 메는 것이었다. 왕의 가마 앞뒤에는 커다란 해 가리개와 부채, 군악대가 배치되었다. 그 뒤로 종친과 문무 배관이 왕을 수행했다. 행렬 좌우와 후미에도 수백 명의 군인이 호위했다. 어가 행렬은 그야말로 움직이는 조정이었다.

마차 두세 대가 한꺼번에 나란히 달릴 수 있을 정도로 잘 닦인 길, 군데군데 길섶에 베어서 쌓아놓은 풀 더미들이 부역에 동원된 강원도 백성들의 땀처럼 여겨져 왕은 마음이 무거웠다. 백성을 생각하면 이런 온천행이나 사냥도 가능한 한 줄여야 하는 것이었다.

나는 그들을 위해 최선을 다해야 한다. 어서 편치 못한 몸을 치유하고 쉬운 글자를 만들어 그들에게 돌려주자.

왕은 흔들리는 가마 위에서 깊이 사색하고 있었다.

우지직!

무언가 부러지는 소리가 가까이서 울렸다. 가마꾼들이 웅성

거리더니 가마가 멈춰 섰다. 가마는 별반 흔들리지 않았으나 왕은 사색에서 깨어났다. 가마에 이상이 생겼다고 했다. 멀쩡하던 주상 전하의 가마가 온천에 거의 다 와서 부서졌다. 가마 뒤 왼쪽 뜰채의 용머리 장식이 뚝 부러져버린 것이다.

어가 행렬이 멈춰 섰다. 처음에 영문을 모르던 호위병들도 비상사태에 대비하느라 경계 태세를 강화했다.

"무슨 일이냐?"

말을 탄 대호군 조순생이 달려왔다.

"전하께서는 무사하십니까?"

다행히 무사했으나 용안은 어두웠다. 여벌로 대기하고 있던 새 가마를 대령했다. 어의가 진맥을 원했지만 왕은 물리치고 새 가마에 올랐다.

의금부 도사가 부서진 가마를 조사했다. 그는 가마의 뜰채뿐만이 아니라 몸체도 잡아채 흔들면서 주도면밀히 검사했다. 다른 데는 이상이 없었다.

조순생이 과장 섞인 몸짓으로 어처구니없어했다.

"두 대호군께서 감독하셨다는 가마가 이렇게 부러질 수도 있는 거요?"

의금부 도사는 도끼눈을 떴다.

"오, 오늘 아침까지도 아무런 이상이 없었소. 도, 도무지 믿을 수가 없구려."

조순생은 아무것도 모르고 있다 당한 사람처럼 말까지 더듬었다.

온천에 급조한 행궁行宮은 예상보다 장려했다. 왕은 관찰사와 수령이 무리수를 썼음을 짐작하고 불편한 심기를 드러냈다.

"사월 그믐께까지 한 달 남짓 동안 다른 염려는 마시고 미령하신 성체나 돌보소서."

황보인, 김종서, 조서강 등이 아뢰었다.

"경들의 뜻을 내가 잘 알았다. 오래 머무르면서 탕목하리라."

왕은 곧 여장을 풀고 온천욕을 시작했다. 근래에 너무 힘든 일이 많았다. 세자빈이 죽었고 석각 천문도를 빼앗겼는데 중국 황제는 이제 천문대를 헐고 장영실을 내어달라고 했다. 천문대는 황희의 주청을 받아들여 황제의 밀사 앞에서 헐어 보였다. 장영실은 멀리 출장 간 것으로 되어 있었다. 그런데 오늘 그가 감독한 가마가 부러졌다. 자격루처럼 정밀한 기계도 오차 없이 귀신처럼 만들어내던 그였다. 그가 너무도 어처구니없는 실수를 했다. 그간 그를 못마땅하게 여겨왔던 의정부 대신들은 입을 모아 외치리라. 불경죄를 저지른 그를 죄주고 내쫓아버리라고.

탕 속에 들어앉아 이마에 송알송알 맺히는 땀을 훔쳐내며 왕은 도리질을 쳤다.

"누구나 실수는 있는 법이다. 내 몸이 상한 것도 아니니 사유할까 한다."

이튿날 왕은 장영실을 탄핵하는 의금부 관원들에게 용서의 뜻을 비쳤다.

"이는 불경죄입니다. 본보기를 위해서도 엄하게 다스려야 하옵니다. 직첩을 빼앗고 곤장을 쳐서 벌하게 하소서."

탄핵하는 의금부로서는 당연한 주장이었다.

의금부에서 국문을 했다. 조순생, 임효돈, 최효남 등이 조사를 받았다. 황희 집에 숨어 있던 영실은 처분을 기다렸다.

"정말 알 수 없는 노릇입니다. 얼마나 튼실하게 만들었는데 그 가마가 부서지다니요?"

선공 직장 임효돈이 절대 있을 수 없는 일이라고 펄펄 뛰었다. 최효남도 마찬가지였다.

"그렇다면 도중에 누가 일부러 부서지게 부정한 짓이라도 해 놨다는 것이냐?"

의금부 도사 박회가 어이없어했다.

"모르는 일이지요. 장영실 대호군을 시기하는 무리들이……."

"이자들이 못하는 얘기가 없구나. 삶은 닭이 울겠다. 아무리 그렇다고 전하의 성체를 상하게 할 수도 있는 일을 꾸미겠느냐?"

도사로서는 상상조차 못할 노릇이었다. 하지만 그의 머리 꼭대기에는 노회한 황희가 있었다. 이 나라의 안위를 위하고 전하의 어심을 편안케 하기 위해서라면 가마가 아니라 그보다 더 큰 불경죄도 능히 기획하고 일사천리로 진행할 명재상이었다. 더구나 황제의 밀사가 왔다 간 뒤로 전하로부터 전권을 위임받은 처지였다. 황희는 조순생과 만나 온천 행차 때 가마를 부러뜨리게끔 밀약했다. 물론 전하의 안전에는 문제가 되지 않는 뜰채 용머리 장식을 택했다. 왕을 상징하는 용머리 장식이라야 불경죄가 제대로 성립했다.

4월 10일 진하사 압마관 김하가 황제의 공식 칙서를 가지고 북경에서 돌아왔다. 세자가 이천 행궁에서 오 리를 마중 나와 칙서를 맞이했다.

칙서는 두 가지였다. 하나는 변방에 관한 일이었다. 신심이 없는 오랑캐인 이만주와 범찰에게 엄중히 경고했다는 것, 하지만 혹시라도 변고가 있을지 모르니 군자의 나라 조선의 왕은 변방의 군사를 단속하여 방비하라고 하였다.

다른 하나는 역시 간의대와 천문도에 관한 것이었다.

짐은 조선 왕의 충정을 믿어 의심치 않으려 한다. 선지세자 善持勢者는 조절기간맹絕其姦萌이라 했다. 권세를 잘 유지하려면 일찌감치 악의 싹을 잘라 없앰이 좋을 터이다. 왕은 현명한 사람이니, 한번 죽은 사람은 다시 살릴 수 없고 한번 망한 나라는 다시 일으킬 수 없음을 잘 알고 있을 것이다. 대개 천도는 착한 사람에게는 복을 주고 악한 사람에게는 재앙을 주게 되니 짧게 보면 틀린 듯하더라도 길게 보면 반드시 틀리지 않을 것이다. 명심하여 이후로 다시 이 문제가 거론되는 일이 없도록 하라.

왕은 탕목을 하면서도 번뇌에 찼다. 음식 맛을 잃고 밤잠을 설쳤다. 그전까지 온천욕으로 안질과 소갈병, 등창에 차도가 있었는데 칙서를 보고 나서 급격히 나빠지기 시작했다. 그래도 먹어야 했고 잠을 청해야 했으며 온천 탕목을 계속해야 했다. 한 나라의 만기를 다스리는 사람은 함부로 굶어서도 아니 되었고 밤잠 못 이뤄 성체가 미령해져서는 더더욱 아니 되었다.

왕은 탕목을 마치고 간편한 옷을 입었다. 밖으로 나오니 미풍이 불고 초저녁 별빛이 하늘 가득 성성했다. 아득하고 광활한 별들의 세계, 저 하늘을 잃어버린 사람들의 삶에 꿈이 있을까. 우리의 발이 땅을 딛고 서 있듯 우리의 머리는 하늘을 동경하며 지상에 이상 세계를 건설하기 위해 애쓴다. 나는 꿈이 있었다. 그것은 내가 이 땅의 하늘을 닮은 백성들과 함께 만들어 가는, 작지만 아름다운 나라였다. 그런데 하늘의 이름으로 막아서는 힘이 있다. 그 힘 앞에서 나는 복종의 미덕을 배워야 하는가. 선하다는 것, 착함은 자연적인 발로여야 한다. 부당한 힘 앞에서의 착함은 굴복일 뿐이다. 강한 힘에 굴복하는 것이 착한 일이고 또한 천도라면 천도는 분명 모순이다. 이 모순을 장차 어이할 거나.

내실로 돌아와서도 온통 하늘 생각뿐이었다. 간밤에 행궁의 처마에 이은 기와가 수십 장 떨어져 뜰아래서 박살 났다. 때 아닌 벼락이 내리친 줄 알았다. 다행히 양전의 출입이 없던 한밤중에 일어난 일이어서 불미스러운 일은 발생하지 않았지만 불경으로 다스릴 죄였다. 행궁 수리를 감독했던 박강과 이순로, 이하 등을 징계해야 마땅하다고 사헌부에서 상소했다.

"내 장차 다시 생각해보겠다."

지금 행궁 기와가 떨어져 내린 것이 문제가 아니었다.

"사헌부의 상소는 장영실을 탄핵함이 끝나기를 기다려 다시 의논하여 처리하라."

왕은 승정원에 하명했다.

5월 1일 경복궁으로 돌아왔다. 왕은 황희를 불러 황제의 칙서와 장영실의 탄핵에 관해 숙의했다. 황희가 가마 사건의 내막과 황제의 비밀 칙사를 설득시킬 방도를 아뢰자, 왕은 어렵사리 승낙하고 장영실을 직접 만나길 원했다. 곧 입번 승지를 보내 장영실을 강녕전으로 불러들였다.

"그대를 중국에 내어줄 수 없어서 이런 수순을 밟았다는구려. 그대가 죽음을 무릅쓰고 공들여 만든 천문대를 비밀 칙사 앞에서 헐어 보이고, 지방 출장 간 것으로 돼 있는 그대의 불경죄가 뒤늦게 밝혀져 파직시켜버렸더니 그만 행방이 묘연하다고 칙사에게 이른 모양이오."

초췌해진 왕은 영실과 무릎을 맞대고 앉아 어쩔 줄을 몰라 했다.

"그것은 천신이 영상 대감께 제안한 방책이기도 합니다. 전하께옵서는 조금도 괘념치 마시고 역부로라도 엄벌을 내리소서. 그래야 이번 위기를 넘길 수 있나이다."

방안에 무거운 침묵이 흘렀다. 커다랗고 화려하던 방 안이 침침해 보였다. 분노와 슬픔이 범벅된 용안이 방 안 공기를 짓눌렀다. 왕은 영실의 손을 부여잡고 뭐라고 운을 떼려다가 끝내 주억거렸다. 두 손으로 용안을 감싼 왕은 도리질을 쳤다.

"이 사람…… 이 사람……."

영실은 차마 더 앉아서 뵐 면목이 없었다. 그는 정색하며 왕을 불렀다.

"전하!"

"……?"

"전하께서는 그동안 조선의 하늘을 되찾고 역법의 독립을 통한 농사법과 오례五禮, 관혼상제, 음악, 의학, 인쇄 편찬 사업을 우리 조선에 맞게 재정비하셨습니다."

"그랬지요, 장 공."

"한창 무르익어가는 때, 중국 황제가 조선의 천문 사업을 문제 삼게 되었습니다만 전하께서 지금 몰두하고 계시는 한글 창제 사업만큼은 절대로 포기하셔서는 아니 됩니다. 저들이 조선의 천문대를 헐게 하고, 석각 천문도를 거두어 갔으나 백성들이 편히 쓰게 할 목적으로 만드시는 한글만큼은 어쩌지 못할 것입니다."

"그래도 각별히 조심해야 무탈하오."

위엄을 되찾은 왕이 허리를 곧추세웠다.

"물론입니다. 한글은 우주의 소리를 모두 적을 수 있는 하늘의 글자라지요. 전하께서는 몸소 천문대에 올라 이십팔수를 우러러보시며 그 글자들을 구상해오셨습니다."

"그렇소. 장 공과도 여러 차례 올랐었소. 그렇게 어렵게 찾은 하늘을 다시 잃어버려야 한다니 가슴이 미어터지오!"

왕은 장탄식을 했다.

"바로 그 한글에 조선의 하늘과 천문도를 숨겨두시는 겁니다. 아니, 온 천하의 하늘을 오롯이 담는 겁니다. 그러면 어느 누가 감히 그 하늘과 천문도를 헐어낼 수 있겠습니까? 백성들이 말하고 쓰는 글자에 하늘을 담아놓으시면 귀신이라도 어쩌지 못할 것입니다. 형상이 없는 건 손댈 수가 없는 거니까요."

그 순간 장영실의 맑은 눈빛에 영성이 깃들었다. 왕은 그걸 여실히 포착했다. 머릿속에서 번개가 일고 온몸에 전율이 왔다.

"아, 그런 묘수가 있었구나! 그렇지. 천상의 달을 방안으로 불러들여 달항아리를 만든 조선 사람들이 아닌가. 장하다, 그대는 정녕 하늘이 내린 만고의 격물가다! 글자 속에 하늘을 담아내고 천문도를 숨기다니! 짐은 이제 활력을 되찾겠다. 새 글자의 닿소리(자음)과 홀소리(모음)은 하늘의 이십팔수처럼 스물여덟 글자의 기본자로 확정 짓고, 간의대 형상의 평면도와 흡사한 하도河圖에 대입해서 하늘의 글자가 쏟아져 나오게 하리라."

왕은 박장대소했다. 여태껏 침울하던 기운은 싹 달아나고 용안에는 환희가 넘쳐났다. 그 찰나 태초의 빛, 천년만년의 빛이 쏟아져 들어오는 걸 온몸으로 느낄 수 있었다. 왕은 영실에게 다가와 와락 끌어안았다. 얼싸안고 춤이라도 덩실덩실 추고 싶은 심정이었다.

"어디에 가 있든 짐이 찾으면 곧장 달려와 다시 뭉쳐보세."

"여부가 있겠나이까."

장영실은 환하게 웃어 보였다. 그는 큰절을 올리고 천천히 뒤로 물러 나오며 전하의 용안을 보고 또 보았다. 그렇게 마음에 새기고 또 새겼다.

"중전이 꼭 봤으면 한다네. 들렀다 가시게."

물기 어린 옥음이 떨렸다.

"알겠나이다."

그렇잖아도 다음을 기약할 수 없을 것 같아 왕비 마마도 찾아뵐 참이었다. 교태전까지 가는 동안 궁궐의 수많은 전각과 뜰을 지났다. 곳곳에 그의 발길이 닿지 않은 곳이 없었다. 한 걸음 한 걸음이 기억을 더듬는 마지막 여정이었다.

"잘 오시었소, 장 대호군!"

왕비 심씨가 반갑게 맞아주었다. 가채머리 위에 꽂힌 용잠이 가녀리게 떨렸다. 영실의 솜씨로 빚어 올린 장식물이었다.

두 개의 찻잔 속에 샛노란 금국金菊 세 송이씩이 활짝 피어났다. 지난가을에 발화 직전의 국화꽃 봉오리를 따 갈무리해뒀다가 찻잔에 띄워 낸 것이었다. 진한 향기도 좋지만 머리를 맑게 해주었다.

"본래 권력 누리는 인간들이 주는 벌이란 무고한 게 많아서 받는 쪽에서는 억울하기 마련이오. 장 대호군의 이번 일은 실로 억지 누명이오."

기품 어린 심씨의 눈길은 자애로웠다.

"전하의 부담을 덜어드리려고 영상과 천신이 자청한 일입니다."

"장 대호군은 그러시고도 남을 분이지요. 대호군이 아시는 바와 같이 나도 한이 많은 사람이오. 지난 무술년의 횡액으로 죄 없는 아버지를 잃고 온 집안이 쑥대밭이 되었지요. 나는 그 후로 이렇게 부처님을 뫼시고 살아왔답니다."

왕비 심씨는 십장생 자수 문갑 병풍을 걷어내 보였다. 침향이 살라진 작은 금동 향로와 금동 관음보살 입상이 드러났다.

"대호군, 여기 살라 올리는 향이 마팔국(인도)과 일본에서 들여온 침향沈香이오."

"상의원에 있을 때 귀하게 보관하는 것을 봤습니다."

녹황색 침향은 조선에서는 나지 않는 향료였다. 워낙 비싸서 금값에 비할 정도였다. 침향나무의 수지가 굳은 것으로 최고급 향료이자 약용으로 쓰였다. 불가에서는 극락왕생과 태평스러운 미륵 세계를 기리는 의식에 썼다.

왕비는 금박 물린 작은 보자기 하나를 내밀었다. 작은 봉채함이 나왔다. 함을 여니 금붙이와 값진 패물들이 들어 있었다.

"여기 이 금 거북은 전하께서 대호군에게 특별히 내리시는 것이오. 서른 냥은 될 테니 요긴하게 쓰시오."

아이 주먹만큼 커다란 금 거북이었다. 조선에 귀한 것이 금붙이라서 왕실의 재물 창고인 내탕에도 몇 개 없는 보물이었다.

왕의 마음이 짐작되었다.

"……다른 패물들은 지니고 있다가 어느 때고 서해나 남해 바닷가에 갈 일이 있으면 자단紫檀(향나무)을 몇 수레 구해 갯벌에 매향埋香을 해주세요. 작게는 억울하게 돌아가신 내 아버지와 삼촌들, 오라버니들, 크게는 이 나라가 들어서면서 희생당한 무수한 원혼이 구천에 떠돌지 않고 극락왕생하도록 발원해주세요. 그 밖에 한 맺힌 이들과 이런저런 사연 혹은 장애를 만나 꿈과 사랑을 이루지 못한 이들, 현재 고통받고 있는 백성들의 평안을 발원해주세요."

왕비는 거절할 수 없는 엄숙함으로 부탁했다.

"마마의 뜻이 그러하시면 좋은 때에 차질 없이 봉행해 올리겠으나, 이런 일이라면 정업원도 있고 효령 대군도 불사를 많이 하시는데 천신이 봉행해드리는 것이 옳은 일일는지요?"

"왕실에서는 고려 말부터 매향 의식을 많이 해왔습니다. 매향비를 세우고 수많은 승려가 동원되지요. 나는 그처럼 번거롭게 하고 싶지가 않아요. 적임자로 조용하게 하고 싶소. 비석도 생략하고 조촐하게 말입니다. 이런저런 사정을 고려할 때 대호군이 적격입니다."

영실로서는 더 사양할 일이 아니었다. 그대는 그 사나운 업장을 사르고 밝은 자리로 올라왔으니 적임자가 아니겠느냐는 말씀으로 들렸다. 영실은 지극한 마음으로 왕비의 뜻을 받들기로 했다. 사람들은 민물과 갯물이 만나는 갯벌에 자단나무를 묻어

두고 수백 년, 수천 년이 지나서 캐내면 침향이 된다고 믿어왔다. 침향이 되면 원력을 발휘하여 고통받는 중생들이 제도된다는 것이다. 자단나무를 갯벌에 묻는다고 침향이 되는 건 아니었지만 민중의 염원을 비는 거룩한 의식임은 틀림없었다.

"전에 범어사 암자에 계시던 관문 사형이 마침 서산 보원사 주지로 가셨다니, 함께 봉행해 올리겠나이다."

영실은 왕비 마마에게도 큰절을 올렸다.

다음 날 왕은 편전으로 황희, 우의정 신개, 도승지 조서강 등을 불렀다.

"과인의 눈병이 날로 심하여 친히 만기의 업무를 결단할 수 없으므로 세자로 하여금 서무를 대행케 하련다."

서무란 특별한 명목이 없는 잡다한 사무를 말했다.

"그리하시면 신민들이 크게 실망할 것입니다. 또한 중국 조정이나 일본 등의 이웃 나라가 이를 듣는다면 어떻게 하겠습니까?"

대신들이 반대했다.

"진작 장영실의 말을 듣고 눈을 휴양하지 않은 것을 후회하노라. 경들의 말이 그러하니 내가 다시 말하지 않겠다. 다만 종묘의 제사와 무예를 연습하는 강무는 세자로 대신하겠노라."

이어 장영실, 박강 등의 죄를 가지고 황희에게 대신들과 의논하게 했다.

"이 사람들의 죄는 불경에 관계되니, 마땅히 직첩을 회수하고 곤장을 집행하소서. 장영실은 곤장 백 대를 쳐야 할 것이며 나머지는 팔십 대를 쳐야 할 것입니다."

의금부의 탄핵 내용 그대로 반복한 것이었다.

"박강은 공신의 후손이다. 다만 그 관직만 파면시키고, 이순로와 이하는 고신만 빼앗도록 하라. 또한 장영실의 직첩을 빼앗고 곤장은 2등을 감형할 것이며 임효돈과 김효남에게서는 1등을 감형하고 조순생은 처벌하지 마라."

장영실은 곤장 백 대에서 팔십 대로 나머지는 팔십 대에서 칠십 대로 감형되었다. 불경죄라고는 하지만 장영실에게 내린 형벌은 너무 가혹했다. 그것은 왕이 평소 장영실을 아끼던 것이나 사유의 철학을 지녔음을 감안하면 더더욱 그렇다. 또 한 가지 조순생을 용서한 것도 석연치 않았다. 조순생은 가마를 맡아 보던 관청인 사복시 소속의 주무관이었다. 조순생은 별다른 재능이 없었고 오직 바둑을 잘 둘 뿐이었다. 왕이 바둑을 즐기는 것도 아니었기에 조순생의 죄를 묻지 않은 점은 쉽게 이해가 가지 않았다. 그랬으니 사헌부에서 간관이 이의를 제기할 수밖에 없었다.

"조순생과 박강은 죄가 같은데 순생만이 홀로 죄를 면했음은 실로 옳지 못합니다."

그런데 이에 대한 왕의 답변이 묘했다.

"순생의 일이 진실로 박강과는 다름을 그대들이 알지 못했을 뿐이다."

다름을 아는 이는 오직 왕과 황희, 그리고 조순생 뿐이었다.

형벌이 정해지던 그 순간 장영실은 황희의 집에서 돌아와 미완성 천리경을 만지작거리고 있었다. 유리가 달린 놋쇠 통을 가지고 먼 데 있는 것을 가까이 끌어당겨 보는 기계였다.

"불경죄인 장영실은 오라를 받으라!"

의금부 도사가 나졸들을 데리고 들이닥쳤다. 영실은 순순히 따라나섰다.

곤장 팔십 대를 맞고 대호군 직첩을 돌려주었다. 엉덩이에 피떡이 엉겼으나 별반 고통은 느껴지지 않았다. 집에서 거느리고 있던 구사들은 하던 작업을 접고 저마다 소속 관청으로 되돌아갔다.

엉덩이 상처가 아물어가자, 장영실은 서울을 뜨기로 했다. 이천과 최해산의 도움을 받아 가회방 집도 처분했다. 절반을 덜어 개동이네에게 쥐여주었다.

"이 돈이면 작은 집 한 채 장만하고 공방을 꾸릴 수 있을걸세."

"내가 이걸 받아도 될지 모르겠구면."

개동이는 너무도 급박하게 돌아가는 일에 멀미가 날 지경이었다.

"가노들을 다 모아주게나."

사랑채에 사노비들이 모두 모였다. 대낮에 촛불을 켜놓은 방에는 물이 절반쯤 담긴 놋대야 하나가 놓여 있었다. 장영실은 좌중의 면면을 애정 어린 눈으로 뜯어보았다. 유찬이와 막손이, 그 밖의 남녀 노비들이 일곱이었다. 그간 모두가 한 식구로 정을 붙이며 살아왔다. 막손이처럼 살림을 내보낸 외거노비라도 수시로 본가에 드나들었다. 유찬이의 경우처럼 버려둘 수 없어 거둬들인 노비도 있었고 막손이처럼 기술을 지닌 자가 필요해서 사들인 노비도 있었다. 찬모의 경우는 왕이 내려준 궁궐 내비 출신이었다.

"이것들이 너희의 노비 문서니라. 그간 노비가 노비를 부려먹었으니 더 모질게 굴지나 않았는지 모르겠다. 내 언제고 이런 때를 기다려왔느니."

장영실은 문서들을 펼쳐 들고 해당 노비의 이름을 불렀다. 대답이 나오면 보란 듯이 문서에 촛불을 붙였다. 문서가 타 들어갔다. 굴레가 탔다. 타 들어가는 만큼 구속의 여지가 좁아지고 자유의 영역이 넓어졌다. 그리고 마침내 죄다 타서 재가 되면 완전한 자유인이 되었다. 타고 남은 재를 놋대야 속에 담갔다. 또 다른 이름이 호명되었고 그의 노비 문서가 탔다. 그다음도 그다음도 모두 탔고 이제 방 안에 남은 노비는 하나도 없게 되었다.

"이제 너희는, 아니 우리는 모두 자유인이다!"

"으흐흑, 나으리!"

누군가 울부짖더니 약속이나 한 것처럼 대야에 달려들어 잿물을 퍼마시기 시작했다.

마셔라. 그 잿물을 마시고 나야 직성이 풀리겠거든 마시거라. 너희의 가슴에 피멍울진 한이 얼마인데 그 노비 문서 태운 물을 못 마시겠느냐. 마셔라. 그리고 하늘 아래 당당한 인간으로 다시 서라. 성이 없으면 어떠냐. 이름이 천하면 어떠냐. 자유롭게 살아가는데 그것이 그리 걸리거든 어느 이름 없는 산골짜기나 한갓진 바닷가에 찾아 들어가 너희가 존경하는 사람의 성을 빌리고 사내라면 산맥을 닮은 이름으로 새로 지을 것이고, 계집이라면 소담스러운 들꽃 이름으로 새로 지어 살아라.

"벌어먹고 살아가는 일이 그리 쉬운 일만도 아니다. 이제껏 너희가 양식 걱정을 해봤더냐? 그저 주인이 벌어 온 것을 밥상에 올리기밖에 더 했겠느냐? 종으로 살아오면서 너희에게는 스스로 벌어먹는 법을 익힐 겨를이 없었다. 식솔들을 거느리며 밥을 벌어먹는 일이 그리 간단한 일이 아니다. 나는 그게 걱정이다. 이것은 가산을 정리하고 남은 돈이다. 너희에게 공평하게 나눠줄 테니 어서 가서 땅 마지기라도 장만하여 알뜰살뜰 잘살아야 하느니라."

"나으리, 아니 주인님! 저희는 주인님을 따라가 함께 살 것이옵니다."

"함께 살 것이옵니다."

모두가 동행을 자청했다. 이대로 내쳐지면 살길이 막막하다는 축도 있었다. 차라리 언제까지나 노비로 남겠다는 거였다. 순박하고 충직한 사람들이었다. 아니 그렇게 길들여진 영혼들이

었다.

"아니다. 나는 멀리 떠날 참이다. 너희를 거둘 입장이 못 된다."

"주인님!"

막손이가 달려들어 손을 잡고 엎어졌다. 막손은 솜씨 좋은 장인이었다. 궁궐에 들일까도 생각했다가 그만둔 것은 그런 생활이 이름처럼 화려하지도 속 편하지도 않아서였다. 사람은 튀지 않는 게 좋았다. 기술이 있고 자신이 좋아하는 일과 사람들이 있다면 굳이 요란한 삶을 살 필요가 없었다. 남이 알아주건 몰라주건 작은 소망을 키우며 살아가면 그것이 가장 아름다운 삶이었다. 도가 거기에 있었다.

"주인은 누가 주인이냐? 너의 주인은 너다. 막손아, 너에게는 내가 쓰던 공구들과 재료들을 넘겨주마. 사람들에게 유익한 기물들을 제대로 만들어보렴."

"소인 놈은 나리와 함께 꼭 천리경을 만들어보고 싶었습니다."

"네 맘 다 안다. 아직은 그것을 내놓을 때가 아닌 듯싶구나."

"거의 다 만들었는데 마저 더 만들지 않고요?"

"꼭 내가 만들어야 할 기물은 아닌가 보다."

그들은 큰절을 올리고 잘 익은 풀씨들처럼 동으로 서로 흩어져 갔다. 유찬과 압둘라만 남았다. 스물세 살의 유찬은 이제 어엿한 장부였다. 반듯한 풍채에 사리 분별이 뛰어났고 신실했다. 글을 익혀서 식자가 있었고 일 처리가 야무졌다.

"이렇게 떠나가는 것인가? 난 믿을 수가 없구먼."

○

장영실이 떠나는 날, 말을 타고 온 이천이 말했다.

"조순생이 그 쥐새끼 같은 놈……."

역시 말을 타고 온 최해산이 아직도 분을 삭이지 못하고 있었다.

"그가 무슨 죄가 있겠습니까? 가마가 부서지지 않았어도 저는 이쯤에서 내쫓겨나야 할 몸이었습니다."

이미 끝 부러진 송곳이 된 장영실은 초탈한 사람처럼 담담했다.

"그렇다고 무작정 한양을 떠나면 어쩌나? 전하께서 곧 다시 부르실 텐데."

최해산은 낙천적인 성정 그대로 영실의 재등용을 생각하고 있었다.

'형님, 전하께서는 저를 다시 부르지 않으십니다.'

차마 그 말은 할 수 없었다.

장영실은 이십 년을 살았던 정든 집을 뒤로하고 가회방을 빠져나갔다. 후원에 세운 공방도, 사람들이 도깨비 방이라고 부르던 유리벽으로 된 작은 방도 주인을 잃고 곧 철거될 것이다. 나외에 어느 누가 있어 그것들을 활용하겠는가.

육조거리 못 미쳐서 궁궐 담이 보였다. 저 담장 안은 삼십 년 동안 영욕의 세월을 함께한 곳이었다. 영실은 말에서 내려 사배를 올렸다. 왕을 향한 마지막 절이었다. 이천과 최해산은 그 광경을 물끄러미 쳐다보았다.

그들은 한강을 건너 양재 말죽거리까지 동행했다.

"잘 가시게. 언제고 이 형님들이 보고 싶을 때면 부리나케 달려오게나."

"형님들께서는 건강히 오래오래 사십시오. 두 분께 은혜만 입고 살아온 아우는 북두칠성께 늘 강녕을 빌 것입니다."

"날씨 한번 좋구나."

이천은 그렇게 소리를 내질렀다.

한낮에는 더워지기 시작하는 일기였다. 이천과 최해산은 돌아가고 이삿짐을 실은 수레는 남녘으로 터덜터덜 미끄러져 내려갔다.


서해 바다가 육지로 깊숙이 들어와 있는 아산현 인주 고을 문방리.

고려 중엽에 시조 장서는 배를 타고 바다를 건너와 이 마을에 닿았다. 고려 조정에서는 그를 아산군牙山君으로 봉하고 그 일대의 땅을 식읍으로 하사했다. 그 후로 문방리 일대는 장씨들의 세거지지가 되었고 시조 장서는 그 마을 뒤쪽 작은 구릉에 안장돼 있었다.

영실은 소리 소문도 없이 마을에 잠입하여 시조 묘에 참배하고 싶었다. 하지만 이미 문중에 익히 이름이 알려진 터여서 그럴 수 없었다. 아산만 내륙으로 깊숙이 들어온 바닷물 위로 크고 작은 배들이 오고 갔다.

"이제 어디로 가실 건가요? 멀리 탐라 땅으로라도 가실 작정 같은데."

유찬이 끼룩거리는 갈매기를 보며 물었다.

"중국을 넘어 발명가 곽동미 선생이 계신 사마르칸트로 가야지, 뭐."

압둘라가 서툰 조선말로 대꾸했다.

"어디로 가게 되든 그 전에 여기서 할 일이 있다네."

영실은 질펀한 갯벌을 묵연히 바라보았다.

보름 뒤, 영실은 보원사 관문 사형과 스님들, 인주 고을 사람들과 함께 몇 수레의 자단나무들을 뻘밭에 묻는 매향을 했다. 문중 사람들은 영실이 누군지도 모르고 울력을 해주었다. 영실은 부러 자신이 아산 장씨임을 밝히지 않았다. 엊그제까지 전하 곁에서 종3품 대호군를 지낸 이력도 밝히지 않았다. 그래야 문중 사람들의 공덕이 더 클 것 같았다.

조금 때의 갯벌은 드넓었다. 민물이 흘러드는 갯골을 파고 자단나무 둥치들을 묻었다. 끼룩 끼룩 갈매기들이 동참하여 천연스러운 법음으로 게송을 들려주었다. 벼들이 자라는 들판 위로 청학 무리가 날아오르는 광경도 눈에 들어왔다.

영실은 속으로 왕후 심씨의 이름을 부르며 발원했다. 심씨 가문 사람들의 명복과 태종의 명복을 빌어주었고 주상의 강녕하심도 빌어주었다. 어머니 자향과 아버지 장성휘도 떠올려보았고 스승 갈처사와 벽송 선사, 사마르칸트의 곽동미와 중국의 흠천감정 패신, 예부상서 여진과 조미진을 위해서도 기도했다. 이천과 최해산, 최천구, 윤사웅 그 밖의 고마웠던 이들의 이름을 하나하나 불러주었다. 그리고 이 땅에 왔다가 돌아갔거나 현재 살고 있는 사람들, 앞으로 오게 될 후손들을 위해 발원했다.

한 무리 푸른 학 떼가 눈물보다 슬픈 부리로
사향나무 향기를 물어
쏴아아아
민물이 제 설움 쏟고
갯물이 제 분노 토해내는
강어귀에
천년의 꿈을 담아
신목神木을 뉘어라

뉘어서, 설장구 매운 가락으로 시린
삶의 채찍 맞을수록
시퍼렇게 멍든 가슴속으로
눈물 겹겹 세월의 나이테 두르며
민물에 씻긴 절망
갯물에 절은 소망
한 천년 내리 어우러져
끼룩끼룩……

십 리 뻗은 자욱이 사향나무 푸른 향내가

절로 어릴 때까지

하늘이여

하늘이여

원도 많고 한도 많은

이 백성의

아픈 땅 시린 언덕을

한 구석도 외면치 말고 골고루 보듬어 안아주소서.


매향 의식이 끝났다. 비는 세우지 않았다. 왕후 심씨의 뜻이었거니와 굳이 무릅쓰고 기념비를 남기는 것은 좋은 기록이 될 수 있을는지는 몰라도 발원의 기운을 반감시킬 것 같았다. 기념비 대신 하늘과 땅을 진동시키는 꽹과리, 징, 북, 장구, 소고, 나발 등의 풍물을 울리게 하고 돼지와 술과 떡을 내서 마을에 잔치를 벌였다.

장영실은 주름 깊은 갯마을 사람들과 함께 춤을 추었다. 오늘 이 갯마을에서 추는 춤은 침향무沈香舞였다. 박연이 자리를 함께했다면 그럴 듯한 곡조도 지었을 터였다.

장영실은 바닷가 해벽 귀퉁이에 앉아 속주머니에 고이 품고 온 어필을 꺼냈다. 왕을 마지막으로 알현하고 나온 다음 날, 황희를 통해 전해온 쪽지 편지, 척독이었다.

돌이켜보면, 머리 밝은 너를 얻고 서로 뜻이 통해 나는 너에게 못 할 말이 없었다. 우리가 함께하는 동안 세상에 못 이뤄낼 게 없었고 부러울 게 없었다. 중국에 비한다 할지라도 새 기술을 발명함에는 결코 뒤지지 않았도다. 아니, 앞선 바가 적잖았다. 대신들의 반대를 무릅쓰고 너를 중국에 유학 보낼 때는 솔직히 불안했다. 그들의 우려처럼 네가 재저지를까 봐서가 아니라 멀리 달아날까 봐 조마조마했다. 아니나 다를까. 조선이 답답해진 너는 그 머나먼 사마르칸트까지 가서 곽수경의 손녀와 사랑에 빠졌다. 내가 내려준 궁녀도 거들떠볼 여지가 없던 너였다. 그런 네가 뒤늦게 제 짝을 찾았으니 축하해줘야 마땅했다. 하지만 나는 오직 나의 것이어야만 하는 너의 마음을 훔친 곽동미가 고마우면서도 미웠다. 내가 너를 면천시켜줬다만 또 다른 굴레로 속박했던 셈이지.

미안하다. 이리될 줄 알았다면 그때 너를 놓아줬어야 옳았다. 그녀와 함께 넓은 세상을 누비며 장인이 아닌 발명가의 길을 걷게 해줬어야 옳았다. 이제라도 그녀에게 가는 게 어떻겠느냐. 가서 다음 세상을 위해 마음껏 새로운 기물들을 발명하면 어떻겠느냐.

넘어진 자리에서 그 땅을 짚고 다시 일어난다던가. 오늘 우리의 이 모양 사나운 이별이 오목가슴에 걸리지만 그래도 새 희망을 찾았으니 나는 힘이 난다. 노비인 너는 내가 대군시절부터 나의 자주 의식을 고무시켰다. 그리하여 나로 하여금 중국과 다른 우리의 고유문화를 열게 하였다. 내가 너 같은 별종 노비를 만난 건 행운이었다. 어느 먼 훗날에 오백 년, 천 년 후에라도 우리 다시 만날 수만 있다면 신분이나 얼굴 모습이 다를지라도 다시 하나가 되어 못다 풀어낸 지혜를 맘껏 펼쳐보자꾸나. 그리하여 이 땅 사람들, 아니 세상 모든 생민生民을 위하여 천도를 펼쳐보자꾸나.

나는 마지막 남은 시간 동안 혼신의 힘을 다해, 그대가 일러준 대로 조선의 하늘과 천문도를 숨겨둔 쉽고 간편한 소리글자를 만드는 데 주력할 참이다. 그리하여 세상 어느 누구도 헐어낼 수 없는 간의대와 천문도의 얼이 담긴 위대한 글자 훈민정음을 만들 참이다.

나는 이제 그만 너를 놓아주려 한다. 그동안 나 혼자서만 끼고돌았던 너를 이제 온 세상 사람들과 나누고자 한다. 나는 하늘이 낸 명인은 독점해서는 아니 됨을 이제야 알았다. 그것은 왕이 아니라 황제일지라도 마찬가지다.

잘 가라. 나의 노예, 나의 오랜 벗! 내 진정한 친구여.

어디 있어도 하늘의 별을 보면 그대 맑은 두 눈빛을 떠올리마. 그러므로 저 창공의 빛난 별이 있는 한 우리는 늘 함께한다. 때문에 우리의 이별은 없다.


장영실은 어필이 닳도록 읽고 또 읽었다.

왕이여, 당신은 정녕 성인이었다. 이 궁핍한 나라의 백성을 위해 하늘이 보내준 선물이었다. 대개의 위정자는 자신의 지위를 지키기 위해, 백성이 문명의 이기를 누리거나 지혜를 습득하는 것을 두려워한다. 하여 입으로는 늘 백성을 위한다고 생색을 내면서도 실상은 경계를 늦추지 않는다. 하지만 대덕돈화를 오롯이 실천해온 당신은 이 땅 사람들을 진심으로 보듬어 안았다.

당신도 아는 바와 같이 하늘에 직성直星이 있다. 아홉 개 별인 그 직성은 사람의 운명을 관장한다. 당신은 무엇이건 뜻하는 바가 있으면 천하의 인재를 찾아내 그들과 더불어 밤낮을 가리지 않고 매달렸다. 멀리 중국이나 바다 밖 섬나라에까지 사람을 보내 성취해야만 비로소 직성이 풀렸다. 이제 나의 직성도 풀린 셈이 되는가.

당신과 함께하는 세월 동안 나는 천하를 가진 것처럼 벅차기만 했던 나날이었다. 부디 당신이 마지막 생의 불꽃을 태워 만들고자 하는 바른 소리글자를 창제해라. 그 일만큼은 대신들이 어떠한 반대를 한다 할지라도 반드시 마쳐라. 중국의 황제가 또 뭐라고 겁박한다 하더라도 그 일만큼은 당당하게 펼쳐라. 그렇게 되면 당신은 나 같은 장인이 따라갈 수 없는 진정한 격물가요, 발명가다. 당신이 그 글자를 반포하면 나는 어디서 살더라도 그 글자를 익혀 즐거이 쓸 것이며, 그 바른 소리글자로 당신과 나의 이름자를 써놓고 부르며 춤을 추리라.

인생이 막막하여 가망 없게만 여겨지던 젊은 날, 자벌레나 개똥벌레 혹은 하늘다람쥐를 꿈꿔온 나는 당신을 만나 창공을 얻고 마음껏 비상해보았네라. 그리고 이제는 나라의 관직, 사람의 관직이 아닌 하늘 관직을 새로이 얻었네라. 계급과 신분의 경계, 나라의 경계조차 내게는 더 이상 벽이 될 수 없다. 내가 본 우주는 그런 인간들의 경계 지음을 훌쩍 뛰어넘어선 자리에 있었으니까.

이미 왕과 함께 천·지·인 삼재지도의 대업에 참여한 나에게 무슨 여한이 있겠는가. 왕과의 그 많은 독대는 줄곧 혈통 좋은 정통파 사대부들의 시기와 질투 대상이었다. 어느 쪽이건 고통만 있을 뿐 재미는 전혀 없는 그 모난 감정놀음도 이젠 끝이다. 나의 파직은 그들이 고소해한다고 세상이 나아지는 건 없다. 그저 그들만의 공리공담이 방해받지 않게 된 것뿐이지. 아마 세월이 지나면, 저들이 무엇을 그악스럽게 고집했고 무엇을 놓치고 말았는지 죄다 드러나게 될 것이다. 격물(과학)은 머리로 궁리하고 손으로 하는 것이지 신분으로 하는 게 아니니까.

이제는 나 자신과의 독대가 필요한 시간이다. 남은 생은 일찍이 노비 시절부터 발견한 주체로서의 나 개인의 삶에 충실하고자 한다. 황제의 천문대 위에서 더 명확해진 그 길을 이제야 걷게 되었다. 이 광활한 우주에서 끝내는 홀로 설 수밖에 없는 '나'의 길을 뚜벅뚜벅 걸어가리라. 어디로 가게 될지는 아직 모르겠다. 바라옵건대 우리가 끝내 못다 펼친 재주는 조물주에게 돌려주어 훗날에 머리 밝은 이들이 다시 불러 쓰기를!

일 년 뒤인 1443년 12월, 세종은 한글을 창제한다. 세종은 조선 왕실 천문대에 수시로 올라 하늘의 이십팔수를 보며 스물여덟 글자를 구상했다. 자음은 『주역』 이괘頤卦䷚를 바탕으로 사람의 구강 구조에서 취했고, 모음은 『주역』의 기본 이치가 담긴 하도河圖 형상에서 취했다. 역리에 밝았던 세종은 집현전 학자들도 모르는 틈에 쉽고 간편한 소리글자를 감쪽같이 만든 것이다. 처음 착상이 어려운 것이지 원리를 알고 보면 너무도 쉽게 만들었음을 알 수 있다. 훈민정음 해례본 정인지 서문처럼 '그 깊은 근원과 정밀한 뜻의 신묘함은 도저히 신 하들이 능히 펴 나타낼 수 있는 바가 아니었고, …… 만물을 열어놓고 그 일을 성취하는 큰 지혜는 대개 오늘날을 기다림이 있었던 것'이다. 하지만 세종은 그 위대한 글자를 반포하면서 '사람마다 쉽게 익혀 날마다 쓰기 편하게 할 따름이다欲使人人易習 便於日用耳'라고 밝혀, 애써 그 의미를 축소하고 있다. 문자 독립 같은 뜻은 없고 단지 백성이 편하게 쓰게 하려고 만들었다는 변명조다. 다분히 중국을 의식한 표현이 아닐 수 없다.

세종은 이천에게 중추원사 관직을 제수한다. 전에 성절사로 가서 임기응변을 구사했다가 쫓겨난 고득종과 가마 사건으로 쫓겨난 조순생 역시 복권시킨다. 하지만 장영실은 끝내 역사에 재등장하지 않는다. 어떤 사가는 장영실이 이미 세상을 떠났기에 세종이 부를 수 없었을 거라지만, 여러 정황상 장영실이 궁궐에서 할 일은 더 이상 없었다. 아니, 장영실은 공식적으로 조선에 살아 있어서는 안 되는 인물이었다. 그래서인지 장영실은 죽어서도 무덤을 남기지 않았다. 이 땅 사람들을 위해 하늘이 보낸 위대한 인문 정치가 세종과 최초로 개인을 발견한 근대적 인간 장영실의 꿈은 그렇게 우주 속에 파묻혔다. 그토록 왕성한 발명으로 과학기술의 융창을 봤던 조선은 이후로 동아시아와 세계 문명사를 주도하지 못하고, 마음의 철학인 심학과 윤리 철학인 예학으로 경도되고 만다. 도덕성 추구가 인간본성이라 하더라도 과학기술 추구와 병행했다면 어땠을까 하는 아쉬움이 크다. 조선의 하늘은 먼 훗날 북경을 통해서 서양 천문학을 수용한 북학파에 의해 뒤늦게 다시 열리기 시작하는데 오늘날 대한민국 사람들은 일제강점기 때인 1912년 1월 1일, 교토를 중심으로 정한 동경 135도 표준시를 쓰고 있다. 만 원권 화폐 앞면에는 세종대왕의 초상이 담겨 있다. 장영실을 비롯한 15세기 조선의 과학자들이 되찾았던 별자리는 혼천의와 함께 뒷면을 장식하고 있다.

# 작가의 말

무모한 작업이었다. 젊은 날, 천체망원경을 메고 사막여행을 다니던 때, 미스터리한 인물 장영실을 소설화하자고 마음먹었다. 그러나 시절 인연 탓인지, 형상화는 좀처럼 쉽지가 않았다. 『조선왕조실록』과 『연려실기술』에 몇 번 등장할 뿐인 장영실은 수백, 수천 권의 사료와 천문서, 동서양 철학서를 섭렵해도 좀처럼 실체가 잡히지 않았다. 그러다 훈민정음 해례본 서문의 중국을 의식한 대목과 세종실록 25년 기사에 '중국 사신이 간의대를 보게 할 수 없어서 헐었다'는 대목을 연계했다. 조선 세종의 천문 프로젝트가 명나라와 충돌해서 장영실이 희생된 거라는 발상은 거기서 비롯됐다. 단언컨대 그전까지 어느 역사가나 작가도 하지 못했던 가설이었다. 물론 어떤 기록도 없다. 아무리 역사 소재 소설이라지만 그 점만큼은 확실히 인정받고 보호받아야 한다고 생각한다. 그 발상으로 2005년, 두 권으로 된 동명의 소설을 출간했다. 연구자료집에 가까운 졸작이었으나 독자들의 반향은 컸다. 몇 차례 드라마 판권 계약도 맺었다.

하지만 그간 마음 한쪽에 늘 미진한 캐릭터가 걸렸다. 이제 그 빚을 청산하고자 신작을 낸다는 생각으로 개정판을 선보인다. 초판본을 읽은 독자라도 전혀 새롭게 읽힐 것으로 믿어 의심치 않는다.

우주도 완벽하지 않다. 하물며 일천한 식견과 성근 글재주로 어찌 장영실 같은 거인과 세종 같은 성군을 제대로 성격 창조 해낼 수 있었겠는가. 또 한 번 부끄러운 짓을 저지른 셈이다. 삼세판이라는데, 다시 십년의 세월을 기다렸다가 더 수승한 소설로 거듭날 수 있다면, 인문주의자라 자부하는 작가로서 다행한 일이겠다.

2015년 12월 기산 김종록

# 장영실은
# 하늘을
# 보았다

**1판 1쇄 인쇄** 2015년 12월 21일
**1판 1쇄 발행** 2016년 1월 4일

**지은이** 김종록

**발행인** 양원석
**편집장** 김건희
**해외저작권** 황지현
**제작** 문태일
**영업마케팅** 이영인, 양근모, 전연교, 정우연, 김민수, 장현기, 정미진, 이선미, 김수연, 김은유

**펴낸 곳** ㈜알에이치코리아
**주소** 서울시 금천구 가산디지털2로 53, 20층 (가산동, 한라시그마밸리)
**편집문의** 02-6443-8902    **구입문의** 02-6443-8838
**홈페이지** http://rhk.co.kr
**등록** 2004년 1월 15일 제2-3726호

ⓒ김종록, 2015, Printed in Seoul, Korea

ISBN 978-89-255-5831-8 (03810)